附闵刻《西厢记》彩图

明閔齊伋輯刻會真六幻

［明］闵齐伋 编

上

天津出版传媒集团
天津人民出版社

图书在版编目（CIP）数据

明闵齐伋辑刻《会真六幻》：附闵刻《西厢记》彩图：上、下 /（明）闵齐伋编 . -- 天津：天津人民出版社，2022.3

ISBN 978-7-201-18080-9

Ⅰ . ①明… Ⅱ . ①闵… Ⅲ . ①杂剧 – 剧本 – 中国 – 元代 Ⅳ . ① I237.1

中国版本图书馆 CIP 数据核字 (2022) 第 001091 号

明闵齐伋辑刻《会真六幻》：附闵刻《西厢记》彩图：上、下

MING MIN QIJI JI KE HUIZHEN LIU HUAN: FU MIN KE XIXIANGJI CAITU: SHANG XIA

出　　版　天津人民出版社
出 版 人　刘　庆
地　　址　天津市和平区西康路 35 号康岳大厦
邮政编码　300051
邮购电话　（022）23332469
电子信箱　reader@tjrmcbs.com

责任编辑　张　璐
特约编辑　徐冰莲
装帧设计　明轩文化 · 王　烨

印　　刷　天津海顺印业包装有限公司
经　　销　新华书店
开　　本　880 毫米 ×1230 毫米　1/16
印　　张　56
插　　页　8
字　　数　900 千字
版次印次　2022 年 3 月第 1 版　　2022 年 3 月第 1 次印刷
定　　价　598.00 元

前言

说到《西厢记》，我们首先想到的是元代剧作家王实甫的《西厢记》。其实，《西厢记》是一个作品系列，它的故事最早源出唐代元稹的《莺莺传》，即《会真记》。这篇传奇小说写崔莺莺与张生的爱情故事，但张生『始乱终弃』，整个故事是一幕悲剧。金代董解元《西厢记诸宫调》改变原有故事结构，扩展或增加了张生闹道场、崔张月下联吟、张生害相思、莺莺探病、长亭送别、出奔团圆等情节，极大丰富了故事的内容。全剧描写崔张争取爱情自由、婚姻自主的斗争过程，从而根本改变了原作主题。故事中的莺莺不再屈从于命运，敢于反抗封建礼教，大胆追求自由爱情，张生也成为一个有情有义、忠于爱情的正面形象。总之，《西厢记诸宫调》全面奠定了王实甫《西厢记》的基础。王实甫的《西厢记》是一部承前启后的杰作，它结构宏伟、人物性格鲜明、语言华美，在当时和后世都产生了极大的影响。明代李日华、陆天池曾将杂剧《西厢记》改编为南曲，称《南西厢》。《南西厢》因为适于昆山腔的演出，明清两代流传甚广。

明代出版家闵齐伋曾辑刻《莺莺传》、董解元《西厢记诸宫调》、王实甫《西厢记》及李日华、陆天池《南西厢》，以杂剧《西厢记》第五本为关汉卿续作，因依次名为『幻因元才子会真记』『搊幻董解元西厢记』『剧幻王实父西厢记』『赓幻关汉卿续西厢记』『更幻李日华南西厢记』『幻住陆天池南西厢记』，遂总名『会真六幻』。这部《会真六幻》辑录了《西厢记》最主要的故事及剧作，是一部较为完备的《西厢记》作品集。其中杂剧《西厢记》是明代精良刻本。在标目和体例上，与约略同时的凌濛初刊本《西厢记》有所不同，闵刻《西厢记》每本四折，各有四字标目，继承此前徐士范刊本体例，体现明代《西厢记》刊本的另一种标示。《会真六幻》还收录了与故事相关的诗赋、评论，附有闵齐伋融音义、校勘、评论于一体的《五剧笺疑》，因此也成为一部《西厢记》研究的资料汇编。

《会真六幻》的辑刻者闵齐伋是明代著名出版家，其生平事迹，同治《湖州府志》卷七十六记载：

> 闵齐伋，字及武，号寓五。乌程人，明诸生，不求进取，耽著述。批校《国语》《国策》《檀弓》《孟子》等书，汇刻十种。士人能雠一字之伪者，即赠书全帙。展转传校，悉成善本。著有《六书通》，盛行于世。

《四库全书总目》卷四三《六书通》提要记载：「字寓五，乌程人。世所传朱墨字版五色字版谓之闵本者，多其所刻。是书成于顺治辛丑，齐伋年八十二矣。」明代湖州刻本多套色印刷，其中闵本最著名，闵本又多出自闵齐伋。在闵齐伋的套色印本中，有现收藏于德国科隆东亚艺术博物馆的一套《西厢记》版画，与《会真六幻》颇有关联。

关于版画彩图与《会真六幻》的关系，众说纷纭。范景中《套印本和闵刻本及其〈会真图〉》认为，德藏本图可能属于闵齐伋的《会真六幻》，是这套丛书中的独立一种。其中理由有两点颇为中肯，一是《会真六幻》列有「幻因元才子《会真记》、图、诗、赋、说、梦」等目录，全书文字内容与目录吻合，唯独缺图。二是「会真六幻说」的中心主旨是「玄中玄」，德藏本图首页莺莺像后第一幅图正标明「如玄第一图」，这是理解这套版画构思的关键。其实，所谓「玄中玄」，不过借用禅宗的话头，「玄」即「幻」，「幻」即「玄」，图与六幻文字主旨相同。如此，则《会真六幻》原本图与文字一体刊行，后来或许以为彩图自有独立价值，遂与文字分离而独立刊行。今传致和堂藏板《六幻西厢记》目录所列「幻因元才子《会真记》、诗、赋、说、梦」，与国家图书馆藏《会真六幻》目录对照，已经缺「图」字样。致和堂藏板本为原版版片，因彩图已独立刊行，遂于目录中刓去「图」字。可见《会真六幻》初印以后不久，彩图即已独立刊行，后世所见刊本，多有文无图。

《西厢记》版画共二十一页，蝴蝶装，一图一版。卷首为莺莺像，其余二十幅为剧意图。

卷首莺莺像，乃女子手执纨扇，左有篆书题「嘉禾盛懋写」，钤印两方，一为白文「盛懋之印」，一为朱文「子昭」。

第一图是张生投宿普救寺。右上篆书题「如玄第一图」，左侧题「寓五笔授」，有「寓」「五」两方朱文印。

第二图是张生在偶遇莺莺以后，向红娘打听情况。人物及背景绘于一雕花钵形器壁，旁置托架。

第三图表现张生和莺莺隔墙酬和。画面上两片树叶，分别题写张生与莺莺的酬和诗，构思出自『红叶题诗』故事。张生诗末钤朱文印『张珙』，白文印『字君瑞』，莺莺诗后钤白文印『莺莺』，朱文印『双文』。叶上蝴蝶双飞，颇有寓意。

第四图是张生在禅堂再次见到莺莺。人物场景置于六壬式盘天盘，盘边刻有天文十二次及所属分野。盘外云霞，以喻天象。

第五图表现杜确、慧明追击叛将孙飞虎情形，人物系于民间工艺走马灯，颇能表现三骑飞驰追逐场景。

第六图是红娘奉命请张生赴宴。人物置于青铜器觯之壁，觯为酒器，以喻宴饮。觯口内壁有金文『其眉寿万年子子孙孙永宝用』十二字。觯盖置于觯旁。

第七图是老夫人赖婚。画面上，老夫人命红娘热酒，莺莺与张生把盏。

第八图是莺莺夜听张生抚琴。画面中，张生灯下抚琴，莺莺倚栏而听，红娘于石后窥望。

第九图是红娘为张生传书。画面右边一卷展开，为张生书信。钤印二方，一为朱文『张珙』，一为白文『字君瑞』。画面左边雁飞鱼跃，寓鱼雁传书之意。

第十图是莺莺展读张生书信。画面中，莺莺隐于屏风背后，形象则映照梳妆镜中。红娘藏身屏风正面，俯身欲窥。

第十一图是张生跳墙与莺莺相会。画面右侧一带高墙，张生过墙形象倒映湖中，墙根地面隐现墙影、花影及张生身影。画面左侧莺莺伫立，红娘倚栏，隔水以望张生。

第十二图是张生因相思成疾，莺莺著红娘传简。图中两玉环相扣，环内分别显示两处场景。《莺莺传》叙莺莺赠张生玉环，云『玉取其坚润不渝，环取其终始不绝』，图中玉环当寓其意。

第十三图为莺莺赴会，与张生欢会。画面中，屏风四面掩床，床前屏风半展，帷帐低垂，床上惟锦被一端，人物身形隐约可见。屏风外，红娘、琴童俯身含笑静听。

第十四图是老夫人拷问红娘。画面上宫灯一盏，正面绘老夫人、红娘，左右两侧分别绘张生与莺莺。

第十五图为长亭送别。图绘于扇面，画面上方有『庚辰秋日』题款及『寓』『五』两方朱文印。

第十六图为张生草桥店梦莺莺。梦中莺莺私奔，遭贼兵掳去。画面中梦境现于云烟，云烟出自海中大蚌。大蚌即『海市蜃楼』之蜃，古人谓蜃吐气而成海市，此寓梦境虚幻之意。

第十七图为张生科第高中，琴童传书。画面右侧是琴童先报老夫人，左侧则后报莺莺。

第十八图为莺莺回书张生。画面右边帘内，莺莺执笔为书，左边则琴童系马柳荫，倚栏静候。

第十九图为郑恒骗婚，遭红娘嘲弄。故事以戏台傀儡表演形式展现。戏台右侧柱上悬一水牌，题『诡谋求配』四字。

第二十图为张生得官还乡，迎娶莺莺。画面中张生着官服安坐船中，身后置『奉天诰命』，船篷前额题『探花及第』。官船四周祥云缭绕，左右上下绘有青龙、白虎、朱雀、玄武，以示东西南北。

彩图中第十五图有『庚辰秋日』题款，据此可知彩图为崇祯十三年（1640）刊刻。这套彩图融会明代版画插图、笺谱、墨谱、扇面等艺术形式，虚实相生，匠心别具，又用多色套印，刻印精美，诚为明代版画中的杰作。现在，将彩图附于六幻文字之前，庶几图文相生，珠联璧合，则恢复《会真六幻》旧貌，不负作者初心矣。

余才林

二〇一九年三月三十一日

会真记

董解元西厢记

王实父西厢记

关汉卿续西厢记

李日华南西厢记

陆天池南西厢记

会真记

[唐]元稹 撰

會眞六幻

云何是一切世出世法。曰眞曰幻。云何是一切非法非非法。曰卽眞卽幻。非眞非幻。元才子記得千眞萬眞。可可會在幻境。董王關李陸。窮描極寫。顚翻簸弄。洵幻矣。那知箇中倒有眞在耶。曰。微之記眞得幻卽不問。且道箇中落在甚地。昔有老禪。篤愛斯劇。人問佳境安在。曰。怎當他臨去秋波那一轉。此老可謂善入戲場者矣。第猶是句中玄。尚隔玄中玄也。我則曰。及至相逢一句也無。舉似西來意。有無差別。古德有言。頻呼小玉元無事。只要檀郎認得聲。不數德山歌。

壓倒雲門曲。會得此意。逢場作戲可也。褏手旁觀可也。黃童白叟。朝夕把翫。都無不可也。不然。鶯鶯老去矣。詩人安在哉。眈眈熱眼。獃矣。與汝說會眞六幻竟。

幻因元才子會眞記　圖　詩　賦　說　夢

搊幻董解元西廂記

劇幻王實父西廂記

賡幻關漢卿續西廂記　附圍棊闖局　箋疑

更幻李日華南西廂記

幻住陸天池南西廂記　附園林午夢

三山謏客閔寓五

會眞記

唐元稹撰

唐貞元中有張生者性溫茂美丰容內秉堅孤非禮不可入或朋從遊宴擾雜其間他人或洶洶拳拳若將不及張生容順而已終不能亂以是年二十二未嘗近女色知者詰之謝而言曰登徒子非好色者是有淫行耳余眞好色者而適不我值何以言之大凡物之尤者未嘗不留連於心是知其非忘情者也詰者哂之無幾何張生遊於蒲蒲之東十餘里有僧舍曰普救寺張生寓焉適有崔氏孀婦將歸長安路出

於蒲亦止茲寺崔氏婦鄭女也張出於鄭緒其親乃異派之從母是歲渾瑊薨於蒲有中人丁文雅不善於軍軍人因喪而擾大掠蒲人崔氏之家財產甚厚多奴僕旅寓惶駭不知所託先是張與蒲將之黨友善請吏護之遂不及於難十餘日廉使杜確將天子命以統戎節令於軍軍繇是戢鄭厚張之德甚因飭饌以命張中堂宴之復謂張曰姨之孤嫠未亡提攜幼稚不幸屬師徒大潰寔不保其身弱子幼女猶君之生也豈可比常恩哉今俾以仁兄禮奉見冀所以報恩也命其子曰歡郎可十餘歲容甚溫美次命女

鶯鶯出拜爾兄爾兄活爾久之辭疾鄭怒曰張兄活
爾之命不然爾且虜矣能復遠嫌乎久之乃至常服
睟容不加新飾鬟垂黛接雙臉斷紅而已顏色艷異
光輝動人張驚爲之禮因坐鄭旁以鄭之抑而見也
凝睇怨絕若不勝其體者問其年紀鄭曰今天子甲
子歲之七月於貞元庚辰生十七年矣張生稍以辭
導之不對終席而罷張自是惑之願致其情無繇得
也崔之婢曰紅孃生私爲之禮者數四乘間遂道其
衷婢果驚沮潰然而犇張生悔之翼日婢復至張生
乃羞而謝之不復云所求矣婢因謂張曰郎之言所

不敢言亦不敢泄然而崔之族姻君所詳也何不因其德而求娶焉張曰予始自孩提性不苟合或時紈綺閒居曾莫留盼不謂當年終有所蔽昨日一席閒幾不自持數日來行忘止食忘飽恐不能逾旦暮若因媒氏而娶納采問名則三數月閒索我於枯魚之肆矣爾其謂我何婢曰崔之貞順自保雖所尊不可以非語犯之下人之謀固難入矣然而善屬文往往沈吟章句怨慕者久之君試爲喻情詩以亂之不然則無繇也張大喜立綴春詞二首以授之是夕紅孃復至持采箋以授張曰崔所命也題其篇曰明月三

五夜其詞曰待月西廂下迎風戶半開拂牆花影動
疑是玉人來張亦微喻其旨是夕歲二月旬有四日
矣崔之東牆有杏花一樹攀援可踰既望之夕張因
梯其樹而踰焉達於西廂則戶半開矣紅孃寢於牀
生因驚之紅孃駭曰郎何以至張因紿之曰崔氏之
箋召我矣爾爲我告之無幾紅孃復來連曰至矣至
矣張生且喜且駭謂必獲濟及崔至則端服儼容大
數張曰兄之恩活我之家厚矣是以慈母以弱子幼
女見託奈何因不令之婢致淫泆之詞始以護人之
亂爲義而終掠亂以求之是以亂易亂其去幾何誠

欲寢其詞。則保人之姦。不義。明之於母。則背人之惠。不祥。將寄於婢妾。又懼不得發其眞誠。是用託短章。願自陳啟。猶懼兄之見難。是用鄙靡之詞。以求其必至。非禮之動。能不愧心。特願以禮自持。毋及於亂。言畢。翻然而逝。張自失者久之。復踰而出。於是絶望。數夕。張君臨軒獨寢。忽有人覺之。驚欻而起。則紅孃斂衾攜枕而至。撫張曰。至矣至矣。睡何爲哉。設衾枕而去。張生拭目危坐久之。猶疑夢寐。然修謹以俟。俄而紅孃捧崔氏而至。至則嬌羞融冶。力不能運肢體。曩時端莊。不復同矣。是夕旬有八日也。斜月晶瑩。幽輝半妝張生飄飄然且疑神仙之徒不謂從人間至矣有頃寺鐘鳴天將曉紅孃促去崔氏嬌啼宛轉紅孃又捧之而去終夕無一言張生辨色而興自疑曰豈其夢邪及明覩粧在臂香在衣淚光熒熒然猶瑩於裀席而已是後又十餘日杳不復知張生賦會眞詩三十韻未畢而紅孃適至因授之以貽崔氏自是復容之朝隱而出莫隱而入同安於曩所謂西廂者幾一月矣張生常詰鄭氏之情則曰知不可奈何矣因欲就成之無何張生將之長安先以情諭之崔氏宛無難辭然而愁怨之容動人矣將行之再夕不復可

見而張生遂西不數月復遊於蒲舍於崔氏者又累月崔氏甚工刀劄善屬文求索再三終不可見張生往往自以文挑之亦不甚觀覽大略崔之出人者藝必窮極而貌若不知言則敏辯而寡於酬對待張之意甚厚然未嘗以詞繼之時愁艷幽邃恒若不識喜慍之容亦罕形見異時獨夜操琴愁弄悽惻張竊聽之求之則終不復鼓矣以是愈惑之張生俄以文調及期又當西去當去之夕不復自言其情愁歎於崔氏之側崔已陰知將訣矣恭貌怡聲徐謂張曰始亂之終棄之固其宜矣愚不敢恨必也君亂之君終之

君之惠也。則沒身之誓。其有終矣。又何必深憾於此行。然而君既不懌。無以奉寧。君嘗謂我善鼓琴。嚮時羞顏所不能及。今且往矣。既君此誠。因命拂琴。鼓霓裳羽衣序。不數聲。哀音怨亂。不復知其是曲也。左右皆歔欷。崔亦遽止之。投琴泣下流漣。趨歸鄭所。遂不復至。明旦而張行。明年。文戰不勝。遂止於京。因貽書於崔以廣其意。崔氏緘報之詞。粗載於此。曰。捧覽來問。撫愛過深。兒女之情。悲喜交集。兼惠花勝一合。口脂五寸。致耀首膏脣之飾。雖荷殊恩。誰復爲容。覩物增懷。但積悲歎耳。伏承使於京中就業。進脩之道。固在便安但恨僻陋之人永以遐棄命也如此知復何言自去秋以來常忽忽如有所失於諠譁之下或勉爲笑語閒宵自處無不淚零乃至夢寐之間亦多敘感咽離憂之思綢繆繾綣暫若尋常幽會未終驚魂已斷雖半衾如煖而思之甚遥一昨拜辭倏逾舊歲長安行樂之地觸緒牽情何幸不忘幽微眷念無斁鄙薄之志無以奉酬至於終始之盟則固不忒鄙昔中表相因或同宴處婢僕見誘遂致私誠兒女之情不能自固君子有援琴之挑鄙人無投梭之拒及薦枕席義盛意深愚幼之心永謂終託豈其既見君子

而不能定情。致有自獻之羞。不復明侍巾櫛。沒身永恨。含歎何言。倘仁人用心。俯遂幽劣。雖死之日。猶生之年。如或達士略情。捨小從大。以先配爲醜行。謂要盟之可欺。則當骨化形銷。丹誠不泯。因風委露。猶託清塵。存沒之情。言盡於此。臨紙嗚咽。情不能申。千萬珍重。珍重千萬。玉環一枚。是兒嬰年所弄。寄充君子下體之佩。玉取其堅潔不渝。環取其終始不絕。兼綵絲一絇。文竹茶碾子一枚。此數物不足見珍。意者欲君子如玉之貞。俾志如環不解。淚痕在竹。愁緒縈絲。因物達誠。永以爲好耳。心邇身遐。拜會無期。幽憤所鍾千里神合千萬珍重春風多厲強飯爲佳愼言自保無以鄙爲深念張生發其書於所知繇是時人多聞之所善楊巨源好屬詞因爲賦崔孃詩一絕云清潤潘郎玉不如中庭蕙草雪銷初風流才子多春思腸斷蕭孃一紙書河南元稹亦續生會眞詩三十韻曰微月透簾櫳螢光度碧空遥天初縹緲低樹漸葱朧龍吹過庭竹鸞歌拂井桐羅綃垂薄霧環珮響輕風絳節隨金母雲心捧玉童更深人悄悄晨會雨濛濛珠瑩光文履花明隱繡龍瑤釵行彩鳳羅帔掩丹虹言自瑤華圃將朝碧玉宮因遊雒城北偶向宋家

東戲調初微拒柔情已暗通低鬟蟬影動迴步玉塵蒙轉面流花雪登牀抱綺叢鴛鴦交頸舞翡翠合歡籠眉黛羞頻聚脣朱暖更融氣清蘭蕊馥膚潤玉肌豐無力慵移腕多嬌愛斂躬汗光珠點點髮亂綠鬆鬆方喜千年會俄聞五夜窮留連時有限繾綣意難終慢臉含愁態芳詞誓素衷贈環明遇合留結表心同啼粉流清鏡殘燈遶暗蟲華光猶苒苒旭日漸曈曨乘鶩還歸雒吹簫亦上嵩衣香猶染麝枕膩尚殘紅幕幕臨塘草飄飄思渚蓬素琴鳴怨鶴清漢望歸鴻海闊誠難度天高不易沖行雲無定所蕭史在樓

中。張之友聞之者。莫不聳異之。然而張亦志絶矣。稹特與張厚。因徵其辭。張曰。大凡天之所命尤物也。不妖其身。必妖於人。使崔氏子。遇合富貴。乘嬌寵。不爲雲爲雨。則爲蛟爲螭。吾不知其變化矣。昔殷之辛。周之幽。據萬乘之國。其勢甚厚。然而一女子敗之。潰其衆。屠其身。至今爲天下僇笑。予之德不足以勝妖孽。是用忍情。於時坐者皆爲深歎。後歲餘。崔已委身於人。張亦有所娶。適經其所居。乃因其夫言於崔。求以外兄見。夫語之。而崔終不爲出。張怨念之誠。動於顔色。崔知之。潜賦一章。詞曰。自從消瘦減容光。萬轉千迴懶下牀。不爲旁人羞不起。爲郎憔悴却羞郎。竟不之見。後數日張生將行。又賦一章以謝絕之。曰。棄置今何道。當時且自親。還將舊來意。憐取眼前人。自是絕不復知矣。時人多許張爲善補過者矣。予嘗於朋會之中。往往及此。意者夫使知之者不爲。爲之者不惑。貞元歲九月。執事李公垂宿于予靖安里第。語及於是。公垂卓然稱異。遂爲歌以傳之。歌載李集中

會真詩

古艷詩二首　元稹以下九則同

春來頻到宋家東。垂袖開懷待好風。鶯藏柳暗無人語。惟有牆花滿樹紅

深院無人草樹光。嬌鶯不語趁陰藏。等閒弄水浮花片。流出門前賺阮郎

鶯鶯詩

殷紅淺碧舊衣裳。取次梳頭暗淡粧。夜合帶煙籠曉日。牡丹經雨泣殘陽。依稀似笑還非笑。彷彿聞香不是香。頻動橫波嬌不語。等閒教見小兒郎

離思詩五首

自愛殘粧曉鏡中。環釵謾篸綠絲叢。須臾日射胭脂頰。一朶紅酥旋欲融

山泉散縵繞階流。萬樹桃花映小樓。閒讀道書慵未起。水晶簾下看梳頭

紅羅著壓逐時新。杏子花紗嫩麴塵。第一莫嫌才地弱。些些紕縵最宜人

曾經滄海難爲水。除却巫山不是雲。取次花叢懶回顧。半緣修道半緣君

尋常百種花齊發。偏摘梨花與白人。今日江頭兩三

樹可憐葉底度殘春

春曉

半欲天明半未明醉聞花氣睡聞鶯猧兒撼起鐘聲動二十年前曉寺情

古決絶詞

乍可爲天上牽牛織女星不願爲庭前紅槿枝七月七日一相見故心終不移那能朝開莫飛去一任東西南北吹分不兩相守恨不兩相思對面且如此背面當何如春風撩亂伯勞語況是此時拋去時握手苦相問竟不言後期君情旣決絶妾意亦參差借如

死生別。安得長苦悲。一解 噫春冰之將泮。何予懷之獨結。有美一人。于爲曠絕。一日不見比一日于三年。況三年之曠別。水得風兮小而已波。筍在苞兮高不見節。矧桃李之當春。競衆人之攀折。我自顧悠悠而若雲。又安能保君皚皚之如雪。感破鏡之分明。覩淚痕之餘血。幸他人之旣不我先。又安能使他人之終不我奪。已焉哉織女別黃姑。一年一度暫相見彼此隔河何事無。二解 夜夜相抱眠。幽懷尚沉結。那堪一年事。長遺一宵說。但感久相思。何暇暫相悅。虹橋薄夜成。龍駕侵晨別。生憎野鶴性遲回。死恨天雞識時節。曙

色漸曈曨。華星欲明滅。一去又一年。一年何時徹。有此迢遞期。不如生死別。天公隔是妬相憐。何不便教相決絶

雜憶詩五首

今年寒食月無光。夜色纔侵已上牀。憶得雙文通内裡。玉櫳深處暗聞香

花籠微月竹籠煙。百尺絲繩拂地懸。憶得雙文人靜後。潛教桃葉送鞦韆

寒輕夜淺繞迴廊。不辨花叢暗辨香。憶得雙文籠月下。小樓前後捉迷藏

山榴似火葉相兼。半拂低牆半拂簷。憶得雙文獨披掩。滿頭花草倚新簾

春冰消盡碧波湖。漾影殘霞似有無。憶得雙文衫子薄。鈿頭雲映褪紅酥

贈雙文

艷極翻含態。憐多轉自嬌。有時還自笑。閒坐更無聊。曉月行看墮。春酥見欲銷。何因肯垂手。不敢望回腰

感事詩

富貴年皆長。風塵舊轉稀。白頭方見絶。遥爲一沾衣

憶事詩

夜深閒到戟門邊。却遶行廊又獨眠。明月滿庭池水淥。桐花垂在翠簾前

夢遊春詞

昔君夢遊春。夢遊何所遇。夢入深洞中。果遂平生趣。清泠淺漫溪。畫舫蘭篙渡。過盡萬株桃。盤旋竹林路。長廊抱小樓。門牖相回互。樓下雜花叢。叢邊繞鴛鷺。池水漾彩霞。曉日初明煦。未敢上階行。頻移曲池步。烏龍不作聲。碧玉曾相慕。漸到簾幕間。徘徊意猶懼。閒窺東西閤。奇玩參差布。格子碧油糊。駝鉤紫金鍍。逡巡日漸高。影響人將寤。鸚鵡飢亂鳴。嬌娃睡猶怒。

簾開侍兒起見我遙相諭。鋪設繡紅茵。弛張鈿粧具。潛褰翡翠帷。瞥見珊瑚樹。不辨花貌人。空驚香若霧。身回夜合偏。態斂晨霞聚。睡臉桃破風。汗粧蓮委露。叢梳百葉髻。金蹙重臺履。紕軟殿頭裙。玲瓏合歡袴。鮮妍脂粉薄。暗淡衣裳故。最是紅牡丹。雨來春欲暮。夢魂良易驚。靈境難久寓。夜夜望天河。無繇重沿泝。結念心所期。返如禪頓悟。覺來八九年。不向花回顧。雜洽兩京春。喧闐眾禽護。我到看花時。但作懷仙句。浮生轉經歷。道性尤堅固。近作夢仙詩。亦知勞肺腑。一夢何足云。良時自婚娶。當年二紀初。嘉節三星度。

朝彝玉珮迎。高松女蘿附。韋門正全盛。出入多歡裕。
甲第漲清池。鳴騶引朱輅。廣樹舞葳蕤。長筵賓雜厝。
青春詎幾日。華實潛幽蠹。秋月炤潘郎。空山懷謝傅。
紅樓嗟壞壁。金谷迷荒戍。石壓破欄杆。門摧舊桂栢。
雖云覺夢殊。同是終難駐。悰緒竟何如。棼紗不成絢。
卓女白頭吟。阿嬌金屋賦。重壁盛姬臺。青塚明妃墓。
盡委窮塵骨。皆隨流波注。幸有古如今。何勞縑比素。
況余當盛時。早歲諳時務。詔冊冠賢良。諫垣陳好惡。
三十再登朝。一登還一仆。寵榮非不早。邅回亦云屢。
直氣在膏肓。氛氳日沉痼。不盡意不快。快意言多忤。

忤誠人所賊。性亦天之付。乍可沉爲香。不能浮作瓠。誠爲堅所守。未爲朋所措。事事身已經。營營計何誤。美玉琢文壇。良金塡武庫。徒謂自堅貞。安知受礱鑄。長絲羈野馬。密網羅陰兔。物外各迢迢。誰能遠相箇。時來既若飛。禍速當如騖。曩意自未精。此行何所訴。努力去江陵。笑言誰與晤。江花縱可憐。奈非心所慕。石竹逞姦黠。蔓菁誇畝數。一種薄地生。淺深何足妒。節葉水土生。團團水中住。瀉水洼葉中。君看不相汚

和微之夢遊春詩百韻 并序　白居易

微之既到江陵。又以夢遊春詩七十韻寄予。且題

其序曰。斯言也。不可使不知吾者知。知吾者亦不可使不知。樂天知吾者。吾不敢不使吾子知。予辱斯言。三復其旨。大抵悔既往而悟將來也。然予以爲苟不悔不悟則已。若悔于此。則宜悟于彼也。反于彼而悔于妄。則宜歸于眞也。況與足下外服儒風。内宗梵行者有日矣。而今而後。非覺路之反也。非空門之歸也。將安返乎。將安歸乎。今所和者。其章指卒歸于此。夫感不甚則悔不熟。感不至則悟不深。故廣足下七十韻爲一百韻。重爲足下陳夢遊之中所以甚感者。叙婚仕之際所以至感者。欲使曲盡其妄。周知其非。然後返乎眞。歸乎實。亦猶法華經敘火宅。偈化城。維摩經入淫舍。過酒肆之義也。微之微之。予斯文也。尤不可使不知吾者知。

幸藏之云爾

昔君夢遊春。夢遊仙山曲。恍若有所遇。似愜平生欲。因尋菖蒲水。漸入桃花谷。到一紅樓家。愛之看不足。池流渡清泚。草嫩蹋綠蓐。門柳暗全低。簷櫻紅半熟。轉行深深院。過盡重重屋。烏龍臥不驚。青鳥飛相逐。漸聞玉珮響。始辨朱履躅。遥見窗下人。娉婷十五六。霞光抱明月。蓮艷開初旭。縹緲雲雨仙。氛氳蘭麝馥。

風流薄梳洗。時世寬粧束。袖軃異文綾。裙輕單絲縠。
裙腰銀綠壓。梳掌金筐蹙。帶纈紫蒲萄。袴花紅石竹。
凝情都未語。付意微相矚。眉斂遠山青。鬟低片雲綠。
帳牽翡翠帶。被解鴛鴦襆。秀色似堪餐。穠華如可掬。
半捲錦頭席。斜鋪繡腰褥。朱唇素指勻。粉汗紅綿撲。
心驚夢易覺。夢斷魂難續。籠委獨栖禽。劍分連理木。
存誠期有感。誓志貞無黷。京雒八九春。未曾花裡宿。
壯年徒自棄。佳會應無復。鸞歌不重聞。鳳兆從茲卜。
韋門女清貴。裴氏甥賢淑。羅扇夾花燈。金鞍攢繡轂。
既傾南國貌。遂坦東牀腹。劉阮心漸忘。潘楊意方睦。

新修履信第。初食尚書祿。九醞備聖賢。八珍窮水陸。
秦家重蕭史。彥輔憐衛叔。朝饌饋獨盤。夜醪傾百斛。
親賓盛輝赫。妓樂紛曄煜。宿醉纔解酲。朝歡俄枕麴。
飲過君子爭。令甚將軍酷。酩酊歌鷓鴣。顛狂舞鴝鵒。
月流春夜短。日下秋天速。謝傅隙過駒。蕭娘風送燭。
全彫蕣花折。半死梧桐禿。闇鏡對孤鸞。哀猿留寡鵠。
凄凄隔幽顯。冉冉移寒燠。萬事此時休。百身何處贖。
提攜小兒女。將領舊姻族。再入朱門行。一傍青樓哭。
櫪空無廄馬。水涸失池鶩。搖落廢井梧。荒涼故籬菊。
莓苔上几閣。塵土生琴筑。舞榭綴蟏蛸。歌梁聚蝙蝠。

嫁分紅粉妾。賣散蒼頭僕。門客思徬徨。家人哭咿噢。
心期正蕭索。宦序仍拘跼。懷策入峭函。驅車辭郟鄏。
逢時念既濟。聚學思大畜。端詳筮仕蓍。磨拭穿楊鏃。
始從讐校職。首中賢良目。一拔侍瑤池。再陞紆繡服。
誓酬君王寵。願使朝廷肅。密勿奉封章。清明操憲牘。
鷹韝中病下。豸角當邪觸。糺謬靜東周。申冤動南蜀。
危言詆閽寺。直氣忤鈞軸。不忍曲作鉤。乍能折爲玉。
捫心無愧畏。騰口有謗讟。只要明是非。何曾虞禍福。
車摧太行路。劍落豐城獄。襄漢問脩途。荆蠻指殊俗。
謫爲江府掾。遣事荆州牧。趨走謁麾幢。喧煩視鞭扑。

簿書長自領。縲囚每親鞫。竟日坐官曹。經旬曠休沐。
宅荒渚宮草。馬瘦畬田粟。薄俸等涓毫。微官同桎梏。
月中炤形影。天際辭骨肉。鶴病翅羽垂。獸窮爪牙縮。
行看鬢間白。誰勸杯中綠。時傷大野麟。命問長沙鵩。
夏梅山雨漬。秋瘴海雲毒。巴水白茫茫。楚山青簇簇。
吟君七十韻。是我心所蓄。既去誠莫追。將來幸前勗。
欲除憂惱病。當取禪經讀。須悟事皆空。無令念將屬。
請思遊春夢。此夢何閃倏。艷色卽空花。浮生乃焦穀。
良姻在佳偶。頃刻爲單獨。入仕欲榮身。須臾成黜辱。
合者離之始。樂兮憂所伏。愁恨僧祇長。歡榮刹那促。

覺悟因旁喻。迷執豨當局。膏明誘闇蛾。陽燄奔癡鹿。貪爲苦聚落。愛是悲林麓。水蕩無明波。輪廻生死輻。塵應甘露灑。垢待醍醐浴。瘴要智燈燒。魔須慧刀戮。外熏性易染。內戰心難衄。法句與心王。期君日三復

題會眞詩三十韻　　杜牧

鸂鶒出深籠。麒麟步遠空。拂牆花颯颯。透戶月朧朧。暗度飛龍竹。潛挨舞鳳桐。松篁搖夜影。錦繡動春風。遠信傳青鳥。私期避玉童。柳煙輕漠漠。花氣淡濛濛。小小釵簪鳳。盤盤髻綰龍。無言欹寶枕。赧面對銀釭。姑射離仙闕。姮娥降月宮。精神絕趙北。顏色冠蒲東。

密約千金值。靈犀一點通。脩眉蛾綠掃。媚臉粉香蒙。
燕隱凝香壘。蜂藏芍藥叢。留燈垂繡幕。和月簌簾櫳。
弱體花枝顫。嬌顏汗顆融。笋抽纖玉軟。蓮襯朶頤豐。
笑吐丁香舌。輕搖楊柳躬。未酬前恨足。肯放此情鬆。
幽會愁難載。通宵意未窮。錦衾溫未暖。玉漏滴將終。
密語重言約。深盟各訴衷。樹交連理並。帶結合歡同。
煙篆消金獸。燈花落玉蟲。殘星光閃閃。曙色影曈曈。
別淚傾江海。行雲蔽華嵩。花鈿留寶匳。羅帕記新紅。
有夢思春草。無因繫短蓬。傷心怨別鶴。停目送歸鴻。
厚德難酬報。高天可逕沖。寸誠言不巳。封在錦箋中。

春詞酬元微之　沈亞之

黃鶯啼時春日高。紅芳發盡井邊桃。美人手暖裁衣易。片片輕花落翦刀

鶯鶯歌　李紳

伯勞飛遲燕飛疾。垂楊綻金花笑日。綠窻嬌女字鶯鶯。金雀鴉鬟年十七。黃姑上天阿母在。寂寞霜姿素蓮質。門掩重關蕭寺中。芳草花時不曾出。河橋上將亡官軍。虎旗長戟交壘門。鳳凰詔書猶未到。滿城戈甲如雲屯。家家玉貌棄泥土。少女嬌妻愁被虜。出門走馬皆健兒。紅粉潛藏欲何處。嗚嗚阿母啼向天。窻

中抱女投金鈿。鉛華不顧欲藏艷。玉顏轉瑩如神仙。此時潘郎未相識。偶住蓮館對南北。潛歎恓惶阿母心。為求白馬將軍力。明明飛詔五雲下。將選金門兵悉罷。阿母深居雞犬安。八珍玉食邀郎餐。千言萬語對生意。小女初笄為姊妹。丹誠寸心難自比。寫在紅箋方寸紙。寄與春風伴落花。彷彿隨風綠楊裡。窗中暗讀人不知。翦破紅綃裁作詩。還怕香風易飄蕩。自令青鳥口銜之。詩中報郎含隱語。郎知暗到花深處。三五月明當戶時。與郎相見花間路

會眞賦

千秋絕艷賦 有小序

方諸生

吳郡毛允遂公子出其內所臨錢叔寶會眞卷。周公瑕爲題曰千秋絕艷。命余作。賦卷中悉次金元人所爲傳奇語。稍波及賦曰

美夫河中麗人。雒下書生。㛹娟蕙質。繾綣蘭情。嫣然色授。瞻矣目成。宛轉生前之恨。嬋媛身後之名。爾其漢皐春麗。蕭寺花濃。心勞金屋。人閉珠宮。托媚詞于尺素。尋芳信于飛鴻。迨夫佼人月下。綺樹牆東。既緘情于麗句。亦示赧于頳容。凄其良夜。黯彼回風。于是

酬卓琴兮多露。荐韓香兮下陳。雲捧瑶釵。不負明星之約。粧留角枕。猶嬌在榻之春。乃至王孫之草方青。河橋之柳堪折。殢錦帶于新懽。愴羅巾于生别。投夜絃而留連。報春鴻而凄絶。環一解于中摧。鏡長分于永訣。憯紫玉之張羅。悵青綾之同穴。海塡衛而難平。血啼鵑而不滅。則有南宮詞客。北里騷人。繡腸欲絶。彩筆如新。韻清商于子夜。度艶曲于陽春。亦有丹青點筆之工。盤薄含毫之史。臆彼多情。圖其有美。高堂片障。崔徽一紙。未若秦嘉之婦。張玄之妹。麗彼舜英。才方錦字。抽烏紗之逸藻。聊試隃麋。揚粉本之餘妍。

詫傳側理。夫其塗黃乍就。浮渲欲飛。顰瞬似語。態弱
堪持。嫵然而狎。俛然而思。粲然而笑。蹙然而啼。神情
綽約。芳澤陸離。雒水無聲之賦。金荃設色之詞。乃知
凡理有窮。惟情無盡。感可決脰。愁堪彫鬢。楚楚短綃。
茫茫長恨。俯仰今昔。我輩差近。噫嘻崔娘。窈窕天人。
其儷張郎。才地則均。嗟紅顏之薄命。怨錦翼之離羣。
抱丹誠而不化。咏白首而難陳。即憔悴之見絕。仍掩
抑而含辛。悲絕艷于既謝。寄麗詞于長犨。倘有情之
披攬。當三慨于斯文

會眞說

嘗讀蘇內翰贈張子野詩云。詩人老去鶯鶯在。注言所謂張生。乃張籍也。僕按微之所作傳奇鶯鶯事。在貞元十六年春。又言明年生文戰不利。乃在十七年。而唐登科記張籍以貞元十五年高郢下登科。旣先二年。決非張籍明矣。每觀斯文。撫卷歎息。未知張生果爲何人。意其非微之一等人。不可當也。會淸源莊季裕爲僕言。友人楊阜公嘗讀微之所作姨母鄭氏墓誌。云其旣喪夫。遭亂軍。微之爲保護其家備至。則所謂傳奇者。蓋微之自敘。特假他姓以避就耳。僕退

而考微之長慶集。不見所謂鄭氏誌文。豈僕家所收
未完。或別有他本。然細味微之所敘。及考于他書。則
與季裕之所說皆合。蓋昔人事有悖于義者。多託之
鬼神夢寐。或假之他人。或云見別書。後世猶可考也。
微之心不自抑。既出之翰墨。姑易其姓氏耳。不然。爲
人敘事。安能委曲詳盡如此。按樂天作微之墓誌。以
太和五年薨。年五十三。則當以大曆十四年己未生。
至貞元十六年庚辰。正二十二歲。又韓退之作微之
妻韋叢墓誌文。作壻韋氏時。微之始以選爲挍書郎。
又微之作陸氏姊誌云。予外祖父授睦州刺史鄭濟。

白樂天作微之母鄭夫人誌。亦言鄭濟女。則鶯鶯者乃崔鵬之女。于微之爲中表。非特此而已。僕家有微之作元氏古艷詩百餘篇。中有春詞二首。其間皆隱鶯字。及自有鶯鶯詩。離思詩。雜憶詩。與傳奇所載猶一家說也。又有古決絕詞。夢遊春詞。前敘所遇。後言捨之以義。及敘娶韋氏之年。與此無少異者。其詩多隱雙文意。謂二鶯字爲雙文也。并書于後。使覽者可考焉。又意古艷詩。多微之專因鶯鶯而作無疑。又微之百韻詩寄樂天云。山岫當階翠。牆花拂面枝。鶯聲愛嬌小。燕翼翫逶迤。又云。幼年與蒲中詩人楊巨源友善日課詩凡是數端有一于此可驗決爲微之無疑況于如是之衆耶然必更以張生者豈元與張受姓命氏本同所自出耶僕性喜討論考合同異每聞一事隱而未見及可見而不同如瓦礫之在懷必欲討閱歸于一說而後已甞謂讀千載之書而探千載之迹必須盡見當時事理如身履其間絲分縷解終始備盡乃可以置議論若略執一言一事未見其餘則事之相戾者多矣又謂前世之事無不可考者特學者觀書少而未見耳微之所遇合雖涉于流宕自放不中禮義然名輩流風餘韻照映後世亦人間可

喜事而士之臻此者特鮮矣雖巧爲避就然意微而顯見于微之其他文辭者彰著又如此故反復抑揚張而明之以信其說他時見所謂姨母鄭氏誌文當詳載于後云 宋王銍

元公初娶京兆韋氏字蕙叢官未達而苦貧繼室河東裴氏字柔之二夫人俱有才思時彥以爲佳偶初韋蕙叢卒不勝其悲爲詩悼之曰謝家最小偏憐汝嫁與黔婁百事乖顧我無衣搜畫篋泥他沽酒拔金釵野蔬充膳甘長藿落葉添薪仰古槐今日贈錢過百萬爲君營葬復營齋又曰曾經滄海難爲水除却

巫山不是雲。後自會稽拜尚書右丞。到京未逾月。出鎮武昌。是時中門外構緹幕。候天使送節。忽聞宅內慟哭。侍者曰。夫人也。乃傳聞節鉞將至。何長慟焉。裴氏曰。歲杪到家鄉。先春又赴任。寄情未半相見。所以如此。立贈柔之詩曰。窮冬至鄉國。正歲到京華。自恨風塵異。常看遠地花。碧幢還炤耀。紅粉莫咨嗟。嫁得浮雲壻。相隨却是家。裴氏柔之答曰。侯門初擁節。御苑柳絲新。不是悲殊命。惟愁別是親。黃鶯遷古木。珠履陡清塵。想到千山外。滄江正暮春。元公與裴氏琴瑟和諧。亦房帷之美也。余故手編錄之。與好事者共

焉唐范攄

元公悼韋詩只念其伉儷之情與禦窮之雅而當時人亦僅以才思堪爲佳偶並未及貌也然則滄海巫雲之喻非雙文誰歟

石林詩話謂開簾風動竹疑是故人來與徘徊花上月空度可憐宵此兩句雖小說實佳句僕謂上聯在李君虞集中此卽古詞風吹窗簾動疑是所歡來之意梁費昶亦曰簾動意君來柳惲曰颯颯秋桂響非君趁夜來麗情集曰待月西廂下迎風戶半開隔牆花影動疑是玉人來齊謝朓懷故人詩離居方歲月

故人不在茲。清風動簾夜。明月炤窗時。皆一意也 王楙

張先郎中子野能爲詩。年已八十。家猶畜聲妓。子瞻贈詩云。詩人老去鶯鶯在。公子歸來燕燕忙。正均用當家故事也。按唐有張君瑞遇崔氏女于蒲。崔小名鶯鶯。元稹與李紳語其事。作鶯鶯歌。漢童謡曰。燕燕尾涎涎。張公子。時相見。又曰。張祜妾名燕燕。其事跡與夫對偶精切如此。鶯鶯對燕燕。已見于杜牧之詩。曰。綠樹鶯鶯語。平沙燕燕飛。前輩用者。皆有所祖。南唐馮延巳詞。燕燕巢時羅幕捲。鶯鶯啼處燕栖空。亦以鶯鶯燕燕作對 同前

按野談。近內黃野中。掘得鄭恒墓誌。乃給事郎秦貫撰。其敘恒妻。則博陵崔氏。世遂以崔爲鶯鶯。余按會眞記雖謂鶯鶯委身于人。而不著名氏。鄭恒之名。特始見于西廂傳奇。蓋烏有之辭也。世以墓誌之名偶與烏有之辭合而鄭恒之配。又適與鶯鶯之氏同。遂以墓誌之崔爲鶯鶯。誤矣 舊本疏

余向在武林日。于一友人處。見陳居中所畫唐崔麗人圖。其上有題云。並燕鶯爲字。聯徽氏姓崔。非煙宜采畫。秀玉勝江梅。薄命千年恨。芳心一寸灰。西廂舊紅樹。曾與月徘徊。余丁卯春三月。銜命陝右。道出于

蒲東普救之僧舍所謂西廂者有唐麗人崔氏女遺炤在焉因命畫師陳居中繪模眞像意非登徒子之用心迨將勉情鍾終始之戒仍綴四十言使好事者知伯勞之歌以記云泰和丁卯林鍾吉日十洲種玉宜之題延祐庚申春二月余傳命至東平顧市鬻雙鶯圖觀久之弗見主人而歸夜宿府治西軒夢一麗人綃裳玉質逡巡而前曰君玩雙鶯圖雖佳非君几席間物委流落久矣有雙鶯名冠古今願託君爲重覺而怪之未卜何祥遲明欲行忽主人攜鶯圖來且四軸余意麗人雙鶯符此數耳繼出一小軸乃夢所

見有詩四十字跋語九十八識曰泰和丁卯出蒲東普救僧舍繪唐崔氏鶯鶯眞十洲種玉大誌宜之題畫詩書皆絕人品也余驚詫良久時有司羣官吏環視因縮不目託以跋語佳勝贖之吁物理相感果何如邪豈法書名畫自有靈邪抑名不朽者隨神邪遇合有定數邪余嘗謂關雎碩人姿德兼備君子之配也琴心雪句才艷聯芳文士之偶也自詩書道廢丈夫弗學況女流邪故近世非無色秀往往脂粉腥穢鴉鳳莫辨求其彷彿待月章之萬一絕代無聞焉此亦慨世降之一端也因歸于我義弗辭已宜之者蓋

前金趙愚軒之字。曾爲輦西簿。遺山謂泰和有詩名。五言平淡。他人未易造。信然。泰和丁卯。迨今百四十年云。其月二日。壁水見士思容題。右共一百五十九字。雖不知壁水見士爲何如人。然二君之風韻可想見矣。因俾嘉禾繪工盛懋臨寫一軸。適舅氏趙公侍制雖見而愛之。就爲錄文于上 陶宗儀崔氏麗人圖跋

曲者。詞之變。自金元入中國。所用胡樂。嘈雜淒緊。緩急之間。詞不能按。乃更爲新聲以媚之。而諸君如貫酸齋馬東籬王實父關漢卿張可久喬夢符鄭德輝宮大用輩。咸富有才情。兼善聲律。以故遂擅一代之

長所謂宋詞元曲殆不虛也但大江以北漸染胡語時時採入而沈約四聲遂闕其一東南之士未盡顧曲之周郎逢掖之間又稀辨撾之王應稍稍復變新體號爲南曲高拭則成遂掩前後大抵北主勁切雄麗南主清峭柔遠雖本才情務諧俚俗譬之同一師承而頓漸分教俱爲國臣而文武異科今談曲者往往合而舉之良可笑也 王弇洲

有客謂余曰嘗客安平其俗如廁男女皆用瓦礫代紙殊爲嘔穢余笑曰安平晉唐間有博陵縣鶯鶯縣人也爲奈何客曰議大家閨秀當必與俗自異余復

笑曰請爲君拈廁籌二事比齊文宣帝如廁令楊愔執廁籌是皇帝之尊用廁籌而不用紙也三藏律部宣律師上廁法亦用廝籌是比丘之淨用廁籌而不用紙觀此廁籌瓦礫均也不能不爲鶯鶯要處掩鼻耳客爲噴飯滿案 胡元瑞

院本止四折其中有餘情難槩入四折者則又有楔子楔子止一二小令非長套也其牌名止有賞花時端正好耳四折首必仙呂末必雙調中二折雜用此一定之規也亦有二三折先用雙調而末用別調者其變耳十不得一也人有見余雜劇而疑余折數少

者。余曰。此元體。不可多也。又或有詰之者曰。西廂何以二十折。不知西廂是五本。正是四折之體。故每四折完。則有題目正名四句。如老夫人閙春院。崔鶯鶯燒夜香。小紅娘傳好事。張君瑞閙道場。是也。是一本之體已完。故亦小具首尾。前有賞花時二段楔子也。游藝中原。首折仙呂也。梵王宫殿月輪高。末折雙調也。而尾聲終。則又別取一韻。以絡繹娘煞尾結之。多爲承上接下之詞。以引起下本。如只因閉月羞花容貌。幾致得翦草除根大小。爲下飛虎張本是也。考元劇。有一事而各爲數本者。則情同而本異。如李亞仙陳琳崔護之類。余紅拂亦然。有數本而共衍一事者。則情聯而本分。如西廂之類。余所未脫稿。吴保安亦然。人自目前草草忽過。不知其體。而妄作妄議。止可爲識者一笑。新坊刻以題目正名及絡絲娘煞尾爲贅而刪之。則尤可笑。又不識何物。而有存有去。則更可笑。又北曲無別脚。止末旦外淨。末郎南曲之所謂生也。有副之者。則曰沖末。郎南曲之小生也。末粧秀士。或稱細酸。或稱酸旦。有沖旦。郎南之貼旦。有外旦。是外所扮。郎南老旦。至今西廂舊本首折。猶有外扮老夫人。可考也。外粧官人則稱狐。粧老母則稱卜。粧村老則稱孛。而淨粧旦。則稱花旦。或稱茶旦。粧盜賊則稱邦。總之止是四腳色。而異其名。唱者止一人。非末。即旦。其有前後另是人名而亦唱者。是即以末旦腳色換扮之。易名而不易人也。餘人不唱一句。即沖末沖旦亦無唱者。此自北曲之體如此。今塡詞家以南名入北本。有生有丑等字。旣已非倫。而一折之中。更唱迭和。悉失北本一人爲椿之法。使深于演北之優人。固知其不可當場也。反有疑余所度者。若何止四折。若何止一人唱。若何無生而止末。若何有狐卜等爲何物。剌剌問余。余安能人辨之而人解之。先輩

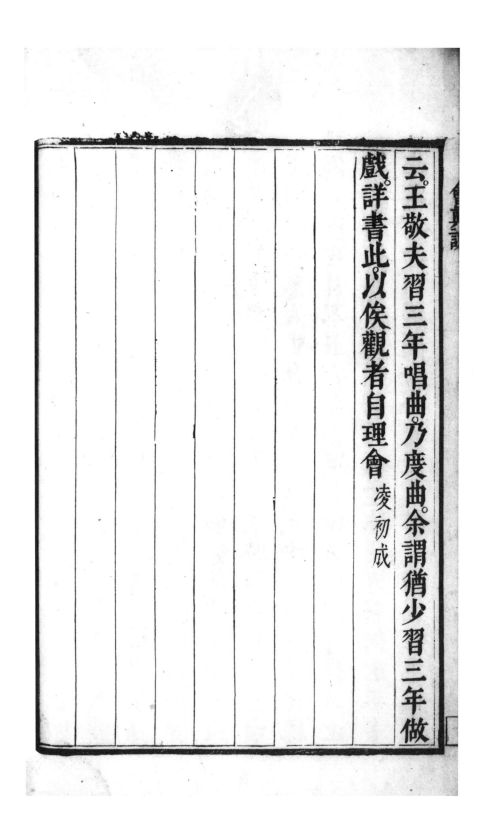

云。王敬夫習三年唱曲乃度曲。余謂猶少習三年做
戲。詳書此。以俟觀者自理會　凌初成

錢塘夢

試問水歸何處。無明徹夜東流。滔滔不管古今愁。浪花如噴雪。新月似銀鈎。暗想當年富貴。掛錦帆直至楊州。風流人去幾千秋。兩行金線柳。依舊纜扁舟。青山無數。綠水無數。那更白雲無數。霸陵橋上望西川。動不動八千里路。去時節春暮。來時節秋暮。急回頭又早冬暮。想人生會少離多。歎光陰能有幾度春風酒一壺。夜月琴三弄。今古罕曾聞。試聽錢塘夢。話說宋朝有一秀才。覆姓司馬名猷。本貫汴梁人也。年方弱冠。早赴科場。腹中背記五車書。胸內包藏千古史。

那秀才往錢塘江上觀光上國。遂攜琴劒書箱。取路逕往杭州。在路非止一日。飢餐渴飲。夜住曉行。不覺早到杭州。怎見得杭州好景。歐陽公有詩爲證。山外青山樓外樓。西湖歌舞幾時休。暖風熏得遊人醉。只把杭州作汴州。說不盡杭州好景。有東萊西水。南柴北米。自古建都之地。名賢隱跡之鄉。四時有不謝之花。八節有長春之景。東西酒肆會嘉賓。南北歌樓煙月市。有三十六條花柳巷。七十二座管絃樓。更有一塌閒田地。不是栽花蹴氣毬。那秀才探親已畢。因同幾箇詩人。宴賞于西湖之上。怎見得西湖好景。蘇東坡有詩爲證。湖光瀲灔晴方好。山色空濛雨亦奇。若把西湖比西子。淡粧濃抹也相宜。說不盡西湖好景。又有詩爲證。依依楊柳沿堤綠。灼灼桃花映水紅。隱隱山藏三百寺。重重雲鎖二高峰。端的是山藏美玉。地產靈芝。湖光堂上勝蓬萊。四聖觀中欺閬苑。湖光瀲灔。蘭橈畫槳數千船。山景融和。玉砌金堆千萬戶。九井玉龍噴紫霧。三潭明月浸玻瓈。柳陰白鶴飛還往。船畔金鱗戲水遊。青青柳岸漁人塢。點點花香樵子村。斷橋深處。有泛桃花流紅葉。浴鴛鴦。浮鷗鷺。暖溶溶三千頃波漾瑠璃。水簾洞前。有鎖蒼崖懸雨脚。

堆螺髻列畫屏青鬱鬱三百里山橫翡翠春風郊野綠楊影裡聽鶯啼夏日園林沽酒樓前堪戲馬秋光將暮看東籬菊蘂包金臘雪纔消向暖處江梅破玉山中景致不同四季遊人快樂柳洲亭下畫船舉棹喚遊人豐樂橋前酒旗搖風招過客九里青松煙淡淡六橋金柳翠依依曉霞遙映三天竺暮雲深鎖二高峰風起處猿呼洞口雨飛來龍井山頭冷泉亭下有冷清清碧澄澄流皓月浸寒星千千丈瀑布掛飛龍靈隱寺前有焰騰騰光爍爍瑞氣沖天花落萬萬朶祥雲籠佛殿步蘇堤東坡楊柳院訪孤山和靖老

梅軒。又有詩爲證。畫閣映山山映閣。碧天連水水連天。金勒馬嘶芳草地。玉樓人醉杏花天。那秀才觀之不足。翫之有餘。至暮而歸。遂往錢塘江上。江頭景致與城中大異。西望七里灘。嚴光舊跡。東觀會稽山。謝安幽居。泉香酒美。波深魚肥。日落山腰。風生渡口。怎見得日落山腰。捧金盤懸玉鏡。曜三光明六合。濃靄靄萬里海雲推月上。風生渡口。走銀山崩泰華。喊千軍奔萬馬。骨碌碌一江春水送潮來。江頭是好景致。有迴文詩爲證。潮隨暗浪雪山傾。遠浦漁舟釣月明。橋對寺門松逕小。檻當泉眼石波清。迢迢綠水江天曉靄靄紅霞晚日晴遥望四邊雲接水碧波千頃數鷗輕那秀才喜不自勝于是卜築爲居壘土爲垣栽花爲苑編籬爲户引水爲池取土掘深三尺忽見骸骨一副儼然家童來報秀才秀才言曰甚人遺體不可棄之于是用石匣裝盛葬于高阜去處不覺的天色已晚金烏漸漸墜西山玉兔看看上翠闌深院佳人頻報道月移花影又更殘是夜晚間金風颯颯玉露冷冷銀河耿耿皓月澄澄那秀才取一壺酒仗一口劍操一曲琴吟一首詩瑶琴塵暗鴛鴦錦梨花夢繞珊瑚枕晚風時送異香來一曲高歌邀月飲那秀

才歌罷。驀然起一陣狂風。那風是大不大。有詩爲證。無形無影透人懷。四季能吹萬物開。就地撮將黃葉去。入山推出白雲來。這風不大有第二陣風。那風非干虎嘯。豈是龍吟。卒律律。寒風撲面。清冷冷。冷氣侵人。急不能開花謝柳。暗藏着水怪山妖。那風眞箇是吹折地獄門前樹。捲起酆都頂上塵。更有第三陣風。入紗窻。滅銀釭。穿畫閣。透羅裳。舞飄飄吹花擺柳。昏慘慘走石颺砂。俄然過處頻敲竹。驀地飄來不見花。秖聽得環珮鏗鏘。麝蘭縹緲。異香襲人。風清月朗。那秀才正疑思之間。忽聞窻外有人言。那秀才開門忙覷乃是一女子。髻挽烏雲。眉彎新月。肌凝瑞雪。臉襯朝霞。有沉魚落鴈之容。閉月羞花之貌。秋波滴瀝。雲鬢輕盈。淡掃蛾眉。薄施朱粉。舒玉指。露春笋纖長。下香階。顯金蓮步穩。端的是儀容嬌媚。體態輕盈。綺羅隊裡生來。却厭繁華氣象。珠翠叢中長大。那堪雅淡梳粧。開遍海棠。也不問夜來多少。飄殘柳絮。竟不知春去如何。要知他半點眞心。除非是穿瑣窻皓月。能囘他一雙嬌眼。却便似翻繡幌清風。比花花解語。比玉玉生香。臨溪雙雒浦。對月兩姮娥。那女子輕移蓮步。有蘂珠仙子之風。緩蹙湘裙。似水月觀音之態。環低素手啟一點朱唇露。雨行皓齒。早蒙葬骨之恩。未敢有忘。今夜特來拜謝。願陪枕席之歡。共效于飛之樂。若不相棄。賤妾萬幸。那秀才聽罷。正色而怒。帶酒而言。非前生半面之交。却怎生取一宵之樂。又不曾好句有情聯夜月。落花無語怨東風。眉尖眼角傳心事。月下星前說誓盟。你是何方鬼怪甚處精靈。爲甚賓夜前來。迷惑讀書君子。那女子聽罷。恰陪笑臉。低首無言。手執白牙象板。高歌一曲。名曰蝶戀花。妾本錢塘江上住。花落花開。不記流年度。燕子銜將春色去。紗窗幾陣黄梅雨。那秀才聽罷。恰便似林鶯嚦嚦。

五

山溜泠泠。歌喉宛轉。餘韻悠揚。向前欲問其繇。那女子化清風而不見。霎然驚覺。乃是南柯一夢。那秀才欠身而起。披衣出户。見滿地花陰。半窗明月。三唱雞聲。東方漸白。悔之不及。于是忙呼左右。急喚家童。取將文房四寳。磨得墨濃。蘸得筆飽。亦作蝶戀花半篇。其詞曰。斜揷犀梳雲半吐。檀板輕敲。唱徹黄金縷。歌罷彩雲無覓處。夢回明月生西浦。

錢塘博陵風馬牛也何縁埋玉於此君亦渡南耶不知昔人何以置諸會眞後也以其筆機流動墨花蒼豔姑仍存之既巳夢幻豈容思議

董解元西厢记

[金]董解元 撰

題西廂

方金元氏之暴興也。非但不通文。亦未嘗識字。非但不識字。并未嘗有字。其後假他國番書。用以勾稽期會。悉南士之仕彼者教之云云。況聯章累牘。鬭巧獻奇。起無地之樓臺。變立時之寒燠。虜雖黠。其遽能然乎。此非予之言也。史言之。史具在也。然則今之所爲千秋絶艶者。安得動稱金元云乎哉。使其升關閩濂洛之堂。聰明膽識。不下某某輩。成一家言。黼黻六經。卽廟祀血食。寧輿人任。不得用彼顯而以此聞。夫豈其才之罪哉。嗟乎。道器命性。徵角宮商。究竟亦無異。

獨以三蒼不律。作篆古皮盧。是可惜耳。然孰敺之也
乎。孰敺之也乎。誰爲了此者。予將進而問焉。

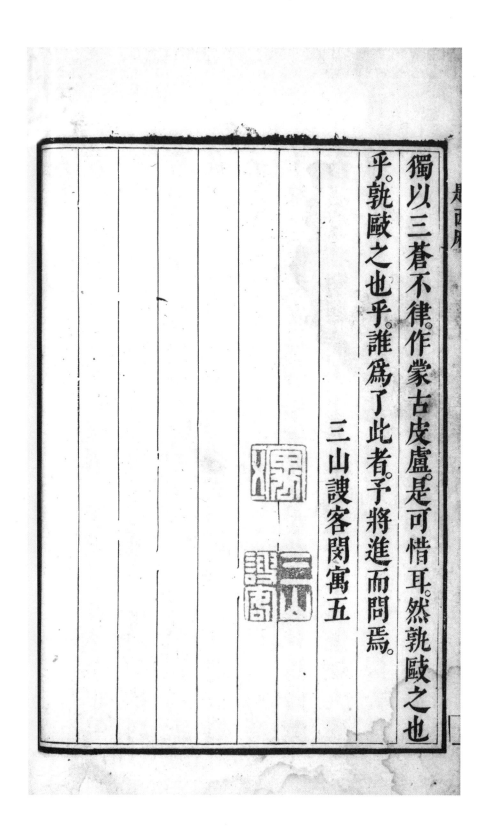

三山謏客閔寓五

董解元西廂記

上

仙呂調 醉落魄纏令 引辭 吾皇德化。喜遇太平多暇。干戈倒載閒兵甲。這世爲人。白甚不歡洽。◯秦樓謝館鴛鴦幄。風流稍是有聲價。教惺惺浪兒每都伏咱。不曾胡來。俏倬是生涯

整金冠 攜一壺兒酒。戴一枝兒花。醉時歌。狂時舞。醒時罷。每日價疎散。不曾着家。放二四。不拘束。儘人團剝

風吹荷葉 打拍不知箇高下。誰曾慣對人唱他說他。

好弱高低且接捺話兒不是朴刀桿棒長槍大馬

尾 曲兒甜腔兒雅裁翦就雪月風花唱一本兒倚翠偷期話

般涉調 哨遍 斷送引辭 太皞司春春工着意和氣生暘谷十里芳菲儘東風絲絲柳搓金縷漸次第桃紅杏淺水綠山青春漲生煙渚九十日光陰能幾早鳴鳩呼婦乳燕攜雛亂紅滿地任風吹飛絮濛空有誰主春色三分半入池塘半隨塵土○滿地榆錢算來難買春光住初夏永薰風池館有藤牀冰簟紗幮日轉午脫巾散髮沈李浮瓜寶扇搖紈素着甚消磨永

日有掃愁竹葉侍寢青奴霎時微雨送新涼些少金風透殘暑韶華早暗中歸去

（耍孩兒）蕭蕭敗葉辭芳樹切切寒蟬會絮淅零零疎雨滴梧桐聽啞啞鴈歸南浦澄澄水印千江月淅淅風篩一岍蒲窮秋盡千林如削萬木皆枯○朔風飄雪江天暮似水墨工夫畫圖浩然何處凍騎驢多應在霸陵西路寒侵安道讀書舍冷浸文君沽酒壚黃昏後風清月澹竹瘦梅疎

（太平賺）四季相續光陰暗把流年度休慕古人生百歲如朝露莫區區好天良夜且追遊清風明月休辜

負。但落魄。一笑人間今古。聖朝難遇◯俺平生情性好疎狂。疎狂的情性難拘束。一囘家想麽。詩魔多。愛選多情曲◯比前覽樂府不中聽。在諸宮調裏却着數。一箇箇旖旎風流濟楚。不比其餘

（柘枝令）也不是崔韜逢雌虎。也不是鄭子遇妖狐。也不是井底引銀餅。也不是雙女奪夫◯也不是離魂倩女。也不是謁漿崔護。也不是雙漸豫章城。也不是柳毅傳書

（牆頭花）這些兒古蹟。現在河中府。卽目仍存舊寺宇。這書生是西雒名儒。這佳麗是愽陵幼女。而今想得

冷落了迎風戶。唯有舊題句。空存着待月廻廊。不見了吹簫伴侶。聰明的試相度。惺惺的試窨付。不同熱鬧話。冷澹清虚最難做。三停來是閨怨相思。折半來是尤雲殢雨

【尾】窮綴作。腌對付。怕曲見捻到風流處。教普天下顛不刺的浪兒每許

此本話說唐時這個書生。姓張名珙字君瑞。西雒人也。從父宦遊於長安。因而家焉。父拜禮部尚書薨。五七載間。家業零替。緣尚書生前守官清廉。無他蓄積之所致也。珙有大志。二十三不娶

【仙呂調】【賞花時】西雒張生多俊雅。不在古人之下。苦愛詩書。素閑琴畫。德行文章没包彈。綽有賦名詩價。

選甚嘲風詠月。擘阮分茶○平日春闈較才藝。策名屢獲科甲。家業彫零。倦客京華。收拾琴書訪先覺。區區四海遊學。一年多半。身在天涯

〔尾〕愛寂寥。耽瀟灑。身到處他便爲家。似當年未遇的狂司馬

貞元十七年。二月中旬間。生至蒲州。乃今之河中府是也。有詩爲證。詩曰。濤濤金汁出天涯。滚滚銀波通海洼。九曲彎環衝孟邑。三門洶湧返中華。瞿塘瀲灔人虛說。夏口諠轟旅謾誇。儘有江湖競相接。上連霄漢泛浮槎。這八句詩題着黃河。那里最雄。無過河中府

〔仙呂調〕〔賞花時〕芳草茸茸去路遥。八百里地秦川春色早。花木秀芳郊。蒲州近也。景物盡堪描○西有黃

河東華嶽。乳口敵樓沒。與高。髣髴來到雲霄。黃流滚滚。時復起風濤

（尾）東風兩岸綠楊搖。馬頭西接着長安道。正是黃河津要。用寸金竹索。纜着浮橋

入得蒲州。見景物繁盛。君瑞甚喜。尋旅舍安止

（仙呂調）（醉落魄）通衢四達。景物最堪圖畫。蘢蔥瑞靄迷鴛瓦。接屋連甍。五七萬人家◎六街三市通車馬。風流人物類京華。張生未及遊州學。策馬攜僕。尋得箇店兒下

有宋玉十分美貌。懷子建七步才能。如潘岳擲果之容。似封騭心剛獨正。時間尚在白衣。目下風雲

未遂。張生尋得一座清幽店舍下了。任經數日。心中似有悶倦

黃鍾調　侍香金童　清河君瑞邸店權時住。又沒箇親知爲伴侶。欲待散心沒處去。正疑惑之際。二歌推戶

○張生急問道都知聽說。不問賢家別事故。聞說貴州天下沒有甚希奇景物。你須知處

尾　二歌不合盡說與。開口道不穀十句。把張君瑞送得來腌受苦

被幾句雜說閒言。送一段風流煩惱。道甚的來。道甚的來。道蒲州東十餘里。有寺日普救。自則天崇浮屠教。出內府財勑建。僧藍無麗於此。請先生一觀

高平調　木蘭花　店都知說一和。道國家修造了數載

餘過。其閒蓋造的非小可。想天宮上光景。賽他不過。說謊後小人圖甚麼。普天之下更沒兩座。張生當時聽說破道。譬如閒走。與你看去則箇

生出蒲州。隨喜普救寺。離城十餘里。須臾早到

【仙呂調】【醉落魄】綠楊影裏君瑞正行之次。僕人順手直東指道。兀底一座山門。君瑞定睛覷○見琉璃碧瓦浮金紫。若非普救怎如此。張生心下猶疑貳。道普天之下行來。不曾見這區宇

【尾】到跟前。方知是。覷牌額。分明是。勑賜。寫着簸箕來大六箇渾金字・

祥雲籠經閣。瑞靄罩鐘樓。三身殿。琉璃吻。高接清虛。舍利塔。金相輪。直侵碧漢。出墻有千竿君子竹。遶寺長百株大夫松。綠楊映一所山門。上明書金字牌額。簸箕來大顏柳眞書。寫勑賜普救之寺。秀才看了寺外景早喜。入寺來謁。知客令一行童引隨喜。陡然頓豁塵俗之性

【商調】【玉胞肚】普天下佛寺。無過普救。有三簷經閣。七層寶塔百尺鐘樓。正堂裏幡蓋懸在畫棟。廻廊下簾幕金鈎。一片地是琉璃瓦。瑞煙浮。千粱萬㪷寶階數尺是琉璃甃。重簷相對。一謎地是寶粧就◯佛前的供牀金間玉。香煙裊裊噴瑞獸。中心的懸壁周廻的畫像。是吳生親手。金剛揭帝骨相雄。善神菩薩相移走。張生覷了失聲的道果然好。頻頻地稽首。欲待問

是何年建見梁文上明寫着垂拱二年修

【尾】都知說得果無謬若非今日隨喜後着丹青畫出來不信道有

此寺蓋造眞是富貴搗椒泥紅壁雕花閒玉梁沉檀金四柱玳瑁壓階砥松檜交加花竹閒列觀此異景奢華果是人閒天上若非國力怎生蓋得

【雙調】【文如錦】景清幽看罷絕盡塵俗意普救光陰出塵離世明晃晃輝金碧修完濟楚栽接奇異有長松矮栢名葩異卉時潺潺流水湊着千竿翠竹幾塊湖石瑞煙微浮屠千丈高接雲霓○行者道先生本待觀景致把似這裏閒行隨喜塔位轉過迴廊見箇竹

簾兒掛起。到經藏北。法堂西。廚房南面。鐘樓東裏。向松亭那畔。花溪這壁。粉牆掩映。幾間寮舍。半亞朱扉。正驚疑。張生覷了。魂不逐體

（尾）瞥然一見如風的。有甚心情更待隨喜。立掙了渾身森地

當時張生却是見甚的來。見甚的來。與那五百年前疾憎的寃家。正打箇照面兒。一天煩惱。當初指引罵都知。滿腹離愁。到此發迷因行者。一塲旖旎風流事。今日相逢在此中

（仙呂調）（點絳唇纏）樓閣參差。瑞雲縹緲香風煖。法堂前殿。數處都行遍○花木陰陰。偶過垂楊院。香風散。半開朱戶。瞥見如花面

【風吹荷葉】生得於中堪羨。露着龐兒一半。宮樣眉兒山勢遠。十分可喜。二停似菩薩。多半是神仙

【醉奚婆】儘人顧盼。手把花枝撚。瓊酥皓腕。微露黃金釧

【尾】這一雙鶻鴒眼。須看了可憎底千萬。兀底般媚臉兒不曾見

手撚粉香春睡起。倚門立地怨東風。髻綰雙鬟。釵簪金鳳。眉彎遠山不翠。眼横秋水無光。體若凝酥。腰如弱柳。指猶春筍纖長。脚似金蓮穩小。正傳道小生二十三歲。未嘗近於女色。其心雖正。見此女子。頗動其情

【中呂調】【香風合纏令】轉過荼蘼架。正相逢着宿世那

寃家。一時間見了他。十分地慕想他。不道措大連心要退身却把箇門兒亞。喚別人不見吵。不見吵○朱櫻一點襯腮霞。斜分着箇龐兒鬢似鴉。那多情媚臉兒。那鶻鴒淥老兒難道不清雅。見人不住偷睛抹。被你風魔了人也嗏。風魔了人也嗏

（牆頭花）也沒首飾鉛華。自然沒包彈。淡淨的衣服兒扮得如法。天生更一段兒紅白。便周昉的丹青怎畫○手托着腮兒。見人羞又怕。覷舉止行處。管未出嫁。不知他姓甚名誰。怎得箇人來問咱○不曾舊相識。不曾共說話。何須更買卦。已見十分掉不下。兀的般

標格精神。管相思人去也媽媽

（尾）你道是可憎麽。被你直羞落庭前無數花

門前縱有閒桃李。羞對桃源洞裏人。佳人見生。羞婉而入

（大石調）（伊州滚）張生見了。五魂俏無主。道不曾見恁好女。普天之下。更選兩箇應無。膽狂心醉。使作不得顧危亡。便胡做。一向癡迷。不道其間。是誰住處。○忒昏沉。忒麤魯。沒掂三。沒思慮。可來慕古。少年做事。大抵多失心麤。手撩衣袂大踏步走至根前欲推戸。腦背後箇人來你試尋思怎炤顧

（尾）凜凜地身材七尺五。一隻手把秀才捽住。吃搭搭

地拖將柳陰裏去

眞所謂貪趂眼前人。不防身後患。猝任張生的是誰。云云。乃寺僧法聰也。生驚問其故。僧曰。此處公不可往。請詣他所。生曰本來隨喜。何往不可。僧曰。故相崔夫人宅眷。權寓於此

（仙呂調）（惜黃花）張生心亂。法聰頻勸。這裏面狠籍。又無看翫。不是廝遮攔。解元聽分辯。這一位也非是佛殿〇舊來是僧院。新來做了客館。崔相國家屬。現寄居裏面。君瑞道莫胡來。便死也須索看。這裏管塑蓋得希罕

（尾）莫推辭。休解勸。你道是有人家宅眷。我甚恰纔見水月觀音現

僧笑曰。子言謬矣。何觀音之有。此乃崔相幼女也。
生曰。家有閨女。容艷非常。何不居驛而寄居寺中。
應曰。夫人。鄭相女也。閨門有法。至於童僕侍婢。各
有所役。間有呼召。得至簾下者。亦不敢側目。家道
肅然。惡傳舍冗雜。故寓此寺。生曰。幾日見歸。僧曰。
近日將作水陸大會。及今歲有忌而不得葬。權置
相公柩于客亭。率幼女孤子。嚴祭祀之禮。待來歲
通方。詣都營葬。今于此守服看靈而已。怎見得當
時有如此事來。有唐李紳公垂。作鶯鶯本傳歌爲
證。歌曰。伯勞飛遲燕飛疾。垂楊綻金花笑日。緣窗
嬌女字鶯鶯。金雀鴉鬟年十七。黃姑上天阿母在。
寂寞霜姿素蓮質。門掩重關蕭寺中。芳草花時不
曾出

【大石調】【驀山溪】法聽頻勸道。先輩休胡想。一一話行
藏。不是貧僧說謊。適來佳麗。是崔相國的女孩兒。十
六七。小字喚鶯鶯。白甚觀音像。○張生聞語。轉轉心

勞攘。使作得似風魔。說了俵前又問當。顛來倒去。全不害心煩。貪說話。到日齋時。聽璫璫鐘響

語話之間。行者至。請生會飯。生不免從行者參堂頭和尚至德大師法本。法本見生服儒服。骨秀過羣。離禪榻以釋禮敬待

仙呂調【戀香衾】法本慌忙離禪榻。連披法錦袈裟。君瑞敬身。大師忙答。各序尊卑對榻坐。須臾飲食如法。一般般滋味肉食難壓○君瑞雖然腹中餒。奈胸中鬱悶如麻。待强吃些兒嚥他不下。飯罷須臾却卓几。急令行者添茶。銀瓶湯注。雪浪浮花

【尾】紙窗兒明僧房兒雅。一椀松風啜罷。兩箇傾心地。

便說知心話

氣合道和。如宿昔交。法本請其從來。生對以儒學進身。將赴詔選。游學連郡。訪諸先覺。偶至貴寺。喜貴寺清淨。願假一室。溫閱舊書

【般涉調】【夜游宮】君瑞從頭盡訴。小生是西雒貧儒。四海游學歷州府。至蒲州。因而到梵宇◯一到絕了塵慮。欲假一室看書。每月房錢併納與問吾師。心下許不許

生日。月終聊備錢二千。克房宿之資。未知吾師允否

【大石調】【吳音子】張生因僧好。見許以他辭說道比及歸去。暫時權任兩三月。欲把從前詩書溫閱。若不與

後而今沒這本話說

法本曰空門何計此利寮舍稍多但隨堂一齋一粥欲得三箇月道話何必留房緡俗之甚也

〔吴音子〕大師曰先生錯咱儒釋何分別若言着錢物自家齋舍卻難借況敝寺其間多有寮舍容一儒生又何礙也

生曰和尚雖然有此心奈容朝夕則可矣歲寒過有擾攘愚意不留房緡更不敢議有白金五十星聊充講下二茶之費本不受生堅納而起本邀之竟去緣是僧徒知生疏於財而重於義過善之乃呼知事僧引於塔位一舍後有一軒清肅可愛生令僕取行裝而至

〔中呂調〕〔碧牡丹〕小齋間閉戶沒一箇外人知處一間兒半擗掠得幾般來清楚一到其間絕去塵俗慮紙

窗兒明。湘簟兒細。竹簾兒疎 ◯ 晩來初過雨。有多少燕喧鶯語。大湖石畔。有兩三竿兒脩竹。好寄閒身。眼底無俗物。有幾扇兒紙屏風。有幾軸兒水墨畫。有一枚兒瓦香爐

【尾】其餘有與誰爲伴侶。有吟硯紫毫箋數幅。壁上瑶琴几上書

閒尋丈室高僧語。悶對西廂皓月吟。是夜月色如晝。生至鶯庭側近。口占二十字小詩一絶。其詩曰。

月色溶溶夜。花陰寂寂春。如何臨皓魄。不見月中人。

詩罷。遶庭徐步

【中呂調】【鶻打兔】對碧天晴。清夜月如懸鏡。張生徐步漸至鶯庭。僧院悄。廻廊靜。花陰亂。東風冷。對景傷懷。

微吟步月。淘寫深情◯詩罷躊躇不勝情。添悲哽。一天月色。滿地花陰。心緒惡。說不盡。疑惑際。俄然聽聽得啞地門開。襲襲香至。瞥見鶯鶯

（尾）臉兒稔色百媚生。出得門兒來慢慢地行。便是月殿裏姮娥也沒恁地撐

靑天瑩潔。瑞雲都向鬢邊來。碧落澄暉。秀色並顰眉上長。料想春嬌厭拘束。等閒飛出廣寒宮。容分一捻。體露半襟。嚲羅袖以無言。垂湘裙而不語。似湘陵妃子。斜偎舜廟朱扉。如月殿姮娥。微現蟾宮玉戶

（仙呂調）（整花冠）整整齊齊忒稔色。姿姿媚媚紅白。小顆顆的朱唇。翠彎彎的眉黛。滴滴春嬌可人意。慢騰

騰地行出門來。舒玉纖纖的春笋。把顫巍巍的花摘

○低矮矮的冠兒偏宜戴。笑吟吟地喜滿香腮。解舞的腰肢。瘦嵓嵓的一搦。簌簌的裙兒前刀兒短。被你風韻韻煞人也猜。穿對兒曲彎彎的。半折來大弓鞋

〔尾〕遮遮掩掩衫兒窄。那些㛹㛹婷婷體態。覷着剔團圞的明月。伽伽地拜

不知心事在誰邊。整頓衣裳拜明月。佳人對月。依君瑞韻。亦口占一絕。其詩曰。蘭閨久寂寞。無事度芳春。料得行吟者。應憐長歎人。生聞之驚喜

〔仙呂調〕〔繡帶兒〕映花陰。靠小欄。照人無奈月色十分滿眼睛兒不轉。仔細把鶯鶯偷看。早教措大心撩亂。

怎禁那百媚的寃家。多時也長歎。把張生新詩答和。語若流鶯囀。櫻桃小口嬌聲顫。不防花下有人腸斷

○張生聞語意如狂。相抛着大地苦不遠。沒些兒忌憚。便發狂言。手撩着衣袂。大踏步走至根前。早見女孩兒家心腸軟。諕得顫着一團。幾般兒害羞赧思量那清河君瑞。也是箇風魔漢。不防更被別人見。高聲喝道。怎敢戲弄人家宅眷

(尾)氣撲撲走得掇肩的喘。勝到鶯鶯前面。把一天來好事都驚散

眞所謂佳期難得。好事多磨。來的是誰。來的是誰。張生覷。乃鶯之婢紅娘也。鶯鶯問所以

【仙呂調】【賞花時】百媚鶯鶯正驚訝，道這妮子慌忙則甚？那管是媽媽便來吵。紅娘低報，教姐姐睡來呵。（促鶯同歸）○引調得張生没亂煞。把似當初休見他，越添我悶愁加。非關今世，管宿世冤家。

【尾】東風驚落滿庭花，玉人不見朱扉亞。孩兒莫不是俺無分共伊嘛。

生怏怏歸於寢舍，通宵無寐。

【大石調】【梅梢月】剗地相逢，引調得人來眼狂心熱。見了又休，把似當初不見。是他時節惱人的一對多情眼，强睡些何曾交睫。更堪聽、窗兒外面子規啼月。○

此恨教人怎說。待捹了依前又難割捨。一片狂心。九曲柔腸。剗地悶如昨夜。此愁今後知滋味。是一段風流寃業。下稍管折倒了性命去也

自茲厥後。不以進取爲榮。不以干祿爲用。不以廉恥爲心。不以是非爲戒。夜則廢寢。晝則忘餐。顛倒衣裳。不知所措。蓋慕鶯鶯如此

【大石調】【玉翼蟬】前時聽和尚說空。把愁眉斂。道相國夫人從來性氣剛。深有治家風範。怎敢犯。尋思了空悶亂。難覩鶯鶯面。更有甚身心。書幃裏做功課。百般悄如風漢。○水乾了吟硯。積漸裏塵蒙了書卷。千方百計。無由得見。小庭那畔。不見佳人門晝掩。列翅着

脚兒走到千遍數幅花牋相思字寫滿無人敢暫傳

正是咫尺是寃家渾如天樣遠

客窻錯種疎疎竹
細雨斜風故惱人

雙調 豆葉黃 薄薄春陰釀花天氣雨兒霡霂風兒淅瀝藥欄兒邊釣窻兒外粧點新晴花染深紅柳拖輕翠○採蕋的遊蜂兩兩相攜弄巧的黃鸝雙雙作對對景傷懷恨自已病裏逢春四海無家一身客寄

攪箏琶 窮愁淚窮愁淚掩了又還滴多病的情懷孤眠況味說不得苦懨懨一箇少年身已多因爲那薄倖種折倒得不戲○千般風韻一捻兒年紀多宜多

宜不惟道生得箇龐兒美那堪更小字兒得㥦人意
蟲蟻兒裏多情的鶯兒第一偏稱縷金衣你試尋思
自家又沒天來大福如何消得

（慶宣和）有甚心情取富貴一日瘦如一日悶答答孩
地倚着箇枕頭兒悄一似害的○寫箇帖兒倩人寄
寫得不成箇倫理欲待飛去欠雙翼甚時見你

（尾）心頭懷着待不思憶口中强道不憔悴怎瞞得青
銅鏡兒裏

千方百計無由得見意中人
喪盡身心終是難逢佗戲種

（正宮）（虞美人）（纏）霎時雨過琴絲潤銀葉籠香燼此時

風物正愁人。怕到黃昏。忽地又黃昏。◯花憔月悴羅衣褪。生怕旁人問。寂寥書舍掩重門。手捲珠簾。雙目送行雲

（應天長）兩眉無計解愁顰。舊愁新恨。這一番愁又新。淹不斷眼中淚。揾不退臉上啼痕。處置不下閒煩惱。磨滅了舊精神◯幾番修簡問寒溫。又無人傳信。想着後。先斷魂。書寫了。數幅紙。更不筭織錦迴文。我幾曾夢見人傳示。我虧你。你虧人

（萬金臺）比及相逢。奈何時下窘。你尋思悶那不悶。這些病何時可。待醫來。却又無箇方本。飲食每日餐三

頓。不曾飽吃了一頓。一日十二箇時辰。没一刻暫離方寸

（尾）待登臨又不快。閒行又悶。坐地又昏沈。睡不穩。只倚着箇鮫綃枕頭兒盹

生從見了如花。煩惱處治不下。本待欲睡。忽聽得櫳門兒低啞。見箇行者道。俺師父請吃椀淡茶。生攝衣而起。勉就方丈。與法本閒話

正宮調（應天長）僧齋擗掠得好清虛。有蒲團禪几。經案瓦香爐。窗間脩竹影扶疎。圍屏低矮。都畫山水圖。銀瓶點嫩茶。啜罷煩渴滌除。有行者法師張君瑞。一箇外人也無○許了林下做爲侶。說得言語眞箇不

入俗。高談濶論曉今古。一箇是一方長老。一箇是一代名儒。俗談没半句。那一和者也之乎。信道若説一夕話。勝讀十年書

【尾】傾心地正説到投機處。聽啞得門開瞬目覷。見箇女孩兒深深地道萬福

桃源咫尺無緣到。不意仙娥出洞來。生再覷久之。乃向者促鶯之人也

【般涉調】【牆頭花】雖爲箇侍婢。擧止皆奇妙。那些兒鶻鴒那些兒掉。曲彎彎的宮様眉兒。慢鬆鬆地合歡髻小○裙兒窄地。一搦腰肢裊。百媚的龐兒好那不妖。小顆顆的一點朱唇。溜汈汈一雙淥老○不苦詐打

扮。不甚艷梳掠。衣服盡素縞。稔色行爲定有孝。見張生欲語低頭見。和尚佯看又笑

（尾）道了箇萬福傳示了。姿姿媚媚地低聲道。明日相國夫人待做清醮

法本令執事准備。紅娘辭去。生止之曰。敢問娘子。宅中未嘗見婢僕出入何故紅娘曰。非先生所知也。生曰。願聞所以。紅娘曰。夫人治家嚴肅。朝野知名。夫人幼女鶯鶯。數日前。夜乘月色。潛出。夫人竊知。令妾召歸。失子母之情。立鶯庭下貴曰。爾爲女子。容艷不常。更夜出庭。月色如晝。使小僧游客得見其面。豈不自恥。鶯鶯泣謝曰。今當改過自新。不必娘自苦苦。然夫人怒色。鶯不敢正視。況婢妳敢亂出入耶。言訖而去。生謂法本曰。小生備錢五千。爲先父尚書作分功德。師曰。諾

（中呂調）牧羊關適來因把紅娘問。說夫人恁般情性。

作事威嚴。治家廉謹。無處通佳耗。無計傳芳信。欲要

成秦晉。天。天。除會聖◯悶荅孩地倚着窻臺兒盹。你

尋思大小大鬱悶。處治不下。擘畫不定。得後。是自家

釆。不得後。是自家命。更打着黄昏也。兀的不愁殺人

尾儻或明日見他時分。把可憎的媚臉兒飽看了一

頓。便做受了這恓惶也正本

生日。來日向道場裏。須見得

你。越睡不着。只是想着鶯鶯

中吕調碧牡丹小春寒。尚淺。前嶺早梅應綻。玉壺一

夜。積漸裏冰澌生滿。業重身心。把往事思量遍。悶如

絲。愁如織。夜如年◯自從人箇别。何曾考五經三傳。

怎消遣。除告得紙和筆硯。待不尋思。怎奈心腸輭。告天。天。天不應。奈何天

（尾）沒一箇日頭兒心放閒。沒一箇時辰兒不掛念。沒一箇夜兒不夢見

張生捱得天曉。來看做醮。已早安排了畢

（越調）（上平西纏令）月兒沈。雞兒叫。現東方日光。漸擁出扶桑。諸方檀越。不論城郭與村坊。一齊齊隨喜道場來。罷鋪收行○登經閣。游塔位。穿佛殿。立迴廊。遶着聖位。隨喜十王。供壇高壘寶花香。火閒金幢。救拔亡過相公靈。滅罪消殃

【鬬鵪鶉】法聰收拾。鼓鳴鐘響。衆僧雲集。盡臨壇上。有法悟法空。慧明慧朗。甚嚴潔。甚磊浪。法堂裏。擺列着諸天聖像○整整齊齊。自然成行。只少箇圓光。便似聖僧模樣。法本臨壇衆人瞻仰。盡稽首。都合掌。至心先把諸佛供養

【青山口】衆髭鬢簇捧着箇老婆娘。頭白渾一似霜。體穿一套孝衣裳。年、記到六旬以上。臨壇揖了衆僧。叩頭禮下當陽。左壁頭箇老青衣。拖着歡郎。右壁箇佳人。舉止輕盈。臉兒說不得的搶。把蓋頭兒揭起。不甚梳粧。自然異常。鬆鬆雲髻偏。彎彎眉黛長。首飾又没。

着一套兒白衣。直許多韻相

（雪裏梅）諸僧與看人驚晃。瞥見一齊都望。住了念經。罷了隨喜。忘了上香○選甚士農工商。一地裏鬧鬧攘攘。折莫老的小的。俏的村的。滿壇裏熱荒○老和尚也眼狂心痒。小和尚每掇頭縮項。立掙下法堂。九伯了法寶。軟癱了智廣

（尾）添香侍者似風狂。鐃磬的頭陀呆了半晌。作法的闍黎神魂蕩颺。不顧那本師和尚。聒起那法堂。怎遮當。貪看鶯鶯。鬧了道場

禪僧既見。十年苦行此時休。行者先憂。二月桃花今夜破。餘者尚然。張生何似

大石調 吳音子 張生心迷着。色事破了八關戒。佛名也不執。舊時敦厚性都改。抖擻風狂。攞弄九伯。作怪作怪◯騁無賴旁人勸他又誰倸。大師遙見。坐地不定害滋柰。覷着鶯鶯。眼去眉來。被那女孩兒不倸不倸

尾 短命冤家薄情煞。兀的不枉教人害。少負你前生眼兒債

抵暮。暮食畢。
大作佛事

般涉調 哨遍纏令 是夜道場。同業大衆。衆僧都來到。寶獸爐中瑞煙飄。璢璢地把金磬初敲。衆僧早躬身

合掌。稽首皈依佛法僧三寶。相國夫人煞年老。虔心豈避辭勞。鶯鶯雖是箇女孩兒。孝順別人卒難學。禮拜無休。追薦亡靈。救拔先考〇那作怪的書生。坐間悄一似風魔顛倒。大來没尋思。所爲没些兒斟酌。到來一地的亂道。幾曾懼憚相國夫人。不怕旁人笑。盛說法打匹。似鬧唵諢。正念佛作偈。把美令見胡嘌。秀才家那箇不風魔。大抵這箇酸丁忒劣角。風魔中占得箇招討

急曲子　比及結絕了道場。惱得諸人煩惱。智深着言苦勸。解元休心頭怒惡。譬如這裏鬧䕶鐸。把似書房

裏睡取一覺

（尾）道着倸也不倸。焦也不焦。眼睫瞭地佯呆着。一夜葫蘆提鬧到曉

日欲出。道場罷。衆僧請夫人燒疏

（商調）（定風波）燒罷功德疏。百媚地鶯鶯不勝悲苦。似梨花帶春雨。老夫人哀聲不住。那君瑞瞧臺兒旁立地不定。瞑子裏歸去 ○ 法本衆僧徒。別了鶯鶯夫人子母。佛堂裏自監覷。覷着收拾鋪陳來的什物。見箇小僧入得角門來。大踏步。走得來荒速

（尾）口茄目瞪面如土。諕殺那諸僧和寺主。氣喘不迭

叫苦

天曉衆僧恰齋罷。忽走一小僧。荒急來稱禍事

〔仙呂調〕〔剔銀燈〕階下小僧報覆。覩了三魂無主。塵蔽了青天。旗遮了紅日。滿空紛紛土雨。鳴金擊鼓。擺槊槍刀。把寺圍住◯爲首强人英武。見了早森森地怯懼。裹一頂紅巾。珍珠如糝飯。甲掛唐夷兩副。靴穿抹綠。騎疋如龍。卷毛赤兔

〔尾〕彎一枝簸鐙黃華弩。擔柄簸箕來大開山板斧。是把橋將士孫飛虎

唐蒲關乃屯軍之處。是歲渾太師薨。被丁文雅不善御軍。其將孫飛虎半萬兵叛。刼掠蒲中。如何見

得鶯鶯本傳歌爲證。歌曰。河橋上將亡官軍。虎旗長戟交壘門。鳳凰詔書猶未到。滿城戈甲如雲屯。家家玉帛棄泥土。少女嬌妻愁被虜。出門走馬皆健兒。紅粉潛藏欲何處。嗚嗚阿母啼向天。窻中抱女投金鈿。鉛華不顧欲藏艷。玉顏轉瑩如神仙。

【正宮】【文序子纏】諸師長權且任。罢聽開解。不幸死了蒲州渾瑊元帥。把河橋將文雅。荒淫素無良策。亂軍失統。劫掠蒲州。把城池損壞。劫財物。奪妻女。不能掙揣。豈辨箇是和非。不分箇皂白。南鄰北里成灰。劫掠了民財。蒲城裏豈辨箇後巷前街。變做屍山血海

【甘草子】騁無賴。騁無賴。於中箇首將。罪過迷天大。是則是英雄臨陣披重鎧。倚仗着他家有手策。欲反唐

朝世界。不來後。是咱家衆僧采。來怎當待

（脫布衫）來後。怎生當待。思量。恁怪。那不怪。繇然甚矮也不矮。彷佛近此中境界

（尾）那裏到一箇時辰外。埻埻騰騰地塵頭蔽日色。半萬賊兵勝到來

寺僧不及措手。惟掩戶以拒。軍賊以劔扣門。飛鏃入寺。大呼曰。我無他取。惟望一飯。典寺者與僧衆議。欲開門迎賊。法堂廊宇足以屯衆。悉與會食。聊贍財賄以悅衆心。庶惡人不生兇意。若不然。恐斬關而入。不問老幼善惡。以被殘滅。大衆可否。執事僧智深啓大師曰。開門迎賊。於我何害。今寺有崔夫人幼女鶯鶯。年少貌麗。亂軍既入。若不准備。必被虜掠而去。崔相姻親交朋。蒙恩被德。職司權路。不利後事。雖被賊掠。皆我開門迎賊所致。執作同情。何辭以辯

【大石調】【伊州袞】佛堂裏諸僧盡商議。開門欲迎賊。於中監寺道不可。對衆說及仔細。亂軍賊黨。儻或擄了鶯鶯怎的備。朝野所知。滿寺裏僧人。索歸逝水○大師言道如何是。諸亂軍屯門首。不能戰敵。衆中箇和尚厲聲高叫如雷。道大師休怕。衆僧三百餘人只管絮聒聒地。空有身材。枉吃了饅頭。沒見識

【尾】把破設設地偏衫揭將起。手提着戒刀三尺。道我待與羣賊做頭抵

這和尚是誰。乃是法聰也。聰本陜右蕃部之後。少好弓劍。喜遊獵。嘗潛入蕃國。盜掠爲事。武而有勇。一旦父母淪亡。悟世路浮薄。出家於此寺。大丈夫之志決矣。旣遇今之亂。安忍坐視。非仁者之用心

也。願得寺僧有勇敢。共力破賊。易如振槁。自斷衆止一二作亂。餘必脅從。貪目前之利。忘反掌之災。
我若敷陳利害。必使逆徒不能奮武作威。自令奔潰

〔仙呂調〕〔繡帶兒〕不會看經。不會禮懺。不清不淨。只有天來大膽。一雙乖眼。果是殺人不斬。自受了佛家戒。手中鐵棒。經年不磨被塵暗。腰間戒刀。是舊時斬虎誅龍劍。一從殺害的衆生厭。掛於壁上。久不曾拈○頑羊角靶盡塵緘。生澁了雪刃霜尖。高呼僧行有誰隨俺。但請無慮。不管有分毫失賺。心口自思念。戒刀舉。今日開齋。鐵棒有打鑿。立於廊下。其時遂把諸僧點。搊搜好漢每兀誰敢。待要斬賊降衆。大喊故是不

險

（尾）開門但助我一聲喊。戒刀舉把羣賊來斬。送齋時做一頓饅頭餡

殺人肝膽。翻爲濟衆之心。落草英雄。反作破賊之勇。聽大呼曰。上爲教門。下爲僧衆。當此之時。各當勉力。有敢助我退賊者。出於堂右。須臾堂下近三百人。各持白棒戒刀相應曰。願從和尚決死

（雙調）（文如錦）細端詳。見法聰生得搊搜相。刁厥精神。蹺蹊模樣。牛腳濶。虎腰長。帶三尺戒刀。提一條鐵棒。一疋戰馬。似䮩了牙的活象。偏能軟纏。只不披着介胄。八尺堂堂好雄强。似出家的子路。削了髮的金剛。從者諸人二百餘。一箇箇器械不類尋常。生得眼腦

甌摳。人材猛浪。或拿着切菜刀。捍麵杖。把法鼓擂得
嗚。打得齋鐘響。着綾幡做甲。把鉢盂做頭盔戴着頂
上。幾箇髯頭的行者。着鐵褐直裰。走離僧房。騁無量。
道俺咱情願苦戰沙塲

【尾】這毎取經後不肯隨三藏。肩擔着掃箒藤杖。簇捧
着箇殺人和尚

執事者不及囑諭小心。聽巳率衆至門。見賊勢
大不可立。退下馬登樓。敷陳利害。以駭衆心

【般涉調】【沁園春】鐵戟侵空。纛旗映日。遍滿四郊。捧一
員驍將陣前立馬。披烏油鎧甲。紅錦征袍。鼻偃唇軒。
眉麤眼大。擔一柄截頭古錠刀。如神道。更胸高脚濶。

胯大臂腰◯雄豪舉止輕驍馬上斜刀把寶鐙挑覷來手下諸軍捘英雄怎畫倘儻難描或短或長或肥或瘦一箇箇精神沒彈包据詳了縱六千來不到半萬來其高

【牆頭花】寺方五里衆軍都圍繞整整齊齊盡擺搠三停來繫青布行纏折半着黃紬絮襖◯鼕鼕的鼓響畫角聲繚繞獵獵征旗似火飄催軍的聒地轟聲納喊的揭天唱叫◯一時間怎堵當從來固濟得牢牆壁若石壘鐵裹山門破後砍待蹉踏怎地蹉踏待奔弔如何奔弔

【柘枝令】板鋼斧劈羣刀砍。一地裏熱鬧和鐸。那法聰和尚對將軍。下情陪告○念本寺裏別無寶貝。敝院又没糧草。將軍手下有許多兵。怎地停泊

【長壽仙袞】朝廷咫尺。不曉定知道。多應遣軍。定把賢每征討。不當穩便。恁時悔也應遲。賢家試自心量度○那賊將聞斯語。心生怒惡。打春的髠囚。怎敢把爺違拗。俺又本無心把你僧家混耗。甚花唇兒故來相惱

【急曲子】又不待奪賢寺宇。又不待要賢金寶。衆軍飢困權停待。甚堅把山門閉着。衆僧其間。只有你做虎

豹。叨叨地把爺凌虐

(尾)你要截了手打破腦。雙割了耳脵牢縛了脚。倒弔着山門上𦗟到老

聰曰。公等息怒。願一一從命。且公等幾千人與將軍安置飲食。敢告公等少退百步。使衆徐行。不至喧爭。甚幸。將軍曰。爾既許我。吾不從命非也。於是軍退百步。聰巳下樓上馬

(黃鍾調)(喜遷鶯纏令)賊軍聞語。約退三二百步。下了長關。徹了大鏁。兩扇門開處。那法聰呼從者你但隨吾。喊得一聲撲碌碌地離了寺門。不曾見恁地蹊蹺隊伍○盡是没意頭搊搜男女。覷賊軍約半萬如無物。那法聰橫着鐵棒。厲聲高呼叛國賊。請箇出馬決

勝負。不消得埋杆竪柱

（四門子）國家又不曾把賢每虧負。試自心窨腹。衣糧俸祿是吾皇物。恁咱有福。好乾好羞。方今太平。征戰又無。好乾好羞。你做得無功受祿○不幸蒲州太守渾瑊卒。你便欺民叛國。劫人財產行麤魯。更蹉踏人寺宇。好乾好羞。饅頭待要俺不與。好乾好羞。待留着喂驢

（柳葉兒）譬如蹉踏俺寺家門戶。不如守着你娘墳墓。俺也不是廝虎。孩兒每早早地伏輸

（尾）好也好教你回去。弱也弱教你回去。待不回去。只

消我這六十斤鐵棒苦

聽躍馬大呼軍中掌領相見。一將出謂聽曰。汝爲佛弟子。當念經持戒。如何出麤惡。聽曰。公等身充卒伍。忝預軍官。且國家養爾。本欲安邊。是以月終給粟。歲季支衣。四時無凍餒之憂。數口享富安之慶。豈以一時失統。忘國重恩。大掠良民。敢殘上郡。朝廷咫尺。旦夕必知。命將統兵。片時可至。汝等作沙場之血。汝族爲叛國之囚。族滅身亡。有財何益。公等宜熟計之。賊將突馬出曰。爾不爲我備食。何說我

衆

【大石調】【玉翼蟬】賊頭領聞此語。佛也應煩惱。嚼碎狼牙。睜察大小。衆孩兒曹聽我教。着只助我一聲喊。只一合活把髠徒捉。衆軍聞言。鼙鼙擂戰鼓。滴流流地雜彩旗摇◯連天地叫殺。不住齊吹畫角。愁雲蔽日。

殺氣連霄。遂呼和尚休要狂獐等待着。緊揝着鐵棒。牢坐着鞍韉。想着西方極樂。見得十分是命夭。畧等我仁事。與賢家一萬刀

（尾）掩耳不及如飛到。馬蹄踐碎霞一道。見和尚鼻凹上大刀落

只聽得吉丁地一聲。和尚性命如何

（大石調）（伊州袞纏令）陰風惡。戈甲遍荒郊。殺氣黯青霄。六軍發喊。旗前二馬相交。法聰和尚手中鐵棒眉齊。快賭當。咭叮地一聲。架過截頭古定刀○馬如龍。人如虎。鐵棒輪。鋼刀舉。各按六韜。這一回須定箇誰

強誰弱。三合以上。賊徒氣力難迭。怎睹當。辦得箇架格遮截。欲勝那僧人砍上砍

（紅羅襖）苦苦的與他當。強強地與他熬。似狡兔逢鷹鼠見猫。待伊揣幾合。贏些方便便宜廝號。欲待望本陣裏逃生。見一騎馬悄如飛到。撚一柄丈二長槍。騁麤豪。粧就十分惡 ○ 和尚果雄驍。兵法曾學。搬過鋼鎗刀又早落。不緊不慌。不驚不怕。不忙不暴。不惟眼辨與身輕。那更馬疾手劫。盤得兩箇氣一似擄掠。欲逋逃。又恐怕諸軍笑

（尾）把不定心中拘拘地跳。眼睜得七角八角。兩箇將

軍近不得其脚

六條臂膊。於中使鐵棒的偏强。三箇英雄。鬧裏戴頭盔的先歇。使刀的對壘。使槍的好開

【正宮】【文序子】纔歇罷。重披掛。何曾打話。不問箇是和非。覷僧人便扎。輕閃過。捽住獅蠻。恨心不捨。用平生勇力。拖入懷來。鞍轎上一納○聽得叫一聲苦。連衣甲頭攛得掉下。奈何使刀的人困馬乏。欲待掙揣些英雄。不如趄撤。何曾敢與他和尚爭鋒。望着直南下便迓

【甘草子】怎拿挐。怎拿挐。法聰覷了勃騰騰地無明火彷彿趕相近。叫聲如雷炸。和尚何曾動着。子喝一聲

那時諕殺賊陣裏兒郎。濾眼不扎。道這秃厮好交加

（尾）怎禁那和尚高聲罵。打脊賊徒每怎敢反國家。怕

更有當風的快出馬

繡旗開隊。臨風散幾百里朝霞。戰鼓助威。從地湧

一千箇霹靂。直惱得這箇將軍出馬。是誰是誰

（仙呂調）（點絳唇）這箇將軍。英雄名姓非偢偢。嫌小官

不做。欲把山河取〇狀貌雄雄。人見森森地懼。法聰

覷。恐這人臉上。常帶着十分怒

（台台令）生得鄧虜。淪敦着大肚。眼三角。鼻大唇麤。頷

濶頦寬眉卓竪。一部赤髭鬚也麼台台

（風吹荷葉）雲鳫征袍金縷。狼皮戰靴抹綠。磊落身材

宜結束。紅彪彪地戴一頂紗巾。密砌着珍珠

（醉奚婆）甲掛兩副。雄烈超今古。力敵萬夫。綽名喚孫

飛虎

（尾）帶一枝鐵胎弩弧。內插着百雙鋼箭。擔一柄簸箕

來大開山斧

適來壓路贏人。不意棋逢對手

（般涉調）（麻婆子）飛虎是眞英烈。法聰是大丈夫。飛虎

又能征戰。法聰甚是英武。飛虎專心取寺宇。法聰本

意破賊徒。法聰有降賊策。飛虎有叛國圖◯法聰使

一條鑌鐵棒。飛虎使一柄板鋼斧。恨不得一斧砍了

和尚恨不得一棒待搠殺飛虎不道飛虎慣相持思量法聰怎當賭法聰尋羸便飛虎覓走路

（尾）法聰羸飛虎輸法聰不合趕將去飛虎扳番竅鐙弩

那法聰認做眞實取勝怎知是飛虎佯敗把夾鋼斧擲在戰鞍伸靴入鐙扳番龍筋弩安上一點油搖番銅牙利會百步風裏穿楊教七尺來僧人怎趓

（正宮）（文序子）將軍敗有機變不合追趕趕上落便宜輸他方便斜挑金鐙那身十分陡健一聲霹靂弩箭離絃渾如飛電○法聰早當此際遙遙地望見果是會相持能征慣戰不慌不緊不忙果手疾眼辨捽着

寶勒。側坐着鞍鞽。吃地勒住戰驃

（尾）剔團圞的睜察殺人眼。嗔忿忿地斜橫着打將鞭。咭叮地拈折點鋼箭

鐵鞭舉。大蟒騰空。鋼箭折。流星落地。賊衆大駭。飛虎謂衆曰。僧無甲。不可以短兵接戰。可以長兵敵。如僧再追。汝必齊發弓弩。僧必潰矣。聽自度賊有變。及馬困不可久敵。因謂衆曰。汝等退而保寺。我當衝陣而出。自有長策

（中吕調）（喬捉蛇）和尚定睛睃。見賊軍兵衆多。郊外列干戈。威風大垓前。馬上一箇將軍坐。肩擔着鐵斧來也麽。一箇越添忿怒精神惡○征戰驄僂儸。把法聰來來便砍。砍又砍不着。法聰出地過。誰人比得他驍

果禁持得飛虎心膽破手親眼便難擒捉

（尾）賊軍覷了頻相度打脊的髡徒怎恁麽揩手不及早攛過我

麤豪和尚單身鏖戰勇如九里山混垓西楚霸獨自縱橫猛似毛馳剛刺良美髯公全然不顧殘生走在飛虎軍内

（仙吕調）（一斛义）亂軍雖然衆望見僧人忽地開有若山中羊逢虎恰似獸逢豺弓弩如何近傍鐵棒渾如遮箭牌馬過處連天叫苦血汚濺塵埃半箇時辰突圍透和尚英雄果壯哉上至頂門紅颩颩事急怎生挨粧就箇矔州和尚撞着擲搜孟秀才不合道渾如

那話初出產門來

縱聽獨力不加。走出陣去。賊兵把寺圍了。孫飛虎隔門大叫。我第一待教兵卒吃頓飯食。第二知崔相夫人家眷在此。來取鶯鶯。與我。大兵便退。不與我。目下有災。人報崔氏子母諕殺鶯鶯

【大石調】【玉翼蟬】衝軍陣。鞭駿馬。一逕地西南上迓。更不尋思手下衆僧行。身邊又無衣甲。怎禁他諸賊黨着弓箭射。爭敢停時霎。衆僧三百餘人。比及扣寺門。十停兒死了七八○幾箇叅頭行者。着箭後卽時坐化。頭陀中劍血汚了袈裟。幾箇誦經五戒。是佛力扶持後。馬踐殺。一箇走不迭和尚。被小挍活拿。諕得臉兒來渾如蠟滓。幾般來害怕。繡旗底飛虎道。驅來詢

問咱

（尾）欲待揪捽没頭髮。扯住那半扇雲衲。屹搭搭地直驅來馬直下

飛虎問曰。我求一飯。汝輩拒我。僧曰。大師欲邀將軍會食。執事者論及前相國崔公靈柩在寺。公有女鶯鶯。艷絶一時。恐公等擄去。崔公之親舊權重朝野。致患在他時。飛虎笑曰。適來法聰所言。眞有鶯鶯。我想河橋將丁文雅。好色嗜酒之外。百事不能動其情。我若使鶯鶯靚粧艷服獻之。文雅必大悦。可連師據蒲。雖朝廷興兵。莫我禦矣

（正宫）（甘草子纏令）聽説破。聽説破。把黄髯撚定。徹放眉間鎖。遂唤幾箇小僂儸。傳令衆擁掇○隔着山門厲聲叫。滿寺裏僧人聽呵。隨俺後。抽兵便回去。不隨

後您須識我

（脫布衫）得鶯鶯後便退干戈不得後目前生禍不共你搖嘴掉舌不共你鬬爭鬬合

（尾）寺牆兒便是純鋼裹更一箇時辰打不破屯着山門便點火

僧衆聞之大駭法本領被傷者來見夫人說及賊事夫人聞語作地謊倒紅娘與鶯鶯連救多時稍甦鶯泣曰且以相公靈柩爲念鶯鶯乞從亂軍一身被辱上救夫人殘年下解寺災活衆僧之命愿不以女子一身見辱而誤衆人

（道宮）（解紅）驀聞人道森森地謊得魂離殼全家眷愛多應是四分五落先人化去不幸斯間遭賊盜思量

了兄弟歡郎忒年紀少。隔門又聽得賊徒叫指呼着鶯鶯。是他待要。心頭悄如千刀攪。孤孀子母沒處投告○心下徘徊自籌度。只除會聖。一命難逃。尋思到底。多應被他誅勦。我隨强寇。年老婆婆有誰倚靠。添煩惱。地濶天寬沒處着。到此怎惜我貞共孝。多被賊人控持了。有些兒事體夫人表。若惜奴一箇。有大禍三條

（尾）第一我母親難再保。第二諸僧都索命夭。第三把兜率般的伽藍枉火内燒

夫人泣曰。母禮至愛。母情至親。汝若從賊。我生何益。吾今六十。死不爲夭。所痛鶯鶯幼年。未得從夫。

孤亡蕭寺。言訖。放聲大慟

〔大石調〕還京樂　是時鶯鶯孤孀母子。抱頭哭泣號咷。放聲不任。哭得他衆僧心焦。思量這回子母不能保。待覓箇身亡命夭。又恐賊軍不知縷細。葫蘆提把寺院焚燒。我還取次隨賊寇。怕後人知道。這一場汚名不小。做下千年恥笑。辱累煞我相公先考○我尋思這事體怎生是着。夫人與大師。議論評度煩惱。偕前僧行。一謎地向前哀告。擎拳合掌。要奴獻與賊盜指約不住。一地裏鬧護鐸。除死後一場足了。欲要亂軍不生怒惡。恁獻與妾身屍殼。儘教他陣前亂刀萬斫。

假如死。也名全貞孝
（尾）覷着階址。恰待褰衣跳。衆人都諕得呆了。見階下一人拍手笑

法聰施武。寺中難可退賊兵。不肯用謀。破盡許多强寇衆。鶯鶯褰衣望階下欲跳欲跳。被夫人與紅娘扯住。忽聽階下一人大笑。衆人皆覷。笑者是誰

（黃鍾宮）（快活爾纏令）子母正是愁。大衆情無那。忽聞得一人語言。稱將賊盜捉。一齊觀瞻。見箇書生出離人叢。生得面顔相貌有誰過○年紀二十餘。身品五尺大。疎眉更目秀。鼻直齒能粗。唇若塗朱。臉似銀盤。清秀的容儀。比得潘安宋玉醜惡

出隊子却認得是張生僧人把他衣扯着低言悄語喚哥哥又不比書房裏閒吟課你須見賊軍排列着○賢不是九伯與風塵世言了怎改抹見法聰臨陣恁比合與飛虎衝軍惡戰討也獨力難加也走却

柳葉兒你肌骨似美人般軟弱與刀後怎生掄摩氣力又無些箇與疋馬看怎乘坐○春笋般指頭兒十箇與張弓怎發金鑿覷你人品兒矬嬬與副甲怎地披着

尾你把筆尚猶力弱伊言欲退干戈有的計對俺先道破

笑者是誰是誰。衆再覷。乃張珙也。生言曰。婦人女子。別無遠見。臨危惟是悲泣而已。寺僧游客。何愚之甚也。不能止此亂軍。坐定滅亡。儻用吾言。滅賊必矣。法本大師仰知生間世之才。必有奇劃可遏亂衆。法本就見生而囑曰。僧衆無脫禍之計。先生既有奇策。願除衆難。生笑曰。師等佛家弟子。豈不悟此。生者死之原。死者生之路。生死乃人之常理。向者佛祖亦須入滅。況佛書分明自說因果。如師等前生行惡於賊。今生固當寃報。何能苟免耶。若前生與賊無因。今世不爲寃對。又何懼也。師曰。誠如是。但可惜寺門佛殿廊廡鐘鼓經閣。計其營造不啻百萬。一旦火舉。便爲灰燼。願以功德爲念。生愈笑曰。師坐講金剛經。豈不知骨肉皮毛。亦非已有。性者我也。身者舍也。若當來限盡之後。一性既往。四大狼籍。妻子雖親。不能從其去。金珠雖寶。不可挈而行。是何佛殿鍾樓欲爲已有哉。師曰。我等說道不計生死。不恤寺宇。所悲者母子生離。故來上請。生曰。夫人與我無恩。崔相與我無舊。素不往還。救之何益。僧曰。子不救鶯鶯。即夫人必不使鶯鶯從賊。亂軍必怒。大舉兵來。先生奈何。生曰。我自有脫身計。師當自畫。師又曰。子爲儒者。行仁義之教。仁者愛人。惡所以害之者。固當除害。義者循理。惡所以亂之者。固當除亂。幼闈孀母。皆欲就死。子坐而笑之。豈仁者愛人之意歟。且亂軍餘黨。恣爲暴虐。子視而弗誅。豈義者循理之意歟。古者叔段有不弟之惡。鄭伯可制而不制。黎侯有狄人之患衛侯可救而不救。春秋譏之。先生有安人退軍之策。卷而懷之。責以春秋。未爲得也。先生裁之。生又笑曰。師知其一。不知其二。聞諸夫子曰。君子有勇而無義爲亂。小人有勇而無義爲盜。故君子惡其勇而無禮也。我雖負勇。他無所求。我何自舉。又曰。禮聞來學。未聞往教。是以君子不屑就也

【般涉調】【麻婆子】大師頻頻勸。先生好性撇。衆人都煩惱。偏你恁歡悅。君瑞聞言越越地笑。吾師情性好佯呆。又不是儒書載。分明是聖教說。○有生必有死。無生亦無滅。生死人常理。何須恁怕怯。亂軍都來半萬

餘便做天蓬黑煞般盡刀厥但存得自家在怎到得
被虜劫
（尾）不須騎戰馬不須持寸鐵不須對陣爭優劣覷一
覷教半萬賊兵化做骨血
大師以生言語及夫人夫人曰誠
如是夫人以禮見生泣而言曰
（小石調）（花心動）亂軍門外要幼女鶯鶯怎生結果可
憐自家母子孤孀投托解元子箇張生聞語先陪笑
道相國夫人且坐但放心何須怕怯子麽○不是咱
家口大畧使權術立退干戈除却亂軍存得伽藍免
那衆僧災禍您一行家眷須到三五十口大小不教

傷着一箇恁時節便休却外人般待我

夫人曰是何言也不以見薄爲辭禍滅身安繼子爲親云云生謂僧曰先令人傳報亂軍鶯非敵他當辭母別靈理裝治服少頃即至願不見逼亂軍稍緩生曰亂軍不可以言說人衆不可以力爭但可威服師與夫人皆曰孰爲有威者生曰吾一故人以儒業進身武勇治亂內懷信義之心外有威嚴之色初典郡城賊盜悉皆去境再擢邊任塞馬不敢嘶南故知武備德修人歸軍仰臨軍嘗跨雪白馬人目之曰白馬將軍姓杜名確今鎮守蒲關素得軍心人莫犯之與僕爲死生交我有書稾上呈夫人其略曰辱遊張珙書上將軍帥府倉惶之下不備文章慷慨之前直陳利害不幸渾太師薨於蒲郡丁文雅失制河橋兵亂軍叛悉殘郡邑蒲川兵火盈耳哀聲生靈有懼死之憂黎庶有倒懸之急伏啟將軍天資神策人仰洪威有愛民治亂之謀奮斬將破敵之勇忍居任守安振軍城坐看亂軍肆兇暴惡公如不起孰拯斯危稍緩師徒恐成大亂公至則斬賊降衆守郡安民百里無虞一

方魁泰。詔書將下。必推退軍之功。旌旆不行。自受怯敵之過。今賊兵見圍。普救。陋儒何計逃生。但願上扶郡國。下救寒生。垂死之餘。鵠觀來耗。再生之賜。皆荷恩光。辱游張珙再拜良契將軍帥府足下

【中呂調】【碧牡丹纏令】是須休怕怖。請夫人放心無慮。亂軍雖衆。張珙看來無物。俺有箇親知。只在蒲關住。與俺好相看。好相識。好相與。○祖宗非仳仳。也非是庶民白屋。不襲門蔭。應中賢良科舉。是杜如晦的重孫。英烈超宗祖。開六鈞弓。閱八陣法。讀五車書

【木魚兒】初間典郡城。一方盜賊沒。後臨邊地。職塞馬胡兒不敢正覷。方今出鎮蒲關。掌着軍卒。普天下好漢。果煞數着。有文有武有權術。熟閑槍槊快弓弩。遮

莫賊軍三萬垓便是天蓬黑煞見他應也伏輸
鶻打兔愛騎一疋白戰馬如彪虎使一柄大刀冠絕
今古扶社稷清寰宇宰天下安邦國爲主存忠願削
平禍亂開疆展土○自古有的英雄這將軍皆不許
壓着一萬箇孟賁五千箇呂布楚項藉蜀關羽秦白
起燕孫武若比這箇將軍兵書戰策索拜做師父
尾文章賈馬豈是大儒智畧孫龎是眞下塌英武笑
韓彭不丈夫

夫人曰杜將軍誠一時名將威令人伏與君有舊
書至則必起雄師立殘諸惡關城相去幾數十里
若候修書師定見遲留生日適於法聰出戰之時
已持此書報杜將軍矣請夫人大師待望于鐘樓

之上。兵必至矣

大石調　吳音子　相國夫人怕伊不信自家說。請寬尊抱。是須休把兩眉結。倚着欄干凝望時節。寺宇週迴。賊軍鬧列稍寧貼◯堪傷處。見殺氣迷荒墅。塵頭起處。遠觀一道陣雲斜。五百來兒郎。一箇箇刀厥。似初下雲端來的驅雷使者

尾　甲溜晴郊似銀河瀉。繡旗颭似彩霞招折。管是白馬將軍到來也

夫人從長歡容大衆便生喜色

越調　鬬鵪鶉纏令　天昏昏兮。陣雲四合。塿騰騰地塵

頭悄如杴簌。栲栳大隊精兵。轉過拽脚慢坡。六百來
少。半千來多。一　心待把羣賊立破〇一字陣分開。盡
都擺搠。一箇箇精神。悄没彈剁。三十的早年高。六尺
的早最矬。把業龍擒捉。猛虎倒拖。亂軍雖衆。望他怕
他

青山口嘶風的驕馬弄風珂。雄雄軍勢惡。步兵卒子
小僂儸擂狠皮鼓。篩動金鑼。森森排劒戟。密密列干
戈。待破賊軍。解君憂。與民除禍〇簇捧着箇將軍。狀
貌雄雄。古今没兩箇。把金鐙笑踏。寶鞍斜坐。腕下鐵
鞭是水磨。脚背到恁來濶。身材恁來大。挾矢負弧。甲

掛熟銅。袍披茜羅

（雪裏梅）行軍計若通神。揮劒血成河。莫道是亂軍。便是六丁黑煞。待子甚麽○馬上笑呵呵。把賊衆欲平蹉。亂軍覷了道。這爺爺來也。哨怎生奈何

（尾）馬頷繫朱纓。栲栳來大一團火。肩上鋼刀。門扇來濶。人似金剛。馬似駱駝。孫飛虎諕得來肩窣。魂魄離殼。自摧挫。只管爲這一頓饅頭送了我

賊衆没精神。飛虎挫鋭氣

（般涉調）（牆頭花）白馬將軍手下。五百來人衣鐵。一布地平原盡擺列。覷一覷飛虎魂消。喝一聲羣賊腦裂

○賊軍廝見道咱性命合休也半萬餘人看怎者又不敢賭箇輸贏又不敢爭箇優劣○賊軍悄似兒來兵悄似爺來兵勢若龍害怕的賊軍悄似鼈來兵似五百箇僧人賊軍似六千箇行者

（尾）把那弓箭解刀斧撇旌旗鞍馬都不藉回頭來覷着白馬將軍喝一聲爆雷也似喏

杜將軍曰爾等以渾太師薨後無人統制丁文雅恣其酒色稍失訓練因爲掠鬧想無叛心汝等父母妻子皆處舊營一忘國恩悉皆誅戮我今親擁貔貅振英武殺爾無主亂軍易如刈草但恐其間有非叛者吾實不忍又曰軍中不叛者東向棄仗坐甲叛者西向作隊以備死戰言訖軍中皆棄仗向東坐甲杜取孫飛虎斬之餘衆悉免張生與大師出寺邀杜杜與生兄弟禮畢執手入寺置酒於

廊下。以道契濶。生日。君今有功于國。有義于朋友。有恩于蒲民。只在朝夕。朝廷必當重有封拜。即容

上賀

【仙呂調】【滿江紅】相邀入寺。滿寺裏僧人盡歡悅。有義於知交有恩於寺舍。即時呈表聞帝闕。功業見得凌煙閣上寫。賞延後世。名傳萬劫。不是降了羣賊。後蒲州百姓幾時寧貼。弟兄休作外。幾盞兒澹酒聊復致謝○白馬將軍飲了一杯。道君瑞何須恁般愓憿。約退雜人。把知心話說。三巡酒外。紅日斜。白馬將軍離坐起。道先生勿罪。小官索去也。相送到山門外。臨岐執手。彼此難捨。更了一杯酒。比及再回。哥哥且畧別

西廂記　董解元　上

馬離普救搖金勒。人望蒲關和凱歌。生次日見大師曰。昨日亂軍至寺。夫人禱我退賊之策。願我繼親。未審親事若何

【高平調】【于飛樂】念自家雖是箇淺陋書生。於夫人反有深恩。是他家先許了。先許了免難後成親。十分裏九分。多應待聘與我鶯鶯。○細尋思。此作事。對面難陳。師兄畧暫聽聞。既爲佛弟子。須方便爲門。不合上煩。托付你作箇媒人

師笑許之曰。先生少待。小僧徑往。師詣夫人院。含人報。夫人出請師坐。師乃勞問安慰。夫人陳謝而已。師徐曰。張生義人也。當時獻退賊之策。夫人面許繼親。張生托貧僧敬問一耗。未審懿旨若何。夫人曰。張生之恩。固不可忘。方備蔬食。當與生面議。師喜而退。以夫人語報生

高平調 木蘭花 那法師忙賀喜。道那每殷勤的請你。待對面嘀議。張生曰。今朝正是箇成婚日。那家多應管准備那就親筵席○又問道吾師。那家裏做甚底。買了幾十瓶法酒。做了幾十分茶食。法師笑道休打砌。我見春了幾升陳米。煑下半甕黃虀

生喜不自勝整衣而待

仙呂調 戀香衾 梳裹箱兒裏取明鏡。把臉兒掙得光瑩。拂拭了紗巾。要添風韻。宰地羅衫長打影。偏宜二色羅領。沈郎腰道與絳條兒廝稱○鈐口鞋兒㩳兒整。僧㔇襪兒恬淨。扮了書閣裏坐地不穩。鏡兒裏㩗

相了內心騁。窻兒外弄影兒行。恨日頭兒不到正南
時分
（尾）痒如如把心不定。肚皮兒裏骨轆轆地雷鳴。眼懸
懸地專盼着人來請
生更衣不作飯。專待來請。自早至晚。不掌人至。生
日。法本和尚何相戲我至此。夫人亦待我薄矣
（高平調）（木蘭花）從自齋時等到日轉過。沒箇人偢問。
酩子裏忍餓。侵晨等到合昏箇。不曾湯箇水米。便不
餓損甲末○果是咱饑變做渴。咽喉乾燥。肚兒裏如
火。開門見法本來參賀。您那門親事。論議的如何
生作色曰。我平日待師不薄。師何薄我如此。師曰。
不知我所以薄公者。生曰。適來囑師問親。師報我

以今日見請。自朝抵暮。殊不蒙召。非師薄我何。師日。山僧過矣。夫人言明日作排。非今日矣。生笑曰。兩句傳示。尚自疎脫。怎背誦華嚴經呵。禿屌。師笑而去。生通宵不寐。須臾。日色清晨。果見紅娘斂袵

道夫人有請

仙呂調 賞花時 恰正張生悶轉加。驀見紅娘歡喜煞。叉手奉迎他。連忙陪笑。道姐坐來麽 紅娘曰。夫人使來。怎敢 ○ 相國夫人教邀足下。是必休教推避。咱。多謝解元呵。張生道依命。我有分見那冤家

尾 不圖酒食不圖茶。夫人請我別無話。孩兒管教俺兩口兒就親唦

紅娘笑而去

【雙調】【惜奴驕】絶早侵晨早與他忙梳裹不尋思虛脾眞箇你試尋思秀才家平生餓無那空倚着門兒噤唖○去了紅娘會聖肯書幃裏坐坐不定一地裏篤麼覷着日頭兒暫時間齋時過殺剗又不成紅娘鄧我

生正疑惑間紅娘再至生與俱往見夫人

【雙調】【惜奴驕】再見紅娘五臟神兒都歡喜請來後何曾推避逐定紅娘見夫人忙施禮道前日想娘娘可來驚悸○相國夫人謹陪奉張君瑞道輒敢便屈邀先輩子母孤孀又無箇別准備可憐客寄願先生高

情勿罪

命生坐茶訖。生起致辭曰。前者兇人掩至。鶯擾尊懷。且喜雅候無恙。夫人稱謝。邀生坐。命進酒來

【仙呂調】【賞花時】體面都輸富貴家。客館先來撋掠得雅。鋪設得更奢華。簾垂繡額。芸閣小窗紗○尺半來厚花茵鋪綫榻。百和奇香添寶鴨。飲膳味偏佳。一托頭的侍婢。盡是十五六女孩兒家

【尾】輕敲檀板送流霞。壁間簇弔兒是名人畫如法。膽瓶兒裏惟浸幾枝花

生自思之。鶯鶯必爲我有

【黃鍾調】【侍香金童】不須把定。不在通媒媾。百媚鶯鶯

應入手。鄭氏起來方勸酒。張生急起。避席祗候○一門親事。十分指望着九。不隄防夫人情性㑳。將下臉兒來不害羞。歎心叢裏。做得箇魁首

（尾）把山海似深恩。掉在腦後。轉關兒便是舌頭許了的話兒都不應口

道甚的來。夫人謂生曰。妾之孤嫠未亡。提攜幼稚。不幸屬師徒大潰。實不保其身。弱子幼女。猶君之生也。豈可忘其恩哉。乃命弱子歡郎出拜

（大石調）（紅羅襖）酒行到數巡。外君瑞將情試想。自家倒大采。百媚的寃家。風流的姐姐。有分同諧。紅娘滿捧金巵。夫人道箇無休。外想當日厚義深恩若山海。

怎敢是常人般待◯低語使紅娘。叫取我兒來。須臾至。髻角兒如鴉。頭緒兒白。穿一領紬衫。不長不短。不寬不窄。繫一條水運絛兒。穿一對兒淺面鈴卩僧鞋。都不到怎大小身材。暢好台孩。舉止没俗態

（尾）怎不教夫人珍珠兒般愛。居中中地行近前來。依次第覷着張生大人般拜

夫人指生曰。當以仁兄禮奉。歡郎拜。生不受。夫人令婢邀坐受拜。生自念之。歡郎。鶯之弟也。我不與鶯繼親禮。而得兄事何濟。似有慍色

（仙呂調）（樂神令）君瑞心頭怒發。忿得來七上八下。煩惱身心怎按納。謞篤篤地酩子裏駡◯夫人可來夾

衩。剛強與張生說話。道禮數不周休怪呵。教我女兒見哥哥咱

夫人令紅娘。命鶯鶯出拜爾兄。久之。鶯辭以疾。夫人怒日。張生保爾之命。不然爾虜矣。不能報恩以禮。能復嫌疑乎。又久之方至。嘗服悴容。不加新飾。然而顏色動人

【黃鍾宮】【出隊子】滴滴風流。做爲嬌更柔。見人無語但回眸。料得娘行不自繇。眉上新愁壓舊愁○天天悶得人來彀。把深恩都變做仇。比及相面待追依。見了依前還又休。是背面相思對面羞

【尾】怪得新來可唧嚠。折倒得箇臉兒清瘦。瘦即瘦。比舊時越模樣兒好否

當初救難報恩。望佳麗結絲蘿。及至免危荅賀。敎玉容爲姊妹。此時張生筵上無語。情懷似醉。偷目覰鶯。妍態迥別

【南呂宮】【瑤臺月】寃家爲何。近日精神直恁的消磨。渾如睡起。尚古子不曾梳裹。杏腮淺潛羞勻。綠鬢瓏璁斜軃。眉兒細凝翠娥。眼兒媚蘸秋波。嬌多。想天眞不許胭脂點汚〇謾言天上有嫦娥。算人間應沒兩箇。朱唇一點小顆顆。似櫻桃初破。龐兒宜笑宜嗔。身分兒宜行宜坐。腰兒細。偏嬝娜。弓脚小。繡鞋兒是紅羅。輕挪。伽伽地拜。百般的軟和

【三煞】等得夫人眼兒落。斜着滌老兒不任睃。是他家

佯不倸人。都只被你箇可憎姐姐。引得眼花心亂。悄似風魔◯酒入愁腸醉顏酡。料自家没分消他。想昨來枉了身心。初間喚做得爲夫婦。誰知今日却喚俺做哥哥◯是俺失所算。謾摧挫。被這箇積世的老虔婆瞞過我

如何見得。有鶯鶯本傳歌爲證。歌曰。此時潘郎未相識。偶住蓮館對南北。潛嘆恓惶阿母心。爲求白馬將軍力。明明飛詔五雲下。將選金門兵悉罷。阿母深居雞犬安。八珍玉食邀郎餐。千言萬語對生意。小女初笄爲姊妹。鶯拜畢。因坐于鄭旁。凝睇怨絶。若不勝情。生目之。不知所措

【商調】【玉胞肚】没留没亂。不言不語。儘夫人問當夫人說話。不應一句。酒來後滿盞家没命飲。面磨羅地甚

情緒。吃着下酒。没滋味似泥土。自心窨腹。鶯鶯指望同鴛侶誰知道打眘老嫗許不與◯可憎的臉兒堪捻塑。梅粧淺淺宜澹泞唱呵。好風風韻韻捻捻膩膩。濟濟楚楚。鶻鴒的淥老兒說。不盡的搶。儘人勞攘。把我不覷。咫尺半如天邊。謾長吁。奈何夫人間阻。苦煞人也天不管。剛待挤了。爭奈煞腸肚

(尾)婆婆娘兒好心毒。把如休敎請俺去。及至請得我這裏來。却敎我眼受苦

生因問鶯齒。夫人曰。十七歲矣。生徐以辭道鶯。宛不祟對。生彷徨愛慕而已。欲結良姻。未獲其便。因乘酒自媒云。小生雖處窮途。祖父皆登仕版。兩典大郡。再掌絲綸。某弟某兄。各司要職。惟珙未伸表

薦流落四方自七歲從學于今十七年矣十三學禮十五學春秋十六學詩書前後五十餘萬言置于胸中二九涉獵諸子至于禪律之說無不著于心矣後擬古而作相材時務內策仗此決巍科取青紫亦不後于人矣不幸尚書捐館數年置功名于度外乃躬祭祀于墓側生事死葬之禮于今畢矣今日蒙聖天子下詔乃丈夫富貴之秋姑待來年必期中鵠願不以自陳見責者東方朔求見武帝尚自媒書時異事同吾不讓矣今日旅食蕭寺邂逅相遇特敍見禮者不自序行藏夫人焉知終始今因酒便浪發狂詞無罪無罪夫人曰先生之言信不誣矣然尚困布衣必關諸命生日若承家蔭踐仕途久矣奈非本心丈夫隱則傲世起則沖天況遇明時簡閱然鶯鶯方年十七未結良姻敢問夫人願聞所以

【仙呂調】【樂神令】張生因而下淚以跪說道不合問箇小娘子年紀相國夫人道十七歲張生道因甚沒佳

配○夫人可來積世瞧破張生深意使些兒譬似閒

腌見識着衫子袖兒淹淚

夫人泣下徐而言曰先生之言深會雅意鶯鶯女子容質粗陋如若委身足下其幸有三一則謏塞重恩二則身有所托三則佳人得配才子妾甚願也言未已生起謝曰無狀豎子敢繼良姻夫人急起謂生曰先相公秉政朝省妾兄鄭相幼子恒年今二十鄭相以親見屬故相不獲已以鶯許之恒鶯方及嫁相公逝去故未得成親若非故相先許鄭相必以鶯妻君以應平生之舉

【仙呂調】【醍醐香山會】那張生聞說罷喏喏地告退夫人請是必終席張生不免放身坐地便是醍醐甘露酒怎再吃○不語不言聞着酒只推磕睡枉了降賊見識不正着頭避着通紅了面皮筵席上軟攤了半

壁不正當是歪誤

鶯鶯見生敷揚已志竊慕於己心雖匪石不無一動

雙調月上海棠張生果有孤高節。許多心事向誰說。眼底送情來。爭奈母親嚴切。空沒亂愁把眉峰暗結○多情彼此難割捨。都緣只是自家孽。席上正諠譁。不覺玉人低趄。鶯道休勸酒。我張生哥哥醉也

鶯謂夫人曰。兄似不任酒力。生開目視鶯微笑。夫人曰。本欲終席。先生似倦于酒。令紅娘扶生歸館。生亦不答而去。至舍。生取金釵一雙以饋紅娘。紅娘驚謂生曰。妾奉夫人懿旨送先生歸館。是何以物見賜。窺先生有意于鶯。不能通殷勤。欲因妾以敘意。不然。何賜之厚。生曰。慧哉紅娘之問。吾實有是心。娘子侍鶯左右。但欲假你一言。申予肺腑。如萬一有成。不忘厚德。紅娘笑曰。鶯鶯幼從慈母之

教。貞順自保。雖尊親不可以非語犯。下人之謀。固難入矣

【仙呂調】【賞花時】酒入愁腸悶轉多。百計千方没奈何。都爲那人呵。知他你姐姐知我此情麽。○眼底閒愁没處着。多謝紅娘見察。我與你試評度。這一門親事。全在你成合

【尾】些兒禮物莫嫌薄。待成親後。再有別酬賀。奴哥託付你方便子箇

紅娘曰。先生醉矣。竟不受金。忿然奔去。生不勝怏怏。況是無聊。又聞夜雨

【中呂調】【棹孤舟纏令】不以功名爲念。五經三史何曾想。爲鶯娘。近來粧就箇軃浮浪也囉。老夫人做事搊

搜相。做箇老人家說謊。白甚鋪謀退羣賊。到今日方知是枉也囉。一陌兒來直恁地難偎傍。死冤家無分同羅幌也囉。待不思量。又早隔着窗兒望。贏得眼狂心痒痒。百千般悶和愁盡總撮在眉尖上也囉

（雙聲疊韻）燭熒煌。夜未央轉轉添惆悵。枕又閒。衾又涼。睡不着如翻掌。謾歎息。謾悒怏。謾道不想怎不想。空贏得肚皮兒裏勞攘○淚汪汪。昨夜甚短。今夜甚長。挨幾時東方亮。情似癡。心似狂。這煩惱如何向。待撇下又瞻仰。道忘了是口强。難割捨我見模樣

（迎仙客）宜淡玉。稱梅粧。一箇臉兒堪供養。做爲掙。百

事搶只少天衣。便是捻塑來的觀音像○除夢裏曾到他行。燒盡獸爐百和香。鼠窺燈偎着矮牀。一箇孽相的蛾兒。遶定那燈兒來往

【尾】淅零零的夜雨兒擊破窻窻兒破處風吹着。忒飄飄的響。不許愁人不斷腸

早是夢魂成不得。濕風吹雨入疎櫺。畢日紅娘復至。曰。夫人致意先生。今夜又候清勝。昨日酒不終席。先生不罪。多幸。生謝曰。不才小子。過蒙腆餉。然昨者兇賊叩門。夫人以親見許。以酒食饋我。令鶯娘以兄禮待。薄我何多。今當西歸長安。與夫人絕矣

【大石調】【洞仙歌】當初遭難。與俺成親事。及至如今放二四。把如合下休許。咱家你恁地。我離了他家門便

是◯不如歸去。却往京師。見你姐姐夫人俱傳示。你咱說謊。我着甚痴。心没去就。白甚只管久淹蕭寺。道得一聲好將息。早收拾琴囊打疊文字

【雙調】【御街行】張生欲去。心將碎。却往京師裏收拾琴劍背書囊。道保重紅娘將息。紅娘覷了高聲道君瑞先生喜◯思量此事非人力。也是關天地。這書房裏往日聯曾來。不曾見這般物事。只因此物不須歸去。你有分學連理

紅娘曰。妾不忍先生悽愴。謾爲言之。觀人好惡。乃知人之本情。順之則合。逆之則離。將有所謀。必有所好。今有一策。可使鶯啓門。就此願不以愚賤之言見棄。生曰。我思面鶯之計。智竭思窮。尚不可得。

今娘子有屈鶯就見之策。敢不聽命。雖赴湯火亦願爲之。乞賜一言以慰愁苦。紅娘曰。鶯鶯稍習音律。酷好琴阮。今見先生囊琴一張。想留心積有日矣。如果能之。鶯鶯就見之策盡在此矣。生聞之。捧腹而笑。

【仙呂調】【戀香衾】是日張生正鬱悶。聞言點頭微哂。道九百孩兒休把人廝啈。你甚胡來我怎信。紅娘道先輩停頭。只因此物。有分成親○婦女知音的從古少。知音的止有箇文君。着一萬箇文君怎比鶯鶯。多慧多嬌性靈變。平生可喜秦箏。若論彈琴。擘阮。前後絕倫

【尾】等閒要相見。見無門。着何意思。得成秦晉。不須把

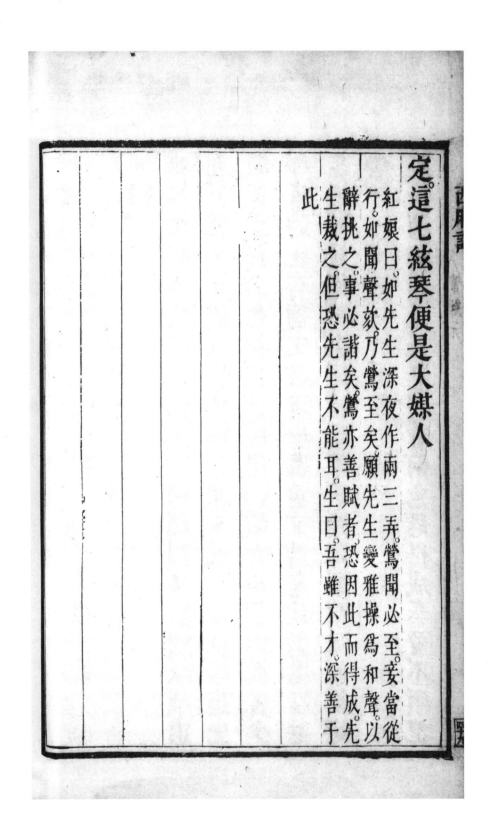

定。這七絃琴便是大媒人
紅娘曰。如先生深夜作兩三弄。鶯聞必至。妾當從行。如聞聲歎。乃鶯至矣。願先生變雅操爲和聲。以辭挑之。事必諧矣。鶯亦善賦者。恐因此而得成。先生裁之。但恐先生不能耳。生曰。吾雖不才。深善于此

董解元西廂記

下本

雙調　文如錦　說恁心聽。算來有分咱家共。若論着這彈琴。不是小兒得寵。從幼小撫絲桐。啼烏怨鶴。離鸞別鳳。使了千百貫現錢。下了五七年埣功。曾師高士。向焚香窻下。煑茗軒中。對青松彈得高山流水。積雪堆風◯三百篇新聲詩意盡通。一篇篇彈得風賦雅頌。古操新聲。循環無始終。述壯節。寫幽悰。閒愁萬斛。離情千種。敎知音的暗許。感懷者自痛。今夜裏彈他幾操。博箇相逢。若見花容。平生的學識。今夜箇中用

（尾）紅娘我對你不是打鬨你且試聽一弄休道你姐
姐遮莫是石頭人也心動

紅娘歸

（仙呂調）（賞花時）去了紅娘悶轉加比及到黃昏没亂
煞花影透窻紗幾時是黑得見那死冤家○先拂拭
瑶琴寶鴨只怕我今宵磕睡呵先點建溪茶猛吃了
幾碗慚愧啞僧院已聞鴉

（尾）碧天涯幾縷兒殘霞漸聽得瑲瑲地昏鐘兒打鐘
聲漸罷又戍樓寒角奏梅花

是夜晴天澄徹月色皓空生横琴于膝

【中呂調】【滿庭霜】幽室燈清。疎簾風細。獸爐香爇龍涎。抱琴拂拭。清興巳飄然。此箇閒兒雖小。其間趣不讓林泉。初移軫。啼烏怨鶴。飛上七條絃。○循環成雅弄。純音合正。古操通玄。漸移入新聲。心事都傳。一鼓松風瑟瑟。再彈嵓溜涓涓。空庭靜。鶯鶯未寐。寢須到小窻前

其琴操曰。琴。琴軫玉。徽金。其操雅。其趣深。玄鶴集洞。啼烏遶林。洗滌是非耳。調和道德心。漱松風于石壁。迸遠水于孤岑。不是秦箏合衆聽。高山流水少知音。琅琅雅韵。寬遊子之愁懷。落落正聲。醒飲人之醉吟。紅娘報鶯曰。張兄鼓琴。其韻清雅。可聽否。鶯曰。夫人寢未。紅娘曰。夫人巳熟寢矣。鶯潛出戶。與紅俱行

（中呂調）（粉蝶兒）何處調琴。惺惺地把醉魂呼醒。正僧庭夜涼人靜。羽衣輕。羅襪薄。春寒猶嫩。夜闌時。徘徊月移花影○尋聲審聽。冷然出塵。幽韻過空庭。漸穿花徑。躡金蓮。郎漸到中庭。待側近。轉躊躇。誻誻地把心不定

（尾）牙兒抵着不敢子聲。側着耳朶兒窻外聽。千古清風指下生

紅娘聲欬於窻側。生聞之。驚喜交集。曰鶯郎至矣。看手段何似

（仙呂調）（惜黃花）清河君瑞不勝其喜。寶獸添香。稽首頂禮。十箇指頭兒自來不孤你。這一回看你把戲○

孤眠了一世。不間了一日。今夜裏彈琴不同恁地。還彈到斷腸聲。得姐姐學連理。指頭兒我也有福囉。你也須得替

【仙呂調】【賞花時】寶獸沉煙裊碧絲。半折的梨花繁杏枝。粧一膽瓶兒。冰絃重理。聲漸辨雄雌○說盡心間無限事。聲欵微聞鶯巳至。窻下立了多時。聽沉了一餉。流淚濕却胭脂

【尾】也不彈雅調與新聲。流水高山多不是。何似。一聲聲盡說相思

張生操琴。歌曰。有美人兮。見之不忘。一日不見兮。思之如狂。鳳飛翩翩兮。四海求凰。無奈佳人兮。不

在東牆。張絃代語兮。聊寫微茫。何時見許兮。慰我徬徨。願言配德兮。攜手相將。不得于飛兮。使我淪亡。其辭哀。其意切。悽悽然如別鶴唳天。鶯聞之。不覺淚下。但聞香隨氣散。情逐聲來。生知琴感其心。

推琴而起

【雙調】【芰荷香】夜涼天。冷冷十指。心事都傳。短歌纔罷。滿庭春恨寥然。鶯鶯感此。悶不定。粉淚漣漣。吞聲窨氣埋冤。張生聽此。不托冰絃。◯火急開門月下覷見鶯鶯獨自明月窗前。走來根底。抱定。欵惜輕憐。薄情業種。咱兩箇彼各當年。休休定是前緣。今宵免得兩下裏孤眠

【尾】女孩兒謊得來一團兒顫。低聲道解元聽分辯。你

更做摟慌。敢不開眼

抱任的是誰是誰。張生拜覷

【中呂調】鶻打兔　暢忒昏沉。忒慕古。忒猖狂。不問是誰。便待窩穰。説志誠。説衷腸。騁奸俏。騁浮浪。初喚做鶯鶯。孜孜地覷來。却是紅娘◯打慘了多時。痴呆了半晌。惟聞月下環珮玎璫。蓮步小。脚兒忙。柳腰細。裙兒蕩。話話地心驚。微微的氣喘。方過廻廊

【尾】朱扉半開啞地響。風過處惟聞蘭麝香。雲雨無緣空斷腸

生問紅娘曰。鶯適有何言。紅娘曰。無他言。惟悽怨泣涕而已。妾逆度之。似有所動。今夕察之。拂旦報

公。紅娘別生歸寢。鶯已臥矣。燭光照夜。愁思攪眠

中呂調 碧牡丹 夜深更漏悄。鶯鶯更悶愁不小。擁衾無寢。心下徘徊籌度。君瑞哥哥爲我吃擔閣。你莫不枉相思。枉受苦。枉煩惱 ◯ 適來琴內排喚着。卽自家大段不曉。自心思忖。怕咱做夫妻後不好。奴正青春。你又方年少。怕你不聰明。怕你不稔色。怕你沒才調。

鶻打兔 奈老夫人情性㑳。非草草。雖爲箇婦女有丈夫節操。俺父親居廊廟。宰天下。存忠孝。妾守閨門。些兒恁地便不辱累先考 ◯ 所重者奈俺哥哥綵未表。適來恁地把人奚落。司馬才。潘郎貌。不繇我難偕老。

怎得箇人來。一星星說與教他知道

〔雙聲疊韻〕夜迢迢睡不着。寶獸沉煙裊。枕又寒。衾又冷。畫燭愁相炤。甚日休。幾時了。强合眼睡一覺。怎禁夢魂顛倒夜難熬◯背畫燭。颩颩地哭淚滴了知多少。哭得燭又滅。香又消。轉轉心情惡。自埋怨。自失笑。自解歎。自敦搠。眼懸懸地盼明不到

〔尾〕昏沉的侍者管貪睡着。業相的明月兒不疾落。慵懶的雞兒甚不唱叫

鶯通宵無寐。抵曉方眠。紅娘目之。不勝悲感。侵曉而起。以情告生

〔黃鍾宮〕〔侍香金童纏令〕紅娘急起。心緒愁無那。忙穿

了衣裳離繡閣。如與解元相見呵。一星星都待說與子箇○急離門首。連忙開放鎖。直奔。書幃裏來見他。天色兒又待明也。不知做甚麽。書幃裏兀自點着燈火

（雙聲疊韻）把窻兒紙微潤破。見君瑞披衣坐。管是文字忙。詩賦多。做甚間功課。見氣出不迭。口不暫合。自埋怨。自摧挫。一會家自哭自歌

（出隊子）悄一似風魔。眉頭兒廝繫着。紅娘不覺淚偷落。相國夫人端的左酷。毒害的心腸忒煞過

（尾）做箇夫人做不過。做得箇積世虔婆。敎兩下裏受

這般不快活

紅娘推開書齋。張生見了。且喜且驚

【仙呂調】【勝葫蘆】手取金釵把門打。君瑞問是誰家。是紅娘囉。待與先生相見咱。張生聞語。速開門。連問管是您姐姐使來吵◯昨日因循誤見他。咫尺抵天涯。一夜教人沒亂煞。紅娘道且住。把鶯鶯心事。說與解元暇

紅謂生曰。公勿憂。覩姐姐之情。于公深矣。安聽訴衷腸

【中呂調】【古輪臺】莫心憂。解元聽妾話踪繇。俺姐姐夜來箇聞得琴中挑鬭。審聽了多時。獨語獨言搔首。手

抵牙兒喟然長歎。奈何慈母性㒓搜。應難歡偶。料來他一種芳心。盡知琴意。非不多情。自孱自懋。爭奈他家不自繇。我團着情取箇。從今後爲伊瘦〇張生聞語。撲撒了滿懷裏愁。想料死冤家心中先有。琴感其心。見得十分能勾。教俺得來。痛惜輕憐。繡幃深處效綢繆。盡百年相守。據自家冠世文章。謫仙才調。胸卷江淮。腸撐星斗。臉兒又清秀。怎不教那穩色的人人掛心頭

（尾）他家肯方便覷箇緣繇。知咱家果有相如才調。肯學文君隨我走

生日。情已動矣。易爲政耳。因筆硯作詩一首

【雙調】【御街行】文房四寶都拈任。謾把松煙試。墨池點得兔毫濃。拂拭錦箋一紙。筆頭灑落相思淚。盡寫心間事○也不打草。不勾思。先序幾句俺傳示。一揮揮就一篇詩。筆翰與義之無二。須臾和淚一齊封了。上面顛倒寫一箇鴛鴦字

張生謂紅娘曰。敢煩持此達鶯左右。紅娘曰。鶯素端雅。焉敢以淫詞致于前。然恃先生脫禍之恩。因鶯鶯慕郎之意。試爲呈之。持牋歸。置于粧臺一邊。鶯起理粧。見其簡而視之

【仙呂調】【賞花時】過雨櫻桃血滿枝。弄色奇花紅間紫。清曉雨晴時。起來梳裹。脂粉未曾施○把簡兒拈來

擡目視。是一幅花牋。寫着三五行兒字。是一首斷腸詩。低頭了一晌。讀了又尋思

（尾）覷着紅娘道怎敢如此。打春風魔虔妮子。這妮子合死臉兒上與一照臺兒

炤臺舉。綬帶飛空。寶鑑響。花塼粉碎。紅娘急趓過日。死罪死罪。詩云。相思恨轉深。謾托鳴琴弄。樂事又逢春。花心應已動。幽情不可違。虛譽何須奉。莫惡月華明。且憐花影重。

（仙呂調）（繡帶兒）紙窗兒前。照臺兒後。一封兒小簡掂在纖纖手。拆開讀罷。寫着淫詩一首。自來心腸傲。更讀着恁般言語。你尋思怎禁受。低頭了一晌。把寵兒變了眉兒皺。道張兒淫濫如猪狗。若夫人知道。多大

小出醜〇不良的賤婢好難容。要砍了項上顱頭。多應是你廝迤廝逗冗的般言語。怎敢着我咱左右。這回且擔免。若還再犯後。孩兒多應沒詐休。如今俺肯推窮到底胡追究。思量定。不必閒合口。且看當日把子母每曾救

（尾）如還沒事書房裏走。更着閒言把我挑鬬。我打折你大腿縫合你口

鶯曰。非汝孰能持詩至此。我以兄有活命之恩。不欲明言。今後勿得。紅娘謝罪。鶯曰。我不欲面折。因筆左側書于箋尾。令紅娘持此報兄。庶知我意。紅娘精神失措。手足戰慄。趨至生前。生驚問之

（仙呂調）（點絳唇）鶯見紅娘淚汪汪地眉兒皺。生曰可

憎姐姐休把人僝僽○百媚鶯鶯管許我同歡偶更深後與俺相約欲學文君走

（尾）紅娘聞語道休鋮喇放二四不識娘羞待要打折我大腿縫合我口

紅娘曰幾乎累我生曰何故紅娘盡訴鶯鶯意生鶯曰奈何紅娘示牋生視之微笑曰好事成矣紅娘曰鶯適甚怒却有何言生指詩悉解其意題其篇曰明月三五夜其詩曰待月西廂下迎風戶半開拂牆花影動疑是玉人來今十五日鶯詩篇曰明月三五夜則十五夜也故有待月西廂之句迎風戶半開私啓而候我也拂牆花影動者令我因花而踰垣也疑是玉人來者謂我至矣紅娘笑曰此先生思慕之深妄生穿鑿寔無是也言訖而去生專俟天晚

（黃鍾宮）（出隊子）咫尺抵天涯病成也都爲他幾時到

今晚見伊呵業相的日頭兒不轉角敢把愁人刁虐殺○假熱臉兒甞欽定把人心不鑒察鄧將軍你敢早行麼咱供養不曾虧了半恰枉可惜了俺從前香共花

【尾】一刻兒没巴避抵一夏不當道你箇日光菩薩没轉移好教賢聖打

是夕一鼓才過月華初上生潛至東垣悄無人跡

【中呂調】【碧牡丹】夜深更漏悄張生赴鶯期約落花薰砌香滿東風簾幙手約青衫轉過欄干角見粉牆高怎過去自量度○又愁人撞着又愁怕有人知道兒

杏梢斜墮嫋。手觸香殘紅驚落。欲待踰牆。把不定心兒跳。怕的是月兒明。夫人劣。狗兒惡

（尾）烙人的月兒怎得雲蔽却。看院的狗兒休唱叫。顧劣相夫人先睡着

（黃鍾宮）（黃鶯兒）君瑞君瑞。牆東裏一跳。在牆西裏撲地聽一人高叫道兀誰。生曰天生會在這裏◯聞語。紅娘道踏實了地。兼能把戲。你還待要跳龍門。不到得恁的

見其人。乃紅娘也。紅娘曰。更夜至此。得無嫌疑乎

（雙調）（攪箏琶）紅娘曰君瑞好乖劣。半夜三更來人家

院舍。明日告州衙。教賢分別。官人每更做擔饒你。須監守得你幾夜○張生聞語。急忙應喏。聽說聽說。不須姐姐高聲叫。懷兒裏兀自有簡帖。寫着敲戶迎風。西廂待月。明道暗包籠。是您姐姐。紅娘你好不分曉。甚把我攔截

（尾）今宵待許我同歡悅。快疾忙報與您姐姐。道門外玉人來也

怎見得有簡帖期生來。有本傳歌爲証。歌曰。丹誠寸心難自比。寫在紅箋方寸紙。寄與春風伴落花。彷彿隨風綠楊裡。窗中暗讀人不知。翦破紅綃裁作詩。還怕香風易飄蕩。自令青鳥口啣之。詩中報郎含隱語。郎知暗到花深處。三五月明當戶時。與郎相見花間路。生返復解詩中之意。紅娘曰。先生

少待。容妾報之云云。倏忽紅娘奔至。連日至矣至矣。張生但歡心謂得矣。及乎至。則端服嚴容。大怒生曰。兄之恩。活我之家厚矣。是以慈母以弱子幼女見托。奈何因不令之婢。致淫佚之詞。始以護人之亂爲義。而終以誨淫之語爲謀。以謀易亂。奪彼取此。又何異矣。誠欲寢其詞。則保人之姦不貞。明之于母。則背人之惠不祥。將寄詞婢僕。又懼不得發其眞誠。是用託諭短章。願自陳啓。猶懼兄之見難。因鄙靡之詞。以求必至。非禮之動。能不愧乎。願兄懐廉恥之心。無及于亂。使妾保硜硜之節。不失于貞

【般涉調】【哨遍纏令】是夜鶯鶯。從頭對着張生。一一都開解。當日全家遇非災。夫人心下驚駭。與眷愛家屬盡没逃生之計。彷彿遭殘害。謝當日先生奇謀遠見。坐施了決勝良策。誼深恩重若山海。不似尋常庻人

般待。認義做哥哥。厚禮相欽。未嘗懈怠○念兄以淫詞適來。侍婢遺奴側。解開遂披讀。兀然心下疑猜。故恰纔令人詐以新詞相約。果是先生屆。料當日須曾讀先聖典教。五常中禮義偏大。弟兄七歲不同席。今日特然對兄白。豈不以是非爲戒

（急曲子）思量。可煞作怪。夜靜也私離了書齋。走到寡婦人家裏。是別人早做賊捉敗此言當記在心懷。知過後。自今須改

（尾）莫怪我搶。休怪我責。我爲箇妹妹。你作此態。便不枉了教人喚做秀才

張生去任無門。紅娘精神失色。云云

般涉調【夜遊宮】言罷鶯鶯便退。兀的不羞殺人也天地。怎禁受紅娘廝調戲。道成親也。先生喜喜○賤妾是凡庸輩。詩四句不知深意。只喚做先生解經理。解的文義差。爭知快打詩謎

紅娘曰。羞煞我也。羞煞我也。張生自笑。徐謂紅娘曰

仙呂調【繡帶兒】你尋思甚做處。不知就裏。直恁沖沖怒。把人請到是他做。死地相搶。大小大沒禮度。俺也須是你箇哥哥。看人似無物。據恰纔的做作。心腸料必如土木。剛誇貞烈。把人恥辱。這一場出醜。向誰伸

訴◯紅娘姐姐。你便聰明。當初曾救他子母。誰知到今把恩不顧。恰纔據俺對面不敢支吾。白受恁閒驚怖。細尋思吾也乾白。俺捺撥那孟姜女之乎者也人前賣弄能言語。俺錯口兒又不曾還一句。這些兒羞懶。怎能擔負

尾 如今待欲去。又關了門戶。不如咱兩箇權做妻夫。紅娘你道莽時書房裏去

生帶慚色。久之方出

般涉調 蘇幕遮 那張生心不悅。過得牆來。悶悶歸書舍。壁上銀釭半明滅。牀上無眠。愁對如年夜◯寸心

間愁萬疊非是今生盡是前生業有眼何曾暫交睫淚點兒不乾哭向西窗月（柘枝令）花唇兒恁地把人調揭怎對外人分說當初指望做夫妻誰知變成吳越○頓不開眉尖上的悶鎖解不開心頭愁結是前生宿世負償伊也須有還徹

（牆頭花）當初指望風也不教洩事到而今巳不藉莫不是張珙曾聲揚莫不是別人曾間諜○羣賊作孽早忘了當時節及至如今賣弄貞烈孤恩的毒害婆婆負心的薄情姐姐親曾和俺詩韻分明寄着簡帖

誰知是咕哰此恨教人怎割捨情詩兒自今休吟簡帖兒從今莫寫

（尾）不走了斷覷者神天報應無虛設休休休負德孤恩的見去也

張生勉強秉衣而臥

（黃鍾宮）（出隊子）他每孤恩適來到埋怨人見人扶弱騁精神幸自没嗔剛做嗔渾不似那臨危忙許親○花言巧語搶了俺一頓俺耳邊佯不聞歸來對這一盞惱人燈明又不明昏又不昏你道教人怎不斷魂

（尾）早是愁人睡不穩約來到二更將盡隔窗兒驀聽

得人喚門

生啓門觀。喜不自勝。是誰是誰。伴愁單枕。翻成並枕之歡。淹淚孤衾。變作同衾之樂。是誰是誰。乃鶯鶯也。生鶯問適何遽拒我。鶯鶯答曰。以杜謝侍婢之疑。生擁鶯至寢

【仙呂調】繡帶兒　喜相逢。笑相擁。抱來懷裏。埋怨薄情種。適來相見。不得着言相諷。今夜勞尊重。你也有投逩人時。姐姐煞起動。傳言送簡。分明許我效鸞鳳。誰知一句兒不中用。甚廝迤廝逗。把人調弄。〇鶯鶯聞此道。謝相從。着笑把郎供奉。耳朶兒畔。盡訴苦悰。臉兒粉膩。口邊朱麝香濃。錦被翻紅浪。最美是玉臂相交。偎香忝憐寵。鶯鶯何曾改。怪嬌癡。似要人擱縱。丁

香笑吐舌尖兒送。撒然驚覺。衾枕俱空

【尾】璫璫的。聽一聲蕭寺擊疎鐘。玉人又不見。方知是夢。愁濃。楚臺雲雨去無踪

疎鐘敲破合歡夢。曉角吹成無盡愁

【中呂調】【踏莎行】辣浪相如。薄情卓氏。因循墮了題橋志。錦牋本傳自吟詩。張張寫遍鶯鶯字○沈約一般。潘郎無二。算來都爲相思事。鶯鶯。你還知道我相思。甘心爲你相思死

生自此行忘止。食忘飽。舉措顛倒。不知所以。久之成疾。大師竊知。徑來問病。曰。隹時難得。春光正姸何事縈心。致損天和如此。生曰。非師當問

仙呂調賞花時過雨櫻桃血滿枝。弄色的奇花紅間紫。垂柳已成絲。對許多好景。觸目是斷腸詩○稔色的龐兒憔悴死。欲寫相思。除非天樣紙。寫不盡這相思。拍愁擔恨。孤負了賞花時

尾不明白擔閣的如此。欲問自家心頭事。願聽我說似。這心頭橫儻箇海猴兒

大師笑曰。以一女子棄其功名遠業乎。生曰。僕非不達。潘郎多病。宋玉多愁。觸物感情。所不免矣。師知其不可勉。但曰。子慎湯藥而去。自是廢寢忘餐氣微喘臥。夫人想生病。令紅娘問候。張生聲絲氣壹問紅娘曰。鶯鶯知我病否。你來後。又有甚詩詞簡帖。紅娘道。又來也邪。你又來也

高平調糖多令光景迅如梭。懨懨愁悶多。思量都爲

奴哥。不顧深恩成間濶。大抵是那少年女女也囉◯舊恨怎消磨。新愁没奈何不防憂損天和。怎吃受夫人看冷破雲雨怎成合也囉

（牧羊關）白日且猶自可。黄昏後是甚活。對冷落書齋。青熒燈火。一回家和衣睡。一回家披衣坐。共誰閒相守。與影兒廝伴着◯心頭病。怎成恁麽。幾日來。氣微嗜卧。舌縮唇乾。全無涕唾。鍼灸没靈驗。醫療難痊可。見您姐姐與夫人後。一星星説與呵

（尾）没親熟。病染沉痾。可憐我四海無家。獨自箇。怕得工夫肯略來看覷我麽

紅娘亦爲之沾洒曰妾必爲郎伸意但恐鶯鶯情分薄耳欲去生止之

（南呂調）（一枝花）紅娘將出門喚住低聲問孩兒你到家道與鶯鶯都爲他家害得人來病咱家乾志誠不望他家恁地孤恩短命○我見得十分難做人待死後通些靈聖閻王問你甚死我說實情從始末根繇說得須教信少後三二日多不過十朝須要您鶯鶯償命

（尾）待閻王道俺無憑准抵死謾生斷不定也不共他爭我專指着伊家做炤證

紅娘曰休攀絆去無多時紅娘曰夫人姐姐至矣生亦不顧但張目而已矣

【大石調】【感皇恩】張君瑞，病懨懨，擔帶不去，說不得淒涼，覷不得悽楚，骨消肉盡，只有那筋脉皮膚，又沒箇親熱的人擡舉○有些兒閒氣，都做了短歎長吁，便吃了靈丹怎痊愈，儘夫人存問，半晌不能言語，目閒淚汪汪，多情眼把鶯鶯覷

鶯撫榻謂生曰，兄之病危矣，不識病甚，願速言之

【黃鍾宮】【降黃龍袞纏令】自與兄別來，髣髴十餘日，甚陡頓，肌膚消瘦，添憔悴，儘教人問，當不能應對，眼兒裏空恁淚汪汪地○尚未知傷着甚物，直恁不能起，願對着夫人，一一說仔細，料來想必定是些兒閒氣，

白瘦得箇清秀臉兒不戲

（雙聲疊韻）有甚愁消沈圍潘鬢慵梳洗眼又瞋頭又低子管裏長出氣細覷了這病體好不忘怎下得多應是爲我後恁地細思憶○何處疼那面痛教俺沒理會管腹脹滿心閉塞快請箇人調理便道破莫隱諱到這裏命將逝鶯鶯有箇藥兒善治

（刮地風）生曰多謝伊來問當俺縱來後何濟自家這一塲腌臢病病得來蹺蹊難服湯藥不停水米不頭沉不腦熱脉兒又沉細知他爲箇甚吃藥後難醫○

（尾）妹子夫人記相識多應管命歸泉世這病說不得

悶懨懨一肚皮

鶯曰。妾有小藥。能治兒心間鬱悶。少頃令紅娘專獻藥至。生勉勞謝。夫人曰。先生好服湯藥。我且去矣。生見夫人與鶯欲去。生勉强披衣而起

【高平調】【木蘭花】那張生聞得道。把旋闞兒披定。起來陪告。東傾西側的。做些腌軀老。閒生沒死的的陪笑○相國夫人您但去。把鶯鶯留下。勝如湯藥。紅娘聞語把牙兒咬。怎得條自練。我敢絞殺這禅脚

夫人與鶯俱去。生目送之

【黃鍾宮】【降黃龍袞】那相國夫人揉看了張君瑞。便假若鐵石心腸應粉碎。子母每行不到窻兒西壁。只聽

得書舍裏一聲仆地○是時三口兒轉身却往書幃內。驚見張生掉在牀脚底。赤條條地。不能收拾身起。口鼻內悄然沒氣

（尾）相國夫人道得可惜。早是孩兒一身。離鄉客寄。死作箇不着墳墓鬼

令紅娘救少頃稍甦。令一僕馳入蒲請醫人至。令看其脉。醫曰。外貌枯槁。其實無病

（黃鍾宮）（黃鶯兒）奇妙奇妙。郎中診罷嘻嘻的冷笑。道五臟六腑又調和。不須醫療○又問生曰。先生無病何瘦弱。如此爲箇甚。肌膚渾如削。張生低道我心頭橫着這鶯鶯。醫人曰我與服瀉藥

醫留湯一貼。夫人賜錢二千。醫退。夫人曰。宜以湯藥治。不可自苦如此。夫人與鶯既歸。無人一至。生日。所望不成。雖生何益。强整衣巾。以條懸棟

【仙呂調】【六幺實催】情懷轉轉難存濟。勞心如醉也不吟詩課賦。只恁昏昏⿰目歷。恰恁待纔合眼。忽聞人語啞地門開。却見薄情種。與夫人來這裏○着他方言語。把人調戲。不道俺也識你恁般圖圓。慢長吁氣空垂淚。念向日春宵月夜。廻廊下。恁時初見你

【六幺遍】向花陰底潛身立。漸審聽多時。方見伊。端的腰兒稔膩。裙衣翡翠。料來春困。把湖山倚。偏疑沉香亭北太眞妃○好多嬌媚。諸餘美遂。對月微吟。各有

相憐意。幽情未已。忽覩侍婢。請伊歸去朱門閉。堪悲。
只怨阿母阻佳期
（哈哈令）伊家只在香閨。小生獨守書幃。縱寫花牋無
人寄。忍輕離也哈哈。歛愁眉也哈哈
（瑞蓮兒）咫尺渾如千萬里。誰知後來遇羣賊。子母無
計。皆受死難閃避。恁時節。是俺咱可憐見你那裏
（哈哈令）蒲關巡撿與俺相知。捉賊兵免了災危。恁時
許我爲親戚。不望把心欺也哈哈。好昧神祇也哈哈
（瑞蓮見）刀鐙得人來成病體。爭如合下休相識。三五
日來不湯箇水米。敎俺難戀世。到此際。兀誰可憐見

我這裏

〔尾〕把一條皂絛梁間繫。大丈夫死又何悲。到黃泉做箇風流鬼

〔雙調〕〔御街行〕張生是日心將碎。猛把殘生棄。手中把定套頭兒滿滿地兩眼兒淚。思量人命也非小可。果是關天地○夫人去後門兒閉。又沒甚東西驀一人走至。猛推開。不覺勝來根底。舒開刺繡彈箏手。扯住張君瑞

雖云禍福無門。大抵死生繇命。當日一場好事。頃刻不成。後來萬里前程。逡巡有失。攙住的是誰。是誰。紅娘也。謂生曰。先生惑之甚矣。妾若來遲。已成不救。曰。鶯自視郎疾歸。泣謂妾曰。鶯之罪也。因聊

以詩戲兄。不意至此。如顧小行。守小節。悞兄之命。未爲德也。今妾持藥見兄

〔中呂調〕〔古輪臺〕那紅娘對生一一話行藏。俺姐姐採君歸。愁入蘭房。獨語獨言。眼中兩淚千行。良久多時。喟然長歎。低聲切切喚紅娘。都說衷腸。道張兄病體汪羸。已成消瘦。不久將亡。都因我一箇。而今也怎支當。我尋思。顧甚清白救才郎○當時聞語。和俺也恓惶。遣妾將湯藥。來到伊行。却見先生這裏恰待懸梁。些兒來遲。已成不救。定應一命見閻王。人好不會思量。試覷他此箇帖兒。有些湯藥。教與伊服依方。修合聞着噴鼻香。久服後。補益丹田助衰陽

（尾）一天來好事裏頭藏。其間也没甚諸般丸散。寫着箇專治相思的聖惠方

乃一短簡。外封曰。小詩奉呈才兄文几。鶯鶯謹封。生取古鼎令添香。置諸筆几之上。謂紅娘曰。往日以褻慢而見責。今日敢無禮乎。遂拜之

（木蘭花）急添香。忙禮拜。躬身合掌。以手加額。香煙上度過。把封皮兒拆。明窗底下。欵地舒開◯不知寫着甚來。讀罷稿幾回唱呆。十分來的鬼病。九分來痊瘥。紅娘勸道且寧耐。有何喜事。恁大驚小怪

張生遂展開。讀了鶯鶯詩。喜不自勝。其病頓愈。詩曰。勿以閒思想。摧殘天賦才。豈防因妾幸。却變作君災。報德難從禮。裁詩可當媒。高唐休詠賦。今夜雨雲來。都來四十字。治病賽盧醫

〔仙呂調〕〔滿江紅〕清河君瑞。讀了嘻嘻地笑不止。也不是尢兒。也不是散子。寫遍幽期書體字。疊了舒開千百次。念得熟如本傳。弄得軟如故紙。也不是閒言語。是五言四韻。八句新詩。若使顆硃砂印。便是偷情帖兒。私期會子○儘紅娘問而不答。驀見紅娘詢問着。道若洩漏天機。是那不是。是您姐姐今宵與我偷期的意思。說與你也不礙事。紅娘聞語。吸地笑道一言賴語。都是二四。沒性氣閒男女。不道是啞你。你喚做是實志。你好不分曉。是前來科段。今番又再使

生曰。汝欲聞此妙語。吾能唱之而無和者。奈何。紅娘曰。妾和之可乎。張生曰。可

【仙呂調】【河傳令纏】不須亂猜。這詩中意思。略聽我欸欸地開解。誰指望是他劣相的心腸先改。想咱家不枉了。爲他害◯紅娘姐姐且寧耐。是俺當初堅意。這好事終在。一句句唱了。須管教伊喝采。那紅娘道張先生快道來

【喬合笙】休將閒事苦縈懷。和 哩哩囉。哩哩囉。哩哩來也。取次摧殘天賦才。和 不意當初完妾命。和 豈防今日作君災。和 仰酬厚德難從禮。和 謹奉新詩可當媒。和 寄語高唐休詠賦。和 今宵端的雨雲來。和

【尾】那紅娘言休怪。我曾見風魔九伯。不曾見這般箇

神狗乾郎在

生謂紅娘曰。自向來飲食無味。今日稍飢。想夫人處必有隹饌。煩汝敬謁。不拘多寡。以療宿飢可乎。紅娘諾而往。頃而至。持美饌一盤。生舉筯而罄。紅娘曰。吃得作得。信不誣矣

【中呂調】【碧牡丹】小詩便是得效藥。讀罷頓然痊較。舊時衣袂。脫體別穿一套。煞㩲㩲地做些㝩軀老。問紅娘道韻那不韻。俏那不俏。○鏡兒裏不住炤。把鬢髩掠了重掠。口兒裏不住只管吃地忽哨。九伯了多時。不覺的高聲道。吼囉 日齋下。啞 日轉角。啞 日西落

【尾】紅娘覷了吃地笑。俺骨子不曾移動脚。這急性的郎君三休飯飽

生贈金釵一隻而囑曰。今夕不來。願相期於地下。紅娘謝生而歸。生送至階下。再三叮囑

【仙呂調】【勝葫蘆】送下階來欲待别。又囑付兩三歇。待好事成合後别致謝。把目前已往爲他醃苦。都對着那人說○生死存亡在今夜。不是我佯呆。待有一句兒虚脾天地折。是必你叮嚀囑付。你那可人的姐姐。教今夜早來些

【尾】去了紅娘歸書舍。坐不定何曾寧貼。倚門專待西廂月

是夜玉宇無塵。銀河瀉露。月華鋪地。愈增詩客之吟。花氣熏人。欲破禪僧之定。人間良夜靜復靜。天上美人來不來。生專待。鼓已三交。鶯無一耗

【仙呂調】【賞花時】倚定門兒手托腮。悶答孩地愁滿懷。不免入書齋。倘還負約。今夜好難捱○悶損多情的張秀才。忽聽得櫳門兒啞地開。急把眼兒揩。見紅娘斂袂。傳示解元咳

【尾】莫縈心。即暫停。寧耐。略時間且向書幃裏待。教先生休怪。等夫人燒罷夜香來

生隱几小眠。有人覺之曰。織女降矣。尚耽春睡。生驚視之。紅娘抱衾攜枕而至。謂生曰。至矣至矣。生出戶迎鶯。但見欲行欲止。半笑半嬌。生就而撫之。翻然背面

【大石調】【玉翼蟬】多嬌女映月來。結束得極如法。着一套衣服。偏宜恁瀟灑。烏雲軃。玉簪斜插。好嬌姹。脚兒

小。羅襪薄。疑把金蓮撒。更舉止輕盈。諸餘裏又稔膩。天生萬般溫雅◯甫能相見。擗着箇龐兒那下。儘人問。當。佯羞不答。萬般哀告。手摸着裙腰兒做勢煞。您不偢人。俺怎敢嗔他。自來不曾虧伊半恰。薄情的媽媽。被你刁蹬得人來。實志地咱

夜來紅娘擁抱來。
脈脈驚魂若春夢

【大石調】【洞仙歌】青春年少。一對兒風流種。恰似嬌鸞配雛鳳。把腰兒抱定。擁入書齋。道我女兒休恁人前粧重◯哄他半晌。猶自疑春夢。燈下偎香恣憐寵。掐惜了一頓。嗚咂了多時。緊抱着噷。那孩兒不動。更有

甚功夫脫衣裳。便得箇胸前把妳兒摩弄

羞顏慵怯。力不能運肢體。曩時之端莊不復同矣

張生飄然。一旦疑神仙中人。不謂從人間至矣

〔中呂調〕〔千秋節〕良宵夜暖。高把銀釭點。雛鸞嬌鳳乍相見。窄弓弓羅襪兒翻。紅馥馥地花心我可曾慣。百般撋就十分閃○忍痛處。脩眉斂。意就人。嬌聲戰。臉香汗流粉面。紅粧皺也嬌嬌羞。腰肢困也微微喘

月傳銀漏和更長。郎抱鸞娘送舌香

一宵之事。張生如登霄漢。身赴蓬宮

〔仙呂調〕〔臨江仙〕燕爾新婚方美滿。愁聞蕭寺疎鐘。紅娘催起笑芙容。巫姬雲雨散。宋玉枕衾空○執手欲言容易別。新愁舊恨無窮。素娥已返水晶宮。半窻千

里月。一枕五更風

怎見得有如此事來。有唐元微之鶯鶯傳爲證。紅娘捧鶯而去。終夕無一言。張生辨色而興。自疑於心曰。豈其夢耶。豈其夢耶。所可明者。粧在臂。香在衣。淚光熒熒然。猶瑩於裀席而已

【羽調】【混江龍】兩情方美。斷腸無奈曉樓鐘。臨時去。幽情脉脉。別恨匆匆。雒浦人歸天漸曉。楚臺雲斷夢無踪。空回首。鬧愁與悶。應滿東風。○起來搔首。數竿紅日上簾櫳。猶疑慮。實曾相見。是夢裏相逢。却有印臂的殘紅香馥馥。偎人的粉汗尚融融。鴛衾底尚三點兩點兒紅

生取紙筆。遂寫詞二首。詞畢。又賦會眞詩三十韻

仙呂調朝天急錦箋和淚痕。一齊封了。欲把鶯鶯今夜約。殷勤把紅娘告。休推托。專專付與多嬌○姐姐便不可憐見不肖。更做於人情分薄。思量俺日前恩非小。今夕是他不錯○道與寃家。休負的莫忘了。如把濃歡容易拋。是咱無分消。你莫辭勞。若見如花貌。一星星但言我道

尾我眼巴巴的盼今宵。還二更左右不來到。您且聽着。隄防牆上杏花搖

紅娘歸。以詩詞授鶯鶯。看之。愈喜愈愛。詞曰。司馬傷春候。文君多病時。殘紅欵欵褪胭脂。恰恰流鶯催日上花枝○釋悶琴三弄。消愁酒一卮。此時無以說相思。綵筆傳情。聊賦會眞詩○右調南柯子

○又詞曰雲雨事都向會真詩麝墨輕磨聲韻玉兔毫初點色翻鵶書破錦牋花詩句麗造化窟中拏俊逸參軍非足羨清新開府未才華寄與謝娘家○詩曰微月透簾櫳螢光度碧空遥天初縹緲低樹漸葱蘢龍吹過庭竹鸞歌拂井桐羅綃隨薄霧環珮響輕風絳節隨金母雲心捧玉童更深人悄悄晨會雨濛濛珠瑩光文履花明隱繡龍寶釵行彩鳳羅帳掩丹虹言自瑶華圃將朝碧玉宮因游雒城北偶向宋家東戲調初微拒柔情已暗通低鬟蟬影動迴步玉塵蒙轉面流花雪登牀抱綺叢鴛鴦交頸舞翡翠合歡籠眉黛羞偏聚唇朱暖更融氣清蘭蕋馥膚潤玉肌豐無力慵移腕多嬌愛斂躬汗光珠點點髮亂綠鬆鬆方喜千年會俄聞五夜窮留連時有限繾綣意難終慢臉含愁態芳詞誓素衷贈環明運合留結表心同啼粉流清鏡殘燈遶暗蟲華光猶冉冉旭日漸曈曈乘鶩還歸雒吹簫亦上嵩衣香猶染麝枕膩尚殘紅冪冪臨塘草飄飄思渚蓬素琴鳴怨鶴清漢望鶩鴻海潤誠難度天高不易沖行雲無定所蕭史在樓中鶯驚異之索牋擬和竚思久之閣筆不下擲筆自

笑曰。才不迨於郎矣

【大石調】【吳音子】鶯鶯從頭讀罷。縮首頻稱賞。此詩此韻。若非神助。便休想着甚才學。和您文章。休強休強○果非常。做得箇詩陣令。騷壇將收拾。雲雨爲郎今夜更相訪。消得一人。因君狂蕩。不枉不枉

【尾】豈止風流好模樣。更一段兒恁錦繡心腸。道箇甚教人看不上

次夜張生啟門伺鶯。多時方至。似嫦娥離月殿。如王母下瑤臺

【正宮】【梁州纏令】玉漏迢迢二鼓過。月上庭柯。碧天空濶鏡銅磨。啞地聽櫳門兒響。見巫娥。○對郎羞懶無

那靠人先要偎摩寶髻挽青螺臉蓮香傳說不得媚多

（應天長）欲言羞懶顫聲訛多時方語低謂粉郎呵鶯鶯的祖宗你知麼家風清白全不類其他鶯鶯是閨內的女服母訓怎敢如何不意哥哥因妾病懨懨地染沉痾○思量都爲我咱呵肌膚消瘦瘦得渾似削百般醫療終難可鶯鶯不忍以此背婆婆婆婆知道除會聖雲雨怎得成合異日休要逢别的更不管負人呵

（甘草子）聽說破聽說破張生低告道姐姐言語錯休

恁廝埋怨休恁廝奚落張珙殊無潘沈才輒把梅犀玷污負心的神天放不過休麽奴哥

（梁州三臺）鶯鶯色事尚兀自不慣羅衣向人羞脫抱來懷裏惜多時貪歡處嗚損臉窩掿得箇㗖着摸着偎着抱着輕憐惜痛一和恣恣地覷了可喜寃家忍不得恣情嗚嘬

（尾）鶯鶯色膽些來大不慣與張生做快活那孩兒怕子箇怯子箇悶子箇

（仙呂調）（點絳唇纏令）殢雨尤雲靠人緊把腰兒貼顫聲不徹肯放郎教歇○檀口微微笑吐丁香舌噴龍

麝。被郎輕嚙。却更嗔人劣

【風吹荷葉】只被你箇多情姐。嚈得人困也怕也。痛憐嗚損胭脂頰。香噴噴地。軟柔柔地。酥胸如雪

【醉奚婆】歡情未絕。願永遠如今夜。銀臺畫燭。笑遣郎吹滅

【尾】並頭兒眠。低聲兒說。夜靜也無人窺竊。有幽窗花影西樓月

紅娘至。促曰。天色曙矣

【仙呂調】【戀香衾】一夕幽歡信無價。紅娘萬驚千怕。且恐夫人暗中知察。暫不多時雲雨罷。紅娘催定如花。

把天般恩愛。變成瀟灑◯君瑞鶯鶯越偎的緊。紅娘道起來麽。娘呵。戴了冠兒。把玉簪斜揷。欲別張生臨去也。偎人懶兜羅襪。我而今且去。明夜來呵

（尾）懶別設的把金蓮撒。行不到書窻直下。兜地回來又說些兒話

自是朝隱而出。暮隱而入。幾半年矣。夫人見鶯容麗倍嘗。精神增媚。甚起疑心。夫人自思。必是張生私成暗約

（雙調）倬倬戚相國夫人自窨約。是則是這冤家沒彈剝。陡恁地精神偏出跳。轉添嬌。渾不似舊時了◯舊日做下的衣服件件小。眼謾眉低胸乳高。管有兀誰

厮般着。我團着這妮子。做破大手脚

一　鶯以情繫心。戀戀不已。夫人察之。是夕私往

（大石調）（紅羅襖）君瑞與鶯鶯。來往半年過。夜夜偷期不相度。沒些兒斟量。沒些兒懼憚。做得過火。鶯鶯色事迷心。是夜又離香閤。方信樂極悲來。怎知覺惹場天來大禍◯那積世的老婆婆。其時暗猜破。高點着銀釭堂上坐。問侍婢以來。兢兢戰戰。一地裏篤麽問鶯鶯。更夜如何背游私地。有誰存活。諸侍婢莫敢形言。約多時。有口渾如鎖

（尾）相國夫人高聲喝。賤人每怎敢瞞我。喚取紅娘來

問則箇

一女奴奔告鶯鶯。鶯鶯急歸。見夫人坐堂上。鶯鶯戰慄。夫人問紅娘曰。汝與鶯更夜何適。紅娘拜曰。不敢隱匿。張生猝病。與鶯往視疾。夫人曰。何不告我。答曰。夫人已睡。倉猝不敢覺夫人寢。夫人怒曰。猶敢妄對。必不捨汝

中呂調〔牧羊關〕夫人堂上高聲問。爲何私啓閨門。你試尋思早晚時分。迤逗得鶯鶯去。推探張生病。恁般閒言語。教人怎地信○思量也是天教敗。算來必有私情。甚不肯承當。抵死諱定。只管廝瞞昧。只管廝咭啐。好教我禁不過這不良的下賤人

〔尾〕思量又不當口兒穩。如還抵死的着言支對。教你

手托着東牆。我直打到肯

紅娘徐而言曰。夫人息怒。乞申一言

〔仙呂調〕〔六么令〕夫人息怒。聽妾話踪繇。不須堂上。高聲揮喝罵無休。君瑞又多才多藝。咱姐姐又風流。彼此無夫無婦。這時分相見。夫人何必苦追求○一對兒佳人才子。年紀又敵頭。經今半載。雙雙每夜書幃裏宿。巳恁地出乖弄醜。潑水再難收。夫人休出口。怕旁人知道。到頭羸得自家羞

〔尾〕一雙兒心意兩相投。夫人白甚閒疙皺。休疙皺。常言道女大不中留

當日亂軍屯寺。夫人小娘子皆欲就死。張生與先相無舊。非慕鶯之顏色。欲謀親禮。豈肯區區陳退軍之策。使夫人小娘子得有今日。事定之後。夫人以兄妹繼之。非生本心。以此成疾。幾至不起。鶯不守義而忘恩。每侍湯藥。愿兄安慰。夫人聰明者。更夜幼女。潛見鰥男。何必研問。是非禮也。夫人罪妾。夫人安得無咎。失治家之道。外不能報生之恩。內不能蔽鶯之醜。取笑於親戚。取謗於他人。願夫人裁之。夫人曰。奈何。紅娘曰。生本名家。聲動天下。論才則屢被巍科。論策則立摧兇醜。論智則坐邀大將。論恩則活我全家。君子之道盡於是矣。若因小過。俾結良姻。通男女之眞情。蔽閨門之餘醜。治家報德。兩盡美矣

【般涉調】【麻婆子】君瑞又好門地。姐姐又好祖宗。君瑞是尚書的子。姐姐是相國的女。姐姐爲人是稔色。張生做事忒通疏。姐姐有三從德。張生讀萬卷書。○姐

姐稍親文墨。張生博通今古。姐姐不枉做媳婦。張生不枉做丈夫。姐姐溫柔勝文君。張生才調過相如。姐姐是傾城色。張生是冠世儒

（尾）着君瑞的才。着姐姐的福。咱姐姐消得箇夫人做。張君瑞異日須乘駟馬車

夫人曰。賢哉紅娘之論。雖然如此。未知鶯之心下何似。恐女子之性。因循失德。實無本心。令紅娘召之。我欲親問所以。鶯鶯羞㥶而出。不敢正立

（般涉調）（沁園春）是夜夫人。半晌無言。兩眉暗鎖。多時方喚得鶯鶯至。羞低着粉頸。愁斂着雙蛾。桃臉兒通紅。櫻唇兒青紫。玉笋纖纖不住搓。不忍見盈盈地。粉

淚淹損鈿窩○六十餘歲的婆婆道千萬擔饒我女呵子母腸肚終須熱着言方便撫恤求和事到而今已裝不卸潑水難收怎奈何都閒事這一場出醜着甚達摩

（尾）便不辱你爺便不羞見我我還待送斷你子箇却又子母情腸意不過

夫人曰事已如此未審汝本意何似願則以汝妻生不願則從今斷絕鶯鶯待道不願來是言與心違待道願來後對娘怎出口卒無詞對夫人又問

（雙調）（豆葉黃）我孩兒安心省可煩惱這事體休聲揚着人看不好怕你箇寃家是廝落你好好承當咱好

好的商量。我管不錯○有的言語對面評度。凡百如何。老婆斟酌。女孩兒家見問着。半晌無言。欲語還羞把不定心跳

（尾）可憎的媚臉兒通紅了。對夫人不敢分明道。猛吐了舌尖兒背背地笑

願郎不欲分明道。盡在回頭一笑中。拂旦令紅娘召生小飲。生懼昨夜之敗。辭之以疾

（仙呂調）（相思會）君瑞懷羞慘。心只自思念。這些醜事。不道怎生遮掩。紅娘莫恁把人乾廝呫。我到那裏見夫人吵。有甚臉○尋思罪過。蓋爲自家險。算來今日請我。赴席後爭敢。紅娘見道道君瑞眞箇欠。我道你

佯小心粧大膽

紅娘曰。但可赴約。別有長話。生驚曰。如何。紅娘以實告生。生謝曰。誠如是。何以報德。曰。妾不敢望報夫人與鄭恒親。雖然昨夜見許。未足取信。先生赴約。可以獻物為定。此及鶯鶯終制以來。庶無反覆以斷前約。生曰。善。然自春寓此。迄今囊橐已空矣。奈何

仙呂調【喜新春】草索兒上。都無一二百盤纏。一領白衫又不中穿。夜擁孤衾三幅布。晝欹單枕是一枚甎。只此是家緣◯要酒後廚前自汲新泉。要樂當筵自理冰絃。要絹有壁畫兩三幅。要詩後却奉得百來篇。只不得道着錢

紅娘曰。先生平昔與法聰有舊。法聰新當庫司。先生歸而貸之。何求不得。生聞言而頓省。遂往見聰

【大石調】【驀山溪】張生是日。叉手前來告。有事敢相煩。問庫司兄不錯。相公的嬌女許我作新郎。這事體你尋思。定物終須要◯小生客寄。没箇人挨靠。剛准備些兒。其外多也不少。不合借索。總賴弟兄情。如借得。感深恩。是必休推托

【尾】法聰聞言先陪笑道。咱弟兄面情非薄。子除了我耳朶兒愛的道

生曰。如有餘貲。煩貸幾索。甚幸。聰曰。常住錢不敢私貸。貧僧積下幾文。起坐。盡數分付足下。勿以寡見阻。取下五十索。聰曰。幾日兒還。生指期拜納

【雙調】【芰荷香】忒孤窮。要一文錢物。也擘劃不動。法聰

不忍借與五千貫青銅。幾文起坐。被你箇措大倒得囊空。三十五十家擴來比及償到。是幾箇齋供〇君瑞聞言道多謝。起來乂手。着言倍奉。若非足下。定應難見花容。咱家命裏。算來歲運亨通。多應魚化爲龍。恁時節。奉還一年請俸

【尾】法聰笑道休打鬨。不敢問利息輕重。這本錢幾年得用

生以錢易金。赴夫人約。坐不安席。酒行。夫人起曰。昨不幸相公歿。攜稚幼留寺。羣賊方興。非先生矜憫。母子幾爲魚肉矣。無以報德。雖先相以鶯許鄭恒。而未受定約。今欲以鶯妻君。聊以報可乎

【大石調】【玉翼蟬】夫人道張解元。美酒斟來滿。道不幸

當時羣賊困普救。全家莫能逃難。賴先生便畫妙策。以此登時免。今日以鶯鶯酬賢救命恩。問足下願那不願○夫人曰。如先生許。則滿飲一盞。張生聞語。急把頭來䁖點。小生目下身居貧賤。粗無德行。情性荒疎學藝淺。相公的嬌女有何不戀。何必夫人苦勸。吃他一盞。忽地推了心頭一座山

生取金以奉夫人曰。貧生旅食。姑此爲禮。無以徵見御。夫人不受。曰。何必乃爾。紅娘曰。物雖薄。禮不可廢也。夫人受金。生拜堂下。夫人曰。然鶯未服闋。未可成禮。生曰。今掌文調。將赴選闈。姑待來年。不爲晚矣。夫人曰。願郎遠業功名爲念。此寺非可久留。生曰。倒指試期。幾一月矣。三兩日定行。夫人以巨觥爲壽。生飲訖。令紅娘送生歸。生謂紅娘曰。不意有今日。答曰。適鶯聞夫人語親。忻喜之容。見於

面。聞郎赴文調。愁怨之容。動於色。生曰。煩爲我言之。功名世所甚重。背而棄之。賤丈夫也。我當發策決科。策名仕版。謝原憲之圭竇。衣買臣之錦衣。待此取鶯。慊子素願。無惜一時孤悶。有妨萬里前程。紅娘以此報鶯。亦不見答。自是不復見矣。後數日生行。夫人暨鶯送於道。法聰與焉。經於蒲西。十里小亭置酒。悲歡離合一尊酒南北東西十里程

大石調【玉翼蟬】蟾宮客。赴帝闕。相送臨郊野。恰俺與鶯鶯。鴛幃暫相守。被功名使人離闕。好緣業。空悒怏。頻嗟歎。不忍輕離別。早是恁凄凄涼涼受煩惱。那堪值暮秋時節。○雨兒乍歇。向晚風如漂冽。那聞得衰柳蟬鳴悽切。未知今日別後。何時重見也。衫袖上盈盈搵淚不絕。幽恨眉峰暗結。好難割捨。縱有千種風

情何處說

（尾）莫道男兒心如鐵。君不見滿川紅葉。盡是離人眼中血

（越調）（上平西纏令）景蕭蕭。風淅淅。雨霏霏。對此景怎忍分離。僕人催促。雨停風息日平西。斷腸何處。唱陽關。執手臨岐。○蟬聲切。蛩聲細。角聲韻。鴈聲悲。望去程依約天涯。且休上馬。苦無多淚與君垂。此際情緒。你爭知。更說甚湘妃

（鬬鵪鶉）囑付情郎。若到帝里。帝里酒釅花濃。萬般景媚。休取次共別人便學連理。少飲酒。省遊戲。記取奴

言語。必登高第◯專聽着伊家好消好息。專等着伊家寶冠霞帔。妾守空閨。把門兒緊閉。不拈絲管。罷了梳洗。你咱是必把音書頻寄

（雪裏梅）莫煩惱。莫煩惱。放心地。放心地。是必是必。休恁做病做氣◯俺也不似別的。你情性俺都識。臨去也臨去也。且休去。聽俺勸伊

（錯煞）我郎休怪強牽衣。問你西行幾日歸。著路裏小心呵。且須在意。省可裏晚眠早起。冷茶飯莫吃。好將息。我倚着門兒專望你

生與鶯難別。夫人勸曰。送君千里。終有一別

仙呂調　戀香衾　冉冉征塵動行陌。杯盤取次安排。三口兒連法聰外。更無別客。魚水似夫妻正美滿。被功名等閒離拆。然終須相見。奈時下難捱◯君瑞啼痕汚了衫袖。鶯鶯粉淚盈腮。一箇止不定長吁。一箇頓不開眉黛。君瑞道閨房裏保重。鶯鶯道途路上寧耐。兩邊的心緒。一樣的愁懷

尾　僕人催促怕晚了天色。柳隄兒上把瘦馬兒連忙解。夫人好毒害。道孩兒每回取箇坐車兒來

生辭夫人及聰。皆曰好行。夫人登車。生與鶯別

大石調　蔦山溪　離筵已散。再留戀應無計。煩惱的是

鶯鶯受苦的是清河君瑞頭西下控着馬東向馭坐車兒辭了法聰別了夫人把樽俎收拾起○臨上馬還把征鞍倚低語使紅娘更告一盞以為別禮鶯鶯君瑞彼此不勝愁廝覷者總無言未飲心先醉

【尾】滿斟離杯長出口兒氣比及道得箇我兒將息一盞酒裏白泠泠的滴穀半盞兒淚

夫人道教郎上路日色晚矣鶯啼哭又賦詩一首贈郎詩曰○棄置今何道當時且自親還將舊來意憐取眼前人

【黃鍾宮】【出隊子】最苦是離別彼此心頭難棄捨鶯鶯哭得似癡呆臉上啼痕都是血有千種恩情何處說

◯夫人道天晚教郎疾去怎奈紅娘心似鐵把鶯鶯扶上七香車君瑞攀鞍空自攧道得箇冤家寧耐些

（尾）馬兒登程坐車兒歸舍馬兒往西行坐車兒往東拽兩口兒一步兒離得遠如一步也

（仙呂調）（點絳唇纏令）美滿生離據鞍兀兀離腸痛舊歡新寵變作高唐夢◯回首孤城依約青山擁西風送戍樓寒重初品梅花弄

（瑞蓮兒）衰草萋萋一徑通丹楓索索滿林紅平生蹤跡無定着如斷蓬聽塞鴻啞啞的飛過暮雲重

（風吹荷葉）憶得枕鴛衾鳳今宵管半壁兒没用觸目

凄涼千萬種。見滴流流的紅葉。淅零零的微雨。率刺刺的西風

（尾）驢鞭半裊。吟肩雙聳。休問離愁輕重。向箇馬兒上馳也馳不動

離蒲西行三十里。日色晚矣。野景堪畫

（仙呂調）（賞花時）落日平林噪晚鴉。風袖翩翩吹瘦馬。一徑入天涯。荒涼古岸。衰草帶霜滑 ○ 瞥見箇孤林端入畫。籬落蕭疎帶淺沙。一箇老大伯捕魚蝦。橫橋流水。茅舍映荻花

（尾）馳腰的柳樹上有漁槎。一竿風旆茅簷上掛。澹煙

瀟灑。横鎖着兩三家

生投宿於村店

〔越調〕〔聽前柳纏令〕蕭索江天暮。投宿在數間茅舍。夜永愁無寐。謾咨嗟。牀頭上怎寧貼○倚定箇枕頭兒越越的哭。哭得悄似。癡呆。畫櫓聲摇拽。水聲嗚咽。蟬聲助悽切

〔蠻牌兒〕活得正美滿。被功名使人離闕。知他是我命薄。你緣業。比似他時再相逢也。這的般愁。兀的般悶。終做話兒説○料得我兒今夜裏。那一和煩惱嗹嚥。不恨咱夫妻今日别。動是經年。少是半載。恰第一夜

西廂記　董解元　下

〔山麻稭〕淅零零地雨打芭蕉葉。急煎煎的促織兒聲相接。做得箇蟲蟻兒天生的劣。特故把愁人做脾憋。更深後越切◯恨我寸腸千結。不埋怨。除你心如鐵。淚痕兒淹破人雙頰。淚點兒拍搵不迭。是相思血

〔尾〕兀的不煩惱煞人也。燈兒一點甫能吹滅。雨兒歇。閃出昏慘慘的半窻月

西風怯雨眠難熟。
殘月窺人酒半醒

〔南呂宮〕〔應天長〕無語悶答孩。漫漫兩淚盈腮。清宵夜好難捱。一天愁悶怎安排。役損這情懷。睡不着萬感。勉強的把旅舍門開。披衣獨步在月明中。凝睛看天

色○澹雲遮籠素魄。野水連天天竟白。見衰楊折葦。隱約映漁臺。新愁與舊恨。睹此景分外增煞。白柳陰裏忽聽得有人言。低聲道快行麽娘咳

(尾)張生覷了失聲道怪。見野水橋東岸南側。兩箇畫不就的佳人映月來

鞋弓襪窄行不動。步難移。語顫聲嬌。喘不迭。頻道困。是人是鬼俱難辨。爲福爲災兩不知。生將取劍擊之而已至矣。因叱之曰。爾乃誰人。詭秀才。月影柳陰之下。定睛細認云云

(雙調)(慶宣和)是人後。疾忙快分說。是鬼後。應速滅。入門來取劍取不迭。兩箇來的近也近也○君瑞回頭再覷些。半晌癡呆。回嗔作喜唱聲一喏。却是姐姐那

姐姐

熟視之。乃鶯紅也。生驚問曰。爾何至此。鶯曰。適夫人酒多寐熟。妾與紅娘計之曰。郎西行何日再回。紅曰。郎行不遠。同往可乎。妾然其言。與紅私渡河而至此。生攜鶯手歸寢。未及解衣。聞羣犬吠門。生破窗視之。但見火把熖空。喊聲震地。聞一人大呼曰。渡河女子。必在是矣

商調定風波 好事多妨礙。恰拈了冠兒。鬆開裙帶。汪汪的狗見吠。順風聽得喊聲一派。不知為箇甚。諕得張生變了面色。真箇大驚小怪○火把臨窗外。一片地叫開門。倒大驚駭。張生隔窗覷見五千餘人。全副執戴。一箇最大漢。提着鳫翎刀。厲聲叫道與我這裏搜猜

【尾】柴門兒脚到處早蹉開。這君瑞有心掙揣。向臥榻上撇然覺來

無端怪鵲高枝噪。一枕鴛鴦夢不成。坐而待旦。僕已治裝

【仙呂調】【醉落魄纏令】酒醒夢覺。君瑞悶愁不小。隔窗野鵲兒喳喳地叫。把夢驚覺人來。不當箇嘴兒巧○悶打孩似吃着没心草。越越的哭到月兒落。被頭兒上淚點知多少。媚媚的不乾。抑也抑得着

【風吹荷葉】枕畔僕人低低道。起來麽解元天曉也。把行李琴書收拾了。聽得幽幽角奏。噹噹地鐘響。忔忔地雞叫

【醉奚婆】把馬兒控着。不管人煩惱。程程去也。相見何時却

【尾】華山又高。秦川又杳。過了無限野水橫橋。騎着瘦馬兒圪登登的。又上長安道

行色一鞭催瘦馬。羈愁萬斛引新詩。長安道上。只知君瑞艱難。普救寺中。誰念鶯鶯煩惱。鶯自郎西邁。憔悴不勝。乗間請郎閱書之閣。開牖覗之。非復曩日。鶯轉煩惱

【黃鍾宮】【侍香金童纏令】才郎自別。剗地愁無那。裊裊爐煙縈綠瑣。濃睡覺來心緒惡。衣裳羞整。霧鬢斜嚲。

○香消玉瘦。天天都為他。眼底眉愁沒處着。是即是下稍相見。咱大小身心。時下打疊不過

雙聲疊韻　吟硯乾。黃卷堆。冷落了讀書閣。金篆寶鼎。獸爐誰爇龍涎火。幾冊書有誰搽。粉牋牆被塵汚。悄没人炤覷子箇

刮地風　薄倖的寃家好下得。甚把人抛趓。眉兒淡了教誰畫。哭損秋波。琵琶塵暗懶拈金撲。有新詩有新詞。共誰酬和。那堪對暮秋。你道如何

整金冠令　促織兒外面鬭聲相聒。小郎小。天生的口不曾合。是世間蟲蟻兒裏的活撮。叨叨的絮得人怎過

賽兒令　愁麽愁麽。此愁着甚消磨。把脚兒擷了耳朶

兒搓。没亂煞也自摧挫。塞鴻來也那。塞鴻來也那

（柳葉兒）淅冽冽的曉風來幕。滴流流的落葉辭柯。年年的光景如梭。急煎煎的心緒火

（神仗兒）這對眼兒。這對眼兒淚珠兒滴了萬顆。止約不定。恰纔淹了。撲簌簌的又還偷落。勝秋雨點兒多

（四門子）些兒鬼病天來大。何時是可。羅衣寬褪肌如削。悶答孩地獨自箇。空恨他。空怨他。料他那裏與誰做活。空恨他。空怨他。不道人圖箇甚麼

（尾）把寶鑑兒拈來強梳裹。腮兒被淚痕兒浥破。甚全不似舊時節風韻我

自季秋與郎相別。杳無一信。早是離恨。又值冬景。白日猶閒。淸宵更苦

〔中呂調〕〔香風合纏令〕煩惱知何限。悶答孩地獨自淚漣漣身心悄似顛。相思悶轉添。守着燈兒坐。待收拾做些兒閒鍼線。奈身心不苦歡。不苦歡◯一雙春筍玉纖纖貼兒裏拈線。把繡鍼兒穿。行待紝鍼關。却便紝鍼尖。欲待裁領衫兒段。把繫着的裙兒胡亂翦。胡亂翦

〔石榴花〕覷着紅娘認做張郎喚。認了多時自失歎。不惟道鬼病相持。更有邪神繳纏◯苦苦天天。此愁何時免。鎮日思量。彀萬千遍。算無緣得歡喜存活。只有

分與煩惱爲寃◯譬如對燈悶悶的坐把似和衣强
强的眠心頭暗發着願願薄倖的寃家夢中見爭奈
按不下九曲回腸合不定一雙業眼
【尾】是前世裏債宿世的寃被你擔閣了人也張解元
明年張珙廷試第三人及第
【正宮】【梁州纏令】步入蟾宮折桂花舉手平拏長楊賦
罷日西斜得意也掀髯笑喜容加◯才優不讓賈馬
金榜名標高甲踪跡離塵沙青雲得路鳳沼步煙霞
【甘草子】最堪嘉最堪嘉一聲霹靂果是魚龍化金殿
拜皇恩面對丹墀下正是男兒得志秋向晚瓊林宴

罷。沉醉東風裏。控驕馬。鞭裊蘆花

（脫布衫）追想那寃家。獨自在天涯。怎知此間及第。修書索報與他◯有多少女孩兒。捲珠簾騁嬌奢。從頭着眼看來。都盡總不如他◯不敢任時霎。卽便待離京華。官人如今是我。縣君兒索與他◯偏帶兒是犀角。幞頭兒是烏紗。綠袍兒當殿賜。待把白衫兒索脫與他

（尾）得箇除授先到家。引着幾對兒頭答。見俺那鶯鶯大小來詐

珙賦詩一絕。令僕人赴鶯鶯報喜

雙調御街行須臾喚得僕人至。囑付你些兒事。蒲州東畔十餘里。有勅賜普救之寺。法堂西壁。行廊背後。第三箇門兒是◯見妻兒太君都傳示。但道我擢高第。教他休更許別人。俺也則不曾聘妻。相煩你。且叮寧寄語專等風流壻

生緘詩與僕。僕行。鶯未知郎第。荏苒成疾。時季春十五夜。鶯思之。去年待月西廂之夜。感而泣下。紅娘曰。姐姐今春多病。觸時有感。恐傷和氣。妾未知姐姐所染何患。當以藥理之。恐至不起。鶯鶯愈哭

過宮凭欄人纏令憶多才。自別來約過一載。何日裏却得同諧。縈損愁懷。怕黃昏愁倚朱欄。到良宵獨立空階。趁落英。遍蒼苔。東風搖蕩。一簾飛絮滿地香埃

◯欲問俺心頭悶答孩。太平車兒難載。都是俺今年浮災。煩惱煞人也猜。悶厭厭的心緒如痲。瘦嵓嵓的病體如柴。鬢雲亂。慵整瓊釵。勞勞攘攘。身心一片沒處安排

(賺)據俺當初。把你箇命般看待。誰知道倒爲寃家。贏得段相思債。相思債◯是前生負償他。還着後聯。你試尋思。怪那不怪。都是命乖。爭奈心頭那和不快。好難消解◯近來這病的形骸。鏡兒裏覷了後自澀耐。傷心處故人與俺。彼此天涯客。天涯客◯我於伊志誠沒倦怠。你與我堅心莫更改。且與他捱。下稍知他

看怎奈。悶愁越大

〔美中美〕困把欄干倚。羞折花枝戴。這段閒煩惱。是自家買。勞勞攘攘不是自家心窄。春色褪花稍。春恨侵眉黛。遥望着秦川道。雲山隔◯白日渾閒夜難熬。獨自兀誰倸。悶對西廂月。添香拜去年此夜。猶自月圓人在。不似去年人。猛把欄干拍。有箇長安信。教誰帶

〔大聖藥〕花憔月悴。蘭消玉瘦。不似舊時標格。閒愁似海。況是暮春天色。落紅萬點。風兒細細。雨兒微篩。這些光景。與人粧點愁懷◯悶抵着牙兒。空守定粧臺。眼也倦。開淚漫漫地盈腮。似恁凄涼。何時是了。心頭

暗暗疑猜。縱芳年未老。應也頭白

【尾】紅娘怪我緣何害。非關病酒。不是傷春。只爲寃家不到來

鶯對春時感舊恨。爲憶生。漸成消瘦

【高平調】【青玉案】寂寞空閨裏。苦苦天天甚滋味。淅淅微微風兒細。薄薄怯怯半張鴛被。冷冷清清地睡○憂憂戚戚添憔悴。裊裊霏霏瑞煙碧。滅滅明明燈將煠。哀哀怨怨不敢放聲哭。只管嗇嗇㗇㗇地

覆旦靈鵲喜晴鶯起

【仙呂調】【滿江紅】殘紅委地。翻風靈鵲喜新晴。玉慘花

西廂記　董解元　下

愁。追思傅粉。巾袖與枕頭兒都是淚痕。一夜家無眠白日盹。不存不濟香肌瘦損。教俺縈方寸。想他那裏也不安穩。恰正心頭悶。見紅娘通報有人喚門門人報曰張先生僕至。夫人與鶯教召。須臾入僕使階前忙應喏。骨子氣喘不迭滿面征塵。呼至簾前夫人親問道張郎在客可煞苦辛。想見彼中。把名姓等。幾日試來那。幾日唱名得意那不得意。有何傳示。有何書信那廝也不多言語。覷着夫人賀喜。喚鶯鶯做縣君

僕以書呈夫人。紅娘取而奉鶯鶯發書視之。止詩一絕詩曰。玉京仙府探花郎。寄語蒲東窈窕娘。指日拜恩歸晝錦。是須休作倚門粧。鶯解詩旨曰。探花郎第三也。指日拜恩衣晝錦。待除授而歸也。夫

人以下皆喜自是至秋杳無一耗鶯修書遣僕寄生隨書贈衣一襲瑶琴一張玉簪一枝斑管一枚

越調　水龍吟　露寒煙冷庭梧墜又是深秋時序空閨獨坐無人存問愁腸萬縷怕到黄昏後窗兒下甚般情緒映湖山側西左芭蕉幾葉空階静聽疎疎雨○一自才郎别後儘日家凭欄凝竚碧雲黯澹楚天空濶征鴻南渡飛過蒹葭浦暮蟬噪煙迷古樹望野橋西畔小旗沽酒是長安路

看花廻　想世上凄涼事離情最苦恨不得插翅飛將往他行去地里又遠關山阻無計奈謾登樓空目斷故人何許○密召得僕人至將傳肺腑連幾般衣服

一一包將去。是必小心。休遲滯。莫躭悞。喚紅娘教拈與。再三囑付

雪裏梅白羅素襠袴。摺動的裢兒也無。一領汗衫與裹肚。非足取。取是俺咱自做○綿襪兒莫嫌薄。燈下曾用工夫。一鍼鍼刺了羡覷。恐慮破後。有誰重補

揭鉢子藍直繫。有工夫做得依規矩。幽窻明淨處潛心下繡鍼。着意分絲縷。繡着合歡連理花。雛子兒交頸舞○絨條兒細絳州出。宜把腰圍束。青衫忒離俗。裁得暢可體。褑兒是吳綾。件件都受取。更與你幾件物

疊字玉臺簪雖小是美玉。玉取其潔白純素。微累纖瑕不能汚。渾如俺爲你。俺爲你心堅固。你曾惜俺如珍。今日看如糞土○紫毫管未嘗有。是九嶷山下蒼竹。當日湘妃別姚虞。眼兒裏淚珠。淚珠如秋雨。點點都畫成斑。比我別離來苦○瑤琴是你咱撫。夜閒曾挑鬭奴。你悄似相如獻了上林賦。成名也在上都。在上都裏貪歡趣。鎮日家躭酒迷花。便把文君不顧

緒煞孩兒。沿路裏耐辛苦。若見薄情郎傳示與。但道自從別來。官人萬福。一件件對他分付。教他受取看是阻那不阻。臨了教讀這一封兒墮淚書

僕未至京。君瑞擢第後。以才授翰林學士。因病閒居。至秋未愈

仙呂調　剔銀燈　寂寞空齋。清秋院宇。瀟灑閒庭幽戶。檻內芳菲。黃花開遍。將近登高時序。無情緒。憔悴得身軀。有誰擡舉◯早是離情恁苦。病體兒不能痊愈。淚眼盈盈。眉頭鎮鎖。九曲迴腸千縷。天遙地遠。萬水千山。故人何處

尾　許多時節分鴛侶。除夢裏有時曾去。新來和夢也不曾做

生喜來擢第。愁來病未愈。那逢秋夜。爲憶鶯鶯杳然無一耗愁腸萬結矣

正宮　梁州令斷送　簾外蕭蕭下黃葉。正愁人時節。一

聲羌管怨離別看時節窻兒外雨些些◯晚風兒淅溜淅冽暮雲外征鴻高貼風緊斷行斜衡陽迢遞千里去程賒

（應天長）經霜黃菊半開謝折花羞戴寸腸千萬結捲簾凝淚眼碧天外亂峰千疊望中不見蒲州道空目斷暮雲遮◯荒涼深院古臺榭惱人窻外琅玕風欲折早是離人心緒惡悶不定淚啼青血斷腸何處砧聲急與愁人助凄切

（賺）點上燈兒悶答孩地守書舍謾咨嗟鴛衾大半成虛設獨對如年夜◯守着窻兒悶悶地坐把引睡的

文書見强披閱。撿秦晉傳撿不着。翻尋着吳越把耳
朶撧○收拾起待剛睚些。爭奈這一雙眼兒劣。好發
業淚漫漫地。會聖也難交睫。空自擲○似恁地凄涼
恁地愁絕。下場知他看怎者。待忘了。不覺聲絲氣噎。
幾時捱徹
（甘草子）我佯呆我佯呆。一向志誠。不道他心趄。短命
的死寃家。甚不怕神天折。一自別來整一年。爲箇甚
音書斷絕。着意殷勤待撰箇簡牒。奈手顫難寫
（脫布衫）幾番待撇了不藉。思量來當甚廝憋。孩兒我
須有見伊時。咱對着惺惺人說。

【三臺】愁歎單枕。夜深無寐。襲襲靜聞沉屑。隔窗促織兒泣新晴。小即小叫得暢嘩。輒向空階那畔。叨叨地悄沒休歇。做箇蛩蟻兒沒些兒慈悲。聒得人耳疼耳熱

【尾】越越的哭得燈兒滅。慚愧啞秋天甫能明夜。一枕清風半窗月

生渴仰聞。僕至授衣發書。其大略曰。薄命妾鶯鶯致書於才郎文几。去秋已來。常忽忽如有所失。於諠譁之中。或勉為笑語。閒宵自處。無不淚零。至於夢寐之間。亦多敘感咽離憂之思。綢繆繾綣。暫若尋常。幽會未終。驚魂已斷。雖半枕如暖。而思之甚遙。一昨拜辭。倏逾舊歲。長安行樂之地。觸緒牽情。何幸不忘幽微。眷念無厭。鄙薄之志。無以奉酬。至於終始之盟。則固不忒。鄙昔中表相因。或同宴處。

婢僕見誘遂致私誠兒女之心不能自固兄有援琴之挑鄙人無投梭之拒及薦枕席義感恩深愚幼之情永謂終托豈其既見君子而不能以禮定情松栢留心致有自獻之羞不復明侍巾櫛歿身永恨含歎何言倘若仁人用心俯遂幽劣雖死之日猶生之年如或達士略情捨小從大以先配爲醜行謂要盟之可欺則當骨化形消丹誠不泯因風委露猶託清塵存歿之誠言盡於此臨紙嗚咽情不能伸千萬珍重珍重千萬玉簪一枝斑管一枚瑤琴一張假此數物示妾眞誠玉取其堅潤不渝淚痕在竹愁緒縈琴因物達誠永以爲好心邇身遠拜會何時幽情所鍾千里神合秋氣方肅強飯爲佳愼自保持無以鄙爲深念也生發書不勝悲慟

【大石調】【玉翼蟬】纔讀罷仰面哭淚把青衫汚料那人爭知我如今病未愈只道把他孤負好悽楚空悶亂長歎吁此恨憑誰訴似恁地埋怨教人怎下得索剛

拖帶與他前去○讀了又讀。一箇好聰明婦女。其間言語都成章句。寄來的物件。斑管瑤琴簪是玉。竅包兒裏一套衣服。怎不教人痛苦。眉蹙眉攢。斷腸腸斷。這鶯鶯一紙書

生友人楊巨源聞之。作詩以贈之。其詩曰。清潤潘郎玉不如。中庭霜冷葉飛初。風流才子多春思。腸斷蕭娘一紙書。巨源勉君瑞娶鶯。君瑞治裝未及行。鄭相子恒至蒲州。詣普救寺。往見夫人。夫人問曰。子何務而至於此。恒曰。相公令恒慶夫人終制。成故相所許親事矣。夫人曰。鶯已許張珙。恒曰。莫非新進張學士否。夫人曰。珙新進。未知除授。恒曰。珙以才授翰林學士。衛吏部以女妻之

【南呂宮】一枝花纏　這畜生腸肚惡。全不合神道。着言廝間諜。忒奸狡。道張珙新來。受了別人家捉本萌着

一片心。待解破這同心子脚裏他家做俏〇鄭氏聞言。道怎地着。攧損紅娘脚。鶯鶯向窻那畔也知道。九曲柔腸似萬口刀尖攪。那紅娘方便地勸道。遠道的消息。姐姐且休縈懷抱

傀儡兒妾想那張郎的做作。於姐姐的恩情不少。當初不容易得來。便怎肯等閒撇掉。鄭恒的言語無憑準。一向把夫人說調〇爲姐姐受了張郎的定約。那畜生心頭熱燥對甫成這一段兒虛脾。望姐姐肯從前約等寄書的若回路。便知端的。目下且休。秋後便了

（轉青山）鶯鶯儘勸全不領略迷留悶亂沒處着上稍裏只喚做百年偕老誰指望是他沒下稍負心的天地表天地表◯待道是實從前於俺無弱待道是虛甚音信杳爲他受苦了多多少少爭知他恁地情薄只是自家錯了自家錯了

（尾）孤寒時節教俺且充箇張嫂甚富貴後教別人受郡號剛待不煩惱呵吁的一聲仆地氣運倒

讒言可畏十分不信後須疑人氣好毒一息不來時便死左右侍兒皆救多時方甦夫人泣曰皆汝之不幸也密囑紅娘曰姐姐萬一不快必不赦汝恒潛見夫人曰珙與恒孰親況珙有新配恒約在先當以故相姑夫爲念夫人不獲巳陰許恒擇日成禮議論閒

【雙調】【文如錦】好心斜。見鄭恒終是他親熱。囑付紅娘。你管取您姐姐。是他命裏十分拙。休教覓生覓死自推自攧。有些兒好弱。你根抵不捨。鄭恒又譖言道。您姐姐休呆。我比張郎。是不好門地。不好家業◯不是自家自賣弄。我一般女婿也要人迭。外貌卽不中。骨氣較別。身分卽村。衣服兒忒捻頭風卽自有頭巾兒蔚帖。文章全不會。後玉篇都記徹。張郎是及第。我承內祗子是爭得些些。他別求了婦。你只管裏守志吵。當甚貞烈

【尾】言未訖。簾前忽聽得人應喏。傳道鄭衙內且休胡

說兀的門外張郎來也

鄭恒手足無所措。珙已至。簾下。拜畢夫人。夫人曰。喜學士别繼良姻。珙驚曰。誰言之。曰。都下人來。稔聞是說。令鶯已從前約。鄭恒以此言。使張君瑞添一段風流煩惱。增十般稔膩憂愁。夫人且將實言。謊君瑞面顏如土。夫人道甚來

仙呂調　香山會　那君瑞聞道撲然倒地。只鼻內似有浮氣。曲匝了半晌。收身强起。傷自家來得較遲〇誰曾受捉。那說來的畜生在那裏。喚取來夫人面前詰對。旁邊鄭衙內怎生坐地。忍不定連打嚏

夫人曰。學士息怒。其事已然。如之奈何。生思之。鄭公賢相也。稍嘗見知。吾與其子爭一婦人。似涉非禮。夫人令恒拜珙。曰。此鶯兄也。珙覿之。覷衙內結束模樣。越添煩惱

中呂調牧羊關張生早是心羞慘。那堪見女壻來參。不稔色。村沙段。鶻鴒乾淡。向日頭獾兒般眼。吃蝨子猴猻兒般臉。皂條攔胷繫。羅巾腦後擔。◯鬢邊蟣蝨渾如糝。你尋思大什大腌臢。口啜似猫坑。咽喉似潑懺。詐又不當箇詐。謟又不當箇謟。早是軃軸來粗細腰。穿領布袋來寬布衫

尾莫難道詩骨瘦岩岩。據詳了這廝趨蹌身分。便活脫下鍾馗一二三

生謂夫人曰。鶯既適人。兄妹之禮。不可廢也。夫人召鶯。久之方出

仙呂調點絳唇纏令百媚鶯鶯。見人無語空低首。淚

盈巾袖。兩葉眉兒皺◯攧損金蓮搓損蔥枝手。從別後。臉兒清秀。比是年時瘦

（天下樂）拜了人前强問候。做爲兒嬌更柔。料來他家不自繇。眉尖有無限愁。無狀的匹夫怎消受與做眷屬。俺來得只爭箇先後。是自家錯也。巳裝不卸。潑水難收

（尾）鶯鶯悄似章臺柳。縱使柔條依舊。而今折在他人手

鶯鶯坐夫人之側。生問曰。別來無恙否。鶯鶯不言而心會

（越調）（上平西纏令）自年前。長安去。斷行雲。常記得分

飲離樽。一聲長喟。兩行血淚落紛紛。耳畔叮嚀。囑付情人。腸斷消魂○馬兒上駸駸地。眠樵館。宿漁村。最怕的愁到黃昏。孤燈一點。被兒冷落又難溫。眼前不見意中人。枕滿啼痕

〔鸂鶒鳴〕把箇卿溜龐兒爲他瘦損。減盡從來穩膩風韻。自到長安。身心用盡。自及第受皇恩。奈何病體淹延在身○前者纔初得箇書信。告假馳驅。遠來就親。比及相逢。幾許多愁悶。雨兒又急。風兒又緊。爲他不避。甘心受忍

〔青山口〕甫能到此甚歡忻。見夫人先話論。道俺娶妻

在侯門。把鶯鶯改婚姻。教人情慘切。對景轉傷神。與將到女壻。各敘寒溫◯覷了他家舉止行爲。眞箇百種村。行一似揍老。坐一似猢猻。甚娘身分。駞腰與龜胸。包牙關上邊唇。這般物類。教我怎不陰哂。是閻王的愛民

雪裏梅花更口臭把人薰。想鶯鶯好緣分。暗思向日和他共鴛衾。做學秦晉。誰想有今辰。共別的待展紋裀。暗暗覷地。玉容如花。不施朱粉◯然憔悴。尚天眞。纖腰細。褪羅裙。下得下得。將人不倸不問。佯把眉黛顰。金釵彈墜。烏雲。恨他恨他索甚。言破是他須自隱

尾　涙珠兒滴了又重搵滿腹相思難訴陳吃喜的寃家怎生安穩合着眼不辨箇眞情豈思舊恩我然是箇官人却待叫兀誰做縣君

君瑞與鶯各目視而內心皆痛矣

中呂調　古輪臺　好心酸寸腸千縷若刀剜祓那無徒漢把夫妻拆散合下尋思料他不違言說盡虛脾使盡局段把人羸勾廝欺謾天須開眼覷了俺學士哥哥少年登第才貌過人文章超世於人更美滿却教我與這匹夫做纏綣◯所爲身分舉止得人嫌事事不通疎沒些靈變臢脚駞腰禿鬢黃牙烏眼不怕今

宵。只愁明夜。繡幃深處效鴛鴦。爭似孤眠。最難甘。眼底相逢。有情夫壻。不得團圓。好迷留没亂。教人怎捨揜孜孜地覷着。却渾似天遠

（尾）如今方驗做人難。儘他家問。當不能應對。正是新官對舊官

張君瑞坐止不安。遽然而起。法聰邀珙於客舍。方便着言勸誘。曰。學士何要不可。無以一婦人爲念。珙曰。師言然善。奈處凡浮。遭此屈辱。不能無恨。聰與珙抵足。珙披衣。取鶯鶯書。及所賜之物。愈添沾灑矣

（黃鍾宮）（閒花啄木兒第一）黃昏後守僧舍。那堪暮秋時節。窻外琅玕弄翠影。見西風飄敗葉。煎煎地耳畔

蛩吟切，啾啾唧唧聲相接，俺道了不恁恓惶，心腸除是鐵。

〔整乾坤〕牽情惹恨，幾時捱徹，聽戍樓角奏梅花聲鳴咽，畫壁間，一盞惱人燈，碧瑩瑩半明不滅。

〔第二〕思量俺好命劣，怎着恁惡緣惡業，幸自夫妻恁美滿，被旁人廝閒諜，兩口兒合是成閒別，天教受此恓惶苦，想舊日雨踪雲跡，枉教做話說。

〔雙聲疊韻〕玉漏遲，鴛被冷，愁對如年夜，寶獸煙縈斷縷，裊裊噴龍麝，暫合眼，强睡些些，便會聖，怎寧貼，牀兒上，自推自攧

【第三】鎮思向日。空教人氣的微撇。小亭那畔撚吟鬚。步廊月。朱扉半掩驀覷伊。向西廂下。漸漸至空階側畔。倚湖山春困歇

【刮地風】手把白團輕扇撚。有出塵容冶。腰肢嬝娜纖如束。舉止殊絕。柳眉星眼。杏腮桃頰。口兒小。脚兒弓。扮得蔚貼。一時間暫相見不能捨

【第四】兩情暗許。着新詩意中寫。正相眷戀。見紅娘把繡簾揭。低聲報道。夫人使妾來喚。步促金蓮歸去。飄飄香暗惹

【柳葉兒】教人半晌如呆。回來却入書舍。後來更不相

逢十分捨了休也
第五不幸蒲州軍亂把良民盡虜劫一部直臨此寺
週圍盡擺列高聲喝叫得鶯鶯便把殘生怯若是些
小遲然都教化骨血
賽兒令聘些英烈被俺咱都盡除滅滿門家眷得寧
貼那老婆把恩輕絕是俺弄巧翻成拙
第六後來暗約向羅幃鎮歡悅夜來曉去約未近數
月不因敗漏纔時許我為姻眷奈何名利拘人夫妻
容易別
神仗兒到來帝闕帝闕蟾宮桂枝獨折名標金甲俺

咱恁時。准備了娶他來也。不幸病纏惹

〔第七〕想太君情性劣。往日誇侈共撇。陡恁地不調貼。

把恩不顧。信無徒漢子他方說。便把美滿夫妻。恩情

都斷絕

〔四門子〕這些兒事體難分別。如今也待怎者。鶯鶯情

性那裏每。也悄無了貞共烈。你好毒。你好呆。恰纔那

裏相見些。你好羞。你好呆。虧殺人也姐姐

〔第八〕從來呵慣受磨滅。他家今日心已邪。儘人問當

不應對。虧人不怕神天折。惱得人頭百裂。便假饒天

下雪。解不得我這腹熱。一封小簡。分明都是伊家寫。

只被你迤逗人來。一星星都碎撦百裂。便假饒天下雪。解不得我這腹熱。一封小簡分明都是伊家寫。只被你迤逗人來。一星星都碎撦百裂。便假饒天下雪。解不得我這腹熱。一封小簡。分明都是伊家寫。只被你迤逗人來。一星星都碎撦百裂

（尾）斑管雖圓被風裂。玉簪更堅也掂折。似琴上斷絃難再接

聰見珙不快。起而勉之曰。足下聰明者也。以一婦人。惑至於此。吾與子不復友矣。珙曰。男女佳配。不易得也。加以情思積有日矣。一旦被讒。反爲路人。所以痛予心也。聰曰。足下倘得鶯。痛可已乎。珙曰。何計得之。聰曰。吾爲子謀之

【中呂調】【碧牡丹】不須長歎息。便不失了咱丈夫的綱紀。惹人恥笑。怎共貧僧做相識。可惜了你才學。枉了你擢高第。莫憂煎。休埋怨。放心地○猛然離坐起。壁中間取下戒刀三尺。元的二更方盡不到三更巳外。比及這蠟燭燒殘。敎你知消息。我去後。必定有官防。君莫怕。我待做頭抵

【尾】把忘恩的老婆梟了首級。把反間的畜生敎屍粉碎。把百媚的鶯鶯。分付與你

法聰言未巳。隔窗聞人笑曰。爾等行兇。豈不累我。言者是誰是誰

【大石調】【玉翼蟬】把窗間紙微潤開。君瑞偷睛覰。半夜

三更不知是甚人。特來到於此處。移時節。方認得是兩箇如花女。一箇是鶯鶯。駸駸步月來。紅娘向後面相逐◯開門相見。不問箇東西。便抱住。可憎問當。別來安否。也無閒話。只辦得燈前颭颭地哭。猶疑夢寐之間。頻掐肌膚。淚點兒盈盈如雨。止約不住。料想當日別離。不恁的苦

(尾)比及夫妻每重相遇。各自准備下萬言千語。及至相逢却没一句

多時鶯語郎曰。學士淹留京國。至有今日。奈何奈何

(中呂調)安公子(賺)女孩兒低聲道。道別來安樂麼張

學士憶自伊家赴上都日許多時夜夜魂勞夢役愁何似似一川煙草黃梅雨悶似長江攪得箇相思擔兒○遠別春三月恁時方有音書至火急開緘仔細讀元來是一首新詩披味那其間意思知你獲青紫滿宅家眷喜不喜以縣君呼之不枉了俺從前實志

（賺）誰知後來更何曾夢見箇人傳示時暮秋令人特地傳錦字連衣袂○玉簪斑管與絲桐一星星比喻着心間事臨去也囑付了千回萬次早離京師○誰知鄭家那廝新來先自長安至誰曾問着從頭說一段希奇事○道京師裏衛尚書家女孩兒新來招得

箇風流壻道是及第官鴈序排連第三年紀二十六七

渠神令道是雒京人氏先來曾蒲州居止見令編修國史莫比雒陽才子夫人一向信浮詞不問是耶不是○許了姑舅做親擇下吉日良時誰知今日見伊尚兀子鰥居獨自又没箇婦兒妻子心上有如刀刺假如活得又何爲枉惹萬人嗤

鶯解裙帶擲於梁

尾譬如往日害相思爭如今夜懸梁自盡也勝他時憔悴死

珙曰。生不同偕。死當一處

【黃鍾宮】【黃鶯兒】憿噪憿噪。似此活得也惹人恥笑。把皂條兒搭在梁間。雙雙自弔〇諕得紅娘忙扯着道休廝合造。您兩箇死後。不爭怎結果這禿屌

紅娘抱鶯。聽止君瑞。曰。先生之惑愈甚矣。幸得續絃。死而何益。珙曰。鶯以適人。不死何待。聽曰。吾有一策。使鶯不適人。與子百年偕老。珙曰。策將安出。聽曰。吾不能矣。子謁一故人事可濟矣

【般涉調】【哨遍纏令】君瑞懸梁。鶯鶯覓死。法聰連忙救。您死後教人打官防。我尋思着甚來繇。好出醜。夫妻大小大。不會尋思。笑破貧僧口。人死後。渾如悠悠地逝水。厭厭地不斷東流。榮華富貴盡都休。精爽冥冥

葬荒丘。一失人身。萬劫不復。再難能勾○欲不分離。把似投托箇知心友。不索打官防。教您夫妻盡百年歡偶。快准備車乘鞍馬。王僕行李。一發離門走。投托的親知不須遠覓。而今只在蒲州。昔年也是一儒流。壯歲登科。不到數餘秋。方今是一路諸侯

【長壽仙袞】初典郡城。更牢獄無囚。後臨邊郡。滅盡草賊猾寇。坐籌帷幄。駟馬臨軍挑鬪。十場鎮贏八九。天下有底英雄漢。聞名難措手。這箇官人。不枉食君祿。扶社稷安。天下。兼文銳武。古今未嘗曾有

【急曲子】也不愛躭花戀酒。也不愛打桃射柳。也不愛

放馬走狗。也不愛射生獵獸。去年曾斬逆臣頭。腰間劒。是帝王親授

尾是百萬軍都領袖。天來大名姓傳宇宙。便是斬砍自鎜的杜太守

生曰。杜太守謂誰。聰復言之

高平調于飛樂告吾師。杜太守端的是何人。與自家是舊友。關親法聰聞得。道君瑞休勞問。果貴人多忘。早不記得賊黨臨門◯這官人與足下非戚非親。您兩箇舊友忘形。與夫人連大衆都有深恩。太守謂誰。是去年白馬將軍

生曰。杜將軍驟拜太守也。以何故。聽曰。以威攝賊軍。亂清蒲右。蒙天子重知。數月前。特授鎮西將軍蒲州太守。兼關右兵馬處置使。珙喜謝曰。非吾師指迷。實不悟此。生攜鶯宵奔蒲州。時三更左右

大石調 洞仙歌 收拾行李。一步地都行上。兩口兒眉頭暫開放。望秋天。卽漸月淡星稀。東方朗。隱隱城頭鼓響。◯抵曉入城。直至衙門旁。不及殷勤展參榜。門人通報。太守出廳相見。未及把行藏問當。太守道。君瑞喜登科。君瑞道。哥哥自別無恙

太守邀生入偏廳。生曰。門外抽妻參拜兄嫂子。箇太守令夫人請鶯客禮。畢。夫人請鶯至後閣。珙與太守酌酒道舊。可謂青山牵夢寐。白髮喜交親

越調 上平西纏令 杜將軍。張君瑞。話別離。至坐上。各

序尊卑。別來經歲。故人青眼喜重期。兩情談論正投機。一笑開眉◯情相慕。心相得。重相見舊相知。便暢飲。彼此無疑。風流太守。請生滿滿金杯。喜君仙府探花歸。高步雲梯

（鬬鵪鶉）君瑞聞言。欠身避席。飲罷躬身向前施禮道多謝哥哥此般厚意。據自家寡才藝。盡都是父母陰功所得◯幸得今朝弟兄面會。敢煩將軍萬千休罪。小子特來。有些事體。記去年離上國。訪諸先覺。遊學到這裏

（看花迴）普救院權居止。詩書諳理。却不幸蒲州元帥

渾公逝亂軍起無人統殘郡邑害良民蒲州裏滿城
鐵騎○神鬼哭生靈死哀聲振地至普救諸多僧行
難隄備關閉得山門着怎當衆軍卒羣刀手砍是鐵
門也粉碎
青山卩衆僧欲走又不及須識前朝崔相國那家女
孩兒叫鶯鶯當時未及笄歲羣賊門外遍道得鶯後
便西歸相國老夫人聽得悲泣○不奈之何故謁微
生願求脫命計特仗法聰曾把書寄太守旣到那裏
飛虎謊來癡羣賊倒槍旗退却亂軍免却生離都是
哥哥虎威

〔渤海令〕那夫人感恩義許鶯鶯與俺爲妻幸天子開賢路因而赴帝里幸已高攀月中桂不幸染塵疾風散難醫治淹延近一歲◯誰知箇鄭衙內與鶯鶯舊關親戚恐嚇使爲妻室不念鶯鶯是妹妹夫人不敢大喘氣連忙揀下吉日只爭一脚地大分與那畜生效了連理

〔尾〕是他的親姑舅要做夫妻倚仗是宰臣家有勢力不辨箇清濁没道理托付你箇慷慨的相識別辨箇是非與俺做些兒主意看那骨脹的哥哥近俺甚的

太守曰吾弟放心不爭則已爭則吾必斬恒少待公退閒話

大石調　還京樂　驀觀儀門開處。兩廊下悄不聞鴉。鼕鼕地鼓響。正廳上太守升衙。階前軍吏。誰敢閙嘈雜。大案前行本把。五日三朝家。沒紙兒文字。官清法正無差。大牢裏虞候。羊兒般善。是有大人彈壓。有子有牢房地匣。有子有欄軍夾畫。有子有鐵裹榆枷。更年沒罪人戴他。犯他獄門前草長。有誰會踏。◯有刑罰。徒流絞斬。弔拷綁把。設而不用。束杖理民寬雅。地方千里。威教有法。吏也不愛侵官弄牙。善爲政威而不猛。寬而有勇。一方人喚做菩薩。但曾坐處。絕了羣盜。縱有敢活拏。正不怕明廉暗察。信不讓春秋裏季札。

治不讓潁川黃霸。蒲州裏大小六十萬家。人人欽仰悄如爹媽

【尾】虎符金牌腰間挂。英雄鎮着普天之下。諕得逆子賊臣。望風的怕

分符守郡。昔年楊震不清白。廸簡在廷。曩日此于非骨鯁。太守公坐之次。鄭恒鞭馬叩門遽然而下

【中呂調】【古輪臺】鄭衙內當時休道不心嗔。待候的每怎遮攔。大走入衙門。直上廳來。悄不顧白馬將軍氣莽聲高叫。呼呼對人。騁盡百般村。都說元因。道化了的相國姑夫在時曾許聘與鶯鶯。不幸身死因此上未就親。如今服闋也。却序舊婚姻 ◯ 許多財禮。一刻是

好金銀。十萬貫餘錢首飾皆新。百件衣服更兼霞帔長裙。准備了筵席。造下食飯。杯盤水陸地鋪裀。今日是良辰。去昨宵半夜已來。四更前後。不覺鶯鶯隨人私走。敎人怎不忿。我尋思那張珙哥哥。好没人情

（尾）鶯鶯那裏怎安穩。覷着自家般丈夫。下得隨人逃奔。短命的孩兒没眼斤

太守怒曰。子欺我乎。公廳對官無禮。私下怎話

（雙調）（文如錦）那將軍見鄭恒分辯後。沖沖地怒道。打舂匹夫怎敢謊吾。當日箇孫飛虎因亡了元帥。奪人妻女。鶯鶯在普救參差被虜。若非君瑞以書求救。怎

地支吾。怕賢不信。試問普救裏僧行。我手下兵卒〇因此上夫人把親許。不望你中間。説他方言語。今日他來先曾告訴。君瑞待把鶯鶯娶。你甚倚强壓弱。廝欺廝負。把官司誑謊。全無畏懼。你可三思。姻婚良賤明存着法律。莫麤疎。姑舅做親。便不敗壞風俗

（尾）平白地混賴他人婦。若不看您朝廷裏的慈父。打一頓教牒將家去

鄭恒對衆官。但稱死罪。非君瑞之愆。又曰我之過矣。倘見親知有何面目

（大石調）（伊州袞）添煩惱。情懷似刀攪。都是自家錯。花枝般媳婦。又被別人將了。我還歸去。若見鄉里親知

甚臉道別娶箇人家覷了我行爲肯嫁的少◯怎禁當衙門外打牙打令諢匹似閒啡哨等着衙內待替君瑞着言攢槊鄭恒打慘道把如吃恁摧殘廝合燥不出衙門覓箇身亡却是了

（尾）覷着一丈高石階級褰衣跳衙內每又沒半箇人扯着頭扎番身吃一箇大碑落

綄紗節婦昔年抱石身亡好色窮人今日投階而死太守令手下拽屍於門外退廳張宴

（南呂宮）（瑤臺月）從今至古自是佳人合配才子鶯鶯巳是縣君君瑞是玉堂學士一箇文章天下無雙一箇稔色寰中無二似合歡帶連理枝題彩扇寫新詩

從此趂了文君深願。酬了相如素志◯將軍滿滿勸金巵道。今日極醉休辭。歡喜教這兩箇也乾撞殺鄭恒那村廝。牙關緊。氣堵了咽喉。腦袋裂。血污了階址。後門外横着死屍。牌寫着數行字出示。這廝一生愛女。今番入死

（尾）會見乾堆每強相思。從前已往有浮浪兒。誰似這廝般少年花下死

君瑞鶯鶯美滿團圓。還都上任。鄭恒銜內自恥懷羞。投階而死。方表才子施恩。足見佳人報德。怎見得有此事來。蓬萊劉汭題詩曰。蒲東佳遇古無多。鏤板將令鏡不磨。若使微之見。新調。不教專美伯勞歌

解元西廂記竟

王实父西厢记

[元]王德信 撰

王實父西廂記目次

第四本

月下佳期　　堂前巧辯

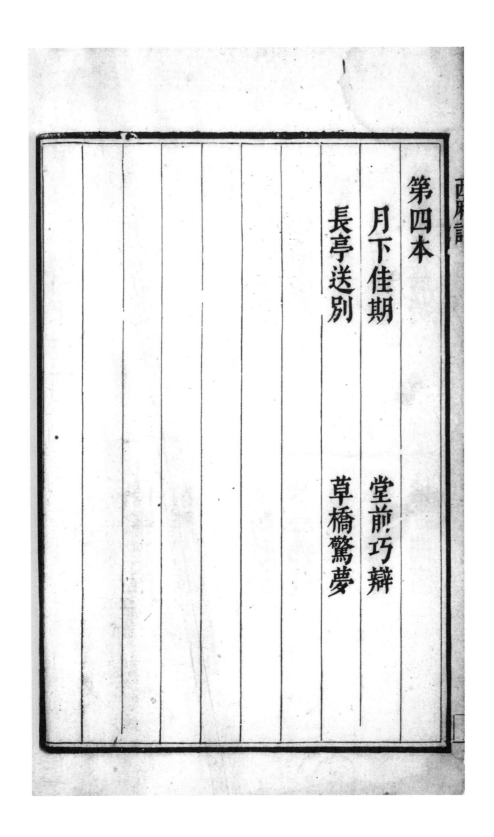

長亭送別　　草橋驚夢

王實父西廂記第一本

楔子

（夫人）鶯紅歡郎上（云）老身姓鄭。夫主姓崔。官拜前朝相國。不幸因病告殂。秖生得這箇小姐。小字鶯鶯。年一十九歲。鍼黹女工。詩詞書算。無有不能。老相公在日。曾許下老身之姪。乃鄭尚書之長子鄭恒爲妻。因俺孩兒父喪未滿。未得成合。這小妮子是自幼伏侍孩兒的。喚做紅娘。這一箇小廝兒喚做歡郎。先夫棄世之後。老身與女孩兒扶柩至博陵安葬。因路途有阻。不能得去。來到河中府。將這靈柩寄在普救寺內。這寺是先夫相國修造的。是則天娘娘香火院。況兼法本長老又是俺公公剃度的和尚。因此俺就這西廂下一座宅子安下。一壁寫書附京師去。喚鄭恒來相扶回博陵去。我想先夫在日。食前方丈。從者數百。今日至親則這三四口兒。好生傷感人也呵（唱）

（仙呂）（賞花時）夫主京師祿命終。子母孤孀途路窮。因此上旅櫬在梵王宮。盼不到博陵舊塚。血淚灑杜鵑紅(夫云)春閒天道。好生困人。紅娘。你看佛殿上没人燒香呵。和小姐閒散心耍一回去(紅)謹依嚴命(夫下)(紅向鶯云)夫人着俺和姐姐佛殿上閒耍去來(鶯唱)

(么)可正是人值殘春蒲郡東。門掩重關蕭寺中。花落水流紅。閒愁萬種。無語怨東風(紅云)姐姐。今日晴明。咱兩箇就往那壁廂去罷。你聽棋聲花院靜。旛影石壇幽(鶯云)小院廻廊春寂寂。落花飛絮兩悠悠(並下)

一之一　佛殿奇逢

(生引琴僮上云)小生姓張名珙字君瑞。本貫西雒人也。先人拜禮部尚書。不幸五旬之上。得疾而逝。後一年喪母。小生書劍飄零。風雲未遂。遊於四方。即今貞元十七年二月上旬。唐德宗即位。欲往上朝取應。路經河中府過。蒲關上有一故人。姓杜名確字君實。與小生同郡同學。曾爲八拜之交。後棄文就武。遂得武舉狀元。官拜征西元帥。統領十萬大軍。鎮守着蒲關。小生就訪哥哥一遭。却往京師求進。暗想小生螢窻雪案。刮垢磨光。學成滿腹文章。尚在飄零湖海。何日得遂大志也呵。正是萬金寶劍藏秋水。滿馬春愁壓繡鞍。

（生唱）

【仙呂】【點絳唇】遊藝中原。脚根無線如蓬轉。望眼連天。日近長安遠。

【混江龍】向詩書經傳。蠹魚般似不出費鑽研。將棘闈守暖。把鐵硯磨穿。投至得雲路鵬程九萬里。先受了雪窻螢火二十年。才高難入俗人機。時乖不遂男兒願。空雕蟲篆刻。綴斷簡殘編。行路之間。早已是蒲津。此正古河內之地。你看好形勢也呵

【油葫蘆】九曲風濤何處顯則除是此地偏這河帶齊梁分秦晉隘幽燕雪浪拍長空天際秋雲捲竹索纜浮橋水上蒼龍偃東西潰九州南北串百川歸舟緊不緊如何見却便似弩箭乍離弦

【天下樂】只疑是銀河落九天淵泉雲外懸入東洋不離此逕穿滋雒陽千種花潤梁園萬頃田也曾泛浮槎到日月邊（生云）說話閒早到城中這裡一座店兒琴童接了馬者店小二哥那裡（小二上云）自家是這狀元店裡小二哥官人要下呵俺這裡有乾淨店房（生云）頭房裡下先撒和那馬者小二哥你來我問你這裡有甚麼閒散心處宮觀寺院勝境福地皆可（小二云）俺這裡有座寺名曰普救寺是則天皇后香火院蓋造非俗琉璃殿相近青霄舍利塔直侵雲漢南來北往三教九流過者無不瞻仰則除

是那裡可以君子遊翫（生云）琴童料持下餉午飯俺
到那裡走一遭便囘來也（下）（琴童云）安排下飯等待
哥哥囘來（下）（法聰上云）小僧法聰是這普救寺法本
長老座下弟子今日師父赴齋去了着我在寺中但
有探望長老的便記着待師父囘來報知山門下立
地看有甚麼人來（生上云）一徑通幽處禪房花木深
却早來到也（生見法聰聰問云）客官從何來（生云）小
生西雒至此久聞上刹淸幽一來瞻仰佛像二來拜
謁長老（聰云）俺師父不在寺中貧僧弟子法聰的便
是請先生方丈喫茶（生云）既然長老不在呵不必喫
茶敢煩和尚相引瞻仰一遭幸甚（聰云）小僧取匙鑰
開了佛殿鐘樓塔院羅漢堂香積廚盤桓一會師父
敢待囘來也（生看佛殿科生
云）是蓋造的好也呵（生唱
（節節高）隨喜了上方佛殿早來到下方僧院行過廚
房近西法堂北鐘樓前面遊了洞房登了寶塔把迴
廊繞遍數了羅漢參了菩薩拜了聖賢（鶯鶯撚花枝上云）紅娘俺

晌

佛殿上要去來（生撞見科）呀正撞着五百年風流業寃

（元和令）顛不剌的見了萬千似這般可喜娘的臉兒罕曾見則着人眼花撩亂口難言魂靈兒飛在半天他那裡儘人調戲嚲着香肩只將花笑撚

（上馬嬌）這的是兜率宮休猜做離恨天呀誰想這寺裡遇神仙我見他宜嗔宜喜春風面偏宜貼翠花鈿

（勝葫蘆）則見他宮樣眉兒新月偃侵入鬢雲邊（鶯云）紅娘你覷寂寂僧房人不到滿階苔襯落花紅（生云）我死也未語人前先湎靦櫻桃紅綻玉粳白露半晌却方言

（幺）恰便似嚦嚦鶯聲花外囀行一步可人憐解舞腰

肢嬌又軟。千般嬝娜。萬般旖旎。似垂柳晚風前（紅云）姐姐。那壁廂有人。咱家去來（鶯回顧覷生下）（生云）和尚恰怎麼觀音現來（聰云）休胡說。這是河中開府崔相國的小姐（生云）世間有這等女子。豈非天姿國色乎。休說那模樣。則那一對小脚兒。奚啻百鎰之金（聰云）偌遠地。他在那壁。你在這壁。繫着長裙兒。你便怎知他脚兒小（生云）你問我怎便知。您覷

（後庭花）若不是襯殘紅芳徑軟。怎顯得步香塵底樣兒淺。且休題眼角留情處。則這脚踪兒將心事傳。慢俄延。投至到櫳門兒前面。剛那了一步遠。剛剛的打箇照面。風魔了張解元。似神仙歸洞天。空餘下楊柳煙。只聞得烏雀喧

（柳葉兒）呀。門掩着梨花深院。粉牆兒高似青天。恨天

天不與人方便，好着我難消遣，端的是怎留連。小姐呵
兀的不引了人意馬心猿。（聰云）你惹事，小姐去遠了也。（生云）未去遠哩。
【寄生草】蘭麝香仍在，珮環聲漸遠，東風搖曳垂楊線，
遊絲牽惹桃花片，珠簾掩映芙蓉面。你道是河中開
府相公家，我道是海南水月觀音院。十年不識君王面，恰信嬋娟解
誤人。小生不往京師去也罷。（覰聰云）敢煩和尚對長
老說，有僧房借半間，早晚可以溫習經史，勝如旅邸
內冗雜，房金依例酬納。小生明日必自來也。
【賺煞】餓眼望將穿，饞口涎空嚥，空着我透骨髓相思
病染，怎當他臨去秋波那一轉。休道是小生，便是鐵石人
也意惹情牽。近庭軒花柳爭妍，日午當庭塔影圓，春

光在眼前。爭奈玉人不見。將一座梵王宮疑是武陵源。下

一之二　僧寮假館

(夫人上云)自前日長老來將錢去。與老相公做好事。不見來回話。道與紅娘傳着我的言語。去問長老幾時好與老相公做好事。就與他辦下齋供的。當了。來回話者。(下)(法本上云)年老心閒無箇事。麻衣草履亦容身。貧僧法本。在這普救寺內做長老。此寺是則天皇后蓋造的。貧僧乃相國崔珏的令尊剃度的。此寺年深崩損。又是相國修造的。不料相國仙逝。如今老夫人將着家眷扶柩回博陵去。路阻難行。夫人惡市塵冗雜。因借此西廂下居住。待路通收拾回博陵安葬。夫人處事溫儉。治家有方。是是非非。人莫敢犯。夜來老僧赴齋。不知曾有人來望老僧否。(喚)聰問科聰云。夜來有一秀才。自西雒而來。特謁我師。不遇而退。(本云)山門外覷着。倘再來時報我知道。(生上云)自夜來見了那小姐着小生一夜無眠。若非法聰和尚呵。

那小姐倒有顧盼之意。今日去問長老借一間僧房。早晚溫習經史。倘遇小姐出來呵。飽看一會（生唱）

（中呂）（粉蝶兒）不做周方。埋怨殺你箇法聰和尚。借與我半間兒客舍僧房。與我那可憎才居止處門兒相向。雖不能勾竊玉偷香。且將這盼行雲眼睛打當

（醉春風）往常時見傅粉的委實羞。畫眉的敢是謊。今日呵一見了有情娘着小生心兒裡痒痒。迤逗得腸慌斷送的眼亂。引惹得心忙（生見聰科聰云）師父正望先生來哩。小僧通報去（本見生科生云）是好一箇和尚呵

（迎仙客）我則見頭似雪。鬢如霜。面如童少年得內養。貌堂堂。聲朗朗。頭直上只少箇圓光。恰便似捏塑來

的僧伽像（本云）請先生方丈内相見。夜來老僧不在有失迎迓。望先生恕罪（生云）小生久聞老和尚清譽。欲來座下聽講。不期昨日不得相遇。今能一見。是三生有幸矣（本云）不敢。敢問先生世家何郡高姓大名因甚到此（生云）小生姓張名珙字君瑞

（石榴花）大師一一問行藏。小生仔細訴衷腸。自來西雒是吾鄉。宦遊在四方。寄居咸陽。先人拜禮部尚書多名望。五旬上因病身亡。平生正直無偏向。止留下四海一空囊（本云）老相公在時。敢也是渾俗和光（生唱）

（鬬鵪鶉）俺先人甚的是渾俗和光。衠一味風清月朗（本云）先生此行。必爲上朝取應（生唱）小生無意去求官有心待聽講（小生特謁和尚。奈路途奔馳。無以相饋）量着窮秀才人情。則是紙半張。又

没甚七青八黄。儘着你說短論長。一任待掂斤播兩(生云)小生聊具白金一兩。與常住公用。權表寸心。望笑留是幸(本云)先生客中何故如此(生唱)

(上小樓)小生特來見訪。大師何須謙讓(本云)老僧決不敢受(生唱)這錢也難買柴薪。不彀齋糧。且備茶湯(生覷聽云)這一兩銀未為厚禮你若有主張。對豔粧。將言詞說上。我將你衆和尚。死生難忘(本云)先生必有所命(生云)小生不揣有懇因惡旅邸繁冗。難以温習經史。欲問我師求假一室。且得晨昏聽講。房金任意奉納(本云)敝寺頗有閑房。從先生揀選(生唱)

(么)也不要香積廚。枯木堂。遠着南軒。離着東牆。靠着西廂。近主廊。過耳房。都皆停當(本云)便不呵。與老僧同榻何如(生笑曰)要你怎麽你是必休題着長老方丈(紅上云)老夫人着俺問長老。幾時好與老相公做好事。看得停當了回話。須索走一遭(紅見本科紅云)長老萬福。夫人使侍妾來問幾時好與老相公做好事(生背云)好箇女子也呵

(脫布衫)大人家舉止端詳。全没那半點兒輕狂。大師行深深拜了。啟朱唇語言的當

(小梁州)可喜娘的龐兒淺淡粧。穿一套縞素衣裳。胡伶渌老不尋常。偷睛望。眼挫裏抹張郎

(么)若共他多情小姐同鴛帳。怎捨得他疊被鋪牀。將小姐央。夫人央。他不令許放。我親自寫與從良(本云)二月十五日。可與老相公做好事(紅云)妾與長老同至佛殿上看停當了。却回夫人話(本云)先生少坐。老僧同小娘子看一遭便來(生云)何故卻小生。便同行一遭何如(本云)便同行(生云)着小娘子先行。俺近後些(本

云）一箇有道理的秀才（生云）小生有一句話敢道麼（本云）便道不妨（生唱）

（快活三）崔家女艷粧。莫不是演撒你箇老潔郎（本云）俺出家人。那有此事（生唱）既不沙。却怎睃趂着你頭上放毫光。打扮的特來晃（本云）先生是何言語。早是那小娘子不聽得哩。若知呵。是甚麼意思（紅入殿科生唱）

（朝天子）過得主廊。引入洞房。好事從天降（生云）我與你看着門兒。你進去（本怒云）先生。此非先王之法言。豈不得罪于聖人之門乎。老僧偌大年紀焉有此等妄念（生唱）好模好樣忒莽撞（生云）沒則囉便罷　煩惱怎麼耶唐三藏（生云）怪不得小生疑你　偌大一箇宅堂。可怎生別沒箇兒郎。使梅香來說勾當。（本云）元來先生不知。老夫人治家嚴肅。內外並無一箇男子出入（生背云）這禿廝巧說　你在我行口強。硬抵着頭皮撞（本對紅云）這齋供道場都完備了。十五日請夫人小姐拈香(生云)何故(本云)這是崔相國小姐孝心。爲報父母之恩。又是老相公禫日脫服。所以做好事(生哭科)哀哀父母。生我劬勞。欲報深恩。昊天罔極。小姐是一女子。尚然有報父母之心。小生湖海飄零數年。自父母去世之後。並不曾有一陌紙錢相報。望和尚慈悲爲本。小生亦備錢五千。怎生帶得一分兒齋。追薦俺父母。少盡人子之心。便夫人知道。料也不妨(本云)法聰與這先生帶一分者(生背問法聰云)那小姐明日可來麼(聰云)他父母的勾當。如何不來(生背云)這五千錢使得着也

(四邊靜)人間天上。看鶯鶯強如做道場。軟玉溫香。休道是相親傍。若能彀湯他一湯。倒與人消災障(本云)都到方丈喫茶(到方丈科生云)小生更衣咱(生先出方丈科云)那小娘子一定出來也。我則在這裡等待問他咱(紅辭本科紅云)我不喫茶了。夫人怪我去遲。去回話也(紅出生揖迎科生云)小娘子拜揖(紅云)先生萬福(生云)小娘子莫非鶯鶯小姐的侍妾麼(紅云)我便是。何勞先生動問(生云)小生姓張名珙字君瑞。本貫

西雒人也。年方二十三歲。正月十七日子時建生。並不曾娶妻（紅云）誰問你來（生云）敢問小姐可嘗出來麽（紅怒云）噫。先生是讀書君子。孟子曰。男女授受不親。禮也。又不聞瓜田不納履。李下不整冠。道不得箇非禮勿視。非禮勿聽。非禮勿言。非禮勿動。俺老夫人治家嚴肅。有冰霜之操。內無應門五尺之童。至十二三者。非呼喚不敢輒入中堂。向日小姐潛出閨房。老夫人知之。召立庭下責之曰。你爲女子。不告而出閨門。倘遇遊客小僧私窺之。豈不自恥。鶯立謝而言曰。今當改過從新。不敢再犯。是他親女。尚然如此。何況以下侍妾乎。先生習先王之道。遵周公之禮。不干已事。何故用心。早是妾身。可以容恕。若夫人知有此語。決無干休。今後得問的問。不得問的休胡說（紅下）（生云）這相思索害也○噫音隘

（哨遍）聽說罷。心懷悒怏。把一天愁都撮在眉尖上。說夫人潔操凜冰霜。不召呼。誰敢輒入中堂。自思想。比及你心兒裡畏懼老母親威嚴。小姐呵你。不合臨去也

囘頭望。待颺下。教人怎颺。赤緊的情沾了肺腑。意惹了肝腸。若今生難得有情人。則除是前世燒了斷頭香。我得時節。手掌兒裡奇擎。心坎兒上溫存。眼皮兒上供養

（耍孩兒）當初那巫山遠隔如天樣。聽說罷又在巫山那廂。業身軀雖是立在迴廊。魂靈兒已在他行。本待要安排心事傳幽客。我則怕漏洩春光與乃堂。夫人怕女孩兒春心蕩。怪黃鶯兒作對。怨粉蝶兒成雙

（五煞）小姐年紀小。性兒剛。張郎倘得相親。傍乍相逢。厭見何郎粉。看邂逅偷將韓壽香。纔倒是未得風流

況成就了會溫存的嬌壻怕甚麽能拘束的親娘

(四煞)夫人忒慮過小生豈妄想郎才女貌合相訪休

直待眉兒淡了思張敞春色飄零憶阮郎非是咱自

誇奬他有德言功貌小生有恭儉溫良

(三煞)想着他眉兒淺淺描臉兒淡淡粧粉香膩玉搓

咽項翠裙鴛繡金蓮小紅袖鸞銷玉筍長不想呵其

實是強你掉下半天風韻我拾得萬種思量(生云)却忘了辭

長老(見本科)(生云)小生敢問長老房舍如何(本云)塔

院側邊西廂一間房甚是瀟洒正可先生安下見收

拾下了隨先生早晚來(生云)小生便回店中搬去(本

云)喫齋了去(生云)長老收拾下齋小生取行李便來

(本云)既然如此老身准備下齋先生是必便來(下)(生

云)若在店中人鬧倒好消遣搬至寺內幽靜處怎麽

捱這淒涼也呵

〔二煞〕院宇深。枕簟涼。一燈孤影搖書幌。縱然酬得今生志。着甚支吾此夜長。睡不着如翻掌。少呵有一萬聲長吁短歎。五千遍倒枕搥牀

〔尾〕嬌羞花解語。溫柔玉有香。我和他乍相逢。記不眞嬌模樣。則索手抵着牙兒慢慢的想 下

一之三花陰倡和

〔鶯上云〕老夫人使紅娘問長老去了。這小賤人怎麽不來我行回話〔紅上云〕回夫人話了。回小姐話去〔鶯云〕使你問長老幾時做好事〔紅云〕恰回夫人話也。正待回姐姐話。二月十五日請姐姐夫人拈香〔紅笑云〕姐姐。我對你說一件好笑的勾當。咱前日寺裡見的那秀才。今日也在方丈裡。他先出門兒外等着紅娘。

深深唱箇喏。道小生姓張名珙字君瑞。本貫西雒人也。年方二十三歲。正月十七日子時建生。並不曾娶妻。姐姐。却是誰問他來。他又問小娘子莫非鶯鶯小姐的侍妾乎。小姐嘗出來麽。被紅娘搶白了一頓呵回來了。姐姐。我不知他想甚麽哩。世上有這等傻角(鶯笑云)紅娘不搶白他也罷。你休對夫人說。天色晚也。安排着香卓。咱花園內燒香去來。正是無端春事關心事。閒倚薰籠待月華(並下)(生上云)搬至寺中。正近西廂居趾。我問和尚每來。小姐每夜花園內燒香。這箇花園和俺這寓中合着。比及小姐出來。我先在太湖石畔牆角兒頭等待。飽看他一會。兩廊僧衆都睡着了。夜深人靜。月朗風淸。是好天氣也呵。閒尋丈室高僧語。悶對

西廂皓月吟(唱)

(越調)(鬭鵪鶉)玉宇無塵。銀河瀉影。月色橫空。花陰滿庭。羅袂生寒。芳心自警。側着耳朶兒聽。躡着脚步兒行。悄悄冥冥。潛潛等等。

紫花兒序　等待那齊齊整整。嬝嬝婷婷。姐姐鶯鶯。一更之後。萬籟無聲。直至鶯庭。若是回廊下没揣的見俺可憎。將他來緊緊的摟定。則問你那會少離多。有影無形。（鶯上云）紅娘開了角門兒。將香卓出來者。（生唱）

金蕉葉　猛聽得角門兒呀的一聲。風過處花香細生。踮着脚尖兒仔細定睛。比我那初見時龎兒越整。（鶯云）紅娘移香卓兒近太湖石放者。（生看科云）料想春嬌厭拘束。等閒飛出廣寒宮。看他容分一臉。體露半襟。嚲香袖以無言。垂羅裙而不語。似湘陵妃子。斜偎舜廟朱扉。如月殿嫦娥。微現蟾宮素魄。是好女子也呵。

調笑令　我這裡甫能見娉婷。比着那月殿裡嫦娥也不恁般撑。遮遮掩掩穿芳徑。料應那小脚兒難行。可

喜娘的臉兒百媚生。兀的不引了人魂靈（鶯云）將香來（生云）聽

小姐祝告甚麼（鶯云）此一炷香。願化去先人早昇天界。此一炷香。願堂中老母身安無事。此一炷香（做不語科紅云）姐姐不祝這一炷香。我替姐姐禱告。願俺姐姐早配一箇好姐夫。拖帶紅娘咱（鶯添香拜云）心中無限傷心事。盡在深深兩拜中（鶯長吁科生云）小姐倚闌長嘆。似有動情之意

（小桃紅）夜深香靄散空庭。簾幙東風靜。拜罷也斜將曲檻凭。長吁了兩三聲。剔團圞明月如懸鏡。又不是輕雲薄霧。都則是香烟人氣。兩般兒氤氳的不分明

（生云）我雖不及司馬相如。我則看小姐。頗有文君之意。試歌一絕。看他說甚的。月色溶溶夜。花陰寂寂春。如何臨皓魄。不見月中人。（鶯云）有人牆角吟詩。（紅云）這聲音便是那二十三歲不曾娶妻的傻角。（鶯云）好清新之詩。我依韻和一首。（紅云）您兩箇是好做一首兒（鶯和云）蘭閨久寂寞。無事度芳春。料得行吟者。應

憐長嘆人(生云)好應酬得快也阿

(禿廝兒)早是那臉兒上撲堆着可憎。那更那心兒裡埋没着聰明。他把那新詩和得忒應聲。一字字訴衷情堪聽。

(聖藥王)那語句清。音律輕。小名兒不枉了喚做鶯鶯。他若是共小生廝覷定。隔牆兒酬和到天明。方信道惺惺的自古惜惺惺。(紅云)姐姐焚罷香時。早還繡房。今夜天寒。恐傷風露呵。正是月微花細羅衣薄。只恐嫦娥不耐寒。(生云)我撞出去。看他說甚麼。鶯做相見科紅云姐姐有人。喒家去來。怕夫人嗔着。鶯囘顧並下(生唱)

(麻郎兒)我拽起羅衫欲行。他陪着笑臉兒相迎。不做

美的紅娘忒淺情。便做道謹依來命

（么）忽聽。一聲。猛驚。元來是撲刺刺宿鳥飛騰。顫巍巍花梢弄影。亂紛紛落紅滿徑小姐去了呵那裡發付小生

（絡絲娘）空撇下碧澄澄蒼苔露冷。明皎皎花篩月影。白日淒涼枉躭病。今夜把相思再整

（東原樂）簾垂下。戶已扃。却纔箇悄悄的相問。他那裡低低應。月朗風清恰二更。廝徯倖。他無緣。小生薄命

（綿搭絮）恰尋歸路。佇立空庭。竹梢風擺。斗柄雲橫。呀。今夜淒涼有四星。他不偢人待怎生。雖然是眉眼傳情。咱兩箇口不言。心自省今夜甚睡魔到得我眼裡呵

（拙魯速）對着盞碧熒熒短檠燈。倚着扇冷清清舊幃屏。燈兒又不明。夢兒又不成。窻兒外淅零零風兒透疎櫺。忒楞楞紙條兒鳴。枕頭兒上孤另。被窩兒裡寂靜。你便是鐵石人。鐵石人也動情

（么）怨不能。恨不成。坐不安。睡不寧。有一日柳遮花映。霧障雲屏。夜闌人靜。海誓山盟。恁時節風流嘉慶。錦片也似前程。美滿恩情。咱兩箇畫堂春自生

（尾）一天好事從今定。一首詩分明作證。再不向青瑣闥夢兒中尋。則去那碧桃花樹兒下等　下

一之四清醮目成

(本引聰上云)今日是十五日。開啟法筵。衆僧動法器者。請夫人小姐拈香。比及夫人未來。先請張先生拈香。怕夫人問呵。則說是貧僧親者(生上云)今日二月十五。和尚請拈香。須索走一遭。若見鶯鶯小姐呵。再得飽看一會。雲晴雨濕天花亂海藏風翻貝葉經(生唱)

【雙調】【新水令】梵王宮殿月輪高。碧琉璃瑞烟籠罩。香煙雲蓋結。諷咒海波潮。幡影飄飖。諸檀越盡來到

【駐馬聽】法鼓金鐸。二月春雷響殿角。鐘聲佛號。半天風雨灑松梢。侯門不許老僧敲。紗窗外定有紅娘報。害相思的饞眼腦。見他時須看箇十分飽(生見本科)(本云)先生先拈香。恐夫人問呵。則說是老僧的親(生拈香科)

【沉醉東風】惟願存在的人間壽考。亡化的天上逍遙。

爲曾祖父先靈禮佛法僧三寶焚名香暗中禱告則願得梅香休劣夫人休焦犬兒休惡佛囉早成就了幽期密約（夫人引鶯紅上云）長老請拈香小姐咱走一遭（生與法聰云）爲你志誠呵神仙下降也（聰云）這生却兩遭兒也（生唱）

【鴈兒落】我則道玉天仙離了碧霄元來是可意種來清醮小子多愁多病身怎當他傾國傾城貌

【得勝令】恰便似檀口點櫻桃粉鼻兒倚瓊瑤淡白梨花面輕盈楊柳腰妖嬈滿面兒撲着俏苗條一團兒衠是嬌（本云）貧僧一句話夫人行敢道麽老僧有箇敝親是箇飽學的秀才父母亡後無可相報對我說央及帶一分齋追薦父母貧僧一時應允了恐夫人見責（夫人云）長老的親便是我的親何害請

來廝見咱（生）拜夫人科
衆僧見鶯發科生唱
（喬牌兒）大師年紀老。法座上也凝眺。舉名的班首痴呆傍。覷着法聰頭做金磬敲
（甜水令）老的少的。村的俏的。沒顛沒倒。勝似鬧元宵。稔色人兒。他家怕人知道看時節。淚眼偷瞧
（折桂令）着小生迷留沒亂。心痒難撓。哭聲兒似鶯囀喬林。淚珠兒似露滴花梢。大師也難學。把一箇發慈悲的臉兒來朦着。擊磬的頭陀懊惱。添香的行者心焦。燭影風搖。香靄雲飄。貪看鶯鶯。燭滅香消（本云）風滅了燭也（生云）小生點燭燒香（鶯對紅云）那生忙了一夜（唱）

〔錦上花〕外像兒風流青春年少。內性兒聰明。貫世才學。扭揑着身子。百般做作。來往向人前賣弄俊俏。〔紅云〕我猜那生〔唱〕黃昏這一回。白日那一覺。窗兒外那會鑊鐸。到晚來向書幃裡比及睡着。千萬聲長吁揑不到曉。〔生云〕那小姐好生顧盼小子〔唱〕

〔碧玉簫〕情引眉梢。心緒你知道。愁種心苗。情思我猜着。暢懊惱。響璫璫雲板敲。行者又嚎。沙彌又哨。您須不奪人之好。〔聰〕與衆僧發科了動法器了本摇鈴了跪宣疏了燒紙科本云天明了也請夫人小姐回宅〔夫人鶯紅並下〕〔生云〕再做一會也好那裡發付小生也呵

〔鴛鴦煞〕有心爭似無心好。多情卻被無情惱。勞攘了

一宵月兒沉鐘兒響雞兒叫玉人歸去得疾好事收拾得早道場畢諸人散了酩子裡各歸家葫蘆提鬧到曉

（絡絲娘煞尾）則爲你閉月羞花相貌少不得翦草除根大小下

老夫人閑春院　崔鶯鶯燒夜香

小紅娘傳好事　張君瑞鬧道場

王實父西廂記第二本

二之一白馬解圍

孫飛虎上云自家姓孫名彪字飛虎方今天下擾攘主將丁文雅失政彪鎮守河橋統着五千人馬近知先相國崔珏之女鶯鶯有傾國傾城之貌西子太眞之顏見在河中府普救寺借居我心中想來當今用武之際首將尚然不正我獨廉何哉大小三軍聽吾號令人盡銜枚馬皆勒口連夜進兵河中府擄鶯鶯爲妻平生願足下本慌上云誰想孫飛虎將半萬賊兵圍住寺門鳴鑼擊鼓吶喊搖旗欲擄鶯鶯小姐爲妻我今不敢違悮即索報知老夫人走一遭下老夫人慌上云如此却怎了俺同到小姐臥房裡商議去來下鶯紅上云自見了張生神魂蕩漾情思難禁茶飯少進況值暮春天道好煩惱人也呵正是好句有情憐夜月落花無語怨東風唱

仙呂八聲甘州懨懨瘦損早是傷神那值殘春羅衣

寬褪能消幾箇黃昏風裊篆煙不捲簾雨打梨花深閉門無語凭欄杆目斷行雲

混江龍落紅成陣風飄萬點正愁人池塘夢曉欄檻辭春蝶粉輕沾飛絮雪燕泥香惹落花塵繫春心情短柳絲長隔花陰人遠天涯近香消了六朝金粉清減了三楚精神（紅云）姐姐情思不快我將這被兒薰得香香的睡些兒

油葫蘆翠被生寒壓繡裀休將蘭麝薰便將蘭麝薰盡則索自溫存昨宵箇錦囊佳句明勾引今日箇玉堂人物難親近這些時睡又不安坐又不寧登臨又不快閒行又悶每日價情思睡昏昏

（天下樂）紅娘呵我則索搭伏定絞綃枕頭兒上盹但出閨門影兒般不離身（紅云）不干紅娘事老夫人着我看姐姐來（鶯云）俺娘也好沒意思這些時直恁般隄防着人小梅香伏侍的勤老夫人拘繫的緊則怕俺女孩兒折了氣分（紅云）姐姐往常不曾如此無情無緒自從見了那生便覺心事不寧却是如何（鶯唱）

（那吒令）往常但見一箇外人氳的早嗔但見一箇客人厭的倒褪從見了那人兜的便親想着昨夜詩依前韻酬和得清新

（鵲踏枝）吟得句兒勻念得字兒真詠月新詩強似織錦廻文誰肯把鍼兒將線引向東鄰通箇殷勤

（寄生草）想着文章士。旖旎人。他臉兒清秀身兒俊。性兒溫克情兒順。不繇人口兒裡作念心兒裡印。學得來一天星斗煥文章。不枉了十年窗下無人問（老夫人長老同上敲門科）紅見了云。姐姐。夫人和長老都在房門前（鶯見夫人長老科）夫人云。孩兒你知道麼。如今孫飛虎將半萬賊兵圍住寺門。道你眉黛青顰。蓮臉生春。有傾國傾城之貌。西子太眞之色。要擄你做壓寨夫人。孩兒怎了也呵（鶯唱）

（六么序）聽說罷。魂離殼。見放着禍滅身。將袖稍兒搵滿啼痕。好着我去住無因。進退無門。可着俺那埚兒裡。人急偎親。孤孀子母無投奔。唉緊的先亡過了有福之人。耳邊廂金鼓連天振。征雲冉冉。土雨紛紛

（么）那廝每風聞。胡云道。我眉黛青顰。蓮臉生春。恰便似傾國傾城的太眞。兀的不送了他三百僧人。半萬賊軍一霎時敢翦草除根。這廝每於家爲國無忠信恣情的擄掠人民。更將那天宫般蓋造焚燒盡。則沒那諸葛孔明。便待要博望燒屯。（夫人云）老身年六十歲。死不爲夭。奈孩兒未得從夫。今遭此難。却如之奈何。（鶯云）孩兒有一計。將我與賊漢。庶幾可免一家性命。（夫人哭云）俺家無犯法之男。再婚之女。怎捨得你獻與賊漢。却不辱沒了俺家譜。（本云）咱每到法堂上。問兩廊下僧俗有高見的。一同商議長策。（同到法堂科夫人云）孩兒。却是怎生。（鶯云）不若將我獻與敵人。其便有五．

（元和令帶後庭花）第一來免摧殘老太君。第二來免堂殿作灰燼。第三來諸僧無事得安存。第四來先君靈柩穩第五來歡郎雖是未成人須是崔家後代孫鶯鶯若惜已身不行從着亂軍將伽藍火內焚諸僧汚血痕把先靈爲細塵斷送了愛弟親割開了慈母恩

柳葉兒呀將俺一家兒不留一箇齠齔待從軍又怕辱没了家門我不如白練套頭兒尋箇自盡將我屍櫬獻與賊人也須得箇遠害全身

青歌兒都做了鶯鶯生忿對傍人一言難盡母親休愛惜鶯鶯這一身孩兒別有一計不揀何人建立功勳殺退賊軍掃蕩妖氛倒陪家門情願與英雄結婚姻成秦

晉（夫人云）此計較可。雖不是門當戶對。也强如陷于賊人之手。長老在法堂上高叫。兩廊僧俗。但有退兵計策的。倒陪房奩。送鶯鶯與他爲妻。（和尚叫了生鼓掌上云）我有退兵之策。何不問我。（見夫人了本云）這秀才。便是前日帶追薦的秀才。（夫人云）計將安在（生云）重賞之下。必有勇夫。賞罰若明。其計必成。（鶯背云）只願這生退了者。（夫人云）恰纔與長老說下。但有退得賊兵的。將小姐與他爲妻。（生云）既是恁的。休諕了我渾家。請入臥房裡去。俺自有退兵之策。（夫人云）小姐和紅娘回者。（鶯對紅云）難得此生這一片好心

（賺煞）諸僧伴各逃生。衆家眷誰偢問。這生不相識橫枝兒着緊。非是書生多議論。也隄防着玉石俱焚。雖然是不關親。可憐見命在逡巡。濟不濟。權將秀才來儘。果若有出師表文。嚇蠻書信。（張生）則願得筆尖兒橫掃了五千人（下）

楔子

（夫人云）此事如何（生云）小生有一計。先用着長老（本云）老僧不會廝殺。請秀才別換一箇（生云）休慌。不要你廝殺。你出去與賊漢說。夫人本待便將小姐出來送與將軍。奈有父喪在身。不便。鳴鑼擊鼓。驚死小姐也可惜了。將軍若要做女壻呵。可按甲束兵。退一射之地。限三日功德圓滿。脫了孝服。換上吉衣。倒陪房奩。定將小姐送與將軍。不爭便送來。一來父喪在身。二來于將軍不利。你去說來（本云）三日如何（生云）有計在後（本朝內叫云）請將軍打話（飛虎引卒上云）快送出鶯鶯來（本云）將軍息怒。夫人使老僧來與將軍說（說白如前飛虎云）既然如此。限你三日。三日後若不送來。我着你人人皆死。箇箇不存。你對夫人說去。恁的這般好性兒的女壻。教他招了者（下）（本云）賊兵退了也。三日後不送出去。俺都是死的（生云）小生有一故人姓杜名確。號爲白馬將軍。見統十萬大兵鎮守着蒲關。一封書去此人必來救我。此間離蒲關四十五里。寫了書呵。怎得人送去（本云）若是白馬將軍肯來。何慮孫飛虎。俺這裡有一箇徒弟喚做惠明。則是要喫酒厮打。若使央他去。定不肯去。須要言語激着他。他便去（生唤云）有書寄與杜將軍。誰敢去。誰敢去（惠明應云）我敢去。我敢去（唱）

（正宫）（端正好）不念法華經。不禮梁皇懺。颩了僧伽帽。袒下偏衫。殺人心逗起英雄膽。兩隻手將烏龍尾鋼椽揝

（滚繡毬）非是我攙。不是我攬。知他怎生唤做打參。大踏步直殺出虎窟龍潭。非是我貪。不是我敢。這些時喫菜饅頭委實口淡。五千人也不索炙煿煎爊。腔子裏熱血權消渴。肺腑內生心且解饞。有甚腌臢

（叨叨令）浮沙羹寬片粉添些雜糝。酸黃虀爛豆腐。休

調淡萬餘斤黑麫從教按我將五千人做一頓饅頭餡是必休悞了也麼哥休悞了也麼哥包殘餘肉把青鹽蘸（本云）張秀才着你送書蒲關你敢去麼（惠唱）

（倘秀才）你那裡問小僧敢也那不敢我這裡啟大師用咱那不用咱飛虎將聲名播斗南那廝能淫欲會貪婪誠何以堪（生云）你是出家人却怎不看經禮懺則要廝打爲何（惠唱）

（滾繡毬）我經文也不會談逃禪也懶去參戒刀頭近新來將鋼蘸鐵棒上無半星兒土暗塵衠別的僧不僧俗不俗女不女男不男則會齋得飽去僧房中胡渰那裡管焚燒了兜率也似伽藍您那裡善文能武

人千里。盡在這濟困扶危書一緘。有勇無慼(生云)他倘不放你過去如何(惠云)他不放我呵。你寬心

(白鶴子)着幾箇小沙彌把幢旛寶蓋擎。壯行者將桿棒鑊叉擔。你排陣脚將衆僧安。我撞釘子把賊兵探

(二煞)遠的破開步將鐵棒颩。近的順着手把戒刀釤。小的提起來將脚尖踢。大的攀下來把髑髏鑽

(一煞)聰一聰古都都翻了海波。滉一滉廝琅琅振動山巖。脚踏的赤力力地軸搖。手攀的忽剌剌天關撼

(耍孩兒)我從來駁駁劣劣。世不曾忑忑忐忐。打熬成不厭天生敢。我從來斬釘截鐵常居一。不似您惹草

拈花没掂三劣性子人皆慘捨着命提刀仗劒更怕
勒馬停驂
（二）我從來欺硬怕軟喫苦不甘你休只因親事胡撲
俺若是杜將軍不把干戈退張解元干將風月擔我
將不志誠的言詞賺倘或紕繆倒大羞慚將書來你等囘音者
（收尾）您與我借神威擂幾聲鼓仗佛力吶一聲喊繡
旛開遥見英雄俺我教那半萬賊兵唬破膽（下）（生云）老夫人
長老都放心此書到日必有佳音咱眼觀旌捷旗耳
聽好消息（並下）（杜將軍引卒子上云）林下晒衣嫌日
淡池中濯足恨魚腥花根本艷公卿子虎體原斑將
相孫下官姓杜名確字君實本貫西雒人也自幼與
君瑞同學儒業後棄文就武當年武舉及第官拜征
西將軍正授管軍元帥統十萬之衆鎮守着蒲關有

人自河中來。聽知君瑞在普救寺中。不來望我。着人去請。亦不肯來。不知何意。今聞丁文雅失政。不守國法。剽掠黎民。我爲不知虛實。未敢造次興師。孫子曰。凡用兵之法。將受命於君。合軍聚衆。圮地無舍。衢地合交。絶地無留。圍地則謀。死地則戰。途有所不從。軍有所不擊。城有所不攻。地有所不爭。君命有所不受。故將通於九變之利者。知用兵矣。治兵不知九變之術。雖知五利。不能得人用矣。吾之未疾進兵征討者。爲不知地利淺深出沒之故也。昨日探聽去了。不見回報。今日升帳。看有甚麽軍情。來報我知道者。（惠明上云）我離了普救寺。一日至蒲關。見杜將軍走一遭（卒子報科）（將軍云）着他過來。（惠云）貧僧是普救寺。今有孫飛虎作亂。將半萬賊兵圍住寺門。欲劫故臣崔相國女爲妻。有遊客張君瑞奉書。令小僧報于麾下。欲求將軍以解倒懸之危。（將軍云）將書過來。（惠遞書將軍念書科）珙頓首再拜大元帥將軍契兄纛下。伏自雜中拜違。寒暄屢隔。積有歲月。仰德之私。銘刻不忘。憶昔聯牀風雨。嘆今彼各天涯。客況復生於肺腑。離愁無慰於羈懷。念貧處十年藜藿。走困他鄉。羨威統百萬貔貅。坐安邊境。故知虎體食天祿。瞻天表。大德勝嘗使賤子慕台顔仰台翰寸心爲慰輒禀小弟辭家欲詣帳下以敘數載闊之情奈至河中府普救寺忽值採薪之憂不及遲造不期有賊將孫飛虎領兵半萬欲劫故臣崔相國之女實爲迫切狼狽小弟之命亦在逡巡况百姓倒懸一方受害將軍倘不棄舊交之情興一旅之師上以報天子之恩下以救蒼生之急使故相國雖在九泉亦不泯將軍之德願將軍虎視去書使小弟鵠觀來耗造次干瀆不勝慙愧伏乞台炤不宣張珙再拜二月十六日書（將軍云）既然如此和尚你先行我便來也（惠云）將軍是必疾來者

（唱）

【仙呂】【賞花時】那廝擄掠黎民德行短將軍鎮壓邊廷機變寬他彌天罪有百千般若將軍不管縱賊寇驕無端

（么）便是你坐視朝廷將帝主瞞若是掃蕩妖氛著百

姓歡。干戈息。大功完。歌謠遍滿。傳名譽到金鑾。（惠下）
若無萬丈深潭計。怎得驪龍項下珠。雖無聖旨發兵。（杜云）
將在軍。君命有所不受。大小三軍。聽吾將令。速點五
千人馬。人盡銜枚。馬皆勒口。星夜起發。直至河中府
普救寺。救張生走一遭。（飛虎引卒上）將軍引卒調陣
拿綁下科（夫人法本上云）下書已兩日。如何不見回
音（生云）山門外吶喊搖旗。莫不是俺哥哥軍至了（生
引夫人拜見將軍科將軍云）杜確有失防禦。致令老
夫人受驚。望勿見罪（生拜將軍科）自別兄長台顏。一
向有失聽教。今得一見。如撥雲覩日（夫人云）老身子
母。如將軍所賜之命。將何以報（將軍云）不敢。此乃職
分之所當爲。敢問賢弟因甚不至戎帳（生云）小弟欲
來。奈小疾偶作。不能動止。所以失候。今見夫人受困。
定言退得賊兵者。以小姐妻之。因此小弟作書請吾
兄（將軍云）既然有此姻緣。可賀可賀（夫人云）安排茶
飯者（將軍云）不索鄭重。尚有餘黨未盡。小官去捕了。
却來望賢弟（出寺科）左右拿孫飛虎過來。英雄將叛
從今止。擾亂賊徒到此休（拿賊下科）（將軍云）拿賊了。
本欲斬首示衆。具表奏聞。見丁文雅失守之罪。恐有

未叛者。令將爲首者各杖一百。餘者盡歸營去者(孫飛虎謝了下)(將軍歸寺科將軍云)張生親事。不可忘也。建退軍之策。夫人面許結親。若不違前言。淑女可配君子也(夫人云)恐女有辱君瑞。請將軍筵席者(將軍云)不喫筵席了。我回營去。異日却來慶賀(生云)不敢久留兄長。有妨閫政(將軍望蒲關起發云)馬離普救敲金鐙。人望蒲關唱凱歌(下)(夫人云)先生大恩。不敢忘也。先生休在寺中下。則着僕人寺內養馬。是必來家內書院裡安歇。我已收拾了。便搬來者。到明日略備小酌。着紅娘來請。你是必勿拒。別有商議(下)(生云)這事都在長老身上(問本科)小子親事。未知何如(本云)鶯鶯親事。擬定妻君。只因兵火至。引起雨雲心(生云)小子收拾行李。花園裡去也(並下)

二之二東閣邀賓

(夫人上云)今日安排下小酌。單請張生酬勞。道與紅娘疾忙去書院中請張生。着他是必便來。休推故(下)(生上云)夜來老夫人說。着紅娘來請我。却怎生不見來。我打扮着等他。皂角也使了幾箇也。水也換了兩

桶也。烏紗帽擦得光淨淨的。怎麽不見紅娘來也呵

（紅上云）老夫人使我請張生。我想若非張生妙計。俺一家兒性命難保也呵（唱）

【中呂】【粉蝶兒】半萬賊兵。捲浮雲片時掃淨。俺一家兒死裡逃生。舒心的列山靈。陳水陸。張君瑞合當欽敬。當日所望無成。誰承望一緘書。倒爲了媒證

【醉春風】今日箇東閣玳筵開。煞强如西廂和月等。薄衾單枕有人溫。早則不冷冷。受用些寶鼎香濃。繡簾風細。綠窗人靜。可早來到也

【脫布衫】幽僻處可有人行。點蒼苔白露泠泠。隔窗兒咳嗽了一聲。（生云）是誰來也（紅唱）他啟朱扉。急忙應。（生云）拜揖小娘子（紅

云)先生萬福

(小梁州)則見他叉手忙將禮數迎我這裡萬福先生。烏紗小帽耀人明。白襴淨。角帶鬧黃鞓

(幺)衣冠濟楚龐兒俊。可知道引動俺鶯鶯。據相貌。憑才性。我從來心硬。一見了也留情。(生云)既來之則安之。請書房內說話。小娘子此行爲何(紅云)賤妾奉夫人嚴命特請先生小酌數杯勿却(生云)便去便去敢問席上有鶯鶯姐姐麼(紅唱)

(上小樓)請字兒不曾出聲。去字兒連忙答應。可早鶯鶯跟前。姐姐呼之。喏喏連聲。秀才每聞道請。恰便似聽將軍嚴令。和那五臟神。願隨鞭鐙。(生云)今日夫人端爲甚麼筵席。

剗有甚客(紅唱)

么第一來爲壓驚第二來因謝承不請街坊不會親鄰不受人情避衆僧請老兄和鶯鶯匹聘(生云)如此也(紅唱)則見他歡天喜地謹依來命(生云)小生客中無鏡敢煩小娘子看小生一看如何(紅唱)

滿庭芳來回顧影文魔秀士風欠酸丁下工夫將頭顱十分挣遲和疾擦倒蒼蠅光油油耀花人眼睛酸溜溜螫得牙疼(生云)夫人辦甚麽請我(紅唱)茶飯早巳安排定淘下陳倉米數升煠下七八碗軟蔓菁(生云)小生想來自寺中一見了小姐之後不想今日得成婚姻豈不爲前生分定(紅云)姻緣非人力所爲乃天意爾

快活三喈人一事精百事精一無成百無成世間草木本無情自古云地生連理樹水出並頭蓮猶有相兼並

朝天子休道是這生年紀後生恰早害相思病天生聰俊打扮得素淨奈夜夜成孤另才子多情佳人薄倖兀的不擔閣了人性命（生云）你姐姐果有信行（紅唱）誰無一箇信行誰無一箇志誠您兩箇今夜親折證（紅云）我囑付你者

四邊靜今宵歡慶軟弱鶯鶯何曾慣經你索欵欵輕輕燈下交鴛頸端詳了可憎好煞人也無乾淨（生云）小娘子先行小生收拾書房便來敢問那裡有甚麼景致（紅唱）

要孩兒俺那裡落紅滿地胭脂冷休孤負了良辰美

景夫人遣妾莫消停請先生勿得推稱准備着鴛鴦夜月銷金帳孔雀春風軟玉屏樂奏合歡令鳳簫象板錦瑟鸞笙（生云）小生書劒飄零無以爲聘却怎生是好（紅唱）

（四煞）聘財斷不爭婚姻事有成新婚燕爾安排慶你明博得跨鳳乘鸞客我到晚來卧看牽牛織女星休傒倖不要你半絲兒紅線成就了一世前程

（三煞）憑着你滅寇功舉將的能兩般兒功效如紅定爲甚俺鶯娘心下十分順都則爲君瑞胸中百萬兵越顯得文風盛受用足珠圍翠繞結果了黃卷青燈

（二煞）夫人只一家老兒無伴等爲嫌繁冗尋幽靜單

請你箇有恩有義閒中客。迴避了無是無非廊下僧。夫人的命。道是下莫教推托。和賤妾即便隨行(生云)小娘子先行。小生隨後便來(紅唱)

(收尾)先生休作謙。夫人專意等。常言道恭敬不如從命。休使得梅香再來請(下)(生云)紅娘去了。小生拽上書房門者。我比及到得夫人那裡。夫人道張生你來了也。飲數杯酒。去臥房內和鶯鶯做親去。小生到得臥房內。和小姐解帶脫衣。顛鸞倒鳳。同諧魚水之懽。共效于飛之願。覷他雲鬟低墜。星眼微朦。被翻翡翠。襪褪鴛鴦。不知性命如何哩(狂笑云)法本好和尚也。多虧了他。只因說法口。遂却讀書心(下)

二之三杯酒違盟

(夫人上云)紅娘去請張生。如何不見來(紅見夫人云)張生着紅娘先行。他隨後便來也(生上見夫人施禮科夫人云前日若非先生焉得見今日我一家之命皆先生所活也聊置小酌非爲報禮勿嫌輕意(生云)一人有慶兆民賴之此賊之敗皆夫人之福萬一杜將軍不至我輩亦無免死之術此皆往事不必掛齒(夫人云)將酒來先生滿飲此杯(生云)長者賜少者不敢辭(生微飲酒科夫人云)先生請坐(生云)小子侍立座下尚然越禮焉敢與夫人對坐(夫人云)道不得箇恭敬不如從命(生謝了坐夫人云)紅娘去喚小姐來與先生行禮者(紅喚鶯云)老夫人後堂待客請小姐出來哩(鶯應云)我身上有些不停當去不得(紅云)你道請誰哩(鶯云)請誰(紅云)請張生哩(鶯云)若請張生扶病也索走一遭(紅發科了鶯云)免除崔氏全家禍盡在張生半紙書(鶯唱)

【雙調】(五供養)若不是張解元識人多別一箇怎退干戈排着酒果列着笙歌篆烟微花香細散滿東風簾幙救了喒全家禍殷勤呵正禮欽敬呵當合

新水令恰纔向碧紗窻下畫了雙蛾。拂拭了羅衣上粉香浮汚。將指尖兒輕輕的貼了鈿窩。若不是鶯覺人呵。猶壓着繡衾臥（紅云）覷俺姐姐這箇臉兒吹彈得破。張生呵你有福也（鶯唱）

么没查没利謊僂科。道我宜梳粧的臉兒吹彈得破（紅云）俺姐姐。天生的一箇夫人㨾兒（鶯唱）你那裡休聒。不當一箇信口開合。知他命福是如何。我做一箇夫人也做得過（紅云）往常兩箇都害。今日早則喜也（鶯唱）

喬木查我相思爲他。他相思爲我。從今後兩下裡相思都較可。酬和間。理當酬和。俺母親也好心多（紅云）今日敢着小姐和張生結親呵。怎生不做大筵席。會親戚朋友。安排小酌爲何（鶯云）你不知夫人意（唱）

【攪箏琶】他怕我是陪錢貨兩當一便成合據着他舉將除賊也消得家緣過活費了甚麽古那便結絲蘿休波省人情的妳妳忒慮過恐怕張羅（生云）小子更衣咱（生撞見鶯避科）（鶯唱）

【慶宣和】門兒外簾兒前將小脚兒那我却待目轉秋波誰想那識空便的靈心兒早瞧破諕得我倒趓倒趓（生坐定科夫人云）小姐近前拜了哥哥者（生背云）呀聲息不好了也（鶯云）呀俺娘變了卦也（紅云）這相思又索害也（鶯唱）

【鴈兒落】則見他荊棘列怎動那死沒騰無回和措支剌不對答軟兀剌難存坐

（得勝令）誰承望這𠊱𠊱世世老婆婆。着鶯鶯做妹妹拜哥哥。白茫茫溢起藍橋水。赤騰騰點着祆廟火。碧澄澄清波。撲剌剌將比目魚分破。急穰穰因何扢搭地把雙眉鎖納合（夫人云）紅娘看熱酒。小姐與哥哥把盞者（鶯唱）

（甜水令）我這裡粉頸低垂。蛾眉輕蹙。芳心無那。俺可甚相見話偏多。星眼朦朧。檀口嗟咨。攧窨不過。這席面兒暢好是烏合（鶯把酒科）（生云）小生量窄（夫人央科）（鶯云）紅娘接了臺盞者

（折桂令）他其實嚥不下玉液金波。誰承望月底西廂。變做了夢裡南柯。淚眼偷淹。酩子裡揾濕香羅。他那裡眼倦開。軟癱做一垛。我這裡手難擡。稱不起肩窩。

病染沉痾斷復難活則被你送了人呵當甚麼傻儸(夫人云)再把一盞者(紅遞了盞背與鶯云)姐姐這煩惱怎生是了(鶯唱)

(月上海棠)而今煩惱猶閒可久後思量怎奈何有意訴衷腸爭奈母親側坐成拋趓咫尺間如間闊

(么)一杯悶酒尊前過低首無言自摧挫不甚醉顏酡可早嫌玻璃盞大從因我酒上心來較可(夫人云)紅娘送小姐臥房裡去者(鶯辭生出云)俺娘好口不應心也呵

(喬牌兒)老夫人轉關兒没定奪啞謎兒怎猜破黑閣落甜話兒將人和請將來着人不快活(紅云)姐姐休怨別人(鶯唱)

(江兒水)佳人自來多命薄秀才每從來懦悶殺没頭

鸞撇下陪錢貨不爭你不成親呵下場頭那答兒發付我（紅云）姐姐方纔出洞房來好不快活（鶯唱）

（殿前歡）恰纔箇笑呵呵變做了江州司馬淚痕多若不是一封書將半萬賊兵破俺一家兒怎得存活他不想結姻緣想甚麽到如今難着摸老夫人謊到天來大當日箇成也是您箇母親今日箇敗也是您箇蕭何

（離亭宴帶歇拍煞）從今後玉容寂寞梨花朵臙脂淺淡櫻桃顆這相思何時是可昏鄧鄧黑海來深白茫茫陸地來厚碧悠悠青天來闊太行山般高仰望東

洋海般深思渴毒害的恁麽俺娘呵將顫巍巍雙頭花蘂搓香馥馥同心縷帶割長攙攙連理瓊枝挫白頭娘不負荷青春女成擔閣將俺那錦片也似前程蹬脫俺娘把甜句兒落空了他虛名兒悞賺了我（下）（生云）小生醉也告退夫人跟前有一言以盡其意未知可否前者賊寇相迫夫人言能退賊者以鶯鶯妻之小生挺身而諾作書與杜將軍星夜前來應幾得免夫人全家之禍今日命小生赴宴將謂喜慶有期不知夫人何見以兄妹之禮相待小生非圖餔啜而來此事果若不諧小生即日告退（夫人云）先生縱有活我全家之恩奈小女先相國在日曾許下老身姪兒鄭恒即今將書赴京喚去了此子不日來到其事將如之何莫若多以金帛相酬別揀豪門貴宅之女爲配先生台意若何（生云）既然夫人不與小生何慕金帛却不道書中有女顏如玉小生則今日便索告辭（夫人云）你且住者今日有酒也紅娘扶將哥哥去書房中

歇息到明日咱別有話說（紅扶生科）（生云）有分只熬蕭寺夜無緣難遇洞房春（紅云）張生少喫一盞却不好（生云）我喫甚麼來小生爲小姐晝夜忘餐廢寢魂勞夢斷常忽忽如有所失自寺中一見隔牆酬和迎風帶月受無限之苦楚甫能得許就婚姻豈料夫人變了卦使小生智竭思窮此事幾時是了小娘子怎生可憐見小生（跪紅科）將此意伸與小姐使知小生之心就小娘子前解下腰間之帶尋箇自盡可憐刺股懸梁志竟作離鄉背井魂（紅云）街上好賤柴燒你箇傻角你休慌妾當與君謀之（生云）計將安在小生當築壇拜將（紅云）妾見先生有囊琴一張必善於此俺小姐深慕於琴今夕妾與小姐同至花園內燒夜香但聽咳嗽爲令先生動操看小姐聽得說甚麼却將先生之言達知若有話呵明日妾來囘報這早晚怕夫人尋我囘去也（下）

二之四琴心挑引

（生上云）欲將心事傳青瑣且把閒愁付玉琴我想紅娘之言深有意趣天色晚也月兒你早些兒出來麼

焚香了呀却早發擂也呀却早撞鐘也（生理琴云）琴
呵小生與足下湖海相隨數年今夜這一場大功都
在你這神品金徽玉軫蛇腹斷紋嶧陽焦尾冰絃之
上天那怎生借得一陣順風將小生這琴聲吹入俺
那小姐玉琢成粉捏就知音俊俏耳朶兒裡去者（鶯
紅上紅云）小姐燒香去來好明月也呵（鶯云）事已無
成燒香何濟月兒你團圓呵咱却怎生
自來秪恨紅輪促今夜方知玉漏長

〔越調〕〔鬭鵪鶉〕雲斂晴空冰輪乍湧風掃殘紅香階亂
擁離恨千端閒愁萬種夫人那靡不有初鮮克有終
他做了會影兒裡的情郎我做了會畫兒裡的愛寵
〔紫花兒序〕則落得心兒裡念想口兒裡閒題則索向
夢兒中相逢俺娘昨日箇大開東閣我則道怎生般
炮鳳烹龍朦朧則教我翠袖殷勤捧玉鍾却不道主

人情重則爲那兄妹排連因此上魚水難同（紅云）姐姐你看那月闌明日敢有風也（鶯云）風月天邊有人間好事無我想天上嫦娥敢也似人間閨怨（紅云）正是淚隨明月下愁逐漏聲長眞箇好傷感人也（鶯唱）

（小桃紅）人間看波玉容深鎖繡幃中怕有人搬弄想嫦娥西没東生有誰共怨天公裴航不作遊仙夢則似我羅幃數重只恐怕嫦娥心動因此上圍住了廣寒宮（紅咳嗽科生云來了理琴科鶯云甚麽響紅發科鶯唱）

（天淨紗）莫不是步摇得寶髻玲瓏莫不是裙拖得環珮玎玲莫不是鐵馬兒簷前驟風莫不是金鈎雙鳳吉丁當敲響簾櫳

〔調笑令〕莫不是梵王宮夜撞鐘莫不是疎竹瀟瀟曲檻中莫不是牙尺翦刀聲相送莫不是漏聲長滴響壺銅潛身再聽在牆角東元來是近西廂理結絲桐〔禿廝兒〕其聲壯似鐵騎刀鎗冗冗其聲幽似落花流水溶溶其聲高似風清月朗鶴唳空其聲低似聽兒女語小窻中喁喁

〔聖藥王〕他那裡思不窮我這裡意已通嬌鸞雛鳳失雌雄曲未終恨轉濃伯勞飛燕各西東盡在不言中

〔鶯云〕我近着窻兒聽咱〔紅云〕姐姐你這裡聽我瞧夫人一瞧便來〔生云〕窻外有人定是小姐將絃改過彈一曲就歌一篇名曰鳳求凰昔日司馬相得以此曲成事我雖不及相如願小姐有文君之意〔歌曰〕有美

人兮。見之不忘。一日不見兮。思之如狂。鳳飛翱翔兮。四海求凰。無奈佳人兮。不在東牆。張琴代語兮。聊寫微腸。何時見許兮。慰我徬徨。願言配德兮。攜手相將。不得于飛兮。使我淪亡。（鶯云）是彈得好也呵。其詞哀。其意切。淒淒然如鶴唳天。使妾聞之。不覺淚下（唱）

（麻郎兒）這的是令他人耳聽。訴自己情衷。知音者芳心自懂。感懷者斷腸悲痛

（幺）這一篇與本宮始終不同。又不是清夜聞鐘。又不是黃鶴醉翁。又不是泣麟悲鳳

（絡絲娘）一字字更長漏永。一聲聲衣寬帶鬆。別恨離愁。變做一弄。張生呵越教人知重（生云）夫人且做忘恩。小姐你也說謊呵（鶯云）你差怨了我也（唱）

（東原樂）這的是俺娘的機變非干妾身脫空若餙得我呵乞求的效鸞鳳俺娘無夜無明併女工我若得些兒閒空（張生呵）怎教你無人處把妾身作誦

（綿搭絮）疎簾風細幽室燈清都則是一層兒紅紙幾榥兒疎櫺兀的不是隔着雲山幾萬重怎得箇人來信息通便做道十二巫峰也曾賦高唐來夢中（紅云）夫人尋小姐哩咱家去來（鶯唱）

（拙魯速）則見他走將來氣冲冲怎不教人恨匆匆諕得人來怕恐早是不曾轉動女孩兒家直恁響喉嚨緊摩弄索將他攔縱則恐怕夫人行把我厮葬送（紅云）

姐姐。則管這裡聽琴怎麽。張生着我對姐姐說。他回去也（鶯云）好姐姐。你見他呵。是必再着他住一程兒

（紅云）再說甚麽

（鶯云）你去呵

（尾）則說道夫人時下有些唧噥。好共歹不着你落空。你休問俺口不應的狠毒娘怎肯着別離了志誠種

（下）（紅云）先生且耐心者。小姐留你再住一程兒。畢竟有箇好處（生云）無意謾勞終日想。有情誰怕隔年期。小生專等小娘子回話者

（絡絲娘煞尾）不爭惹恨牽情鬭引。少不得廢寢忘餐病證

下

張君瑞破賊計　莽和尚生殺心

小紅娘晝請客　崔鶯鶯夜聽琴

王實父西廂記第三本

楔子

（鶯上云）自昨夜聽琴後，聞說張生有病，我如今着紅娘去書院裡看他說甚麼。（叫紅科）（紅上云）姐姐喚我，不知有甚事，須索走一遭。（鶯云）這般身子不快呵，你怎麼不來看我？（紅云）你想張（鶯云）張甚麼？（紅云）我張着姐姐哩。（鶯云）我心裡有一件事，央及你咱。（紅云）甚麼事？（鶯云）你與我去望張生走一遭，看他說甚麼，便來回我話者。（紅云）我不去，夫人知道不是耍。（鶯云）好姐姐，我深深拜你兩拜，你便與我走一遭。（紅云）侍長請起，我去則便了。說道：張生，你好生病重，則俺姐姐也不弱。只因午夜調琴手，引起春閨愛月心。（唱）

【仙呂】【賞花時】俺姐姐鍼線無心不待拈，脂粉消香懶去添。春恨壓眉尖，若得靈犀一點，姐姐敢醫可了病懨懨。（下）（鶯云）紅娘去了，看他回來說甚麼話，再作主意。（下）

三之一錦字傳情

(生上云)害殺小生也。自那夜弄琴之後。再不能勾見俺那小姐。我着長老說將去。道張生好生病重。却怎生不見人來看我。困倦上來。我且睡些兒。咱(紅上云)奉小姐言語。着我看張生。須索走一遭。我想來咱每若非張生呵怎存俺一家兒性命也(唱)

(仙呂)(點絳唇)相國行祠。寄居蕭寺。因喪事。幼女孤兒將欲從軍死

(混江龍)謝張生伸志。一封書到便興師。顯得文章有用。足見天地無私。若不是翦草除根半萬賊。險些兒滅門絕戶俺一家兒。鶯鶯君瑞。許配雄雌。夫人失信。推托別詞。將婚姻打滅。以兄妹爲之。如今都廢却成

親事。一箇價糊突了胸中錦繡。一箇價淚流濕臉上臙脂

（油葫蘆）憔悴潘郎鬢有絲。杜韋娘不似舊時。帶圍寬減了瘦腰肢。一箇睡昏昏不待要觀經史。一箇意懸懸懶去拈鍼黹。一箇絲桐上調弄出離恨譜。一箇花牋上删抹成斷腸詩。一箇筆下寫幽情。一箇絃上傳心事。兩下裡都一樣害相思

（天下樂）方信道才子佳人信有之。紅娘看時。倒有些乖性兒。則怕有情人不遂心也似此。見他害的有些抹媚。我遭着没三思。一納頭安排着憔悴死（紅云）却早來到

書院裡。我把唾津兒潤破窻紙。看他在書房裡做甚麽

（村里迓鼓）我將這紙窻兒濕破。悄聲兒窺視。多管是和衣兒睡起。羅衫上前襟褶袵。孤眠況味。凄涼情緒。無人伏侍。覷了他澀滯氣色。聽了他微弱聲息。看了他這黃瘦臉兒張生呵你若不悶死。多應是害死

（元和令）金釵敲門扇兒（生問）是誰（紅唱）我是箇散相思的氤氳使。俺小姐想着風清月朗夜深時。使紅娘來探爾（生云）既然小娘子來。小姐必有言語他至今臙粉未曾施。念到有一千番張殿試（生云）小姐既有見憐之心。小生有一簡。敢煩小娘子達知肺腑咱（紅云）只恐他番了面皮

（上馬嬌）他若是見了這詩。看了這詞。顛倒費神思。他拽扎起面皮。道這是誰的言語。你將來。道這妮子怎敢胡行事。嗤嗤的撦做紙條兒。（生云）小生久後。多以金帛拜酬小娘子。（紅唱）

（勝葫蘆）哎。你箇饞窮酸倈沒意兒。賣弄你有家私。莫不圖謀你的東西來到此。先生的錢物。與紅娘做賞賜。是我愛了你的金貲

（么）你看人似桃李春風牆外枝。賣俏倚門兒。我雖是箇婆娘有氣志。則合道可憐見小子隻身獨自。恁的呵顛倒有箇尋思。（生云）依着姐姐。可憐見小子隻身獨自。（紅云）兀的不是也。你寫。我與你將去。（生寫書科）（紅云）寫得好呵。讀與我聽咱。（生讀科）珙百拜書。奉鶯娘芳卿可人粧次。自別顏範。鴻稀鱗絕。

悲愴不勝。孰料夫人以恩成怨。遂易前因。豈得不爲失信乎。使小生目視東牆。恨不得奮飛于粧臺左右。患成思竭。垂命有日。因紅娘至。聊奉數字以表寸心。萬一有見憐之意。不惜好音示下。庶幾尚保餘生。不然。命在須臾。造次奉書。伏乞不罪。偶成五言八句一首呈覽。相思恨轉添。謾把瑤琴弄。樂事又逢春。芳心爾亦動。此情不可違。虛譽何須奉。莫負月華明。且憐花影重。（紅唱）

（後庭花）我則道拂花牋打稿兒。元來是染霜毫不搆思。先寫下幾句寒溫序。後題着五言八句詩。不移時。把花牋錦字。疊做箇同心方勝兒。忒風流。忒煞思。忒聰明。忒浪子。雖然是假意兒。小可的難到此

（青歌兒）顛倒寫鴛鴦鴛鴦兩字。方信道在心在心爲志。看喜怒其間覷箇意兒。放心波學士。我願爲之並

不推辭道甚言詞則說道昨夜彈琴的那人兒教傳示（紅云）這簡帖兒我與你將去先生當以功名爲念休墮了志氣者（寄生草）你將那偷香手准備着折桂枝休教那淫詞兒汚了龍蛇字藕絲兒縛定鵾鵬翅黃鶯兒奪了鴻鵠志休爲這翠幃錦帳一佳人悞了你玉堂金馬三學士（生云）姐姐在意者（紅云）你放心（煞尾）沈約病多般宋玉愁無二清減了相思樣子喒眉眼傳情未了時中心日夜藏之怎敢因而有美玉於斯我須教有發落歸着這張紙憑着我舌尖兒上說詞和你這簡帖兒裡心事管教那人兒來探你一

遭兒(下)(生云)紅娘將簡帖兒去了。不是小生誇口。則是一道會親的符籙。他說明日回話。必有箇次第。欲消心下恨。須索好音來(下)

三之二粧臺窺簡

(鶯上云)着紅娘去探張生。早晚敢待來也。起得早了些兒。困思上來。我再睡些兒咱(紅上云)奉小姐言語去看張生。却纔伏侍了夫人。囘小姐話去。不聽得聲音。敢又睡哩。我入去看一遭。綠窻睡起遲遲日。紫燕啼殘寂寂春

(中呂)(粉蝶兒)風靜簾閒。透紗窻麝蘭香散。啓朱扉搖響雙環。絳臺高。金荷小。銀釭猶燦。比及將暖帳輕彈。先揭起這梅紅羅軟簾偷看○釭音姜燈也與缸不同俗字音俱誤

(醉春風)則見他釵嚲玉橫斜。髻偏雲亂挽。日高猶自

不明眸。暢好是懶。懶。半晌擡身。幾回搔耳。一聲長歎(紅云)俺小姐心多。便將簡帖兒與他。有多少撒假哩。我則將這簡帖兒放在粧盒兒上。看他見了說甚麽(鶯做對鏡見簡看科紅唱)

普天樂晚粧殘。烏雲散。輕勻了粉臉。亂挽起雲鬟。將簡帖兒拈。把粧盒兒按。拆開封皮孜孜看。顛來倒去不害心煩(鶯怒叫云)紅娘(紅做意云)呀。決撒了也(唱)厭的早扢皺了黛眉。忽的低垂了粉頸。氳的改變了朱顏(鶯云)小賤人。這東西那裡將來的。我是相國的小姐。誰敢將這簡帖兒來戲弄我。我幾曾慣看這等東西。告過夫人。打下你箇小賤人下截來(紅云)小姐使將我去。他着我將來。我不識字。知他寫着甚麽(唱)

快活三分明是你過犯。沒來繇把我摧殘。使別人顛倒惡心煩。你不慣誰曾慣。（紅云）姐姐休鬧。比及你對夫人說呵。我將這簡帖兒去夫人行先出首去來。（鶯揪住紅科）我逗你耍來。（紅云）放手。看打下下截來。（鶯云）張生近日如何。（紅背云）我則不說。（鶯云）好姐姐。你說與我聽咱。（紅唱）

【朝天子】張生近間面顏。瘦得來實難看。不思量茶飯。怕見動憚。曉夜將佳期盼。廢寢忘餐。黃昏清旦。望東牆淹淚眼。（鶯云）奐箇好太醫。看他症候咱。（紅云）他症候喫藥不濟。病患要安。則除是出幾點風流汗。（鶯云）我和張生只是兄妹之情。那有外事。紅娘。早是你卩穩哩。若別人知道。甚麼模樣。（紅云）你哄着誰哩。你把這箇餓鬼弄的七死八活。却要怎麼

【四邊靜】怕人家調犯。早共晚夫人見些破綻。你我何安。問甚麼他遭危難。喒攛斷得上竿。掇了梯兒看。（鶯云）

紅娘。不看你面呵。我將與夫人。看他有甚麼面顏見夫人。將描筆兒過來。我寫將去回他。着他下次休是這般(寫科)紅娘。你將去。說小姐看望先生。兄妹之禮如此。非有他意。再一遭兒是這般呵。必告俺老夫人知道。和你箇小賤人都有說話(紅接書科)姐姐。你又弄人也。這帖兒我不將去(丟書科鶯云)這丫頭好沒分曉呵

(下)(紅唱)

(脫布衫)小孩兒家口沒遮攔。一迷的言語摧殘。把似你使性子。休思量那秀才。做多少好人家風範

(小梁州)我爲你夢裡成雙覺後單。廢寢忘餐。羅衣不奈五更寒。愁無限。寂寞淚闌干

(么)似這等辰勾月。空把佳期盼。我將這角門兒是不曾牢拴。則願你做夫妻無危難。您向筵席頭上整扮。

我做箇縫了口的撮合山（紅云）我若不去來。道我違拗他。那生又等我回話。須索走一遭（做拾書科下）（生上云）那書倩紅娘將去。未見回話。我這封書去。必定成事。這早晚敢待來也（紅上云）須索回張生話去。小姐。你性兒忒慣得喬了。既有前日的心。那得今日的心來

（石榴花）當日箇晚粧樓上杏花殘。猶自怯衣單。那一片聽琴心清露月明間。昨日箇向晚。不怕春寒。幾乎險被先生饌。那其間豈不胡顔。爲一箇不酸不醋風魔漢。隔牆兒險化做望夫山

（鬬鵪鶉）你用心兒撥雨撩雲。我好意兒與他傳書寄簡。不肯搜自巳狂爲。則待要覓別人破綻。受艾焙。也權時忍這番。暢好是奸（道張生是兄妹之禮。焉敢如此）對人前。巧語

花言。背地裡愁眉淚眼（紅見生科生云）小娘子來了。擎天柱大事如何了也（紅云）不濟事了。先生休傻（生云）小生簡帖兒是一道會親的符籙。則是小娘子不用心。故意如此（紅云）我不用心。有天哩。你那簡帖兒倒好聽

【上小樓】這的是先生命慳。須不是紅娘違慢。那簡帖兒倒做了你的招狀。他的勾頭。我的公案。若不是覷面顏。廝顧盼。擔饒輕慢（先生受罪。禮之當然。賤妾何辜）爭些兒把你娘拖犯

【么】從今後相會少。見面難。月暗西廂。鳳去秦樓。雲斂巫山。你也赸。我也赸。請先生休訕。早尋箇酒闌人散（紅云）只此再不必多說。怕夫人尋我。回去也（生云）小娘子此一遭去。更着誰與小生分剖。必索做一箇道

理。方可救得小生一命（生跪下扯紅科紅云）先生是讀書人。豈不知此意

（滿庭芳）你休呆裡撒奸。您待要恩情美滿。却教我骨肉摧殘。他手掿着棍兒摩娑看。麤麻線怎透鍼關。直待要拄着㮃幫閒鑽懶。縫合脣送暖偷寒。待去呵。小姐性兒撮鹽入火。消息兒踏着泛待不去呵。小生這一條性命都在小娘子身上禁不得你甜話兒熱趲。好教我兩下裡做人難（紅云）我沒來蹊分說。小姐回與你的書。你自看去（生接書開讀云）呀。有這場喜事（撮土焚香三拜禮畢云）早知小姐簡至。理合遠接。接待不及。恕勿見罪。小娘子。和你也歡喜（紅云）怎麽（生云）小姐罵你都是假。書中之意。着我今夜花園裡來。和他哩也波哩也囉哩（紅云）你讀與我聽（生云）是四句詩。待月西廂下。迎風戶半開。拂墻花影動。疑是玉人來（紅云）怎見得他着你來。你解與我聽咱（生云）待月西廂下。着我待月上而來。迎風戶半開。他開門

等我。拂牆花影動着我跳過牆來。疑是玉人來。謂我至矣(紅云)張生你做下來。端的有此話麼(生云)我是猜詩謎的杜家。風流隋何。浪子陸賈。我那裡有差的勾當(紅云)你看我姐姐在我行也使謊呵

(耍孩兒)幾曾見寄書的顛倒瞞着魚鴈。小則小心腸兒轉關。寫着道西廂待月等更闌。教你跳東牆女字邊干。元來那詩句兒裡包籠着三更棗。簡帖兒裏埋伏着九里山。他着緊處將人慢。您只待會雲雨鬧中取靜。則教我寄音書忙裡偷閒

(四煞)紙光明玉板。字香噴麝蘭。行兒邊湮透的非是春汗。一緘情淚紅猶濕。滿紙春愁墨未乾。從今後休疑難。放心波玉堂學士。穩情取金雀鴉鬟

（三煞）他人行。別樣親。俺跟前。取次看。更做道孟光接了梁鴻案。別人行甜言媚你三冬暖。俺跟前。惡語傷人六月寒。我爲頭兒看。看你箇離魂倩女。怎發付擲果潘安（生云）小生讀書人。怎跳得那花園牆過（紅云）

（二煞）隔牆花又低。迎風戶半拴。偷香手段今番按。怕牆高。怎把龍門跳。嫌花密。難將仙桂攀。放心去。休辭憚。你若不去呵。望穿他盈盈秋水。蹙損了淡淡春山（生云）小生曾到花園。已經兩遭。不曾得些好處。這一遭知他又何如（紅云）如今不比那往常了

（尾）你雖是去了兩遭。我敢道不如這番。隔牆酬和都胡侃。證果的是今番這一箇。（下）（生云）嘆萬事自有分定。誰想小姐有此一場

好處。小生是猜詩謎的杜家。風流隋何。浪子陸賈。到那裡。扢扎幫便倒地。今日頹天百般的難得晚。天那。你有萬物于人。何故爭此一日。疾下去波。讀書繼晷怕黃昏。不覺西沉强掩門。欲赴海棠花下約。太陽何苦又生根。呀。纔晌午也。再等一等。又看咱。今日百般的難得下去也呵。碧天萬里無雲。空勞倦客身心。恨殺太陽貪戰。不教紅日西沉。呀。却早倒西也。再等一等咱。無端三足烏。團團光爍爍。安得后羿弓。射此一輪落。謝天地。却早日下去也。呀。却早發擂也。呀。却早撞鐘也。拽上書房門。到得那裡。手挽着垂楊。滴溜溜跳過牆去。抱住小姐。丢翻在綠茸茸草上。小姐。我則是替你愁哩。爲盼洞房春。專待西廂下。(下)

三之三乘夜踰牆

(紅上云)今日小姐着我寄書與張生。當面偌多假意兒。元來詩內暗約着他來。小姐既不對我說。我也不瞧破他。則請他燒香。今日晚粧呵。比每日較別。我看他到其間。怎的瞞我。(叫鶯科)姐姐。咱燒香去來。(鶯上云)花陰重疊和風細。庭院深沉淡月明。(紅云)姐姐。今夜月朗風清。好一派景致也呵。(唱)

【雙調】【新水令】晚風寒峭透窻紗。控金鈎繡簾不掛。門闌凝暮靄。樓角斂殘霞。恰對菱花。樓上晚粧罷

【駐馬聽】不近諠譁。嫩緑池塘藏睡鴨。自然幽雅。淡黄楊柳帶棲鴉。金蓮蹴損牡丹芽。玉簪抓住荼蘼架。夜涼苔徑滑。露珠兒濕透了凌波襪。（紅云）我看那生和俺小姐巴不得到晚（唱）

【喬牌兒】自從那日初時想月華。捱一刻似一夏。柳梢斜日遲遲下。好教賢聖打

【攪箏琶】打扮的身子兒詐。准備着雲雨會巫峽。只爲這燕侶鶯儔。鎖不住心猿意馬。則想俺小姐害得那生呵二三日

來水米不粘牙。因小姐閑月羞花。眞假。這其閒性兒難按納。一地裡胡拿（紅云）姐姐。這湖山下立地。我開了寺裡角門兒。怕有人聽俺每說話。我且看一看（做意了紅云）偌早晚。儍角却不來。赫赫赤赤來（生上云）這其間正好去也。赫赫赤赤（紅云）那鳥來了（唱）

（沉醉東風）我則道槐影風搖暮鴉。元來是玉人帽側烏紗。一箇潛身在曲檻邊。一箇背立在湖山下。那裡敘寒溫。並不曾打話（生云）小姐你來也（摟住紅科）（紅云）禽獸。是我。你看的仔細着。若是老夫人。怎了（生云）小生摟的慌了些兒（紅唱）便做道摟得慌呵。你也索覷咱。多管是餓的你箇窮神眼花（生云）小姐在那裡（紅云）在湖山下。我問你咱。眞箇着你來哩（生云）小生猜詩謎杜家。風流隋何。浪子陸賈。准定扢扎幫便倒地（紅云）你休從門裡去。

則道我使你來。你跳過牆去。張生。你見麽。今夜一弄兒風景。分明助你兩箇成親也（唱）

（喬牌兒）你看那淡雲籠月華。似紅紙護銀蠟。柳絲花朵垂簾下。綠莎茵。鋪着繡榻

（新水令）良夜迢遙。閒庭寂靜。花枝低亞。他是箇女孩兒家。你索將性兒溫存。話兒摩弄。意兒浹洽。休猜做敗柳殘花（生云）小生理會得。俺自有偷香手哩（紅唱）

（折桂令）他是箇嬌滴滴美玉無瑕。粉臉生春。雲鬢堆鴉。恁的般受怕擔驚。又不圖甚浪酒閒茶。則你那夾被兒時當奮發。指頭兒告了消乏。打疊起嗟呀。畢罷了牽掛。收拾了憂愁。准備着撐達（生跳牆科鶯云）是誰（生云）是小生（鶯

怒云張生你是何等之人我在這裡燒香無故至此若夫人聞知有何理說(生云)呀變了卦也(紅唱)

(錦上花)為甚媒人心無驚怕赤緊的夫妻每意不爭差我這裡躡足潛蹤悄地聽咱一箇羞慚一箇怒發

(么)張生無一言呀鶯鶯變了卦一箇悄悄冥冥一箇絮絮答答却早迸定唷何禁住陸賈叉手躬身粧聾做啞(紅云)張生背地裡硬嘴那裡去來向前摟住丟翻告到官司怕羞了你(唱)

(清江引)沒人處則會閒嗑牙就裡空奸詐怎想湖山邊不意垂楊下香美娘處分俺那花木瓜(鶯云)紅娘有賊(紅云)是誰(生云)是小生(紅云)張生你來這裡有甚麼勾當(鶯云)扯去老夫人那裡去(紅云)到老夫人那裡恐壞了他行止我與你去問他一塲張生你過來跪着你既讀孔聖之書必達周公之禮黄夜來此何幹(唱)

（鴈兒落）不是俺一家兒喬坐衙說幾句衷腸話我則道你文學海樣深誰知你色膽天來大（紅云）張生你知罪麼（生云）小生不知甚罪（紅唱）

（得勝令）誰着你夤夜入人家非奸做賊拿你本是箇折桂客做了偷花漢不想去跳龍門學騙馬姐姐且看紅娘面饒過這生者（鶯云）若不看紅娘面扯你到老夫人那裡去看你有何面目見江東父老（紅唱）謝姐姐賢達看我面遂情罷若到官司詳察先生呵准備着精皮膚喫頓打（鶯云）先生雖有活我之恩恩則當報既爲兄妹何生此心萬一夫人知之先生何以自安今後再勿如此若更爲之與足下決無干休（下）（生背云）你着我來却怎麼有偌多話說（紅扳過生云）羞也呃羞也呃却不風流隋何浪子陸賈得罪波杜家今日便早死心塌地也（紅唱）

（離亭宴帶歇拍煞）再休提春宵一刻千金價，准備着寒窗更守十年寡。猜詩謎的杜家，拍了迎風戶半開，山障了隔牆花影動，綠慘了待月西廂下。一任你將何郎膩粉搽，他待自把張敞眉兒畫，强風情措大，晴乾了尤雲殢雨心，悔過了竊玉偷香膽，删抹了倚翠偎紅話。（生云）小生再寫一簡，煩小娘子將去，以盡衷腸。淫詞兒早則休，簡帖兒從今罷，猶古自參不透風流調法，從今後悔罷了卓文君，你與我學去波漢司馬。（下）（生云）你這小姐送了人也，此一念小生再不敢舉，奈病體日篤，將如之何。夜來得簡方喜，今日强扶至此，又值這一場怨氣，眼見的休也。則索回書房中納悶去。桂子閒中落，槐花病裏看。（下）

三之四倩紅問病

(夫人上云)早間長老使人來。說張生病重。我着長老使人請箇太醫去看了。一壁道與紅娘。看哥哥行。問湯藥去者。再問太醫下甚麼藥。證候脉息如何。便來回話(下)(紅上云)老夫人纔說張生病重。却怎知昨夜喫我那一塲氣。越重了。小姐阿。你送了他也(下)(鶯上云)聞張生病重。我寫一簡。則說道藥方。着紅娘將去與他。做箇道理(鶯喚紅科)(紅云)姐姐喚紅娘怎麼(鶯云)張生病重。我有一箇好藥方兒。與我將去咱(紅云)又來也。娘阿。休送了他命(鶯云)好姐姐救人一命將去咱(紅云)不是你。一世也救他不得。如今老夫人使我去哩。我就與你將去走一遭(下)(鶯云)紅娘去了。我繡房裡等他回話(下)(生上云)自從昨夜花園中喫了這一塲氣。投着舊證候。眼見得休了也。老夫人說着長老喚太醫來看我。我這頹證候。非是太醫所治的。則除是那小姐美甘甘。香噴噴。凉滲滲。嬌滴滴。一點唾津兒嚥下去。這屌病便可(法本引太醫上診脉下藥科)此證兩手六脉沉細。乃七情感傷抑鬱之疾。先生放心。一帖藥便好(雙鬬醫科範了下)(本云)下了藥了。回夫人話去。少刻再來相望（下）（紅上云）俺小姐送得人如此。又着我送藥方兒去。越着他病沉重了也。我索走一遭。異鄉易得離愁病。妙藥難醫腸斷人（唱）

【越調】【鬬鵪鶉】則爲你彩筆題詩。回文織錦。送的人臥枕着牀。忘餐廢寢。折倒得鬢似愁潘。腰如病沈。恨已深。病已沉。昨夜箇熱臉兒對面搶白。今日箇冷句兒將人厮侵（紅云）昨夜這般搶白呵（唱）

【紫花兒序】把似你休倚着櫳門兒待月。依着韻脚兒聯詩。側着耳朵兒聽琴見了他撒假偌多話。張生。我與你兄妹之禮。甚麽勾當怒時節。把一箇書生來迭窨。歡時節紅娘好姐姐。去望他一遭將一箇侍妾來逼臨。難禁。好着我似線脚兒般殷勤。不離了鍼從今後敎他一任（這的是俺老夫人的不是）將人的義海恩山都做了遠水遥岑（紅見生問云）哥哥病體若何（生云）害殺小生也我若是死呵小娘子閻王殿前少不得你做箇干連人（紅云）普天下害相思的不似你這箇傻角（唱）

（天淨紗）心不存學海文林夢不離柳影花陰則向那竊玉偷香上用心又不曾得甚自從海棠開想到如今（紅云）因甚的便病得這般了（生云）都因你行說的謊囘到書房一氣一箇死小生救了人反被害了自古云癡心女子負心漢今日反其事了（紅唱）

（調笑令）我這裡自審暗沉爲邪淫尸骨嵓嵓鬼病侵更做道秀才每從來恁似這般干相思好撒唔功名上早則不遂心婚姻上更反吟復吟（紅云）老夫人着我來看哥哥喫

甚麽湯藥。小姐再三伸意。有一藥方。送來與先生(生做慌云)在那裡(紅云)用着幾般兒生藥。各有制度。我說與你聽(唱)

小桃紅 桂花搖影夜深沉。酸醋當歸浸(生云)桂花性溫。當歸活血。怎生制度(紅唱)面靠着湖山背陰裡窨。這方兒最難尋。一服兩服令人恁(生云)忌甚麽物(紅唱)忌的是知母未寢。怕的是紅娘撒沁(生云)喫了。怎生便見效也(紅唱)喫了呵。使君子一星兒參(紅云)這藥方兒。小姐親筆寫的(生看藥方大笑起云)早知小姐書來。只合遠接小娘子(紅云)又怎麽。却早兩遭兒也(生云)小娘子不知。這首詩意。小姐待和小生哩也波哩(紅云)不差了一些兒(唱)

鬼三台 足下其實啉。休粧唔。笑你箇風魔的翰林。無處問佳音。向簡帖兒行計稟。得了箇紙條兒。恁般綿裡鍼若見玉天仙怎生軟斷禁俺那小姐忘恩赤緊的傻人負心（紅云）書上如何說讀與我聽咱（生讀云）休將閒事苦縈懷取次摧殘天賦才不意當時完妾行豈防今日作君災仰酬厚德難從禮謹奉新詩可當媒寄語高唐休詠賦今宵端的雨雲來此詩非前日之比小姐必來（紅云）他來呵怎生發付他（唱）

（禿廝兒）你身臥着一條布衾頭枕着三尺瑶琴他來時怎生和你一處寢凍得來戰戰兢兢說甚知音

（聖藥王）果若你有心他有心昨日鞦韆院宇夜深沉花有陰月有陰春宵一刻抵千金何須的詩對會家吟（生云）小生有花銀十兩有鋪蓋賃與小生一副（紅唱）

（東原樂）俺那鴛鴦枕翡翠衾便遂殺人心如何肯賃

至如你不脫解。和衣兒更怕甚。不强如手勢指頭兒恁。倘成親倒大來福廕（生云）小生爲小姐。如此憔悴。莫不小姐爲小生。也減了些手韻麽（紅唱）

（綿搭絮）他眉彎遠山鋪翠。眼橫秋水無塵。體若凝酥。腰如嫩柳。俊的是龐兒。俏的是心。體態溫柔。性格兒沉。雖不會法灸神鍼。猶勝似那救苦難觀世音（生云）今夜成就了呵。小生不敢有忘（紅唱）

（么）口兒裡謾沉吟。夢兒裡苦追尋。往事已沉。只言目今。今夜相逢管教恁。我也不圖甚白璧黃金。則要你滿頭花拖地錦（生云）則怕夫人拘繫。不能勾出來（紅云）則怕小姐不肯。果有意呵。你放心

【煞尾】雖然是老夫人曉夜將門禁。好共歹須教你稱心（生云）休似昨夜（紅云）你掙揣咱來時節。肯不肯怎繇他。見時節。親不親盡在您

【絡絲娘煞尾】因今宵傳言送雨。看明日攜雲握雨

下

王實父西廂記第四本

楔子

（鶯上云）昨夜紅娘傳簡去與張生約今夕和他相會等紅娘來做箇商量（紅上云）姐姐着我送簡與張生許他今宵赴約俺那小姐怕又說謊送了他性命不是耍我見小姐看他說甚麽（鶯云）紅娘收拾臥房我睡去（紅云）不爭你要睡呵那裡發付那生（鶯云）甚麽那生（紅云）姐姐你又來也送了人性命不是耍處你若又番悔我出首與夫人你着我將簡帖兒約下他來（鶯云）這小賤人倒會放刁羞人答答的怎生去（紅云）有甚麽羞到那裡則合着眼者（紅催云）去來去來老夫人睡了也（鶯走科紅云）俺姐姐語言雖是強脚步兒早先行也（唱）

【正宮】【端正好】因姐姐玉精神花模樣無倒斷曉夜思量着一片志誠心蓋抹了漫天謊出畫閣向書房離

楚岫。赴高唐。學竊玉。試偷香。巫娥女。楚襄王。楚襄王敢先在陽臺上下

四之一　月下佳期

（生云）昨夜紅娘所遺之簡。約小生今夜成就。這早晚初更盡也。不見來。呵小姐休說謊。咱。人間良夜靜復靜。天上美人來不來（唱）

（仙呂）（點絳唇）竚立閒階。夜深香靄橫金界。瀟灑書齋。悶殺讀書客

（混江龍）彩雲何在。月明如水浸樓臺。僧居禪室。鴉噪庭槐。風弄竹聲。則道金珮響。月移花影。疑是玉人來。意懸懸業眼。急穰穰情懷。身心一片。無處安排。則索

呆打孩倚定門兒待越越的青鸞信杳黃犬音乖（生云）小生一日十二時無一刻放下小姐你那裡知道呵（唱）

（油葫蘆）情思昏昏眼倦開單枕側夢魂兒飛入楚陽臺早知道無明無夜因他害想當初不如不遇傾城色人有過必自責勿憚改我却待賢賢易色將心戒怎禁他兜的上心來

（天下樂）我則索倚定門兒手托腮好着我難猜來也那不來夫人行料應難離側望得人眼欲穿想的人心越窄多管是寃家不自在（生云）偌早晚不來莫不又是謊麼（唱）

（那吒令）他若是肯來早身離貴宅他若是到來便春

生㪚齋。他若是不來。似石沉大海。數着脚步兒行。倚着窗櫺兒待。寄語多才

(鵲踏枝)恁的般惡搶白。並不曾記心懷。撥得箇意轉心回。夜去明來。空調眼色經今半載。這其間委實難捱(生云)小姐這一遭若不來呵(唱)

(寄生草)安排着害。准備着擡。想着這異鄉身。强把茶湯捱。則爲這可憎才。熬得心腸耐。辦一片志誠心留得形骸在。試着那司天臺打算半年愁。端的是太平車約有十餘載(紅上云)姐姐。我過去。你則在這裡(紅敲門科生問云)是誰(紅云)是你前世的娘(生云)小姐來麼(紅云)你接了衾枕者。小姐入來也。張生。你怎麼謝我(生拜云)小生一言難盡。寸心相

報。惟天可表（紅云）你放輕者。休謊了他（紅引鶯推入科）姐姐。你入去。我只在門兒外等你（生見鶯跪云）張珙有何德能。敢勞神仙下降。知他是睡裡夢裡（唱）

（村里迓鼓）猛見了可憎模樣小生那裡得病來早醫可了九分不快。先前見責。誰承望今宵歡愛着小姐這般用心。不才張珙。合當跪拜。小生無宋玉般容。潘安般貌。子建般才。姐姐。你則是可憐見爲人在客（生挨鶯坐科唱）

（元和令）繡鞋兒剛半拆。柳腰兒恰一搦。羞答答不肯把頭擡。只將鴛枕捱。雲鬟彷彿墜金釵。偏宜鬏髻兒歪。

（上馬嬌）我將這紐扣兒鬆。縷帶兒解。蘭麝散幽齋。不

艮會把人禁害咍怎不肯回過臉兒來
勝葫蘆軟玉溫香抱滿懷呀劉阮到天台春至人間
花弄色將柳腰款擺花心輕折露滴牡丹開
么但蘸着些兒麻上來魚水得和諧嫩蘂嬌香蝶恣
採半推半就又驚又愛檀口揾香腮生跪云謝小姐不棄張珙今夕
得就枕席異日當思犬馬之報鶯云妾千金之軀一
旦托於足下勿以他日見棄使妾有白頭之歎生云
小生焉敢如此生看帕科
後庭花春羅元瑩白早見紅香點嫩色鶯云羞人答答的看做甚
麼生唱燈下偷睛覷胸前着肉揣暢奇哉渾身通泰不
知春從何處來無能的張秀才孤身西雒客自從逢

稔色。思量的不下懷。憂愁因間隔。相思無擺劃。謝芳
卿不見責
（柳葉兒）我將你做心肝兒般看待肯黙汚了姐姐清
白。忘餐廢寢舒心害。若不眞心耐。志誠捱。怎能勾這
相思苦盡甘來
（青歌兒）成就了今宵今宵歡愛。魂飛在九霄九霄雲
外。投至得見你箇多情小妳妳憔悴形骸。瘦似麻稭。
今夜和諧。猶自疑猜。露滴香埃。風靜閒階。月射書齋。
雲瑣陽臺。審問明白。只疑是昨宵夢中來。愁無奈（鶯）（云）
我回去也。怕夫人覺來尋
我（生）（云）我送小姐去來（唱）

(寄生草)多丰韻忒稔色乍時相見教人害霎時不見教人怪些兒得見教人愛今宵同會碧紗廚何時重解香羅帶(紅云)來拜你娘張生你好喜也姐姐咱家去來(生唱)

(煞尾)春意透酥胷春色橫眉黛賤却人間玉帛杏臉桃腮襯着月色嬌滴滴越顯的紅白下香階懶步蒼苔動人處弓鞋鳳頭窄歎鯫生不才謝多嬌錯愛若小姐不棄小生者是必破工夫明夜早些來下

四之二堂前巧辯

(夫人引歡郎上云)這幾日竊見鶯鶯語言恍惚神思加倍腰肢體態比向日不同莫不做下來了麼(歡郎云)前日晚夕奶奶睡了呵我見姐姐和紅娘燒香半晌等不回來我家去睡了(夫人云)這椿事都在紅娘

身上。喚紅娘來(歡)郎叫紅科(紅云)哥哥喚我怎麼(歡云)妳妳知道你和姐姐去花園裡去。如今要打你哩(紅云)呀。小姐你帶累我也。小哥哥你先去。我便來也紅喚鶯上(云)姐姐。事發了也。老夫人喚我哩。却怎了(鶯云)好姐姐。遮蓋咱(紅云)娘呵。你做得隱秀者。我道你做下來也(鶯云)月圓便有陰雲蔽。花發須教急雨催(紅唱)

(越調)(鬬鵪鶉)則着你夜去明來。倒有箇天長地久。不爭你握雨攜雲。常使我提心在口。也則合帶月披星。誰着你停眠整宿。老夫人心數多。情性㑳。使不着我巧語花言。將沒作有

(紫花兒序)老夫人猜那窮酸做了新壻。小姐做了嬌妻。小賤人做了牽頭。俺小姐這些時春山低翠。秋水

凝眸。別樣的都休試。把你裙帶兒拴。紐門兒扣。比着那舊時肥瘦。出落得精神。別樣的風流（鶯云）紅娘。你去小心回話者（紅云）我若到夫人處。必問小賤人

（金蕉葉）我着你但去處行監坐守。誰着你迤逗的胡行亂走。若問着此一節呵。如何訴休。你便索與他箇知情的犯繇（紅云）姐姐。你受責理當。我圖甚麽來

（調笑令）你繡幃裡效綢繆。倒鳳顛鸞百事有。我却在窻兒外幾曾敢輕咳嗽。立蒼苔。將繡鞋兒冰透。今日箇嫩皮膚倒將麤棍抽。俺這通殷勤的着甚來繇（紅云）姐姐。則在這裡等着。我過去。說的過呵休歡喜。說不過呵休煩惱（紅見夫人科）（夫人云）小賤人為甚不跪

下。你知罪麽(紅跪云)紅娘不知甚麽罪(夫人云)你還自口强哩。若實說呵饒你。若不實說呵。我直打死你箇賤人。誰着你和小姐半夜花園裡去來(紅云)不曾去。誰見來(夫人云)歡郎見你去來。尚兀自推哩(打紅科紅云)老夫人休閃了手。且息怒停嗔。聽紅娘說來

(鬼三台)夜坐時停了鍼繡。共姐姐閒窮究。說張生哥哥病久。咱兩箇背着夫人。向書房裡問候(夫人云)問候呵他說甚麽(紅唱)道夫人事已休。將恩變做讐。着小生半途喜變做憂。他道紅娘你且先行。教小姐權時落後。(夫人云)他是箇女孩兒家。着他落後怎麽(紅唱)

(禿廝兒)我則道神鍼法灸。誰承望燕侶鶯儔。他兩箇經今月餘則是一處宿。何須一一問緣繇○下缺二字一句

〔聖藥王〕他每不識憂。不識愁。一雙心意兩相投。夫人得好休。便好休。這其間何必苦追求。常言道女大不中留。〔夫人云〕這樁事。都是你這賤人。〔紅云〕非是紅娘之罪。亦非張生小姐之罪。乃夫人之過也。〔夫人云〕這賤人倒指下我來。怎麼是我之過。〔紅云〕豈不聞信者人之根本。人而無信。不知其可也。大車無輗。小車無軏。其何以行之哉。當日軍圍普救。夫人所許退軍者以女妻之。張生非慕小姐顏色。豈肯區區建退軍之策。兵退身安。夫人悔却前言。豈得不為失信乎。既然不肯成其事。只合酬之金帛。令張生捨此而去。却不當留請張生於書院。使怨女曠夫。各相窺覷。所以有此一端。目下老夫人若不息其事。一來辱沒相國家譜。二來張生日後名重天下。施恩於人。忍令反受其辱哉。便到官司。夫人亦得治家不嚴之罪。官司若推其詳。亦知老夫人背義忘恩。豈得為賢哉。紅娘不敢自專。乞望夫人台鑒。莫若恕其小過。成就大事。擱之以去其污。豈不為長便乎

（麻郎兒）秀才是文章魁首。姐姐是士女班頭。一箇通徹三敎九流。一箇曉盡描鸞刺繡

（么）世有。便休。罷手大恩人怎做敵頭。啟白馬將軍故友。斬飛虎叛賊草寇

（絡絲娘）不爭和張解元參辰卯酉。便是與崔相國出乖弄醜。到底干連着自巳骨肉。夫人索體究（夫人云）這小賤人也道得是。我不合養嬌了這箇不肖之女。待經官司。玷辱家門。罷罷。俺家無犯法之男。再婚之女。與了這廝罷。紅娘。喚那賤人來（紅叫鶯云）姐姐且喜。那棍子則是滴溜溜在我身上。喫我直說過了。我也怕不得許多。娘。如今喚你來。待成合親事（鶯云）羞人答答的。怎麼見夫人（紅云）娘跟前有甚麼羞。羞時休做。我說你聽

（小桃紅）當日箇月明纔上柳稍頭。却早人約黃昏後。羞的我腦背後將牙兒襯着衫兒袖。怎凝眸。看時節則見鞋底尖兒瘦。一箇恣情的不休。一箇啞聲兒廝耨。呸。那其間可怎生不害半星兒羞（鶯見夫人科夫人云）鶯鶯我怎生擡舉你來。今日做這等的勾當。則是我的孽障。待怨誰的是。我待經官來。辱没了你父親。似這等事。不是俺相國人家做出來的。罷罷罷。誰似俺養女的不氣勢。紅娘。書房裡喚將那禽獸來（紅喚生科生云）小娘子喚小生做甚麽（紅云）你的事發了也。如今夫人喚你來。將小姐配與你哩。小姐先招了也。你過去（生云）小生惶恐。如何見老夫人。當初誰在老夫人行說來（紅云）你休佯小心。老着臉子過去便了

（小桃紅）既然泄漏怎干休。是我先投首。俺家裡陪酒陪茶倒搊就。你休愁。何須約定通媒媾。我捹了箇部

署不收你元來苗而不秀呸你是箇銀樣蠟鎗頭（生見夫人科）（夫人云）好秀才呵豈不聞非先王之德行不敢行我待送你到官司去來恐辱沒了俺家譜我如今將鶯鶯與你爲妻則是俺家三輩兒不招白衣女壻你明日便上朝取應去我與你養着媳婦得官呵來見我剝落呵休來見我（紅云）張生早則喜也

（東原樂）相思事一筆勾早則展放從前眉兒皺美愛幽歡恰動頭既能勾張生你覷兀的般可喜娘龐兒要人消受（夫人云）明日收拾琴劍書箱安排果酒請長老一同送張生到十里長亭去（鶯云）寄語西河堤畔柳安排青眼送行人（夫人同鶯下）（紅唱）

（收尾）來時節畫堂簫鼓鳴春晝列着一對兒鸞交鳳友那其間纔受你説媒的紅方喫你謝親的酒 下

四之三長亭送別

（夫人上云）今日送張生赴京。就十里長亭安排下筵席。我着長老先行。不見張生小姐來到（生鶯紅上鶯云）今日送張生上朝取應去。早是離人傷感。況值那暮秋天氣。好煩惱人也呵。悲歡聚散一杯酒。南北東西萬里程（鶯唱）

（正宮）（端正好）碧雲天。黃花地。西風緊。北鴈南飛。曉來誰染霜林醉。總是離人淚

（滾繡毬）恨相見得遲。怨歸去得疾。柳絲長玉驄難繫。恨不得倩疎林掛住斜暉。馬兒迍迍行。車見快快隨。恰告了相思迴避。破題兒又早別離。聽得道一聲去也。鬆了金釧。遙望見十里長亭。減了玉肌。此恨誰知。

（紅云）姐姐。今日怎麼不打扮（鶯云）紅娘呵。你怎麼不知道我的心哩

（叨叨令）見安排着車兒馬兒。不繇人熬熬煎煎的氣。有甚心情花兒靨兒。打扮的嬌嬌滴滴媚。准備着被兒枕兒。則索昏昏沉沉的睡。從今後衫兒袖兒。都揾做重重疊疊淚。兀的不悶殺人也麼哥。兀的不悶殺人也麼哥。今以後書兒信兒。索與我恓恓惶惶的寄

（並至長亭見夫人科夫人云）張生和長老坐。小姐這壁坐。紅娘將酒來。張生你向前來些。你是自家骨肉眷戚。不要廻避。此行努力。掙揣一箇狀元回來。休得辜負了俺孩兒（生云）小生托夫人餘廕。憑着胸中之才。覷一官如拾芥耳（本云）老夫人主張不差。張生不是落後的人（把酒坐科鶯長吁科）

（脫布衫）下西風。黃葉紛飛。染寒煙。衰草萋迷。酒席上

斜簽着坐的。蹙愁眉死臨侵地

（小梁州）我見他閣淚汪汪不敢垂。恐怕人知。猛然見了把頭低。長吁氣。推整素羅衣

（么）雖然久後成佳配。奈時間怎不悲啼。意似癡。心如醉。昨宵今日。清減了小腰圍（夫人云）小姐把盞者（紅遞酒鶯把盞生長吁科）

（鶯云）請酒

（上小樓）合歡未已。離愁相繼。想着俺前暮私情。昨夜成親。今日別離。我諗知那幾日相思滋味。誰想這別離情更增十倍

（么）年少呵輕遠別。情薄呵易棄擲。全不想腿兒相壓。

臉兒相偎手兒相攜你與俺崔相國做女壻妻榮夫貴但得一箇並頭蓮煞强如狀元及第（紅云）姐姐你不曾喫早飯飲一口兒湯水（鶯云）紅娘呵甚麽湯水嚥的下去也

（滿庭芳）供食太急須臾對面頃刻別離若不是酒席間子母每當迴避有心待與他舉案齊眉雖然是廝守得一時半刻也合着俺夫妻每共卓而食眼底空留意尋思起就裡險化做望夫石（夫人云）紅娘把盞者（紅把酒科鶯唱）

（快活三）將來的酒共食嘗着似土和泥假若便是土和泥也有些土氣息泥滋味

（朝天子）暖溶溶玉醅白冷冷似水多半是相思淚眼

面前茶飯。怕不待要喫。恨塞滿愁腸胃。蝸角虛名。蠅
頭微利。拆鴛鴦在兩下裡。一箇這壁。一箇那壁。一遞
一聲長吁氣（夫人云）輛起車兒。俺先回去。小姐和紅娘隨後來（生拜辭科本云）此一行別無
話說。貧僧准備買登科錄看。拱候先生榮歸。做親的茶飯。少不得貧僧的。先生在意。鞍馬上保重者。從今
經懺無心禮。專聽春雷第一聲（夫本下）（鶯唱）
【四邊靜】霎時間杯盤狼籍。車兒投東。馬兒向西。兩意
徘徊。落日山橫翠。知他今宵宿在那裡。有夢也難尋
覓（鶯云）先生此行。得官不得官。疾便回來者（生云）小生這一去。白奪一箇狀元。正是青雲有路終須到。
金榜無名誓不歸（鶯云）君行別無所贈。口占一絕。為君送行。棄置今何道。當時且自親。還將舊來意。憐取
眼前人（生云）小姐之意差矣。張珙更敢憐誰。謹賡一絕。以剖寸心。人生長遠別。孰與最關親。不遇知音者。

誰憐長歎人（鶯唱）

（耍孩兒）淋漓襟袖啼紅淚比司馬青衫更濕伯勞東去燕西飛未登程先問歸期雖然眼底人千里且盡尊前酒一杯未飲心先醉眼中流血心內成灰

（五煞）到京師服水土趁程途節飲食順時自保揣身體荒村雨露宜眠早野店風霜要起遲鞍馬秋風裏最難調護最要扶持

（四煞）這憂愁訴與誰相思只自知老天不管人憔悴淚添九曲黃河溢恨壓三峯華嶽低到晚來悶把西樓倚見了些夕陽古道衰柳長隄

（三煞）笑吟吟一處來。哭啼啼獨自歸。歸家若到羅幃裡。昨日箇繡衾香暖留春住。今夜箇翠被生寒有夢知。留戀你別無意見。撩鞍上馬。閣不住淚眼愁眉（生云）小姐還有甚言語。囑付小生咱（鶯唱）

（二煞）你休憂文齊福不齊。我則怕你停妻再娶妻。你休要一春魚鴈無消息。我這裡青鸞有信頻須寄。你却休得金榜無名誓不歸。此一節君須記。若見了異鄉花草。再休似此處棲遲（生云）再有誰似小姐的。敢生此念。小姐放心。小生就此拜別。忍淚佯低面。含情半斂眉（鶯云）不知魂已斷。空有夢相隨（生下）（鶯唱）

（一煞）青山隔送行。疎林不做美。淡煙暮靄相遮蔽。夕陽古道無人語。禾黍秋風聽馬嘶。我爲甚麼懶上車兒內。來時甚急。去後何遲。（紅云）老夫人去好一會。俺們只索回去罷（鶯唱）你看

【收尾】四圍山色中。一鞭殘照裏。遍人間煩惱填胸臆。量這些大小車兒如何載得起。（紅云）馬去遠了。姐姐家去（鶯云）渺渺長道。遥遥行遠之（紅云）廻車背京邑。揮手從此辭（並下）

四之四草橋驚夢

（生引琴童上云）離了蒲東早三十里也。兀的前面是草橋店了。宿一宵。明日趕早行。這馬百般的不肯走呵。正是行色一鞭催去馬。羈愁萬斛引新詩（唱）

【雙調】【新水令】望蒲東蕭寺暮雲遮。慘離情半林黃葉。馬遲人意懶。風急雁行斜。離恨重疊。破題兒第一夜。

(生云)想着昨夜受用。誰知今日凄涼
(步步嬌)昨夜箇翠被香濃薰蘭麝欹珊枕把身軀兒
趄臉兒廝揾者仔細端詳可憎的别鋪雲鬢玉梳斜
恰便是半吐初生月(生云)早到也店小二哥那裡(小二上云)官人俺這頭房裡下(生云)琴童接了馬者點上燈我諸般不要喫則要睡些兒(琴云)小人也辛苦待歇息也在牀前打鋪咱(睡科)(生云)今日甚睡得到我眼裡來也
(落梅風)旅館欹單枕秋蛩鳴四野助人愁的是紙窗
兒風裂乍孤眠被兒薄又怯冷清清幾時溫熱(生睡科)(鶯上云)長亭畔别了張生好生放不下老夫人和梅香都睡着了我私奔趕上和他同去(唱)
(喬木查)走荒郊曠野把不住心嬌怯喘吁吁難將兩

氣接疾忙趕上者打草驚蛇
（攪箏琶）他把我心腸搉因此上不避路途睽瞞過俺
能拘管的夫人穩住俺廝齊攢的侍妾想着他臨上
馬痛傷嗟哭得我也似痴呆不是我心邪自別離已
後到日西斜愁得來陡峻瘦後來唓嗻却早寬掩過
翠裙三四摺誰曾經這般磨滅
（錦上花）有限姻緣方纔寧貼無奈功名使人離缺害
不了的情懷却纔較些掉不下的思量如今又也清
霜淨碧波白露下黃葉下下高高道路凹折四野風
來左右亂踅我這裡奔馳他何處困歇鶯做聽科

（清江引）呆答孩店房兒裡没話説悶對如年夜暮雨催寒蛩曉風吹殘月今宵酒醒何處也（鶯云）元來在這箇店兒裡不免敲門（生云）誰敲門哩是一箇女子聲音我且開門看咱這早晚是誰（唱）

（慶宣和）是人呵疾忙快分説是鬼呵合速滅（鶯云）是我老夫人睡了想你去了呵幾時再得見特來和你同去（生唱）聽説罷將香羅袖兒拽却元來是俺姐姐姐姐（生云）難得小姐恁般心勤（唱）

（喬牌兒）你是爲人須爲徹將衣袂不卸繡鞋兒被露水泥沾惹脚心兒敢踏破也（鶯云）我爲你呵顧不得迢遞了（鶯）唧唧了唱

（甜水令）想着你廢寢忘餐香消玉減花開花謝猶自較爭些便枕冷衾寒鳳隻鸞孤月圓雲遮尋思來有

甚傷嗟

【折桂令】想人生最苦是離別。可憐見千里關山。獨自跋涉。似這般割肚牽腸。倒不如義斷恩絕。雖然是一時間花殘月缺。你呵。休猜做瓶墜簪折。不戀豪傑。不羡驕奢。生則同衾。死則同穴。（卒子上云）恰纔見一女子渡河。不知那裡去了。打起火把者。分明見他走在這店中去也。將出來。將出來。（生云）却怎了。（鶯云）你近後。我自開門對他說。（唱）

【水仙子】硬圍着普救寺下鍬擨。强當住咽喉仗劍鉞。賊心腸饞眼腦。天生得劣。（生云）我對他說。休言語。靠後些。（卒云）你是誰家女子。夤夜渡河。（鶯云）你休胡說。杜將軍你知道他是英傑。覷一覷着你爲了醯醬。指一指教你化做骨血。騎着一匹白馬來也（卒子搶鶯下）（生驚覺云）小姐小姐（琴童云）哥哥怎麼（生云）呀原來却是夢裡且將門兒推開看只見一天露氣滿地霜華曉星初上殘月猶明無端燕雀高枝噪一枕鴛鴦夢不成（唱）

（雁兒落）綠依依牆高柳半遮靜悄悄門掩清秋夜疎刺刺林稍落葉風昏慘慘雲際穿窗月

（得勝令）驚覺我的是顫巍巍竹影走龍蛇虛飄飄莊周夢蝴蝶絮叨叨促織兒無休歇韻悠悠砧聲兒不斷絕痛煞煞傷別急煎煎好夢兒應難捨冷清清咨嗟嬌滴滴玉人兒何處也（琴云）天明也咱早行一程兒前面打火去（生云）店小二哥算還你房錢鞴了馬者

（鴛鴦煞）柳絲長咫尺情牽惹水聲幽彷彿人嗚咽斜

十四

月殘燈。半明不滅。唱道是舊恨連綿。新愁鬱結。恨塞愁添滿肺腑。難淘瀉。除紙筆代喉舌。千種相思對誰說

下

小紅娘成好事　老夫人問緣情

短長亭斟別酒　草橋店夢鸞鶯

王實父[illegible]竟

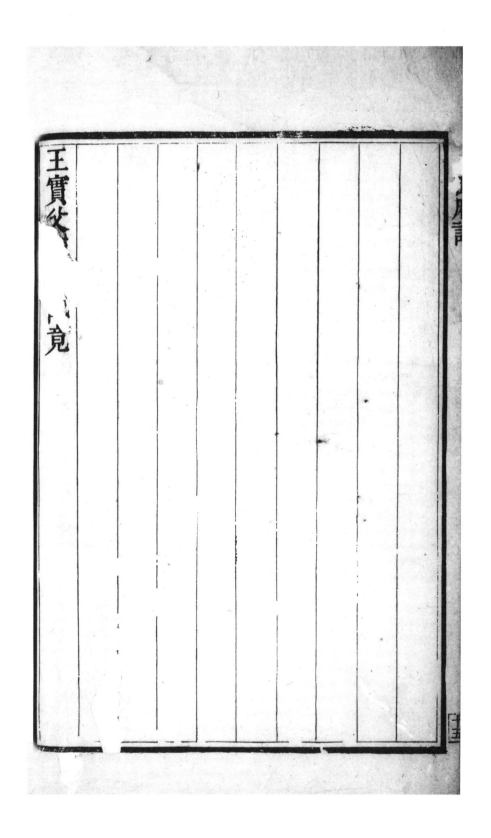

明閔齊伋輯刻會真六幻

附闵刻《西厢记》彩图

［明］闵齐伋 编

下

天津出版传媒集团
天津人民出版社

关汉卿续西厢记

[元]关汉卿 撰

關漢卿續西廂記目次

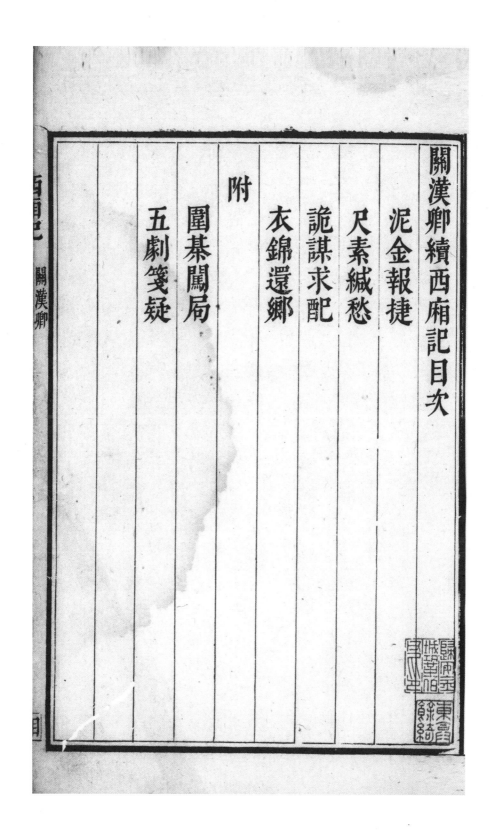

關漢卿續西廂記

楔子

(生引琴童上云)自暮秋與小姐相別。倏經半載。托賴祖宗之廕。一舉及第。忝中探花郎。如今在客館中。聽候御筆除授。惟恐小姐掛念。且修一封書。先令琴童回去。達知夫人小姐。以安其心。琴童過來。你將文房四寶來。我寫家書一封。與我星夜到河中府去。見小姐時。說官人怕娘子憂憶。特地先着小人將書來報喜。郎忙接了回書來者。這日月好疾也呵(唱)

(仙呂)(賞花時)相見時。紅雨紛紛點綠苔。別離後。黃葉蕭蕭凝暮靄。今日見梅開。恰離了半載 琴童。我囑付你的言語記着 則說道特地寄書來 (下)(琴童云)得了這書。星夜望河中府走一遭(下)

續之一泥金報捷

（鶯紅上云）自張生去京師。不覺半載。杳無音信。這些時神思不快。粧鏡孄擡。腰肢消瘦。茜裙寬褪。好煩惱人也呵（唱）

（商調）（集賢賓）雖離了這眼前悶。却在我心上有。不甫能離了心上。又早在眉頭。忘了依然還又。惡思量無了無休。大都來一寸眉峰。怎當他許多顰皺。新愁近來接着舊愁。廝混了難分新舊。舊愁似太行山隱隱。新愁似天塹水悠悠（紅云）姐姐往常也曾不快。將息便可。不似這一場。淸減得十分利害（鶯唱）

（逍遥樂）曾經消瘦。每遍猶閒。這番最陡（紅云）姐姐心兒悶呵。那裡散心耍咱

何處忘憂。看時節獨上粧樓。手捲珠簾上玉鈎。

空目斷山明水秀。見蒼煙迷樹。衰草連天。野渡橫舟(鶯云)紅娘。我這衣裳。這些時都不似我穿的(紅云)姐姐。正是腰細不勝衣(唱)

(掛金索)裙染榴花。睡損胭脂皺。紐結丁香。掩過芙蓉扣。線脫珍珠。淚濕香羅袖。楊柳眉顰。人比黃花瘦(琴童上云)奉相公言語。特將書來與小姐。恰纔前廳上見了夫人。夫人好生歡喜。着我入來見小姐。早至後堂(咳嗽科紅問云)誰在外廂(見科紅笑云)你幾時來。可知道昨夜燈花爆。今朝喜鵲噪。姐姐正煩惱哩。你自來。和哥哥來(琴云)哥哥得了官也。先着我寄書來(紅云)你則在這裡等着。我對俺姐姐說了呵。你進來(紅笑見鶯科鶯云)這小妮子怎麼(紅云)姐姐喜也。喜也。咱姐夫得了官也(鶯云)這妮子見我悶呵。特故哄我(紅云)琴童在門首。見了夫人了。使他進來見姐姐。說姐夫有書(鶯云)慚愧。我也有盼着他的日頭。喚他入來(琴云)小夫人叩頭(鶯云)琴童。你幾時離京師的(琴云)一月多也。我來時。哥哥去喫遊街棍子去了(鶯云)

這禽獸不省得。狀元喚做誇官遊街三日（琴二云）夫人說的便是。有書在此（鶯接書科唱）

（金菊花）早是我因他去減了風流。不爭你寄得書來。又與我添些證候。說來的話兒不應口。無語低頭書在手。淚凝眸（鶯開書科）

（醋葫蘆）我這裡開時和淚開。他那裡修時和淚修。多管是閣着筆尖兒未寫淚先流。寄來書淚點兒兀自有。我將這新痕把舊痕湮透。正是一重愁翻做了兩重愁（鶯念書科）張珙再拜。奉啟鶯娘芳卿粧次。自暮秋拜違。迨今半載。上賴祖宗之蔭。下托賢妻之德。幸中甲第。即日於招賢館寄跡。以伺御筆除授。惟恐夫人與賢妻憂念。特令琴童奉書馳報。併候興居。小生身遙心邇。恨不得鶼鶼比翼。邛邛並軀。重功名而薄恩愛者。誠有淺見貪饕之罪。他日面會自當請

謝。不備。後成一絕。附奉清照。玉京仙府探花郎。寄語
蒲東窈窕娘。指日拜恩衣晝錦。定須休作倚門粧（鶯
云）慚愧。探花郎
早是第三名也
（么）當日向西廂月底潛。今日呵在瓊林宴上擲。誰承
望跳東牆脚步兒占了鰲頭。怎想道惜花心養成折
桂手。脂粉叢裡包藏着錦繡。從今後。晚粧樓改做了
至公樓（鶯云）你喫飯不曾（琴云）未曾喫（鶯云）紅娘。快
取飯與他喫（琴云）小人就此喫飯。夫人寫書。
哥哥望着回書。至緊至緊（鶯云）紅娘將筆硯來（寫科）
書却寫了。無可表意。只有汗衫一領。裹肚一條。襪兒
一雙。瑤琴一張。玉簪一枝。斑管一枚。琴童你收拾得
好者。紅娘取十兩銀來。與他做盤纏（紅云）姐夫做了
官。豈無這幾件東此。寄與他有甚緣
故（鶯云）你不知道這汗衫兒呵（唱）
（梧葉兒）他若是和衣臥。便是和我一處宿。但貼着他

皮肉不信不想我溫柔（紅云）這裏肚要怎麽長不離了前後守着他左右緊緊的繫在心頭（紅云）這襪兒如何拘管他胡行亂走（紅云）這琴他那裡自有又將去怎麽

後庭花當時五言詩緊趂逐後來七絃琴成配偶他怎肯冷落了詩中意我則怕生疎了絃上手（紅云）玉簪有甚主意我須有箇緣繇他如今功名成就則怕他撇人在腦背後（紅云）斑管要怎的湘江兩岸秋當日娥皇因虞舜愁今日鶯鶯爲君瑞憂這九嶷山下竹共香羅衫袖口

青歌兒都一般啼痕啼痕湮透似這等淚斑淚斑宛然依舊萬古情緣一樣愁涕淚交流怨慕難收對學

士丁寧說緣繇。是必休忘舊（鶯云）這東西收拾好者（琴云）理會得（鶯唱）

【醋葫蘆】你逐宵野店上宿。休將包袱做枕頭。油脂膩展污了恐難酬。倘或水侵雨濕休便扭。我則怕乾時節熨不開摺皺。一樁樁一件件仔細收留

【金菊香】書封鴈足此時修。情繫人心早晚休。長安望來天際頭。倚遍西樓。人不見水空流（琴云）小人拜領回書。即便去也（鶯云）琴童。你去見官人。對他說（琴云）說甚麼（鶯唱）

【浪裡來煞】他那裡為我愁。我這裡因他瘦。臨行時啜賺人的巧舌頭。指歸期約定九月九。不覺的過了小春時候。到如今悔教夫壻覓封侯（琴云）得了回書。星夜回相公話去（下）

續之二尺素緘愁

（生上云）畫虎未成君莫笑。安排牙爪始驚人。小生本是舉過便除。奉聖旨着翰林院編修國史。多住兩月。誰知我的心事。甚麼文章做得成。使琴童遞送佳音。又不見回來。這幾日睡臥不寧。飲食少進。給假在驛亭中將息。早間太醫院醫官來看視下藥去了。我這病盧扁也醫不得。自離小姐。無一日心間也呵（唱）

（中呂）（粉蝶兒）從到京師。思量心旦夕如是。向心頭橫倘着俺那鶯兒。請良醫看診罷。一星星說似本意。待推辭則被他察虛實。不須看視

（醉春風）他道是醫雜證有方術。治相思無藥餌。鶯鶯呵你若是知我害相思。我甘心兒死死。四海無家。一身客寄。半年將至。（琴童上云）我則道哥哥除了官職。元來在驛中抱病。須索回書去咱

（琴童見生科生笑云）琴童。你回來了也

【迎仙客】疑怪這噪花枝靈鵲兒。垂簾幙喜蛛兒。正應着短檠上夜來燈報時（琴云）小夫人有書在此（生接科）若不是斷腸詞。決定是斷腸詩。寫時節多管是淚如絲。既不呵。怎生淚點兒封皮上漬（生讀書科）薄命妾崔氏拜覆才郎君瑞文几。別逾半載。奚啻三秋。思慕之心。未嘗少怠。昔云日近長安遠。妾今始信斯言矣。琴童至。得見翰墨。知君置身青雲。且悉佳況。少慰離人沉思。有君如此。妾復何言。琴童促回。無以達意。聊具瑤琴一張。玉簪一枚。斑管一枝。裹肚一條。汗衫一領。絹襪一雙。物雖微鄙。願君詳納。春風多厲。千萬珍重。珍重千萬。後依來韻敬書一絕。就乞清炤。

欄干倚遍盼才郎。莫戀宸京黃四娘。病裡得書知中甲。窗前覽鏡試新粧（生云）我那風風流流的姐姐。似這等女子。張珙死也死得着了

〔上小樓〕這的是堪爲字史，當爲欵識。有柳骨顏觔，張旭張顛，羲之獻之。此一時，彼一時，佳人才思，俺鶯鶯世間無二。

〔么〕我做經呪般持，符籙般使。高似金章，重似金帛，貴似金貲。這上面若僉箇押字，使箇令史，差箇勾使，則是一張忙不及印赴期的咨示。（生拿汗衫云）休說文章，則看他這鍼黹，人間少有。

〔滿庭芳〕怎不教張生愛你，堪與鍼工出色，女教爲師。幾千般用意鍼鍼是，可索尋思。長共短又没箇樣子，窄和寬想像着腰肢，好共歹無人試。想當初做時，用

煞那小心兒（生云）小姐寄來這幾件東西都有緣故一件件我都猜着了

（白鶴子）這琴他教我閉門學禁指。留意譜聲詩。調養聖賢心。洗蕩巢由耳

（二煞）這玉簪纖長如竹笋。細白似葱枝。溫潤有清香。瑩潔無瑕玼

（三煞）這斑管霜枝曾棲鳳凰時。因甚淚點漬胭脂。當時舜帝慟娥皇。今日淑女思君子

（四煞）這裹肚手中一葉綿。燈下幾回絲。表出腹中愁。果稱心閒事

（五煞）這鞋襪兒鍼腳兒細似蟣子。絹帛兒膩似鵞脂。

既知禮不胡行。願足下當如此

（快活三）冷清清客舍兒。風淅淅。雨絲絲。雨兒零。風兒細。夢回時。多少傷心事

（朝天子）四肢不能動止。急切裡盼不到蒲東寺。小夫人何似。你見時別有甚閒傳示（琴云）着哥哥休忘舊意別繼新姻（生云）小姐。你尚然不知我的心哩我是箇浪子官人。風流學士怎肯去戴殘花折舊枝。自從到此。甚的是閒街市

（賀聖朝）少甚宰相人家。招壻的嬌姿。其間縱有箇人兒似你。那裡取那溫柔。這般才思。鶯鶯意兒。怎不教人夢想眠思（生云）琴童。將這衣裳東西收拾好者

（耍孩兒）書房中傾倒箇藤箱子。向箱子裡面鋪幾張紙。放時節用意取包袱。休教藤刺兒抓住綿絲。高擡在衣架上。怕吹了顏色。亂穰在包袱中。恐錯了摺兒。當如此。須教愛護。勿得因而

（二煞）恰新婚。纔燕爾。爲功名。來到此。長安憶念蒲東寺。昨宵愛春風桃李花開夜。今日愁秋雨梧桐葉落時。愁如是。身遙心邇。坐想行思

（三煞）這天高地厚情。到海枯石爛時。此時作念何時止。直到燭灰眼下纔無淚。蠶老心中却有絲。我不比游蕩輕薄子。捹夫婦的琴瑟。拆鸞鳳的雄雌

（四煞）不聞黃犬音。難傳紅葉詩。驛長不遇梅花使。孤身作客三千里。一日歸心十二時。凭欄視聽江聲浩蕩。看山色參差

（尾）憂則憂我在病中。喜則喜你來到此。投至得引人魂卓氏音書至。險將這害鬼病的相如盼望死

未必臨邛色更殊。文君早已怨相如。暮雲深鎖陽臺路。腸斷崔娘一紙書（下）

續之三　詭謀求配

（鄭恒上云）自家姓鄭。名恒。字伯長。先人拜禮部尚書。不幸早喪。後數年。又喪母。先人在時。曾定下俺姑娘的女孩兒鶯鶯為妻。不想姑夫亡化。鶯鶯孝服未滿。不曾成親。俺姑娘將着這靈櫬。引着鶯鶯。回博陵安葬。為因路阻。不能得去。數月前。寫書來。喚我同扶柩去。因家中無人。來得遲了。我離京師來到河中府。打

聽得因孫飛虎欲擄鶯鶯爲妻。得一箇秀才張君瑞退了賊兵。俺姑娘復許了他。我如今到此。旣有這箇消息。不好去見得。便撞將去呵。也沒意思。這一件事都在紅娘身上。我着人去喚他。則說哥哥從京師來。不敢逕來見姑娘。着紅娘來下處來。有話對姑娘行說去。(紅上云)鄭恒哥哥在下處。不來見夫人。却喚我說話。夫人着我來。看他說甚麽。(見恒云)哥哥萬福。夫人道哥哥來到呵。怎麽不徑到家裡來。(恒云)我有甚麽顏色見姑娘。當日姑夫在時。曾許下這門親事。我今番到這裡。姑夫孝已滿了。特地央及你去夫人行說知。揀一箇吉日良辰。成合了這件事。好和小姐一答裡扶柩去。不爭不成合。一答裡路上難廝見。若說得肯呵。我重重的相謝你。(紅云)這一節話。再也休題。鶯鶯已與了張生也。(恒云)道不得箇一馬不跨雙鞍。可怎生父在時曾許下我。父喪之後。母却悔親。這箇道理那裡有。(紅云)却非如此說。當日孫飛虎將半萬人馬來時。哥哥你在那裡。若不是那生呵。那裡得俺一家兒來。今日太平無事。却來爭親。倘被賊人擄去呵。你往那裡爭去。(恒云)與了一箇富家。也不枉了。却與了這箇窮酸餓醋。偏我不如他。我仁者能仁。身裡

出身的根脚。又是親上的親。况兼他父命（紅云）他倒不如你。噤聲（唱）

（越調）（鬭鵪鶉）賣弄你仁者能仁。倚仗你身裡出身至如你官上加官。也不教你親上做親。又不曾執羔鴈邀媒。獻幣帛謝肯。恰洗了塵。便待要過門。枉腌了他金屋銀屏。枉污了他錦衾繡裀

（紫花兒序）枉蠢了他梳雲掠月。枉羞了他惜玉憐香。枉村了他殢雨尤雲。當日三才始判。二儀初分。乾坤。清者爲乾。濁者爲坤。人在中間相混。君瑞是君子清貧。鄭恒是小人濁民（恒云）賊來他怎的退得。都是胡說（紅云）我說與你聽咱

（天淨紗）把河橋飛虎將軍。叛蒲東擄掠人民。半萬賊

屯合寺門。手橫着霜刃。高叫道要鶯鶯做壓寨夫人
（恒云）半萬賊。他一箇人濟甚麽事（紅云）賊圍甚迫。夫人慌了。和長老商議。拍手高叫。兩廊不問僧俗。如退得賊兵的。便將鶯鶯與他爲妻。時有遊客張生。應聲而言。我有退兵之策。何不問我。夫人大喜。就問其計安在。那生道。我有故人白馬將軍。見統十萬大兵。鎮守蒲關。我修書一封。着人寄去。必來救我。果然書至兵來。其困卽解

（小桃紅）雒陽才子善屬文。火急修書信。白馬將軍到時分。滅了煙塵。夫人小姐都心順。則爲他威而不猛。言而有信。因此上不敢慢於人（恒云）我自來未甞聞其名。知他會也不會。你這箇小妮子。賣弄他偌多（紅唱）

（金蕉葉）他憑着講性理。齊論魯論。作詞賦韓文柳文。

他識道理爲人敬人俺家裡有信行知恩報恩(恒云)我便怎麽不如他(紅唱)

(調笑令)你直一分他直百十分螢火焉能比月輪高低遠近都休論我拆白道字辯與你箇清渾(恒云)這妮子省得甚麽拆白道字你拆與我聽(紅唱)君瑞是箇肖字這壁着箇立人你是箇寸木馬戶尸巾(恒云)寸木馬戶尸巾你道我是箇村驢屌我祖代是相國之門到不如那箇白衣窮士(紅唱)

(禿廝兒)他憑着師友君子務本你倚着父兄仗勢欺人他虀鹽日月不嫌貧治百姓新民傳聞

(聖藥王)這廝喬議論有向順你道是官人則合做官

人信口噴不本分你道窮民到老是窮民却不道將相出寒門（恒云）這樁事都是那法本禿驢弟子孩兒我明日慢慢的和他說話（紅唱）

（麻郎兒）他出家兒慈悲爲本方便爲門橫死眼不識好人招禍口不知方寸（恒云）這是姑夫的遺留我揀日牽羊擔酒上門去看姑娘怎麼發落我（紅唱）

（么）訕筋發村使狠甚的是軟款溫存硬打捱強爲眷姻不覩事強諧秦晉（恒云）姑娘若不肯着二三十箇伴當擡上轎子到下處脫了衣裳急趕將來還你箇婆娘（紅唱）

（絡絲娘）你須是鄭相國嫡親舍人須不是孫飛虎家生的莽軍喬嘴臉醃軀老死身分少不得有家難奔

(恒云)兀的那小妮子。眼見得受了招安也。我也不對你說。明日我要娶。我要娶(紅云)不嫁你。不嫁你

【收尾】佳人有意郎君俊。我待不喑來。其實怎忍(恒云)你喑一聲我聽(紅云)你這般頹嘴臉**則好偷韓壽下風頭香。傅何郎左壁廂粉**(恒脫衣科紅下)(恒云)這妮子擬定都和那酸丁演撒。我明日自上門見俺姑娘。則做不知。我則道張生贅在衛尚書家做了女壻。我姑娘最聽是非。他自小又愛我。必有好話。休說別的。則這一套衣服也衝動他。自小京師同住。慣會尋章摘句。姑夫許我成親。誰敢將言相拒。我若放起刁來。且看鶯鶯那去。且將壓善欺良意。權作尤雲殢雨心。(下)(夫人上云)夜來鄭恒至。不來見我。喚紅娘去問親事。據我的心。則是與姪兒的是。況兼相國在時。已許下了。我便是違了先夫的言語。不料這厮每做下來。着我首鼠兩端。輾轉不決。且待鄭恒來見我。再作區處(鄭恒上云)來到也。不索報覆。自入去(見夫人拜夫人哭科夫人云)孩兒既到這裏。怎麼不來見我(恒云)小孩兒有甚面顏。來見姑娘(夫人云)鶯鶯爲孫飛虎一節。等你不來。

無可解危。許張生也(恒云)那箇張生。敢便是中探花的張生。我在京師看榜來。年紀有二十四五歲。雒陽張珙。誇官遊街三日。第二日。頭踏正來到衛尚書家門首。尚書的小姐十八歲也。結着綵樓在那御街上。則一毬正打着他。我也騎着馬看。險些打着我。他家麤使梅香十餘人。把那張生橫拖倒拽入去。他口叫道。我自有妻。我是崔相國家女壻。那尚書是權豪勢要之家。那裡聽說。則管拖將入去了。他也是出於無奈。那尚書又說道。我奉聖旨招女壻。聞說那崔小姐是先姦後娶的。法合離異。今且着他爲次妻。因此鬧動京師。故認得他是張生(夫人怒云)我道這秀才不中擡舉。今日果然負了俺家。俺相國之家。世無與人做次妻之理。既然張生奉聖旨要了妻。孩兒。你揀箇吉日良辰。依着姑夫的言語。依舊來我家做女壻者。(恒云)倘或張生有言語呵。怎生(夫人云)放心。有我哩(下)(恒喜云)中了我的計策了。准備筵席茶禮花紅。尅日過門者(下)(本上云)老僧昨日買登科錄看來。張先生果然高第。除授河中府尹。誰想夫人沒王張。又許了鄭恒親事。老夫人不肯去接。我將着餚饌。直至十里長亭接官走一遭(下)(杜將軍上云)奉聖旨。着小官主兵蒲關。提調河中府事。上馬管軍。下馬管民。且喜君瑞兄弟一舉得第。正授河中府尹。不曾遠迎。如今在崔老夫人宅裡下。擬定乘此機會成親。小官牽羊擔酒。直至其宅。一來慶賀登第。二來就主親事。與兄弟成此佳配。左右那裡。將馬來到河中府走一遭（下）

續之四　衣錦還鄉

（生上云）下官奉聖旨。正授河中府尹。今日衣錦還鄉小姐金冠霞帔都將着。若見呵。雙手索送過去。誰想有今日也。文章舊冠乾坤內。姓字新聞日月邊（唱）

（雙調）（新水令）一鞭驕馬出皇都。暢風流玉堂人物。今朝三品職。昨日一寒儒。御筆親除。將名姓翰林注

（駐馬聽）張珙如愚。酬志了三尺龍泉萬卷書。鶯鶯有福。穩受了五花官誥七香車。身榮難忘借僧居。愁來

猶記題詩處從應舉夢魂兒不離了蒲東路(生云)接了馬者(見夫人科)新任河中府尹壻張珙參見(夫人云)休拜你是奉聖旨女壻我怎消受你拜(生唱)

(喬牌兒)我謹躬身問起居夫人這慈色爲誰怒我則見丫鬟使數都廝覷莫不我身邊有甚事故(生云)小生去時夫人親自餞行喜不自勝今日中選得官夫人反行不悅何也(夫人云)你如今那裡想着俺家道不得箇靡不有初鮮克有終我一箇女孩兒雖然粧殘貌陋他父爲前朝相國若非賊來足下甚氣力到得俺家今日一旦置之度外却於衞尚書家作贅其理安在(生云)夫人聽誰說來若有此事天不蓋地不載(唱)

(鴈兒落)若說着絲鞭士女圖端的是塞滿章臺路小生向此間懷舊恩怎別處尋新配

(得勝令)豈不聞君子斷其初我怎肯忘了有恩處那

一箇賊畜生行嫉妬。走將來夫人行廝間阻。不能勾嬌妹。早共晚施心數。說來的無徒。遲和疾上木驢（夫人云）是鄭恒說來。繡毬兒打着馬。已做了衞尚書女壻也。你不信阿。喚紅娘來問（紅上云）我巴不得見他。元來得官回來。慚愧。這是非對着也（生背問云）紅娘。小姐好麼（紅云）爲你別做了女壻。俺小姐依舊嫁了鄭恒也（生驚云）有這般蹺蹊事（唱）

慶東原那裡有糞堆上長連枝樹。淤泥中生比目魚。不明白展污了姻緣簿。（鶯鶯呵）你嫁箇油煠猢猻的丈夫（紅娘呵）你伏侍箇煙薰猫兒的姐夫（張生呵）你撞着箇水浸老鼠的姨夫。這廝壞了風俗。傷了時務（紅唱）

喬木查妾前來拜覆。省可裡心頭怒。間別來安樂否。

你那新夫人何處居。比俺姐姐是何如（生云）連你也葫蘆提了。小生爲小姐受過的苦。諸人不知。瞞不得你（唱）

（攪箏琶）小生若求了媳婦。則目下便身殂。怎肯忘得待月廻廊。撇下吹簫伴侶。受了些活地獄。下了些死工夫。不甫能得做妻夫。現將着夫人誥勅。縣君名稱。怎生待歡天喜地。兩隻手兒分付與。刬地倒把人贓誣（紅對夫人云）我道張生不是這般人。則請小姐出來自問他（叫鶯科）姐姐快來問張生。其事便知端的。我不信他直恁般薄情呵（鶯見生科生云）小姐間別無恙（鶯云）先生萬福（紅云）姐姐有的言語。和他說破（鶯長吁科）待說甚麼的是（鶯唱）

（沉醉東風）不見時準備着千言萬語。得相逢。都變做短歎長吁。他急穰穰却纔來。我羞答答怎生覷。將腹中愁恰待申訴。及至相逢。一句也無。剛道箇先生萬福（鶯云）張生。俺家何負足下。足下見棄妾身。去衞尚書家爲壻。此理安在（生云）誰說來（鶯云）鄭恒在夫人行說來（生云）小姐如何聽這廝。張珙之心。惟天可表（唱）

（落梅風）從離了蒲東郡。來到京兆府。見箇佳人是不曾回顧。硬揣箇衞尚書家女孩兒。爲了眷屬。曾見他影兒的。也教滅門絶戶（生云）這一椿事。都在紅娘身上。我則將言語傍着他。看他說甚麽。紅娘。我問人來。說道你與小姐將簡帖兒去與鄭恒來（紅云）癡人。我不合與你作成。你便看得一般易了（唱）

（甜水令）君瑞先生。不索躊躇。何須憂慮。那廝本意糊

奚俺家世清白祖宗賢良相國名譽我怎肯他跟前寄簡傳書

(折桂令)那喫敲才怕不口裡嚼蛆那廝數黑論黃惡紫奪朱俺姐姐更做道軟弱囊揣怎嫁那不值錢人樣猳駒你箇俏東君索與鶯花做主怎肯將嫩枝柯折與樵夫那廝本意囂虛將足下虧圖有口難言氣夯破胷脯(紅云)張生你若端的不曾做女壻呵我去夫人跟前一力保你等那廝來你和他對證(紅見夫人云)張生並不曾人家做女壻都是鄭恒說謊等他兩箇對證(夫人云)既然他不曾呵等鄭恒來對證了再做話說(本上云)昨日接張生不遇今在老夫人宅中老僧一逕到夫人那裡慶賀這門親事當初也有老僧來老夫人沒主張聽人言語便待要與鄭恒若與了他今日張生來却怎生(本與生敘寒

溫科本對夫人云夫人。今日却知老僧的是。張先生決不是那一等没行止的秀才他如何敢忘了夫人。況兼杜將軍是盟證。如何悔得他這親事(鶯云)張生此一事。必得杜將軍來。方可(唱)

(鴈兒落)他曾笑孫龐眞下愚。論賈馬非英物。正授着征西元帥府。兼領着陝右河中路

(得勝令)是咱前者護身符。今日有權術。來時節定把先生助。決將賊子誅。他不識親疎。啜賺良人婦。你不辨賢愚無毒不丈夫(夫人云)着小姐臥房裏去者(杜將軍上云)下官離了蒲關。到普救寺慶賀兄弟。就與兄弟成就了這親事(生對杜云)哥哥。小弟托兄虎威得中一舉。今日回來。本待做親有夫人的姪兒鄭恒。來夫人行詭說。小弟在衛尚書家作贅了。夫人怒欲悔親依舊要將鶯鶯與鄭恒。那有此理道不得箇烈女不更二夫(杜云)此事夫人差矣。君瑞也是禮部尚書之子。況兼又得高第。夫人世

不招白衣人。今日反欲罷親與鄭恒。莫非禮上不順

(夫人云)當初夫主在時。曾許了這廝。不想遇此一難。虧張生請將軍來。殺退賊衆。老身不負前言。欲招他爲壻。不想鄭恒說他在衛尚書家做了女壻也。因此上生怒。依舊許了鄭恒(杜云)他是賊心。可知道誹謗老夫人如何便輕信(恒上云)打扮得整整齊齊的。則等做女壻。今日好日頭。牽羊擔酒。過門走一遭(生云)鄭恒你來怎麼(恒云)苦也。聞知大人回。特來賀喜(杜云)這廝你怎麼騙騙人的妻子。行不仁之事。我跟前有甚麼話說。待我奏聞朝廷。誅此賊子(生唱)

(落梅風)你硬撞入桃源路。不言箇誰是主。被東風把你箇蜜蜂見攔住。不信呵去那綠楊影裡聽杜宇。一聲聲道不如歸去(將軍云)那廝若不去呵。祇候拿下者(恒云)不必拿。小人自退親事與張生罷(夫人云)相公息怒。趕出去便罷(恒怒云)罷罷罷。妻子被人要了。有何面目見江東父老。我要這性命怎麼。不如觸樹身死。妻子空爭不到頭。風流自古戀風流。何須苦用千般計。一日無常萬事休(恒倒科)

（夫人云）可憐可憐。俺不曾逼死他。我是他親姑娘。他又無父母。我做主葬了者。（將軍云）請鶯鶯小姐出來。今日做箇慶喜的筵席。着他兩口兒成合了親事者。（鶯紅上生鶯做拜科生唱）

（沽美酒）門迎駟馬車。戶列八椒圖。四德三從宰相女。平生願足。托賴着衆親故。（衆唱）

（太平令）若不是大恩人拔刀相助。怎能勾好夫妻似水如魚。好意也當時題目。正酬了今生夫婦。自古相女配夫。新狀元花生滿路。（生唱）

（錦上花）四海無虞。皆稱臣庶。諸國來朝。萬歲山呼。行邁義軒。德過舜禹。聖策神機。仁文義武。朝中宰相賢。天下庶民富。萬里河清。五穀成熟。戶戶安居。處處樂

土鳳凰來儀麒麟屢出（生鶯唱）

清江引謝當今盛明唐聖主勑賜爲夫婦永老無別離萬古長完聚願普天下有情的都成了眷屬

隨尾則因月底聯詩句成就了怨女曠夫顯得有志的狀元能無緣的鄭恒苦

小琴童傳捷報　崔鶯鶯寄汗衫

鄭伯長干捨命　張君瑞慶團圓

關漢卿續西廂記竟

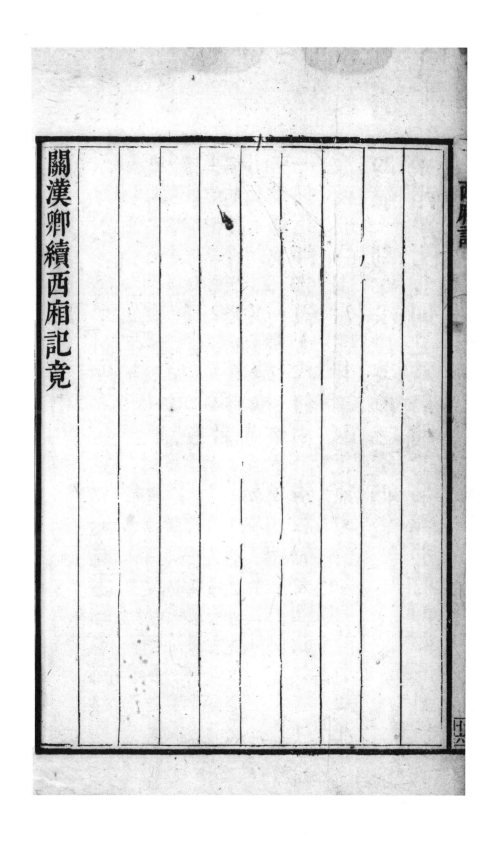

圍棊闖局

元晚進王生名未詳

（旦扮鶯引旦倈扮紅上旦云）自從寺中見了那秀才。便有些心中放不下。況兼昨夜妾身焚香拜月之時。他到牆角邊吟詩。我也依着他韻脚兒和了一首。我想着那秀才詩意。好生關妾之情。使我繡房中身心俱倦。倦繡無心正無奈。月明花落又黃昏（紅云）銀燭熖乾雙淚眼。閨房空鎖惜春心。小姐且停女工。今夜月朗風清。雲收雨霽。後園景物撩人。佳期難再。何不一觀。少舒倦怠也呵（唱）

（一枝花）浮雲斂太虛。好雨澄清霽。碧天懸翡翠。明月漾玻璃。昏霧霏霏。百藥飄花氣。可憐今宵能有幾。兀的般一刻千金。説甚麽三從四德。

（梁州第七）我則見燕將慵。鶯將懶。那時節韶光事。便到九分九釐。綠漸肥。紅漸瘦。早晚送春歸。三月三十日。風光五百偏明媚。較之往日。難比今夕。同行隨喜。不是臨逼惜人生虛度芳菲。怕春光頃刻别離。你把官冠芳珠急速收拾。告舌頭玉玎璫架起（潛出房科）數脚踪。金蹀躞輕移。一齊。悄的。出閨房用脱殼金蟬計。老夫人正沈睡。忙裡偷閒耍一會。快活的是便宜（旦云）後園中景物。别是一樣天氣（紅唱）

（隔尾）後園中别是一樣新天氣。妄言方知是與非。月色如銀勝白日。就萬花亭這壁。下數着大棊。誰弱誰强勝負比（旦）對紅奕科（旦云）圍棊之說有道。棊啟於何氏。中間機關勝負攻守之法。必有說焉紅云圍棊之道其來尚矣昔古有丹朱不肖堯設此以訓之其理微妙非智者不能明故局方正象地利也道必神明正直德也子用黑白別陰陽也駢羅布列效天文也四象既陳行之在人盖上有天地之象中有五霸之權下有攻戰之事覽其得失古今畧備古書有云飽食終日無所用心難矣哉不有博奕者乎爲之猶賢乎已

牧羊關自從堯曾置丹朱敎演習黑白着陰偶陽奇造化有億萬千端疆路止三百六十錯綜周天數列布渾天儀千古無窮祕神仙不測機

隔尾採樵爛柯光陰逝嘔血成圖竗算奇死裡逃生箇中意若是諗知這箇就理勝固欣然敗亦喜

牧羊關袖手旁觀易臨輸悔後遲但當局箇箇着迷

守成要顧後瞻前。用戰在征東擊西。未做眼防點破。纔得手便斜飛。門有總關處。棊無兩面持

（罵玉郎）尋思使得心腸碎。宵廢寢。晝忘食。知難見可觀乎勢。局面危拈上難。衝開易

（感皇恩）撞着勍敵。誰肯伏低。用機謀。相數算。廝騙欺。逢生勿擊。遇劫先提。滿盤羸。一着錯。便差池

（採茶歌）得便宜。便收拾。成功一路是强的。十九縱横白與黑。多人迷悞少人知（末上云）前者向西廂下稱詩。分明典合。奈何侍妾紅娘。不全其美。小生未遂所願。今夜雨收雲霽。月白風清。未免再到西廂一行（旦對紅奕末云）聽有棊聲。此是鶯鶯小姐與紅娘月下下棊。不免悄悄的踰牆。走到棊邊看數着若何。我且過去看咱（做踰牆科旦紅

（鶯科）（紅唱）

（黃鍾尾）柳陰中響擦似有人行立花梢上驚起鳥數飛聽沉來多一會二更過萬籟息露華濃晚風細靜巉巉玉漏滴聽西廂響撲地見一人到跟底紗帽明白襴繫這生面頰相識記前回那一日蕭寺中見來的這秀才甚通濟序寒溫道名諱姓挽弓字君瑞飽詩書擔才藝入科場必及第步蟾宮郎攀桂占鰲頭定第一（旦云）紅娘你怎得知是他（紅唱）你問咱怎見得偌高低省氣力粉牆東滴流撲剪過牆西演習那龍門慣跳腿（紅對）（旦云）這秀才跳過牆近前來也若夫人知道好生不便倒不如回去咱（旦紅下）（末云）小姐去了小生昨夜

牆角兒吟詩。今夜踰牆看棊。明月之下。他分明見我近前來。並無嗔責之心。其情不覺自熟矣。我回到書房中。且捱過今宵。明日到道場中。若見小姐。十分下工夫飽看一會。其中我臨事別有機變

前四爲王實父。後一爲關漢卿。太和正音譜明載。王弇洲徐士範諸公已有論矣。乃元人詠西廂詞有云。董解元古詞章。關漢卿新腔韻。參訂西廂的本。晚進王生多議論。把圍棊增。豈實父之後。又出一晚進王耶。抑其人意在左關右王而爲是也。耳食者因此便有關前王續之說。然圍棊之詞板直淡澀。不唯遠遜實父。亦大不逮漢卿。其爲另一晚進無疑。姑附諸此。用博詞家彈射

五劇箋疑

湖上閔遇五戲墨

楔子 元曲每本止四折其有餘情難入四折者另爲楔子止一二小令非長套也楔音屑墊卓小木謂之楔木器筍鬆而以木砧之亦謂之楔吳音讀如撒

夫人鶯紅歡郎上 舊本相沿稱謂各異有外扮老夫人旦倈扮紅娘正旦扮鶯鶯正末扮張生者有生旦丑淨老旦末外者有狚孤靚鴇捷譏引戲者有如上云者家誇善本戶信眞傳亦安所適從哉既非經世之典何煩議禮之訟意者取其長而已矣記中異同悉從此例 **鍼黹** 鍼古針字黹音指晉人呼縫衣爲黹今俗作指 **祿** 音慮北音無入聲凡入聲字俱叶入平上去三聲此風土相沿非也 **梵王宮** 梵梵唄也誦經聲佛爲空王又曰法王亦曰仁王故佛寺爲梵王宮 **摶** 去聲 **血** 上聲 **杜鵑** 鳥名一名杜宇又名子規啼聲哀痛口至流血 **么** 北詞第二曲謂之么猶南詞云前腔

也、或作么篇、**值**本音稚、去聲字也、並無入音、然俗有讀作直者、徐文長云、借叶去聲、豈亦未能免俗耶、**蕭寺**南朝齊梁皆蕭姓、好造佛寺、因名焉、**花落**音僗、**脚**音皎、

一之一佛殿奇逢一作第一折、一作第一套、一作第一齣、一無佛殿奇逢字、

蓬轉陳長方步里客談云、古人多用轉蓬、竟不知為何物、外祖林公使遼、見蓬花枝葉相屬、團欒在地、遇風即轉、問之、云轉蓬也、轉、去聲、**望眼連天**一作醉眼、**日近長安遠**晉明帝幼聰敏、元帝愛之、長安使來、元帝問曰、日與長安孰近、對曰、長安近、不聞人從日邊來、明日宴羣臣、又問之、對曰、日近、帝失色曰、舉頭見日、不見長安、帝益奇之、日、去聲、**蠹魚般似**或無般字、**出**上聲、

鐵硯桑維翰讀書不第、人或勸其改業、維翰鑄鐵硯示之、曰、硯穿則易他業、卒進士及第、鐵、上聲、**投至得**巴得到也、得、上聲、**鵬程九萬**莊子、鵬之徒於南溟也、水激三千里、摶扶搖而上者九萬里、**雪窻**孫康家貧無油、映雪讀書、後至御史大夫、窻一作窓、於韻不協、雪、上聲、**螢**

火車胤家貧無油、夏月囊螢讀書、火、一作窻**俗人之俗**去聲、**雕蟲篆刻**或問楊雄曰、吾子少而好賦、曰、然、童子雕蟲篆刻、俄而曰、壯夫不爲也、**九曲風濤何處顯**顯或作險、曲、上聲、**則除是此地偏**一本無則除是三字、**拍**上聲、**竹**上聲、**北百**俱上聲、**却便似弩箭乍離弦**一本無却便似三字、却、上聲、**只疑是銀河落九天**陳江總詩、織女今夕渡銀河、當見清秋停玉梭、言天河也、孫子、善攻者動於九天之上、此但形容其高、俗本引東西南北中央等、無謂、只、音子、一本無只字、**淵泉雲外懸**一本淵泉作高源、**梁園**西京雜記、漢梁孝王好士、有兔園相如枚生等悉延居其中、萬頃田不可解、多士不可以無食耶、**浮槎**博物志、張騫居海上、每年八月、見浮槎從水漂來、遂具衣糧乘之、到一處見城郭屋宇、婦人織機、丈夫牽牛飲、問曰、此是何處、曰、君至蜀、可訪嚴君平、張還如其言、君平曰、某年月日有客星犯牛渚、即張騫到天河時也、及得石歸、君平曰、此織女支機石也、**節節高**王伯良本作村裡迓鼓、云節節高、係黃鍾宮曲、字句亦稍不同**佛**平聲**早來到下方僧院**一本無早字、**把迴廊繞遍**把、或作將**塔**上聲**羅漢**梵語也華言應供、亦云殺賊亦云無生、**菩薩**梵語也、具云菩提薩埵、稱菩薩、省文也、華言覺衆生、薩、上聲、**呀正撞着五百年風流業寃**一本無呀字、一本年下有前字、業、去聲、**顛不刺**不刺、北方助語辭、不、音鋪、如怕人、云怕人不刺的、唬人、云唬人不刺的、凡可墊助語處、皆帶此三字、顛者、輕狂也、刺音辣去聲、**可喜娘的臉兒罕曾見**臉、一作龐、**則着人**則、音子、着、音召、**他那裡儘人調戲**一本無他那裡三字、**嚲着香肩**嚲、音朶、一作嚲、**撚**音乃殄切、**兜率宮**阿含經、須彌山半、四萬二千由旬、有四天王天、須彌山頂、爲帝釋天、上一倍爲夜摩天、上爲兜率陀天、蓋三十三天之一也、率、音律、兜率、華言知足、離恨天乃調生之語、本無所出、舊註言在諸天之上者妄也、**翠花鈿**韋固旅次戎城、遇異人何澄撿書、因問曰、何書、曰、天下婚牘、固曰、吾娶潘昉女、可成乎、曰、未也、君婦適三歲、十七入君門、固曰、安在、曰、店北賣菜陳嫗之女、固見抱三歲女、咂刺損眉間、後十四年、王泰以女妻之、容貌端麗、眉貼花鈿、逼問之、曰、幼時爲賊所損、痕尚在、宋城宰聞之、名其店曰、此定婚店也、

湎靦 上音免、下音腆、俗本以靦爲免音、而杜造一覥字於下、讀爲腆字、或作腼腆、

玉粳 齒也、曲江池劇云、玉粳牙、休兒上野狐涎、玉、去聲、

臼 音排

半餉却方言 餉他本俱作晌、查字書無晌字、却上聲、或作恰、

恰便似嚦嚦鶯聲花外囀 一本無便字、一本無恰便似三字、恰上聲、嚦去聲、

行一步可人憐 憐愛也、可猶言恰恰也、生公虎丘講經、宋文帝大會沙門、親御地筵、食至良久、衆疑過中、以僧律日過中即不食也、帝曰、始可中耳、生公曰、白日麗天、天言可中、何得非中、即舉箸食、劉禹錫詩曰、一輪明月可中庭、皆言恰恰正好、此云不但容貌聲音色色堪愛、便走一步兒也可可爲人憐愛也、下四句正是可人憐處、一、上聲、

怎顯得步香塵底樣兒淺 得、一作這、石崇以沈香末布于席上、令姬妾行、無跡者、賜珠百顆、有跡者、節其

飲食、令體輕、閨中相戲曰、若非細骨輕軀、那得百顆珍珠角音徽慢俄延一本上有見他二字、似神仙歸洞天一本無似字、空餘下楊柳煙只聞得鳥雀喧一本無下字得字、門掩着梨花深院着、一作了、恨天天不與人方便天天連唱勿斷、一本人下有行字、好着我難消遣端的是怎留連或無好着我端的是六字、兀去聲、芙蓉面西京雜記、卓文君臉際長若芙蓉、我道是海南水月觀音院院、俗本作現、現非韻、亦欠工、少風致、我道是、或作我則道空着我透骨髓相思病染空着我、一作怎不敎染、或作纏臨去秋波那一轉一本去下有也字、意惹情牽意、或作恨、花柳爭妍爭妍、一作依然、玉人裴楷儀容端美、時號爲玉人、將一座梵王宫將一座、一作這一所、武陵源桃花源記、晉時武陵人、捕魚谿行、忽逢桃花夾岸、芬芳鮮美、漁人異之、復前行、有小口、彷彿有光、初極小

復行數步、豁然開朗、屋宇阡陌、雞犬相聞、男女耕織、悉如人世、漁者大驚、問所從來、曰、先世避秦之所、

一之二僧寮假館

周方周旋方便埋怨殺你箇法聰和尚一本埋怨上有我枉二字、你、一作一、或無你箇二字、怨殺、或作寃煞、殺、上聲、借與我半間兒客舍僧房一本借與上有你則二字、可憎才不曰可愛而曰可憎、猶曰寃家、愛之極也、反語見意、彀彀勾二字通用、

竊上聲、行雲自古言楚襄王夢與神女遇、以楚辭考之、殊不然、高唐賦云、昔者先王嘗遊高唐、怠而晝寢、夢一婦人曰、妾巫山之女、朝爲行雨、朝朝暮暮、陽臺之下、先王、懷王也、又神女賦云、宋玉賦高唐之事、其夜玉寢、夢與神女遇、是前之夢、懷王也、後之夢、宋玉也、襄王無與焉、從來虛受其名耳、

打當猶言准備、當、去聲、一本打上有兒字、往嘗時一作我往嘗、今日呵一見了有情娘一本今日寡情人一見了有情娘、一本今日多情人一見了有情娘、着小生

心兒裡痒痒一本痒上有早字、一本作呀心兒裡早痒痒、迤逗得腸慌迤逗一作撩撥、得字、或俱作的字、記中得的二字通用、後不贅、我則見頭似雪一本見下有他字、恰便似捏塑來的僧伽像恰便似、一作却是、一作却便似僧伽耶、西竺祖師也、然梵語謂僧總曰僧伽、華言衆也、今但云僧者亦省文、捏上聲、寄居咸陽一本居下有在字、平生正直直、去聲、俺先人甚的是一本無俺先人三字、并無前本云老相公在時敢也是渾俗和光十四字、小生無意去求官有心待聽講一本無去字、一本無去待二字、量着窮秀才人情則是紙半張一本量着作則那、無則是二字、又沒甚七青八黃儘着你說短論長一任待掂斤播兩又沒甚、一本作怎强如、沒、上聲、宣和格古云、金成色七青八黃、九紫十赤、七、上聲、儘着你、或作儘敎咱說、上聲、論、平聲、一任待、或作他則待、掂字字書不載、俗讀如顛、你若有主

張你、一作您、有主張、一作把小張、**我將你衆和尚死生難忘**我將你、一作把您、忘、去聲、**香積廚**維摩詰經、上方有國、號香積、以鉢盛滿香飯、悉飽衆會、故今僧舍廚名香積、**枯木堂**木、去聲、**遠着南軒離着東牆靠着西廂近主廊**一本遠着上有怎生二字、遠、一作離、離、一作遠、靠、一作近、近、一作靠、離、去聲、着、平聲、**你是必休題着長老方丈**你是必、一作再、無着字、毘耶城有維摩居士石室、以手板縱橫量之、有十笏、故曰方丈、**全沒那**沒那、一作不見、**可喜娘的龐兒**一無的字、**胡伶淥老**胡伶、卽鶻鴒、徐文長本作鶻⿰粦鳥、鶻鳥眼最伶俐、董詞有這一雙鶻鴒眼淥老、調侃云眼也、或作睩老、只是讚紅娘好雙乖眼、方言有音無字、不妨通用、正不必拘泥也、淥、音慮、**眼挫裡抹張郎**抹、上聲、塗抹也、亂曰塗、長曰抹、謂作一長圈也、楊億在翰林日、草制爲宰相勾抹、如鞋底樣、楊不平之、因就鈌處補足、書其上曰、舊業楊家鞋底、是也、今人以布轉卓亦曰抹、謂紅娘偷睛在張郎身上抹一轉也、

第二

若共他多情小姐一本情下有的字、**怎捨得他疊被鋪牀**怎捨得他、一作怎敎他、疊、上聲、**我親自寫與從良**一作我獨自寫與箇從良、古法、放出奴婢等齊民爲從良、**莫不是演撒你箇老潔郎**一作莫不演撒上老潔郎、演撒有也、潔郎、僧也、俱敎坊市語、撒、上聲、**旣不沙却怎睃趁着你頭上放毫光打扮的特來晃**沙、襯語、猶南曲呵字、一本作旣不呵、睃趁顯毫光、打扮着特來晃、睃、音梭、邪視曰睃趁、放毫光、嘲其禿也、**好模好樣忒莽撞**忒、平聲、一作好模好樣也、待莽撞、**怎麽耶**一作則麽耶、是不必煩惱之意、或以爲僧名、不知何據、**唐三藏**玄奘法師陳氏、洛陽緱氏縣人、往天竺取經六百餘部、經一藏、律一藏、論一藏、故號三藏、然後稱三藏法師者多矣、謂其能通經律論也、**偌大一箇宅堂**一作偌大箇宅司、偌、音惹平聲、宅音柴、**可怎生別沒箇兒郎使梅香來說勾當**一本無可字別字、使、一作敎、一作使得、別、

上聲硬抵着頭皮撞一本皮下有兒字、撞、一作強、重上韻、湯他一湯湯如字、一
作去聲、猶俗言擦着之意、元詞多用之、或作探湯義未是、一本作蕩、紅怒云噫噫音隘、不可作
平聲、見韻書、比及你心兒裡比及、一作早知、一無裡字、待颩下敎人怎
颩猶俗語要丟丟不開也、赤緊的情沾了肺腑意惹了肝腸赤緊、
打緊之意、赤、上聲、一本無二了字、惹、一作染、巫山巫山縣在夔州府、此言高唐神女難追也、非謂
其高、舊注誤、隔上聲、業身軀一本上有我這二字、本待要安排心事傳
幽客本、一作恰、幽、一作遊客、上聲、我則怕一作只恐怕、言鶯怕也、亦是一解、蝶去聲、
性兒剛兒、今本俱作氣、此依舊本、何郎粉魏何晏美姿容、面至白、文帝疑其傳粉、夏月令
食湯餅、汗出、以巾拭之而愈白、韓壽香晉賈充爲相、每宴賓僚、充女輒於青瑣中窺見韓壽而悅
之、形於夢寐、使婢通其意、壽聞而心動、女令夕入與通、時西域貢異香、着人經月不散、韓壽燕處甚馥郁、

充計武帝唯賜巳、疑女與壽私、詰左右、以狀對、充祕之、竟以女妻焉、**纔倒是**一作、終則是**小生豈妄想郎才女貌合相訪**豈、一作空、訪、尋訪、合、合該也、言如此女貌正合訪配才郎也、俗本作彷、義悖、合、上聲、**休直待眉兒淡了思張敞**休、一作您、思、一作尋、張敞爲京兆尹、爲婦畫眉、長安中傳張京兆眉嫵、有司以奏、上問之、敞對曰、閨房之內、夫婦之私、有過於畫眉者、上愛其能、弗責也、**阮郎**漢永平中、剡縣有劉晨阮肇、入天台山採藥、迷路、糧盡、望見山頭有桃、共取食之、下山飲於澗水、忽見蔓草從山後出、次一杯流至、中有胡麻飯屑、山羊脯、食之甚美、相謂曰、去人不遠矣、過一水、又過一山、見二女容貌絕美、便呼劉阮姓名、郎君來何晚也、因邀至家、設旨酒、數仙持三五桃來慶女壻、各出樂器歌調爲樂、日暮、盡夫婦之禮、天氣和暖、長如二三月、百鳥和鳴、久之、求歸甚切、女曰、罪根未滅、使君等如此、更喚諸女仙作樂以送、劉阮出洞口、還歸、驗得七代子孫、傳聞上祖入山不出、二公欲返於女家、不復得路矣、至晉太康八年、失二公所在、**粉香膩玉搓咽**

項言似粉香膩玉、揑成一箇咽項也、或作搽胭項、誤、項、一作晃、**金蓮**齊東昏用金為蓮花貼地、令潘妃行其上、曰、此步步生蓮花也、**玉筍**唐張祜客淮南日暮赴宴、杜紫微為中書舍人南坐、有妓女無繇見其手、故索骰子賭酒、妓以袖包手而拈骰子、竟不得見、紫微詩曰、骰子巡巡裏手拈、無繇得見玉纖纖、但應報道金釵墜、彷彿還應露指尖、**其實是強**一本無是字、實、平聲、**你掉下**掉、一作撇、**我拾得**拾、平聲、一本作我捨得、**睡不着**着、去聲、**花解語**太液池開千葉蓮、帝與妃子共賞、謂左右曰、何似我解語花也、解、去聲、**玉有香**唐肅宗賜李輔國玉辟邪、香、各長一尺五寸、奇巧非人間所有、其香可聞數百步、雖金函玉匱、不能掩其氣、或衣裾誤拂、滌浣數次、亦不消歇、**我則索手抵着牙兒慢慢的想**我則索、一作儘教我、一無的字、

一之三花陰倡和

傻角傻、音洒、徐文長云、輕慧貌、宋人謂風流蘊藉為角、故有角妓之名也、按今中州齊魯之間、以詈

駃者曰儍瓜、乃儍角之遺音也、直是罵詞、絶無風流蘊藉之意、徐解非是、聞諸彼中縉紳云、色上聲、側音子、躡上聲、萬籟風聲爲天籟、木竅爲地籟、笙竽爲人籟、没揣的猶云不意中、見俺可憎一作見俺那可憎、越去聲、甫能見娉婷言纔見也、徐本甫能句、今從之比着那月殿裡嫦娥也不恁般撐羿得不死之藥於西王母、其妻嫦娥竊以奔月、將往、枚筮之於有黃、有黃占之曰吉、翩翩歸妹、獨將西行、逢天晦芒、毋恐毋驚、後且大昌、嫦娥遂託身於月、是爲蟾蜍、撐音崢、方言美也、言嫦娥未必如此撐達、一本無比着那三字、一本無裡字、一無也字、恁般撐、一作您般爭、料應那那、一作來、曲檻凭檻、一作欄、剔團圞剔、上聲、都則是香煙人氣兩般兒氤氳的不分明一本無都字、并兩般兒三字、早是那臉兒上撲堆着可憎一本無那字、撲、上聲、憎、平聲、那更那一作那更你、他把那一作將字、酬和到天明到、一作至、方信

道惺惺的自古惜惺惺元樂府有葫蘆提憐懵懂、惺惺的惜惺惺、欲行欲去
聲、便做道謹依來命便做道、一作不當箇、忽聽一本忽上有我字、一本聽下有
得字、元來是撲刺刺一本無元來是三字、一本刺刺下有的字、空撇下下、一作了、
碧上聲、白日一作向日、再整一作投正、他那裡低低應一無那裡二字、廝
徯倖言幾乎得僥倖成事也、他無緣小生薄命他、一作你、命、一作倖、薄、平聲、
立去聲、有四星四星、調侃下稍也、古人釘秤、每斤處用五星、唯到稍末爲四星、故往往諱言下
稍日四星、兩世姻緣雜劇云、我比卓文君、有上稍沒了四星、是言沒下稍也、今夜雖凄涼矣、却是有下稍
的凄涼、何者、比如他不偢不倸我、亦無可奈何、今隔牆酬和、笑臉相迎、低聲答應、是不但偢倸、而且傳情、
足可卜其有下稍也、或云、四星十分也、古二分半爲一星、眉眼傳情眉眼、一作眼角、燈兒
又不明明、一作滅、窻兒外淅零零一作淅瀝瀝、一零下有的字、一無窻兒外三字

浙、上聲、**忒楞楞**一作忒嘌嘌、一本楞楞下有的字、**枕頭兒上孤另被窩兒裡靜**一無上字裡字、寂、平聲、**你便是鐵石人鐵石人也動情**一無你字、一無重鐵石人三字、**夜闌人靜**闌、一作涼、**嗒兩箇畫堂春自生**一本無嗒兩箇三字、**分明作證**作、一作炤、**闥**平聲、**則去那**一本則去這、

一之四清醮目成

碧琉璃殿瓦、**諷呪**一作唪呪、**檀越**梵語也、華言施主、**法鼓金鐸**法、上聲、鐸、平聲、一作鐃、**惟願存在的人間壽考**一作惟願存人間的壽考、一本考作高、一本的下有敎字、下句同、**曾祖父**朱本父作禰、**焚名香**焚、一作爇、**則願得**一作只願、**犬兒休惡**一本上有崔家的三字、惡、叶豪去聲、**佛囉**一本無二字、**密約**約、音杳、**我則道玉天仙離了碧霄**則、一作只、記中則只通用、後不贅、一本道下有

這字、一本無了字、恰便似檀口點櫻桃恰便似、一作則見他、淡白白、上聲、
櫻桃口楊柳腰白樂天二姬、樊素善歌、小蠻善舞、詩云、櫻桃樊素口、楊柳小蠻腰、妖
嬈苗條一本妖嬈作苗條、苗條作妖嬈法座上也凝眺上、一作下、癡呆僗
呆、字書不載、詞中讀兀上聲、俗讀如孩、僗、勞去聲、北方罵人多帶僗字、如云囚僗饞僗之類、不知何義、癡
一作眞、老的少的少、一作小、稔色稔、音飪、穀熟也、稔色、言美得豐足、他家一作
可意他家、一作可意冤家淚眼偷瞧一作着淚眼兒偷瞧、滴上聲、也難學學、奚交切、
下、才學同、把一箇發慈悲的臉兒來朦着一無一字、一無來字、着平聲、
懊惱一作意惱、貫世才學貫、一作冠、做作作、音早、窻兒外那會鑊
鐸一本窻上有來字、鑊鐸、是方言、彳亍踟躕無聊之意、今吳音亦謂慢行曰鐸、舊解謂爲窻外鈴鐸驚
醒、殊謬、董解元本鬧會詞、有譬如這裡鬧鑊鐸、把似書房睡取一覺、鐸、音刀、到晚來一無來字、

比及睡着及、平聲捱不到曉不、一作得心緒你知道一心上有我字情思我猜着一情上有你字沙彌又哨哨、一作哓、一作跳、奪平聲有心爭似似、一作奈、勞攘了一宵攘、一作嚷玉人歸去得疾一本玉人上有唱道是三字、此是收場語、如四卷曲情已完、則宜用之、此尚有第二本在、未得用此、茲從諸本、疾、精齊切、酩子裡猶云昏黑葫蘆提見惜惺惺註、猶云昏懂懂絡絲娘煞尾此因四折已完、故爲引起下文之詞、以結之、盡而不盡、見有第二本在也、非復扮色人口中語、乃自爲衆伶人打散語、猶演義小說每回說盡、有有分教云云之類、是宋元院本家數、或删去者非矣、閑春院閑、一作閑小紅娘傳好事小、一作俏、

二之一白馬解圍

早是傷神傷神、一作多愁、那值殘春值、一作更、能消幾箇黄昏箇、一

作度**篆煙**香譜近世作香篆其文爲十二辰分百刻然一晝夜乃巳篆一作串**自斷行雲**目去聲**池塘夢曉**謝惠連幼有奇才從兄靈運云每有篇章對惠連輒得佳句嘗於永嘉西堂思詩竟日不就夢見惠連卽得池塘生春草曰此語有神助非吾語也**飛絮雪**謝安石與兒女內集俄而雪驟公欣然曰白雪紛紛何所似兄子胡兒曰撒鹽空中差可擬兄女道韞曰未若柳絮因風起公大笑樂**香消了六朝金粉清減了三楚精神**六朝之文香艷多金碧脂粉之辭屈宋之文清苦多枯槁憔悴之語皆借文辭以喻其瘦損也或云六朝三楚多麗人故云豈別朝別處少麗人耶舊註引貨殖傳孰爲南楚孰爲東楚孰爲西楚尤堪捧腹六音溜壓去聲**錦囊佳句**唐李長吉每出令小奚奴背古錦囊以隨得句卽投其中**登臨又不快****閒行又悶**登臨上一本有我欲待三字登臨下一無又字悶一作困**每日價情思****睡昏昏**一無每日價三字睡一作悶**紅娘呵我則索搭伏定鮻綃**

枕頭兒上眊北夢瑣言、鮫人泉客、織於冰室、賣與人間、昔張建章爲幽州司馬、嘗以府命行渤海、遇水仙遺鮫綃帕云、夏月溽暑、展之滿堂凛然、瑯環記、沈休文夜坐、風開竹扉、一女子攜絡絲具入門、便坐、風飄細雨如絲、女隨風引絡、纔未及跋、得數兩、起贈沈曰、此謂冰絲、贈君造以爲冰紈、忽不見、沈後織成紈、鮮潔明淨、不異於冰、製扇當夏日、甫攜在手、不搖而自涼、一本無上字、伏平聲、一無紅娘呵我四字、搭、一作搨、**則怕俺女孩兒折了氣分**舊解云、猶俗語輸了體面、一云、氣分、猶氣燄也、詳上小梅香二句、似作折了福意、一本無俺字、一本兒下有家字、**往嘗但見一箇外人氲的早嗔但見一箇客人厭的倒褪**一本無二一字、一本上下二句倒、一本但作若、**想着昨夜詩依前韻**一本想昨夜的詩依着前韻、**吟得句兒匀念得字兒眞**一本二句上下倒、**織錦迴文**竇滔爲秦州刺史、被徙流沙、妻蘇若蘭思之、爲織錦迴文以寄、旋轉循環、文意淒切、**東鄰**按司馬相如美人賦云、臣之東鄰、有一女子、恒翹翹而西顧、欲留臣而共止、登垣而望臣、三年於茲矣、**想着文章士**一作風流客、無想着二字、**他臉兒清秀身兒俊**一本無他字、俊、一作韻、**克**上聲、**不䌊人口兒裡作念心兒裡印**不䌊人、一作教人、一無二裡字、**學得來**一作恁的般、**不枉了**一作怎生教、**魂離殼**一作魂離了殼、殼、音巧、**見放着禍滅身**見放着、一作放着箇見、音現、滅、去聲、**將袖梢兒搵滿啼痕**一無將字、滿、一作不任、一作任、**好着我去住無因**一本着作教、一本無好着我三字、**堝兒裡人急偎親**堝兒裡、猶曰這所堝、急偎親、言人方急迫時、更相親傍也、堝、窩同、**奔**去聲、一作逩、**喫緊的先亡過了有福之人**喫、一作赤、一本無過字、**耳邊廂**一無廂字、**那廝每**每、音門、**恰便似**一作似那、**送了他三百僧人**一作送了三百來僧人、**半萬賊兵**一作半萬來賊軍、賊、平聲、**一霎時**一作半會兒、國上聲、更將那那、一作這、則沒那一作那裡也、博望燒屯孔明與夏侯惇戰、計燒於博望坡、夏侯惇軍十萬、敗而還、初出茅廬第一功也、惜上聲、將伽藍火內焚諸僧汚血痕把先靈爲細塵一本無將字把字、一本諸僧衆汚血痕、將伽藍火內焚、先靈爲細塵、前後倒轉、呀一本無呀字、齠齔音條襯、小兒初毀齒也、辱沒了家門沒、一作莫、也須得也、一作你、都做了鶯鶯生忿一本上有母親二字、生忿、與生分同、猶言劣撇也、謂如上獻賊自盡等語、母親疑我使性劣撇、不知我實有難言者、如下云云是也、元詞多用生忿、或用生分、皆是戾氣之意、或云、生忿、忤逆也、禍始於鶯而及於母、故自引爲巳之忤逆、亦得、忿、一作分、母親休愛惜一本無母親二字、殺退賊兵掃蕩妖氛一作掃蕩煙塵、殺退賊軍、結上聲、秦晉兩國世爲婚姻、諸僧伴一作諸僧衆、這生不相識這生、一作他、識、上聲、玉石俱焚尚書、火炎崑岡、玉石俱焚、石、去

聲、**雖然是不關親、**一無然字、**可憐見命在逡巡**一本見下有咱字、

權將秀才來儘一本權將這箇秀才來儘、**出師表文嚇蠻書信**孔明前後出師表、李白醉草嚇蠻書、一本師下蠻下、俱有的字、嚇蠻、一作下燕、嚇、去聲、**張生呵則**

願得筆尖兒橫掃了五千人一本無張生呵三字、則願得、作敢教那、筆、上聲、

楔子

粱皇懺粱武帝后郄氏殂、後數日、帝夢寢殿一大蟒駭曰、朕宮殿嚴密、非爾類可得入也、蟒爲人言曰、吾郄氏之化身也、因在世嫉妬、損物虐人、謫爲蟒、感帝眷愛之厚、故爾現形、願帝憐閔、乞令高僧作大功德、可得超升、帝命志公作懺、選高僧建大齋七晝夜、齋畢、郄復見夢曰、以功德力、脫去蟒身矣、言訖不見、**颩**音丟、義同、**袒下偏衫**一作袒下我這偏衫、一本偏下有紅字、**烏龍尾鋼椽揝**烏龍尾鋼椽、是鐵裹頭棍、北方以把握爲揝、音簪、**知他怎生喚做打參**

一無知他二字、**窩**上聲、**喫**上聲、**炙煿煎燂**煿、音博、燂、音談、或作爁音覽、聲不叶、炙、上聲、

渴上聲、**腌臢**音菴簪、齷惡貌、**浮沙羹寬片粉**一作恁將那浮𤆬羹寬粉片、**休**

調淡淡、一作啖、**從教按**一作雖然是黯按、一作喑、**我將五千人**一本將下有這字、一本我待教五千人、**把青鹽蘸**把、一作旋教、**用嗜那**一作用嗜也、嗜、一作俺、

飛虎將聲名播斗南一本飛虎上、有你道是三字、長史藺仁基謂狄仁傑、北斗以南一人而已、**誠何以堪**誠、一作成、言據鶯鶯若成、何以堪乎、**我經文也不會談**

逃禪也懶去參一作法空我不會談、逃禪我不會參、杜詩、醉中往往愛逃禪、**俗不**

俗俗、平聲、**伽藍**梵語也、華言土地、**有勇無慤**慤、音酣、愚也、癡也、一作憨、**撞**平聲、

俗作跐、**釤**音山、斬去也、**瞅**丑平聲、斜視而瞬曰瞅、**赤力力**赤、上聲、力、去聲、**軸**平聲、

駁駁劣劣駁、上聲、一作剝、劣、去聲、一本駁駁劣劣一枝在後、欺硬怕軟一枝在前、**忑忑**

忐忑忑音忒、忐音吐膽切、俱俗字、恐懼意、並合口音、坊本忐音袒、入寒山韻非、又坊本作忐忑、韻不押、三官經、忐忑、音懇倒、**截**上聲**長居一**猶言每每算我第一、**沒掂三**非鄉語也、調侃不着緊意、**劣性子人皆慘**一作就死也無慽、慘、一作摻、**張解元干將風月擔**一作你箇張解元乾將風月躭、**紕**音批、繒疏也、**借神威**一作助威風、**繡旛開**一作繡旗下、**賞花時**二曲古本無、云是後人增入、

二之二東閣邀賓

片時掃淨淨、一作盡、**舒心的列山靈陳水陸**山靈之物、水陸之珍、是張筵席也、坊本山作仙、以仙靈爲畫、徐本以水陸爲道場、俁矣、舒心、猶甘心情願、**誰承望**一作則那**玳筵開**朱本作帶煙開釋以帶煙早早開閣待客徒以帶煙和月對偶之工而不顧上句之不通也豈東閣在廚竈之間耶**有人溫**人一作誰非**受用些**些、一作足、非是且與三煞重疊

綠音慮、**咳**上聲、**敔朱扉**一作敔朱唇、朱唇字、可以張稱紅、非紅稱張語也、**萬福**宋太祖嘗問趙普、拜禮何以男子跪、婦人不跪、禮官無有知者、王貽孫曰、古詩云、長跪問故夫、即婦人亦跪也、唐武后朝、欲尊婦人、以屈膝爲拜、稱萬福、見孫甫唐書、及張建國渤海圖記、**白襴淨**唐士子俱着白襴袍、**閙黃鞓**樂天詩、貴主冠浮動、親王帶閙裝、薛田詩、九包綰就佳人髻、三閙裝成子弟韉、今京師有閙裝帶、猶雜裝之謂、俗本作傲裝非、鞓、帶韋也、**龐兒俊**俊、一作整、**出聲**一作任聲、**連忙**一作忙忙、**答**平聲、**喏**音惹、**恰便似**一無便字、**和那五臟神**和那一作和他那、一作我和那、開元中有鄭嬰齊者、見五色衣神、曰、吾五臟神也、**兒**音與、**和鶯鶯匹聘**和、一作待共、**文魔秀士**一本文上有哎字、**風欠酸丁**風、風狂、欠、如字、俗音要非、欠酸丁、調侃秀才話、即今諺云欠氣之謂、**耀花人眼睛**一本無花字、**溜**平聲、**螫**音釋、蟲行毒也、本或作蜇、音浙、義同、**煠下七八碗軟蔓青**煠、音閘、蔓、音瞞、陳宋謂之葑、齊魯謂之蕘、關西曰蔓青、趙魏曰大芥、諸葛孔明所止之地、令軍士種之、號諸葛菜、是菜有五美、可以煑食、久居隨以滋長、根充飢、能消食化氣、多食不厭、碗、一作甕、**猶有相兼並**兼、一作肩、並、一作併、**恰早害相思病**恰、一作却、早、一作學、一作單、**打扮得素淨**一無打字、一無得字、**何曾慣經**何、一作可、**你索欸欸輕輕**一本無你字、**閣**上聲、**誰**

無一箇信行或無一箇二字、下句同、**折**平聲、**今宵歡慶**一本今上有若是二字、**軟弱鶯鶯**一作俺那軟弱的鶯鶯、**交鶯頸**司馬相如以琴挑文君曰、鳳兮鳳兮歸故鄉、遨遊四海求其凰、時未遇兮無所將、何期今日升斯堂、有美淑女在此方、適爾從遊愁我腸、何緣交頸與鴛鴦、**端詳了可憎**一無了字、憎、平聲、**好煞人也無乾淨**煞上聲、一本無也字、**莫**去聲、**勿**去聲、**孔雀屏**竇毅仕周爲柱國、有女聰慧、毅曰、此女有奇相、不妄許人、因畫二孔雀于屏、求婚者令射二矢、陰約中目者許之、射者數十皆不合、唐高祖最後射、各中一目、

第二

遂歸于帝、雀上聲、**鳳簫象板**一作鳳上有有字、**新婚燕爾**詩、宴爾新婚、如兄如弟、宴、燕通、樂也、**跨鳳乘鸞**蕭史、秦人、秦穆公以女弄玉妻焉、敎弄玉吹簫作鳳鳴、一日吹簫鳳集、乘之仙去、乘鸞、見二之四廣寒宮下、**休徯倖**言莫作等閒僥倖看也、**舉將的能**一無的字、**兩般兒功效如紅定**一作兩椿兒功效、勝如紅定、納聘之禮、例用紅綃、**胸中百萬兵**宋范仲淹代范雍鎮延安、夏人聞之、相戒曰、毋以延州爲意、今小范老子胸中有數萬甲兵、不比大范老子可欺也、**黃卷**遯齋閒話、古人寫書皆用黃紙以辟蠹、有誤則以雌黃塗之、**梅香**一作紅娘、

二之三杯酒違盟

別上聲、**列**去聲、**篆煙微**篆、一作串、**恰纔向**一作我恰向、一本無向字、**將指尖見**將、一作則將、一作將這、**沒查沒利謊僂科**沒查利、方言無準繩也、古註、僂科、猶

云小輩、宋時謂幹辦者曰僂科、利、徐本作立、徐本没查上有你看這箇四字、科一作儸、聒上聲從

今後兩下裡相思都較可一作今日相思都較可、酬和間一本上有我想這三字、他怕我一本無他字、據着他一作憑着這箇、也消得家緣

過活也消得、一作消得箇活、一作花、連下句、活、平聲、費了甚麽古那便結絲

蘿休波古、波皆北地鄉音助語詞、古那、猶云忽地也、踰牆有猶古自、及董詞中用古字甚多、麽字句、蘿字句、波字句、一本作費了甚一股那句、一本費了甚麽古句、那便結絲蘿句、一本作花費了甚一股、古詩、與君爲婚姻、兔絲附女蘿、張羅元吳昌齡西遊記、有潑毛團怎敢張羅、賣弄他銅筋鐵骨自開合、又元詞有圖甚苦張羅、皆誇張羅列意、慶宣和一本此下三曲、皆作生唱、小脚兒那

我却待目轉秋波却、一作恰、我却待、鶯自謂、一作我只見、是見生也、言但見生目轉動

誰知他正瞧我的脚兒也、亦是一解、那、平聲、空去聲、荊棘列死没騰措支刺

軟兀剌皆方言也、總是謊得木篤、氣得軟攤之貌、不必下解、甚有逐字體認者、以江南耳目、作燕趙訓詁、徒爲識者笑、**誰承望這郎郎世世老婆婆**鶯雖怨母、不應有如此語、是以有作生唱之說、然記中從無生鶯雜唱者、此語出董詞、董詞是旁人不平語、可用很詈、此處用之、不免累却全璧、誰承望、一作誰想這、**藍橋水**尾生與女子期於橋下、女子不來、水渰藍橋、尾生抱柱而死、**赤騰騰點着祆廟火**祆、音軒、蜀志、蜀帝生女、詔陳氏乳養、陳攜幼子居禁中、後十餘年、陳子出、以思公主故疾亟、陳入宮有憂色、公主詢其故、以實對、公主遂託幸祆廟、期與子會、既公主入廟、子沈睡、公主遂解幼時所弄玉環、附之子懷而去、子醒見之、怨氣成火而廟焚矣、祆廟、胡神也、赤騰騰、一作赤鄧鄧、一作不鄧鄧、**比目魚**東方有魚、其名曰鰈、一魚一目、狀似牛脾、細鱗紫黑色、兩片相合、乃可遊行、人呼爲鞋底魚也、**扢搭**即打結也、扢、音蓋、搭、音打、**納合**納、囊亞切、合、叶何、**蛾眉輕蹙**輕、一作顰、蹙、上聲、**無那**是無奈何、**俺可甚相見話偏**

多相見話偏多、是成語、今反言要話不得話也、故云俺可甚、王伯良解作夫人話多、非擷窨擷本
音跌、此去聲、窨上聲、擷窨、鄉語也、琵琶記、終朝擷窨、暢好是烏合烏合易散言初意此會合
而不散、那知渾似烏合也、合平聲、一無是字、液去聲、南柯淳于生夢入大槐安國、爲守二十載、
使者送出穴、遂寤、乃古槐蟻穴、南枝爲南柯郡、濕上聲、斷復難活復、一作然、則被你
一本無、僂儸狡猾也、又斡辦集事之稱、言夫人忘恩悔親、徒落得送了我與張生性命耳、當甚麼
狡猾能事也、一云、花言巧語之意、亦耍字之意、成抛趓言似箇抛閃趓避者、尺上聲、如間
闊間、去聲、闊、上聲、一作似天河、不堪醉顏酡可早嫌玻璃盞大一本
堪、作甚、可作却、大音墮、較可一作覺可、奪音多、黑閣落甜話兒將人和
一本落下有的字、話作句、薄音波、沒頭鵞天鵞羣飛、有頭鵞領之、則其行次整然不亂、如失頭
鵞則亂矣、故以頭鵞比人家之家長、今婚姻大事、冒冒如此、皆因喪父、如沒頭鵞然、撇下句、卽恨父死撇

其亥也、或云、恨生不出一語相爭、如鶩寒挿翅沒頭於毛中、不鳴一聲、**撇**上聲、**下場頭**一作久以後、**那答兒**一作那裡、**恰纔箇**一無箇字、**變做了江州司馬淚痕多**白樂天貶江州司馬、作琵琶行曰、凄凄不似向前聲、滿座聞之皆掩泣、就中淚痕誰最多、江州司馬青衫濕、變、一作都、**難着摸**一作難捉摸、一作難着莫摸、去聲、**謊到天來大**謊到、一作倒謊、一作說謊、大音墮、**當日箇今日箇**一本無此六字、一本無兩箇字、**您箇蕭何**箇、一作做您、尼錦切、你也、**玉容寂寞梨花朶胭脂淺淡櫻桃顆**一本寞下淡下俱有了字、胭脂、一作脂唇、**鄧鄧**一作澄澄、**太行山**今河內縣、山高萬仞、上有九折阪、最爲險絕、一本上有想着他三字、**渴**音可、**顫巍巍**顫、一作嫩、**雙頭花**天寶遺事、沈香亭牡丹盛開、一枝兩頭、朝則深碧、暮則深黃、夜則粉白、晝夜之間、香艷各異、**縷帶**一作壽帶、**剨**哥上聲、**脫**音妥、**刺股**蘇秦讀書欲睡、引錐自刺其股、血流至足、曰、安有說人主、不能出其金玉錦繡取卿相之尊者乎、朞年、揣摩成、曰、此眞可以說當世之君矣、**懸梁**楚孫敬字文寶、嘗閉戶讀書、欲睡、則以繩繫髮、懸于梁上、**築壇拜將**韓信數以策干項羽、羽不能用、歸漢、漢用之不篤、乃亡去、蕭何追返、薦于漢王、以爲大將、王欲召信拜之、何曰、王拜大將如呼小兒、此乃信所以去也、王必欲拜之、擇良日齋戒、設壇場具禮、乃可、王許之、諸將聞築壇、皆喜、人人自以爲得大將、至拜大將乃韓信也、一軍皆驚、

二之四琴心挑引

他做了會二句指昨日開宴時、未命拜兄妹之前、猶是夫妻、故云會、言一霎兒也、一本作箇、**影兒裡**影、一作鏡、**念想**一作空想、一本下有則辦得三字、**相逢**一作相從、**東閣**漢公孫弘六十餘、舉賢良、天子擢爲第一、數年至宰相封侯、於是開東閣以延天下賢士、**則教我**一作可教我、**却不道**一作早是他、**則爲那**一作只因、**月闌**月暈也、**怨**

天公公、一作官、**裴航**裴航遇雲翹夫人、與詩曰、一飮瓊漿百感生、玄霜搗盡見雲英、藍橋便是神仙宅、何必崎嶇上玉京、後過藍橋、渴、茅舍中有一老嫗、揖之求漿、嫗令雲英以一甌漿水飲之、航欲求娶英、嫗曰、得玉杵臼當與、後裴航得玉杵臼、遂娶而仙去、**則似我羅幃數重**則似我、一作這雲似我、我一作嗒、**只恐怕**一無怕字、**闔任了廣寒宮**唐明皇與申天師八月十五夜遊於月宮、有榜曰廣寒清虛之府、見素娥皆乘白鸞、舞於桂樹之下、極寒、不可久留也、此曲是因月闌生出言人間玉容女子、着繡幃深瓊、爲怕人搬弄也、嫦娥在天上、又無裴航遊仙之夢、升騰而犯之、天公何必怕其心動而用月闌以闔任耶、以嫦娥比興、作怨毋拘禁之辭、一本無了字、**金鈎雙鳳**鈎上有鳳、故能敲響、鳳、一作控、**吉**上聲、**夜撞鐘**一本作夜聲鐘、**潛身再聽**一本上有我這裡三字、**在牆角東**一本無角字、**似鐵騎刀鎗冗冗**一本無似字、下句同、**兒女語小窻中喁喁**韓退之聽琴詩曰、昵昵兒女語、恩怨相爾汝、劃然變軒昂、勇士赴敵場、然恩怨相爾汝、無限意味、不止小窗嗎嗎也、歐公謂此詩最奇麗、然自是聽琵琶詩、非聽琴詩、此論亦似太苛、嗎、尼容切、一本語上有私字、一本無語字、**他那裡思不窮、我這裡意已通、**一無他那裡我這裡六字、意已通、作恨轉濃、**曲未終、恨轉濃、**一作他曲未終、我意轉濃、恨轉濃、一作意已通、**伯勞飛燕各西東、**伯勞性好單棲、燕出飛、即兩相背、故燕燕于飛爲別離之比、伯、上聲、一本伯上有爭奈二字、**這的是令他人耳聽、**一本無這的是三字、**芳心自懂、**懂、一作融、**斷腸**一作傷心、**本宮**凡琴操、各官調自爲始終、張先弄一曲、後改鳳求凰、故言這篇與初彈改換不同也、**黃鶴醉翁**江夏郡辛氏賣酒、一先生身雖藍縷、人物魁偉、入坐謂辛曰、有好酒與飲、辛以巨觥遠奉三杯、明日復來、辛不待索又與之、如此半載、辛未嘗怠、一日謂辛曰、多負酒錢無物可酬、遂取黃橘皮、畫一鶴於壁上、每有沽客、拍手歌之、其鶴自下舞、其後四方之士來飲者、皆留金帛以觀鶴舞、十年之間、辛氏巨富、鶴乃飛去、今黃鶴樓存焉、先生者呂仙也、清夜聞鐘、黃鶴醉翁、泣麟悲鳳、皆古琴操名、鶴、去聲、**更長漏永**一本上有都是二字、下句同、**一弄**猶一曲、**這的是俺娘的機變非干妾
身脫空**一作那的是俺娘的機見非干妾的脫空、此詞是鶯聽生言而獨語、非與生言也、一本生白夫人且做忘恩上、有生自云三字、鶯白你差怨了我也上有鶯自云三字、下唱字、作低唱、頗爲得解、
作誦一作作俑、**疎簾風細幽室燈清多則是一層兒紅紙
幾榥兒疎櫺**清櫺非東韻、元曲本調多如此、非誤也、卽用韻者自不少、然非必用、榥、一作棍、
雲山一作巫山、**便做道十二巫峰**道、一作隔、**則見他走將來**一無則見他三字、**摩弄攔縱**摩弄、猶云搏弄、亦制縛之意、攔縱、徐云搓挼也、意紅雖可恨、只得搓挼曲從、不敢譴怒之者、恐在夫人處葬送我耳、一云、因其響喉嚨、故將他攔縱、恐使夫人覺而怒也、**則
恐怕夫人行把我廝葬送**一無怕字、及把我字、**夫人時下有些**

唧噥（些、諸本俱作人、唧噥、作擷掇解、或作多言不中解、每看至此時爲費思、崔門一行家眷、夫人而外、止鶯紅歡三人、鶯紅已在此矣、所謂有人者、豈謂歡郎耶、可笑、項於南都買得一本、乃作些字、且註云、唧噥、不決裂意、及簡舊本、見上有細字云、人或作些、始爲釋然）不着你落空（言這親事到底不脫空、）怎肯着別離了志誠種（怎肯着、一作我則怕、志誠種、指張生也、王伯良謂是鶯自謂、別離、一作心離、）

楔子

俺姐姐（一本無此三字）胭粉消香懶去添（胭、一作脂、消香、一作香消、去、一作欲、）靈犀一點（犀角之根、有一點白理、直通至尖、謂之通天犀、杜紫微題會眞詩、有密約千金値、靈犀一點通、又古曲云、身無彩鳳雙飛翼、心有靈犀一點通、董詞作梅犀、予謂此乃水火既濟之丹、非指坎位宮中之實、易曰、天地絪縕、萬物化醇、絪縕者、靈犀通也、點字勿作點水之點解、）姐姐敢醫

可了病懨懨一本了作這、一本無姐姐二字

三之一錦字傳情

謝張生伸志一作伸致、連讀下書字句、若不是剪草除根半萬賊一作若不剪草除根了那半萬賊、險些兒滅門絕戶俺一家兒一作滅門絕戶了俺一家兒、怎不將婚姻打滅以兄妹爲之一本無將字以字、鶯鶯君瑞以下、俱四字疊句、皆調外襯句也、可有可無、可多可少、亦可以不用韻、直至如今都廢却成親事句、始入本調、糊突了胸中錦繡一本糊上有愁字、李白送仲弟令聞曰、爾兄心肝五臟皆錦繡耶、不然何開口成文也、淚流濕一本濕下有了字、憔悴潘郎鬢有絲潘安仁秋興賦、春秋三十有二、始見二毛、一本悴下有了字、杜韋娘劉禹錫詩浮楦梳頭宫樣妝、春風一曲杜韋娘、帶圍寬減了瘦腰肢俗本帶圍上有一箇二字、徐文長云、鬢絲腰瘦二句、長短錯對、不得添一箇二字、下文六句一箇、方是對、一本寬下有淸字、一本瘦作小、**不待要觀經史**一作無意看經史、一本觀作親、**刪抹成斷腸詩**一無成字、**都一撲害相思**一無都字、**天下樂**徐云、此詞解者盡昧、言別人相思無甚奇異、崔張二人、一箇如此、一箇如彼、其害相思、害得喬撲也、佳人才子、雖是害相思、與庸人不同、故曰信有之、或者有一種有情人、不遂心時、容亦有如此者、但設使我遭着、決沒許多喬撲、只一納頭、準備憔悴死而巳、抹媚方言喬撲也、乖性亦即喬撲意、尼紅言崔張必將巳揷入、否則冷淡無味、一本無方信道三字、一本無倒字、**羅衫上**一本上有你看那三字、**摺絰**摺音折、絰音至、摺從手、或從衣非、**淒涼情緒**情緒、一作活計、**無人伏侍**伏、一作扶、**覷了他澀滯氣色聽了他微弱聲息看了他黃瘦臉兒張生呵你若不悶死多應是害死**一本無覷了他聽了他看了他張生呵你若是等字、**氤氳使**昔朱起慕女妓寵愛，逢一青巾問之，青巾笑曰，世人陰陽之契，有繾綣司統之，其長名氤氲使，夙緣當合者，須鴛鴦牒下乃成，我即爲子囑之，俗本作五瘟使，恐散相思的差使，用不着這位尊神也，**俺小姐想着**一作趁着這，無俺小姐三字，**他至今**一作俺小姐，**念到有**到，一作道，一本無有字，

顛倒費神思一本上有他敢二字，**道這妮子**一本無道字，**嗤嗤的撦做紙條兒**一本嗤一字爲句，下嗤字連下爲一句，一作嗤撦做了紙條兒，**吱你箇饞窮酸俫没意兒**酸俫，調侃秀才也，俫，郎爹切，一本作你箇撓弓酸俫没意思，無吱字，**是我愛了你的金貲**一無了字，一作非是我愛你的金貲，**我雖是箇婆娘有氣志**一作我雖是箇婆娘家有些氣志，**倸的呵**一本無此三字，**拂**上聲，**打稿兒**稿，一作草，**元來是**一作却元來，一作誰想，**不搆思**一作不勾思，云才有餘，不勾他思量也，又云，不勾思三字，可登詞場神品，此解非不佳，但可作文士鈎深尖巧之語，以加紅娘，或未稱，

先寫下下、一作成、**忒風流**流一本上有你也二字、風流作聰明、聰明作風流**忒煞思**太甚曰煞、白樂天詩、西日憑輕炤、東風莫殺吹、自註殺去聲、俗書作儍、按殺煞二字、古通用、一本作忒三思、**雖然是假意兒小可的難到此**一作雖是些假意兒、小可的難辦此、**鴛鴦鴛鴦在心在心**一本不重疊、**覷箇意兒**一本箇作那、自顛倒起至意兒、俗本有作生唱者、**道甚言詞**一作自有言詞**則說道昨夜彈琴的那人見敎傳示**一無則說道三字、敎一作來、昨平聲、**你將那**三字一本無、**龍蛇字**李太白贈懷素草書歌、怳怳如聞神鬼驚、時時只見龍蛇走、**鴻鵠志**陳勝少時同人耕於壟上、悵然曰、苟富貴無相忘、傭者笑之、勝曰、燕雀安知鴻鵠志哉、**玉堂金馬三學士**楊雄解嘲、歷金門上玉堂、然谷永傳、陛下抑損椒房、玉堂盛寵、是宮禁矣、其謂翰林爲玉堂、不知何始、宋學士院玉堂、太宗親幸、後唯學士上日、許正坐、他日皆不敢、玉堂東承旨閤子、窗格上有火然處、太宗嘗夜幸、蘇易簡爲學士、已寢、遽起、無燭具衣冠、宮嬪自窗格引燭入焰之、至今不欲易、以爲玉堂一盛事、三軸黃圖、漢武帝得大宛馬、以銅鑄像、立於署門、因名金馬門、歐文忠與趙槩呂公著同宴口號、有玉堂金馬三學士、清風明月兩間人句、此用歐詩也、**沈約病**休文與徐勉書、有外觀旁覽、尚似全人、形體力用、不相綜攝、常須過自束持、方可僶俛、解衣一臥、支體不復相關、上熱下冷、月增日篤、取暖則煩、加寒必利、後差不及前差、後劇必甚前劇、百日數旬、革帶常應移孔、以手握臂、率計月減半分、似此推算、豈能支久、此沈自狀老病也、後人率爲少年引用、殊不思、**宋玉愁**宋玉九辯悲哉秋之爲氣也、蕭瑟兮草木搖落而變衰、憭慄兮若在遠行、登山臨水兮送將歸、泬寥兮天高而氣清、寂漻兮收潦而水清、憯悽增欷兮、薄寒之中人、愴怳懭悢兮、去故而就新、坎壈兮、貧士失職而志不平、廓落兮、羇旅而無友生、惆悵兮而私、自憐、秋之爲悲如此也、宋玉之愁悲秋也、**清減了相思樣子**一作清減做箇相思樣子、**嗜眉眼傳情**一本嗜下有人這二字、**怎敢因而**因而、方言怠緩也。於而字句，尺素緘愁折，亦有勿得因而意同。**有美玉於斯**珍重簡帖之語，是紅娘調文袋謎語也，諢詞也。記中紅娘諸曲，大都掉弄文詞，而文理故作不甚妥帖，模寫婢子通文情態。**憑着我舌尖兒上說詞**一作賣着舌尖兒說詞，舌，平聲。**心事**一作才思**管教那人兒**管，一作須，一無兒字。

三之二妝臺窺簡

透紗窗透，一作遶。**銀釭猶燦**釭，音江，燈也，與釭字不同，俗字音俱謬。**梅紅羅**元時上表箋，以梅紅羅單紋封裹，蓋當時所尚，故云。**釵軃玉橫斜**軃，音朶，下垂貌。橫斜，一作斜橫。**暢好是懶懶**懶懶，一作好懶懶。**烏雲散**散，上聲。舊本作軃，今從王伯良本作散，然軃亦有彈音也。**盒**平聲。**拆開**拆，音釵，一作開拆。**厭的早扢皺了黛眉**一作則見他厭的扢皺了黛眉。**忽的**一本下有波字。**氳的**一本下有呵字。**調犯**方言，猶云調戲。

犯、一作泛、卓共晚一作若早晚、問甚麼他遭危難一無麼字、一無他字、喒攛斷得上竿攛斷、卽斷送之意、一云、猶攛掇也、一本無喒字、一本喒下有則字、一迷的迷、去聲、猶一味也、一作一味的、言語摧殘一作敎言語傷殘、休思量那秀才一無那字、我爲你我、紅自謂、你、指鶯、一作他爲你、闌干長恨歌、玉容寂寞淚闌干、梨花一枝春帶雨、又琵琶行、夜深忽夢少年事、醒啼妝淚紅闌干、闌干、縱橫貌、似這等辰勾月院本傳奇名、元人吳昌齡撰、託陳世英感月精事、舊解、辰星名、辰星勾月最難遇、勾之壬年豐國泰、亦有正作辰勾、而去月字者矣、一作似等辰勾是不曾牢拴是、一作世、拴、戶關切、一作關、則願你一作願得、您向筵席頭上整扮我做箇縫了口的撮合山您向、一作我向我做箇作做一箇謂婚姻筵席、媒人與焉、故云撮合山、自來媒人別號、或解作荷包上壓口、以比不洩漏意、恐非、當日箇三字一本無、那一片聽琴心一作那一遍聽琴時**先生饌**用成語、言幾被他到手也、俗本作賺謊、一作撰、亦不可解**胡顏**羞也、曹植責躬應詔表云、詩人胡顏之譏**爲一箇**一本無一字、**望夫山**詳四之三**你用心兒撥雨撩雲**一本你下有待字、**我好意兒與他傳書寄簡**一本我下有是字、無與他二字、一本與他作與你、**受艾焙**灼艾之火也、猶俗言忍灸只忍這一遭、**暢好是奸**滿情滿意的奸詐也、徐本奸作乾、亦趣言乾乾受這番艾焙、但下文說不去、**這的是先生命慳**一作也是先生命限**須不是**一作非是**那簡帖兒倒做了你的招伏**那簡帖兒、一作那的、伏、一作狀、一本無倒字、**擔饒**情恕意、**把你娘拖犯**你、一作紅、一無你字、**秦樓**李太白詩、簫聲咽秦娥夢斷秦樓月、詳二之二、**你也赸**北方謂走曰赸、未知何據、徐文長謂冷淡之義、一本赸作訕、下句同、**休訕**訕、怨謗也言今事巳無成、只索大家走散、再不必怨訕也、或通作赸字非、**你休呆裡撒奸**一本休下有要字、**您待要**一無要字、**却教我**一無却字、**他手搖着棍兒摩挲看**一作他手搖着檀棍摩挲着看、他、一作老夫人、搖、一作執、搖、一音鬧、一音糯、一音搦、又女卓女革二切、或作搦**您透鋮關**一本透下有得字、**直待要拄着枴幫閒鑽懶縫合唇送暖偷寒**幫閒鑽懶者、須手脚伶俐、送暖偷寒者、須口舌無忌、紅娘慮撞楚之事、故爲此說、拄枴、是撞之已傷、可幫閒鑽懶乎、縫唇、是制之不得言、可送暖偷寒乎、直待要、一作直待教我、幫、一作挪、一作捧、**踏着泛**泛、一作犯**禁不得你甜話兒熱趲**一作教甜話兒熱趲**好教我兩下裡做人難**教、一作着、兩下裡、一作左右、**哩也波哩也囉**方言如此如此**魚鴈**古詩、客從遠方來、遺我雙鯉魚、呼童烹鯉魚、中有尺素書、長跪讀素書、書中竟何如、上有加餐飯、下有長相憶、舊註引陳勝以帛書置魚腹中、令賣之、買者烹之、得書曰、陳勝王、然與此無涉、蘇武使匈奴、匈奴留之十九年、詭言武死、後漢使至彼、常惠教使者謂單于、言天子

射上林中得鴈、鴈足繫書、言武等在大澤中牧羊、使者如惠言、以語單于、單于大驚、乃歸武、**寫着**

道三字一本無、**教你**一作着你、**元來那詩句兒裡**一作元來詩謎也、似**三**

更棗六祖黃梅園傳法事、五祖與粳米棗一枚、六祖悟曰、令我三更早來也、**九里山**在徐

州、韓信與項羽戰九里山前、十面埋伏以敗羽、**他着緊處**一作你着緊、**您只待**一無

只待二字、**則教我**一本則作却、一無則教二字、**非是春汗**一無是字、一本汗下有正

是二字、**春愁**一作春心、**放心波玉堂學士**波、一作你你箇、一本無玉堂二字、**金**

雀鴉鬟李紳鶯鶯歌、金雀鴉鬟年十七、謂鶯也、俗本認爲紅娘、遂改作丫鬟、而情字改作倩字、繆

甚、**別㨾親**一作別㨾的親**更做道孟光接了梁鴻案**梁鴻妻孟光、字

德耀、鴻家貧賃舂爲事、妻每進食、舉案齊眉、此引言婦敬夫也、更、一做便、董詞俱作更做、義同便、**甜**

言媚你媚你、一作美語**六月寒**一作九夏寒、**我爲頭兒看**一無我字兒字、

爲、一作回、**離魂倩女** 離魂記、張鎰女倩娘、私奔王宙、生二子歸寧、倩娘乃久病閨中、聞之出迎、合爲一體 **怎發付擲果潘安** 安仁妙有姿容、少時挾彈出洛陽、婦人遇者連手共縈、或以果擲之、滿車 一本無怎發付三字、**隔牆花又低** 一作拂花牆又低、一作隔花階又低 **怕牆高** 一本上有你若二字、**嫌花密** 密、去聲、一作鬧 **望穿他** 望穿、一作他 **蹙損了** 一無了字、**去了兩遭** 一無了字、**隔牆酬和都胡侃** 胡侃、無准實之意、一本隔牆上、有你那二字、一本牆下有兒字、**證果的是今番這一簡** 一作證果你只是今番這簡、

三之三乘夜踰牆

樓角斂殘霞 角、一作閣 **鴨** 去聲 **金蓮蹴損** 一本上有我則怕三字、蹴、上聲 **抓滑** 音呼佳爪切、 **凌波襪** 洛神賦、凌波微步、羅襪生塵、襪、忘罵切、 **自從那日初**

時想月華一無那字時字、一本初下有出字、**好教賢聖打**北方稱神、祇曰賢聖、此因日之不下、欲教賢聖打之也、古語曰、羲和鞭白日、一本好教上、有早道二字、**身子兒詐**一詐、喬也、董詞亦有不苦詐打扮、不甚艷梳掠語、一本作作**准備着雲雨會巫峽**一無着字、峽、平聲、**只爲這燕侶鶯儔**一作思量着燕子鶯兒、**鎖不住**一作爭扯殺、**二三日來水米不粘牙**一本九字作白、一本二作兩、粘、一作沾、一本無二三日來四字、并無上白則想俺小姐害得那生呵十字、是言鶯害得水米不粘牙也、**因小姐閉月羞花眞假這其間性兒難按納一地裡胡拿**言生因小姐閉月羞花、如此其美、而其留情處、眞假猝難猜料、只恐未必全假、所以性難按納而胡做也、一本因小姐作想小姐、言小姐平日閉月羞花、深自珍重、繇今觀之、眞耶假耶、不意今日一旦性難按納、而胡做至此、觀上文脉、此解不爲無見、**便做道摟得慌呵你也索覷咱**一作便做道你摟慌、索覷咱、**赫赫赤赤**塘號也、元詞幽期劇多用之、恐只是黑洞洞寂䮕䮕之意、非有深義、**杜家**輟耕錄載雜劇目錄、有杜大伯猜詩謎一卷、**隋何**辯士、爲漢說九江王英布歸漢、**陸賈**亦漢辯士、奉使南越、南越王稱臣、**一弄兒**猶言一段、**蠟**去聲、**綠莎茵鋪着繡榻**一本茵下有勝字、莎、音梭、榻、上聲、**迢遥**一作迢迢、**意兒浹洽**浹、一作謙、洽、音霞、**夾被兒時當奮發**雖是夾被、目下常有春意、發方雅切、**指頭兒告了消乏**即後折手勢指頭恁之意、董詞彈琴云、十箇指頭兒、自來不孤你、這一回看你把戲、孤眠了半世、不間了一日、今夜裡彈琴、不同恁地、還彈到斷腸聲、得姐姐學連理、指頭兒我也有福囉、你也須得替、此語本董詞、原非求雅、古注謂指頭預辦偷春、翦落指甲、乃是消乏、過爲文語、非作者本色、乏之扶加切、**撐達**解事之謂、准擬支撐了達、以快此大欲也、達、當家切、**我這裡躡足潛蹤**一無我這裡三字、**答答**平聲、**呀鶯鶯變了卦**一無呀字、**却早迸定隋**

何一無却早二字、嗑音課不意垂楊下意、一作記、香美娘處分俺那

花木瓜香美娘指鶯花木瓜指生皆現成諢語花木瓜、言中看不中用也、處分、猶言發落也、處分俺那、一作分破、一作處分破、喬坐衙坐衙、升堂也、喬坐衙、假意尊大之謂海㨾深一作海量寬、誰知你色膽天來大一作誰想你色膽有天來大、誰着你一作做得簡、非奸做賊拿一作非盗做奸拿、跳龍門鮪魚出鞏穴三月渡龍門得爲龍、否則點額而還、故唐人謂登第如跳龍門、騙馬躍而上馬謂之騙上、然此引用不切、當是扁馬耳、言學做騙子也、扁旁之馬疑多、看我面遂情罷遂、郎後遂殺人心之遂、言既處分得暢快、丢開手罷也、一本作遂情、無我字、若到官司詳察一無到字、察、上聲、准備着精皮膚喫頓打一無准備着三字、喫作一、吒火角切、北地助語辭、更守十年寡守、一作受、厼拍厼、音祈、又音欺、厼拍、不中節之謂、猶云不停當隔牆一作拂牆、一

第三

任你將何郎膩粉搽一作你將何郎粉面搽、膩、一作傅、無一任二字、他待自把一無待字、措大調侃秀才、猶古自即尚兀自、元曲多有之、俗本改尚兀自、不必、從今後悔罪也卓文君一作你早則息怒嗔波卓文君、一無後字也、一作了、你與我學去波漢司馬譏其不能及相如、言這樣漢司馬、還須再學學去也、一作你則索與遊學去波漢司馬、

三之四倩紅問病

吊音弔上聲、今通作鳥、詳續之三、雙鬬醫元劇名、見太和正音譜、必有科諢可做、猶他劇考試炤當之類、故不備載、則爲你彩筆題詩此謂鶯以待月一詩哄生致病也、一本你作那、題詩、指生詩、熱臉兒臉、一作劫、把似你休倚着一本無休字、把一箇將一箇一本無二一字、迭窨即攧窨也、一作迭噷、逼平聲、好着我一作可教我、

不離了鍼一無了字、都做了都、一作變、則向那向、一作去、又不曾得
甚一作不從得甚、我這裡自審一本無此五字、喑沈爲邪淫喑沈、一作這病、
秀才每每、一作家干相思干、一作乾、記中乾干通用好撒唔猶云扯淡也、唔、他禁
切、一云猶舍忍也、或作撒浸、又作撒吞、一本好上有得字、一本有的字、功名上一無上字、反
吟復吟術家占婚姻事、遇反吟復吟者多不成、面靠着面、一作緊、背陰裡窨
窨、一作蔭、令人恁恁、思也、念也、念這方好也、怕的是紅娘撒沁撒沁、不用心息
慢也、一云放潑也、一作怕紅娘子撒沁、沁、音侵去聲、一作心、喫了呵使君子一星
兒參一本喫了呵下、有穩情取三字、一本無喫了呵三字、其實啉啉、愚也、一云口開爲啉、音
林去聲、合口音也、古注音客非、或作貪解更悞、休粧唔唔、即撒唔、哄人之意、休、一作佯、笑你
箇風魔的翰林一無笑字的字、行計稟行、一作上、軟廝禁不硬掙也、廝、去

聲、禁、平聲、俺那小姐忘恩一作俺小姐、正合忘恩、頭枕着枕、去聲、怎生和你一處寢一無和你二字、凍得來來、一作也、說甚知音一作不煞知音、何須的一無的字、詩對會家吟舊諺、酒逢知己飲、詩向會人吟、便遂殺人心一本作便遂殺了人心、更怕甚怕、一作待、手勢指頭兒恁五代史、史弘肇傳、有手勢令、指頭兒恁、言借指頭如此也、詎甚矣、然此本董詞指頭兒得替來、非解者倮也、一作手執定指尖兒恁、倘成親倒大來福麼一作倘或成親、到大來福麼、他眉彎遠山鋪翠眼橫秋水無塵趙飛燕妹合德入宮、爲薄眉、號遠山眉鋪、一作不、塵、一作光、腰如嫩柳嫩、一作弱、猶勝似猶、一作更、夢兒裡苦追尋苦、一作再、管教你一作管敎你恁、我也不圖甚一作不圖你甚、一作不圖你、滿頭花拖地錦滿頭花粧雜、拖地錦稀長、掩足之不纖也、並婢子飾好共歹一作早共晩、肯

不肯怎繇他 怎、一作儘、

楔子

着一片志誠心 一作今夜着箇志誠心、蓋抹了 一作改抹喈、

四之一月下佳期

金界 須達多長者白佛言、弟子欲營精舍、請佛居任、唯有祇陀太子園、廣八十頃、林木盛茂、可佛居任、太子戲曰、滿以金布、便當相與、須達出金布滿八十頃、精舍告成、故佛地曰金界、呆打孩 只是懵懵之意、董詞用之最多、打、一作答、青鸞 漢武帝元封元年、四月戊辰、帝居承華殿、東方朔董仲舒侍、見青鸞自空而下、忽爲女子、曰我王母使者也、從昆山來、語帝曰、聞子輕四海之尊、尋道求生、勤哉有似可教者也、從今百日清齋、不聞人事、至七月七日、王母暫來也、言訖不見、七月七日王母至、黃犬音 述異記、陸機、吳人、仕洛、有犬名黃耳、家絕無書報、機謂犬汝能馳書往家否、犬搖尾作聲似應之、機

爲書、盛以竹筒、繫犬項、出驛路、走到機家、取筒有書、
看畢、犬作聲如有所求者、家作書納筒、馳還洛、後犬
死葬之、呼爲黃耳塚、夢魂見一無見字、早知道道、一作恁、必自責責、上聲、易
色易、去聲、色、音篩上聲、怎禁他兜的上心來一無怎禁他三字、我則索
一作又早、好着我難猜一無好着我三字、側、窄、並音齋上聲、早身離貴
宅一作早離了貴宅、一作早身離了貴宅、宅、音柴、他若是不來一無是字、數着脚
步兒行一本着下有他字、倚着窻櫺兒待一本倚下有定字、一本着作定、白
巴埋切、撥得箇撥、一作搏、夜去明來一作頻去頻來、委實難捱實、去聲、
准備着擡一無着字、想着這一無這字、辦一片志誠心一無辦一片三
字、試着那一作試教、端的是太平車約有十餘載一作端的太平
車、敢道十餘載、太平車、車之任重者、載、音在、猛見了了、一作他、皁醫可了九分

不快一作早醫可九分來不快今宵歡愛一作今宵相待着小姐一作教小姐子建才魏曹子建名植十歲善文太祖嘗視其文曰汝倩人耶植跪曰言出爲論筆下成章願當面試奈何倩人時銅雀臺新成太祖悉將諸子登臺使各爲賦植受詔立成文不加點文帝卽位頗有宿憾又令七步成詩如不成刑以大法植卽應聲曰煮豆然豆萁豆在釜中泣本是同根生相煎何太急文帝感而釋之你則是可憐見爲人在客一作則可憐見俺爲人在客剛半拆一拆釵上聲一作拆柳腰兒恰一搦恰一作勾搦音奈羞答答一本下有的字我將這紐扣兒鬆縷帶兒解一本無我字這字縷上有把字不良亦愛極之反詞如云可憎哈音海平聲笑聲也將柳腰款擺一無將字但蘸着一無但字蘸音湛着去聲魚水得和諧和一作同相思無擺劃一本思下有得字我將你做一作我則將肯點汚了肯一作斷不若不眞心

耐一本不下有是字、今宵九霄一本不疊、昨宵夢中來宵、一作夜、霎時

不見教人怪怪、一作捱、襯着月色襯、一作乘、越顯的紅白一無的字、

帛與白同叶、鰥生留侯世家、沛公曰、鰥生教我距關、無納諸侯、注、鰥生、小人也、是必破

工夫明夜早些來一本是上有你字、明、一作今、一本些下有兒字、

四之二堂前巧辯

則着你一作您若是、不爭你一作則爲你、長使我一作我長是、也則

合也、一作你、一無也字、誰着你你、一作他、宿音羞上聲、心較多較、一作數、一作敎、一

作緒、⿰忄芻音篘上聲、或作㑳、使不着我巧語花言一無使不着我四字、作夫人能

巧語花言解、老夫人猜那一無老夫人三字、那作他、小姐做了嬌妻一本

小姐上有猜俺二字、小賤人做了牽頭小賤人、一作這小賤人、一作猜俺那小賤人、一

作只小賤人、牽頭、一作捧頭、一作饒頭、俺小姐這些時一作你這些時秋水凝
眸眸、一作流、比着那着、一作你、若問着此一節呵如何訴休一作
若知道那時、如何索休、你便索與他知情的犯繇犯繇、供招也、你、一作我、
我却在一作我向、一作我在、一作却着我、幾曾敢輕咳嗽一無敢字、冰透
冰、一作湮、今日箇嫩皮膚倒將麤棍抽一作如今嫩皮膚又將麤棍子抽、
我則道一本道下有他字、他兩箇經今月餘則是一處宿一無
他兩箇及則是字、何須一一問緣繇一本須下有你字、這其間一無這字、
秀才是姐姐是一本俱作一箇是、刺繡刺、音戚、叶上聲、啟白馬啟、一作起、
不爭和和、一作共、參辰卯酉參辰、二星、分居卯酉、長不相見、到底干連底、一
作了、肉柔去聲、夫人索體究體事勢、究情理也、俗本作索窮究、紅意正言不當窮究、殊

第四

倖、當日箇一作你那、一作當夜箇、纔上柳梢頭上、一作到、怎凝眸猶言看不得、怎、一作猛、啞聲兒廝耨啞、本或作啀、北人謂相昵曰耨、今吳中小兒以衣物相誘亦曰耨、那其間可怎生不害半星兒羞一作那時節不害半星兒羞、是我先投首一本我下有呵字、俺家裡一作他如今、倒擱就擱音純、搓那成就之意、言曲成親事也、何須約定約、一作把、我捹了箇部署不收部署、是軍中將卒管束之義、言夫人託我管束、而今疎漏如此、是我沒收攝也、一作我擔着箇部署不周、啞一本無此字、銀樣蠟鎗頭銀、一作人、蠟、一作鑞、旣能勾勾、去聲、那其間一作恁時節、說媒的紅謝親的酒一無二的字、

四之三長亭送別

恨相見得遲一無得字、下句同、怨歸去得疾疾、精齊切、迍迍行快

快隨馬是張騎、故欲其遲、車是崔坐、故欲其快、述徐本作运、音允、一本迍作逆、一本迍迍下有的字、一下句同、**恰告了**恰、一作却、**破題兒**起頭也、**聽得道一聲去了**一無道字、**㖿**音夜**兀的不悶殺人也麽哥**一本無兀的不三字、哥作歌、元詞哥歌通用、**今以後**一作久已後、**黃葉紛飛**葉、去聲、**斜簽着坐的**的、上聲、一作地、重下句韻、**死臨侵地**臨侵、方言也、二之三死没騰意同、地、助語、即的字意、**奈時間**一無一作這時節、**昨宵今日**一本昨上有則是二字、**想着前暮私情**一無想着二字、**我諗知那幾日相思滋味**諗、音審、謀也、相思念也、亦與審同、一作恰、那、一作這、**誰想這別離情更增十倍**俗本作却元來比別離情更增十倍、是言別離易也、謬、十、平聲、**易棄擲**擲、音遲、**你與俺**俺、一作那、**但得一箇並頭蓮**羅隱詩曰、兩枝相倚更風流、炤映幽池意未休、桃葉桃根雙姊妹、斜眠青蓋各含羞、一本無一字、**煞**

五劇箋疑　第四

強如狀元及第煞強如、一似強似、煞、一作索、一作強如你狀元及第、供食太急食、平聲、急、上聲、頃刻刻、康里切、雖然是一本以下至望夫石、作么篇、夫妻每共卓而食一無每字、眼底空留意空留、一作淒涼、一作風流、尋思起就裡一無起字、望夫石神異記、武昌北山上有望夫石、狀如人立、相傳云、昔有貞婦、其夫從役、攜弱子送至此山、立望其夫而化爲石、因名焉、石、繩知切、暖溶溶玉醅玉醅、酒也、醅、一作杯、怕不待要喫一本無要字、喫、音恥、蝸角虛名有國于蝸牛之角、左角曰蠻氏、右角曰觸氏、爭地而戰、伏尸數里、逐北旬有五日而後返、出莊子、一本上有只爲二字、蠅頭微利班固曰、青蠅嗜肉汁而忘溺死、愚者貪世利而陷罪禍、拆鴛鴦在兩下裡一箇這壁一箇那壁一作拆鴛鴦兩下裡、他在那壁、我在這壁、壁、音比、籍音濟車兒投東一本車上有見字、兩意徘徊意、一作處、覓去聲、淋漓襟袖啼紅淚拾遺記、魏文帝時、美人入宮別父母、淚下沾衣皆紅、紅、一作情**更濕**濕、世上聲、**且盡尊前酒一杯**尊、一作生、一作身、一本盡作進**眼中流血心內成灰**烟花錄、昔有一商人子、美姿容、泊舟於西河下、岸上高樓、樓中一女、相視月餘、兩情已契、弗遂所願、商貨盡而去、女思念成疾死、父焚之、獨心中一物如鐵不化、磨出炤見中有舟樓相對、隱隱有人形、其父以爲奇藏之、後商復來、訪其女、得所繇、獻金求觀、不覺淚下、成血滴心上、心卽灰、中、一作將、內、一作已、一作裡、**保揣**揣、平聲、**淚添九曲黃河溢**黃河千里一曲、九千里入於海、添、一作塡、**恨壓三峯華嶽低**西嶽山頂有三峯、曰蓮華峯、毛女峯、松檜峯、壓華、俱去聲、**悶把西樓倚**悶、一作定、一作怕、**昨日箇**一作昨夜箇、**今夜箇**一作今日箇、**留戀你別無意**我所以留戀你者別無他意、止有一句話耳、卽下文此一節也、因此話未曾叮囑、所以見據鞍上馬、閣不住淚眼愁眉也、生緊接云、還有甚麼語囑付小生、眞是知心湊拍、文意絕妙、或作應無計、此際豈宜

復有留戀計耶、一作留戀因無計、**閣不住淚眼愁眉**一作各淚眼愁眉、**息**音洗、

我這裡青鸞有信頻須寄我這裡、一作你那裡、**你却休**一作你休得、

若見了異鄉花草一作若見了那異香花草、**二煞收尾二曲**文長評解、

多有得失、不謂盡然、至其所評之本、實古善本也、如餞行祖道、行者登程、居者旋返、古今通禮、所以此詞再有誰似小姐之後、生即上馬而去、鶯徘徊目送、不恐遽歸、青山隔送行、言生已轉過山坡也、疎林不做美、言生出疎林之外也、淡煙暮靄相遮蔽、在煙靄中也、夕陽古道無人語、悲已獨立也、禾黍秋風聽馬嘶、不見所歡、但聞馬嘶也、爲甚麽懶上車兒內、言已宜歸而不歸也、四圍山色中、一鞭殘照裡、生已過前山、適因殘照而見其揚鞭也、賓白塡詞的的無爽、而諸本俱作生鶯同在之詞、豈復成文理耶、且俟曲終鶯紅並下、而後生方上馬、何其悖也、王實父斷不如此不通、徐本於禮則合、於文則順、耳食者競吹其疵、獨不於此原之乎、**我爲甚麽懶上車兒內**一無我爲甚麽四字、內作去、**量這**

些大小車兒今俗言器物之小者、曰能有許多大小揶揄之詞也、或解作多少、殊不當、或於大字略斷、尤非、量這些、一作量着這、

四之四草橋驚夢

半林黃葉葉、音夜、離恨重疊離、一作愁、疊音爹、昨夜箇翠被夜、一作日、身軀兒趄趄、且去聲、可憎的別別、邦也切、恰便是半吐初生月恰便是、一作恰兀似那、助人愁一作惱人愁、乍孤眠乍、一作復、風裂裂、郎夜切、蛩音窮、薄又怯怯、丘也切、幾時溫熱熱、仁蔗切、難將兩氣接接、音姐、打草驚蛇王魯爲當塗令、贖貨爲務、會稽民連狀訴其主簿賄賂、魯判曰、汝雖打草、我已驚蛇、懲此警彼之意、即諺云、打水魚頭痛之謂也、此曲引用、但借其文、不泥其意、只是黑夜獨行、疾忙警動意、一本打上有做箇二字、他把我心腸揝一本腸下有兒字、因此上不

避路途賒（一本無上字、一本無因此上三字、）瞞過俺能拘管的夫人（一作穩下俺那收管的夫人、）穩任俺廝齊攢的侍妾（穩任、安頓也、一作說過、廝齊攢、影兒般不離身意、妾、音且、）哭得我也似癡呆（一本和我也哭的似癡呆、呆、音耶、）到日西斜（一作到日初斜、或到西日初斜、）啅嗻（廟中守門鬼東曰啅、西曰嗻、音車遮、）却早寬掩過翠裙三四褶（一本却早上、有則離得半箇日頭七字、却早寬、一作可早覺、）方纔寧貼（方纔、一作纔方、貼湯也切、）使人離缺（缺、區也切、一作別、）害不了的情懷（一作害不倒愁懷、）却纔較些（較些、略可些也、一作覺些、）掉不下的思量（一無的字、）清霜淨碧波（一本自此起至何處困歇作么篇、）道路凹折（凹、一作囘、折、音者、）趄（寺絕切、叶徐靴切、風吹盤桓之貌、令人云走來走去、亦曰趄來趄去、）何處困歇（歇、虛也切、）店房兒裡沒話說（一本無房字、說、書遮切、後同、）今宵酒醒何處也（一本今上有看字、一本酒作醉）香羅袖兒拽（拽、音夜、）却元來是俺姐姐姐姐（却元來是、一作眞箇是、一本不疊姐姐字、一本無俺字、）你是爲人須爲徹（一本無是字、似責備之詞、非感激語氣、徹、音扯）將衣袂不卸（卸、一作藉、）脚心兒敢踏破也（但言敢字、多是疑詞、猶曰倘也、或者也、俗言七八也、一本作管字、）唧唧（北方創瘡甚者、口作唧唧聲、勞苦疲極者、亦唧唧、）想着你廢寢忘餐（想着你、一作我想那、）猶自較爭些（較、一作覺）鳳隻鸞孤（孤、一作單）最苦是離別（一本無是字、別、平聲）跋涉（俱平聲、）雖然是（一作你勸我、）你呵休猜做甁墜簪折（白樂天詩、井底銀甁墜、銀甁欲上絲繩絕、石上磨玉簪、玉簪欲成終久折、甁墜簪折似何如、似妾今朝與君別、你呵休猜做、一作你休做、一無你呵二字、折、平聲、）穴（平聲、）鍬（七消切、）橛（渠靴切、）傑（平聲、）聰一聰（一作覷一覷、）着你爲了醯醬（一本着作）

敎、醞作醞、醞、音海、**敎你化做骨血**一無敎你二字、骨、音遼、一作䯩、一作膿、血、希也切、

騎着一匹白馬來也一無一字、**虛飄飄**一本虛上有却元來三字、**夢蝴蝶**昔者莊周夢爲蝴蝶、栩栩然蝴蝶也、俄然覺、則蘧蘧然周也、不知周之夢爲蝴蝶與、蝴蝶之夢爲周與、蝶、音篸、**絮叨叨**叨、音刀、**嗚咽**咽、衣也切、**半明不滅**半、一作不、**唱道是**

舊恨連綿一本無唱道是三字、**鬱結**結、機也切、**恨塞愁添**一作恨塞離愁、一作別恨離愁、**代喉舌**舌、音蛇、**千種相思**千、一作萬、相思、一作思量、一作風流、**絡絲娘煞尾都則爲一官半職阻隔得千山萬水**前三本、俱有絡絲娘煞尾二句、爲結上起下之辭、是也、至此實父之文情巳完、故云除紙筆代喉舌、千種相思對誰說、是了語也、復作不了語可乎、明屬後人妄增、不復錄、

楔子

紅雨紛紛點綠苔唐詩、桃花亂落如紅雨、點、一作滿、恰離了半載一作別離半載、一作相違了半載、

續之一 泥金報捷

蹤離了這眼前悶一作蹤離了我眼前句、悶字屬下句、蹤、一作自、不甫能未曾得也又早在眉頭一作又早眉頭、無在字、忘了依然還又一本了下有時字、惡思量惡、一作啞、太行山隱隱隱隱、一作穩穩、天塹陳史孔範曰長江天塹、虜豈能飛渡何處忘憂一本何處上有你着我三字、手捲珠簾上玉鈎上、一作控、線脫珍珠脫、一作斷、早是我因他去一本我下有只字、添些證候一本些下有兒字、開時和淚開一本時下有節字下句同、多管是閣着筆尖兒未寫淚先流一本無是字、一本無閣着二字、一本寫下有早字、淚

續

點兒兀自有兀、一作猶我將這新痕一本無將字、正是一重愁一作這的是一重愁今日呵在瓊林宴上擲宋太宗太平興國八年、宋郊等及第賜宴、始就瓊林苑、遂爲制、一本無呵字、一本無在字、一本呵在二字作向、擲音义收切、以手攪人也、怎想道惜花心怎想道、一本亦作誰承望、包藏着錦繡一本無着字、至公樓即今言至公堂、元詞嘗用、鶯自誇識人才也、至、一作誌、但貼着他皮肉貼、一作粘、一本無着他二字、皮、一作肌、長不離了前後一作長則不要離了前後、守着他左右一本無他字、拘管他一作收管的他當時五言詩緊趁逐一時、作日、逐、直蹤切、後來七絃琴一本來下有因字、則怕他撇人一無他字、娥皇湘川記、娥皇女英、舜之二妃、舜南巡、殂于蒼梧之野、二妃追之、至於洞庭、淚下染竹、竹爲之斑、死爲湘水神、九嶷山下竹在道州營道縣北、山有九峯、行者難辨、故曰九嶷、竹、音肅、啼痕啼痕一本不疊似這等淚斑淚斑一無似這等三字、一本淚斑二字不疊、萬古情緣一樣愁古、一作種是必休忘舊一無是必二字、休將包袱將、一作斂油脂膩一本油上有怕字、一無膩字、水侵雨濕一本侵作浸一作雨濕着、熨不開摺皺摺、一作濕仔細收留一作自收留、書封鴈足足、上聲、啜賺人的巧舌頭啜賺、哄弄也、人的、一作我不覺的過了小春時候一作已過了小春的時候、

續之二尺素緘愁

旦夕如是夕、平聲、盧扁春秋時、齊人秦緩、字越人、著八十一難經、當黃帝時、有扁鵲者神醫也、越人與扁鵲相類、故人號曰扁鵲焉、家於盧、因名盧醫、楊雄法言曰、扁鵲盧人也、而盧多醫、今盧東有扁鵲墓向心頭橫倘着俺那鶯兒一本心頭下有則是二字、請良

醫一作請醫師、本意待推辭一作其意推辭、則被他一本無、他道是醫雜證一本無他道是三字、鶯鶯呵你若是知我害相思我甘心兒死死一本無呵字、一作鶯鶯呵、你還知道我害相思、我甘心兒爲你死死、靈鵲喜蛛樊噲問陸賈曰、人君受命於天、有瑞應乎、曰、目瞤得酒食、燈花得錢財、喜鵲噪而行人至、蜘蛛集而百事喜、小而有徵、大亦宜然、故目瞤則祝之、燈花則拜之、鵲噪則餵之、蜘蛛集則獲之、天下大寶、人君重位、非天命何以得之、正應着着、一作了、燈報時報、一作爆、斷腸詞宋朱淑貞、姿容端麗、善屬文、不幸父母失審、下配庸夫、孤負此生、所作詩詞皆斷腸、多管是淚如絲一作管情淚如絲、一作管兩淚如絲、旣不呵怎生淚點兒封皮上漬一作旣不沙、怎生血點兒封皮上漬、一作旣不呵、怎生淚珠兒滴濕了封皮上字、這的是堪爲字史一本無是字、當爲欵識三代鐘鼎、撥蠟爲欵、鏤刻爲識、欵、謂陰字、是凹入者、識、音誌、謂陽文、是凸出者、**柳骨顏觔**唐柳公權書、筆勢勁媚、顏眞卿書筆勢遒婉、范文正公祭石曼卿文云、曼卿之筆、柳骨顏筋、**張旭張顛**張旭、吳人也、善草書、每大醉叫呼狂走、乃下筆、或以髮濡墨而書、既醒、自視以爲神、不可復得、故稱張顛焉、記誤爲二人矣、**此一時**一本上有乃字、**符籙般使**使、一作侍、籙、音慮、**這上面若簽箇押字**一本無這上面三字、**則是一張**一無一字、**怎不教張生愛你**一作怎不教張郎愛爾、**堪與鍼工出色**一無與字、一本出作生、**鍼鍼是**一作般般是、**又没箇攃子**没一作無**用煞那小心兒**那、一作了、小、一作俏、**他教我學禁指**他、一作當、**留意譜聲詩**譜、一作識、**巢由**逸士傳、巢父者、因年老、以樹爲巢寢、堯以天下讓焉、巢父曰、君之牧天下、亦猶予之牧孤犢焉、予無用天下爲也、牽犢而去、又聞堯命許由爲九州長、由避之、洗耳于水濱、巢父責之曰、子若處高崖深谷、誰能見乎、今浮游俗間、苟求名譽、汙吾犢口、乃牽犢于上流飲之、**霜**

枝曾棲鳳凰時因甚淚點漬胭脂〔一本無時因甚三字、一無曾時因甚四字、霜、一作雙〕今日淑女思君子〔一本日下有敎字、〕這鞋襪兒〔一無鞋字、〕絹帛兒〔帛、一作片、〕旣知禮不胡行〔禮、一作你、〕冷清清客舍兒〔舍、一作店、〕急切裡盼不到蒲東寺〔一作急切到不得蒲東寺、〕小夫人何似你見時別有甚閒傳示〔以上俱想像書物中意、以下始訊及口授之詞、所以琴白云、着哥哥休忘舊意、別繼良姻、生乃表白心事、我是箇云云也、此乃是鶯極緊切處、生最關心處、不容草草、俗本乃以生問琴答之白、置於五煞之下、旣巳問答在前、豈俟再問再答、而始表白耶、殊失緩急次第、於文情大不通、一本作小夫人須是你見時別有甚閒傳示、〕自從到此〔從、一作茲、〕甚的是閒街市〔一作不遊閒街市、〕賀聖朝〔王伯良以此調語句不倫、刪去、〕縱有箇人兒似你〔縱、一作或、〕夢想眠思〔眠、一作典、〕顛倒箇藤箱子〔一作頓倒〕

藤箱子、向箱子裏面鋪幾張紙一本無向字、鋪下有取字、放時節用意一本放時節須索用心思高擡在衣架上擡、一作掛、怕吹了顏色一本怕下有風字、亂穰在包袱中一本亂下有若是二字、穰、一作裏、恐錯了摺兒錯、一作剉、摺、一作裡、須敎愛護一作是須愛護、一作切須愛護、來到此一作故在此、昨宵愛宵、一作朝、到海枯石爛時一本到上有直字、直到燭灰眼下纔無淚一本無直到二字、蠶老心中却有絲却有、一作罷却、我不比一本無我字、拚夫婦的琴瑟拆鸞鳳的雄雌一本拚作輕、無二的字、紅葉詩明皇時、顧況與友人遊苑中、坐流水、得大梧葉、題詩曰、一入深宮裏、年年不記春、聊題一片葉、將寄接流人、況和之云、愁見鶯啼柳絮飛、上陽宮女斷腸時、帝城不禁東流水、葉上題詩欲寄誰、亦題葉、放上流波中、後十餘日、有人從苑中、又於葉上得詩、以示況曰、一葉題詩出禁城、誰人酬和獨含情、自嗟不及波中葉、蕩漾乘春取次行、又宣宗時、盧渥舍人應舉之歲、偶臨御溝見一紅葉、葉上乃有一絕、異之、及宣宗省宫人、詔許從百官司吏、時渥任范陽、獲其一焉、覩紅葉而吁怨久之、曰、當時偶題隨流、不謂郎君收却、驗其書、無不訝焉、詩曰、水流何太急、深宫盡日閒、殷勤謝紅葉、好去到人間、又唐僖宗時宫女韓夫人題詩紅葉、御溝流出、士人于祐拾之、亦題一葉、放水中流入、韓得之、後帝放出宫女三千、韓與焉、韓泳爲媒嫁祐、及禮成、各出紅葉、殆天合也、韓于詩、正與盧事同、則不可知矣、總之深宫閒寂、日有題紅、當不止三人也、難得佳句、是以不盡傳、

驛長不遇梅花使驛、一作路、**孤身作客三千里**作客、一作去國、一作去客**聽江聲浩蕩**蕩、一作大**害鬼病的相如**一無的字、

續之三詭謀求配

賣弄你倚仗你二你字、一作他**至如你**一作他道是、**也不教你**一作

不曾教、又不曾執羔鴈邀媒獻幣帛謝肯一作又不爭執鴈邀媒、獻帛謝肯、恰洗了塵便待要過門一作就洗塵、便過門、金屋漢武帝幼時、景帝問曰、見欲得婦否、長公主指其女曰、阿嬌好否、武帝曰、若得阿嬌、當以金屋貯之、濁者爲坤濁、去聲、枉腌了他一無他字、枉汙了他汙、一作滕、無他字、枉羞了他羞、一作紂、人在中間相混中間、一作其中、君瑞是君子清貧貧、一作賢、把河橋一作把橋梁、手橫着霜刃霜、一作雙、一作橫着霜刃、無手字、雒陽才子善屬文一本雒上有若不是三字、屬音祝、此叶呪、白馬將軍到時分一本白上有請字、因此上一本因上有俺字、識道理爲人敬人一作道理數、爲人做人、俺家裡有信行一無俺家裡三字、裡、一作人、他直百十分直、一作是、我拆白道字一本我下有且字、一本無道字、寸木馬戶尸巾村驢屌也、按篇韻屌、音鳥、弔上聲、男音也、字从尸从弔、別有屌字、音北、又音豕、與屌無涉、此言村驢屌、其爲屌字無疑、疑當時如此寫耳、且以馬户爲驢、豈胡虜旣無同文之書、而漢卿亦欠問奇之功乎、紅娘拆了別字、煩人自日弄屌、**他憑着師友**一作他學師友、一作他學着師友、一作他憑師友、**你倚着父兄**一本無着字、**他虀鹽日月**一無他字、**治百姓新民傳聞**一作傅得姓名、新、堪聞、**有向順**有、一作無、**你道是官人**一無你道是三字、**信口噴**噴、一作嗔、**到老是窮民**老、一作了、**却不道將相出寒門**道、一作見、**他出家兒**一無他字、**訕觔**中原諺語、毀誹也、訕、一作趂、一本訕上有你看二字、**軟款溫存**軟、一作愿、**硬打捱強爲眷姻**一作硬打強、奪爲眷姻、**嫡親舍人**一本親下有的字、**須不是孫飛虎**一作倒做了孫飛虎、**喬嘴臉**臉音斂、**腌軀老**雜劇往往以此爲鄙賤之稱、北人鄉語、多以老字爲襯、**有家難奔**奔、去聲、一作逩、佳人有意郎君俊一本佳人上有我則知三字、我待不嗑來嗑、煩稱也、嗑來、徐本作喝采、嗑、音課、則好偷韓壽下風頭香傳何郎左壁廂粉一作你則是韓壽下風頭的香、何郎左壁廂的粉、

續之四衣錦還鄉

一鞭驕馬一作玉鞭驄馬、驕、一作嬌、玉堂人物物、音務、後同、將名姓翰林注名姓、一作姓名、鶯鶯有福福、音府、七香車杜陽雜編、唐公主下降、乘七香步輦、四面綴以香囊、貯辟邪瑞龍等香、皆外國所貢異香也、身榮難忘忘、去聲、我謹躬身一本無我字、夫人這慈色一無夫人二字、慈、一作辭、使數使用人也、亦方言、都廝覷都、一作空、廝、平聲、莫不我身邊邊、一作上、向此間懷舊恩此間、一作故國、怎別處尋新配處尋、一作怎肯別親去、我怎肯忘了

有恩處一作我難忘有恩處、一作怎忘了有恩處了、一作得、賊畜生一作賊醜生、一作賊丑生、老夫人行廝間阻一本無老字、一本無老夫人行四字、間、一作見施心數如云使計較、遲和疾疾、去聲、糞堆上長連枝樹一本無長字、一本長下有出字、淤泥中生比目魚一本無生字、一本生下有出字、中、一作裡你嫁箇油煠猢猻的丈夫一作嫁得箇油煠來的猢猻丈夫、你伏侍箇煙薰貓兒的姐夫一作伏侍箇煙薰過的貓兒姐夫、張生呵你撞着箇水浸老鼠的姨夫一作君瑞呵、撞着箇水浸來的老鼠姨夫、這廝壞了風俗傷了時務一作村了風俗、傷了人物、無這廝二字、俗、音趣、閒別來一作自別來、來拜覆安樂否覆、否、俱音府、怎肯忘得待月迴廊一本怎上有我字、一無肯字得字、撇下吹簫伴侶一本撇上有難字、活地獄獄、音豫、不甫能得做妻夫一作甫能得做夫婦、妻夫、一作夫妻、現將着夫人誥勑縣君名稱一無現將着三字、人下君下、俱有的字、一作剗至如夫人誥勑、縣君名稱二句、一本作白、地平白地也、剗音産、不見時准備着千言萬語不見時、一作我這裡、都變做做、一作了、我羞答答一本下有的字、剛道箇剛、一作則、一作倒、見箇佳人是不曾回顧一作至如見箇佳人、世不曾回顧、硬揣箇衛尚書一本揣作揑、一本箇作着、曾見他影兒的的、一作呵、也教滅門絕戶一作則教他滅門絕戶、本意糊突突、音塗、他跟前一作去他行、喫敲才猶諺云打殺柸也、或云、卽喬才、悖、才、一作頭、那廝數黑論黃一作廝下有待字、囊揣不硬掙之意、揣、平聲、一作湍、怎嫁那不値錢人撲猳駒左傳、公猪曰艾猳、今曰猳駒、是嘲爲小公猪耳、或作蝦、云蝦兒撲的、不能偃仰、戚施之疾、殊無意義、一本嫁下有兀字、你箇俏東君索與鶯花做主一本無俏字、鶯花、一作鶯鶯、一本無索字、折與樵夫一本與下有了字、那廝本意囂虛一無本意二字、囂虛挾詐也、夯聲上聲、呼朗切、大用力以肩舉物也、一本無此字、脯音蒲他曾笑孫龐眞下愚一作這箇人笑孫龐眞箇愚、論賈馬非英物英、一作人有權術術音繩朱切、一他不識親疎他、一作那廝、你不辨賢愚你、一作君若、無毒不丈夫一本上有便是二字、被東風把你箇蜜蜂兒攔住風、一作君、一本無你字、不信呵去那綠楊影裡聽杜宇一作你聽咱綠楊影裡啼杜宇門迎駟馬車成都有昇仙橋、司馬相如題其柱曰、不乘駟馬車、不復過此橋、一本迎下有着字、戶列八椒圖龍生九子、一曰椒圖、形如螺螄、性好閉、故置門上、即銅環獸也、唯官署得用、一本列下有着字、四德婦言婦容、婦工婦德、一本、四上有娶了箇三字、三從孔子曰、婦人、伏于人也、是

故無專制之義有三從之道焉、在家從父出嫁從夫夫死從子、**平生願足**足疽上聲**託賴**

着衆親故一本無着字、**好意也當時題目**舉將除賊許以鶯妻當時題目

原是好意、今日夫婦完美、正以酬之也、俗本作得意也當時題柱、詳上下文意、與題柱事無涉、目音暮、一

作當記得當時題目、**錦上花**此曲、一作使臣上唱、一作使臣上科生唱、使臣科範、必有舊套、如考

試闘醫之類、卽下勅賜爲夫婦是也、以俗套故不錄、非以下皆使臣唱也、**山呼**漢武帝有事華山、至

中嶽、親登崇山、御史乘馬在廟傍、聞呼萬歲者三、至今呼萬歲者曰山呼云、**則因月底聯**

詩句則、一作只、**有志的狀元能**狀元、一作君瑞**無緣的鄭恒苦**緣、一

作情

舊本原有注釋、諸家頗多異同、强半迂疎、十九聚訟、

將爲破疑乎、適以滋疑也、至有大可商者、漫不置辭

更於大紕繆處迄無駁正訛以承訛錯上鑄錯無或乎其不智也世界原是疑局古今共處疑團不疑何從起信信體仍是疑根我今所疑孰非前人之確信也我今所信孰非來者之大疑也疑者不箋箋者不疑以疑箋疑疑有了期乎

湖上閔遇五識

李日华南西厢记

[明]李日华　撰

李日華南西廂記目次

上本

下本

李日華南西廂記上

第一齣家門始末

〔水調歌〕（末上）大明一統國，皇帝萬年春。五星奎聚偃武又修文，託賴一人有慶，坐見八方無事，四海盡歸仁。如此太平世，正是賞花辰。○遇高人論心事，搜今古移宫换羽，氣象一囘新。惟願賢才進用，禮樂詩文一腔風月，事傳與世間聞。（熠當問答科○元本作嘉靖萬年春）

〔沁園春〕西雒張生，博陵崔氏，一雙白璧兩南金。寄居蕭寺，無計達佳音。忽遇孫彪作耗，君瑞請兵退賊。當許下成親。○豈料功成後，老母背前盟。託紅娘傳密

意聽琴賡和遂初心喜登黃甲鄭恒何故更相尋終藉蒲東太守重諧伉儷傳說到如今

老夫人路阻兵圍　小紅娘書傳簡遞
崔鶯鶯月下聽琴　張君瑞春闈及第

第二齣河梁送別

【滿庭芳】生上遊藝中原脚根無線空教我望眼連天將棘闈守暖把鐵硯磨穿未能彀雲路鵬程萬里先受了雪窻螢火多年男兒志空雕蟲刻篆綴斷簡殘編

寵渥重華、先君履素、惟將清白傳家、蕭然囊橐、經史作生涯、座上青氈未穩、空教我愁緒如麻、何時遇嫦娥有意、分付月中華、小生姓張名珙、字君瑞、本貫西雒人也、先人拜禮部尚書、不幸父母雙亡、書劍飄零、風雲未遂、即今貞元壬子二月上旬、欲往京師取應正當路出蒲關、有一故人、姓杜名確、字君實、他幼時與我同窗、曾爲八拜之交、他棄文就武、遂得武舉狀元、今歸省於家、不免去拜别哥哥、多少是好、

【菊花新】外上 **獨占鰲頭作狀元、宫袍新製錦雲鮮、九重春色滿瑶天、功名遂、報國願身先、**棄却文科就武科、鰲頭獨占聽傳臚、今朝得遂平生願、方表人間大丈夫、下官姓杜名確、字君實、幼年與契弟張君瑞同窗、因見國家多事、棄文就武、遂得武舉狀元、今歸省於家、聞知君瑞兄弟上國觀光、不免送行則箇、執事張尚書府中去、（行介）相見科（生）同袍兄弟勝同胞、義氣相投漆和膠、（外）聰學時人居要地、回頭不念布衣交、賢弟幾時榮行、（生）行囊已治、明日准行、正欲造府拜辭、不意仁兄下顧、（外）愚兄今日聞知賢弟上國觀光、特備軆儀些少、更有魯酒一罇、以壯行色、（生）情已過渥、何以克當、（外）禮貴往來、受之何害、取酒過來、

南呂過曲【梁州序】外 **垂髫交善今予弱冠、愧我先叨天眷**

送君北上長安道快着先鞭趁此桃花浪暖雷動魚騰佇看頭角變綠袍新染惹御爐煙烏帽宮花位列先合杯惜淺斟須滿臨岐無厭頻頻勸今日別未知甚時見（生）小弟借花獻佛回敬仁兄一杯

（前腔）生青燈黃卷螢窗雪案昔日同操筆硯一朝就武英雄隊裏誇先坐鎮狼煙永息塞草青生三箭天山奠歸來重聚面繡筵前玉屑飛香起笑喧（合前）（末上）手捧金書出禁城果然君命疾如星天家已定安邊策特請將軍赴柳營報事報事（外介末）只因丁文雅失政軍校不守紀律過客寒心居民喪膽朝廷特勑老爺爲征西大元帥鎮守蒲關雒陽太守率領所屬官員俱在皇華驛伺候老爺到來開讀（外）分付鹵簿儀從擺列整齊就來了（末）卩傳新將令去探舊官儀（下）（生）

仁兄賀喜、吾聞君命召、不俟駕而行、

【前腔】生 請吾兄寶馬先旋、待愚弟邏杯相餞、歎人生聚散那分、後先初本是兄來送我、誰想今番彼此成別怨山河盟誓重莫留連民望兄來解倒懸（合前）（生）琴童安排酒與杜大爺賀喜、

【前腔】外 你不須再整杯盤、且在此斯須留戀、一聞君召怎敢遲延、只恐馳驅聲斷、琥珀杯乾兩下情無限觀光遊上國孔道出蒲關相見多應三月間（合前）（末上）紛紛鹵簿金光迸、儀從行行盡恭敬、將軍只聞天子宣、小人專聽將軍令、禀爺爺、鹵簿儀從擺列齊整了、（外）怎見得、

【節節高】（末）朱干列綵旛，七星攢，五雲擁出六龍輦。搖千扇，嚮八鑾，張雙傘，百官手執嚴霜簡，千兵臂挽追風箭。（合）纍纍金印笑登壇，男兒果遂平生願。

【前腔】（外）君恩四海寬，賴包含，微臣何幸蒙天眷。多慚赧，拯國難，驅民患，頓令草賊寒心膽，從教民堵如初案。（合前）

【尾聲】（生）兄膺武略當西面，（外）弟向文場鏖戰，各要與皇家撐持半壁天。

琴劒上京華　寧辭道路賒

學成文武藝　貨與帝王家

第三齣停喪蕭寺

（末上）一夜霜風彫玉芝，蒼生失望士林悲，空懷濟世安民略，不見男婚女嫁時。小人崔相國府中院子是也。俺相公棄世，老夫人扶柩回歸博陵，豈料風塵道梗，不能前進，此間普救寺長老法本，乃是俺老相公剃度的，又是鄉親故舊，因此借寺側西廂下，暫且避亂停喪。家眷只有小姐鶯鶯，年方一十八歲，舍人歡郎，纔學讀書，未諳家事。老夫人治家嚴肅，不用雜人，外事只有老僕，內有侍妾紅娘，近今時世惡薄，不免在此炤管，道猶未了，夫人早到。

【金瓏璁】（老旦上）博陵尋故壠，何時可卜佳城，經此地歎伶仃。（貼上）風塵迷淚眼，雲樹隔歸程。（淨上）妳妳你愁鬢漸星星。

（鷓鴣天）（老旦）憶昔夫君在省臺，商家鼎鼐用鹽梅，金蓮然夜歸書院，玉珮朝天上殿階。登極品，列三台，紫泥封誥玉箋裁，如今骨冷家鄉遠，母子飄零事可哀。紅娘，如何不見小姐，叫他出來。（貼）小姐有請。

【前腔】（旦上）窮愁何日盡、靈臺無種偏生、奴自省少曾經、曉來扶病起、消瘦步難行、有召出簾楹、（見介老旦）孩兒你爲何垂鬟接黛、雙臉銷紅、（旦）母親、迢遞扶喪出帝州、思親懷土淚盈眸、那堪草動風塵起、難數重重疊疊愁、（老旦）孩兒、你父親在日、執掌朝綱、誇一時之富貴、如今停喪旅邸、受無限之淒涼、好生傷感人也、（旦）母親、且自消遣則箇、

【黃鶯兒】（老旦）夫主喪京中、守孀居、途路窮、娘兒孤苦誰承奉、淒涼萬種、關山幾重、恨不能扶柩歸先壟、（合）梵王宮重門晝掩、血淚灑杜鵑紅、

【前腔】（旦）無語背東風、望河中、路未通、玉容消瘦緣愁重、椿庭命終、萱堂運窮、歎一家飄泊誰堪共、（合前）

琥珀貓兒墜 貼 今來古往富貴事難同。與廢渾如一夢中。停喪蕭寺且從容。合 悲痛。須有日還鄉再整家風。

前腔 淨 當初從宦快樂實無窮。不意先君祿命終。扶持旅櫬寓蒲東。合前 老旦 孩兒，我有兩件事與你說。汝父存日，將你許與姪兒鄭恒，以此附書回去，着他來搬喪，就親。至今尚未見到。如今停喪在此，待要修齋做些法事，追薦你父親如何。旦 父親忌日將臨，正宜追薦纔是。老旦 紅娘，你去對長老說，涓取好日，做些功果，追薦相公便了。貼 只有一件，老相公在此停喪，雖無金椁銀棺，也有珠襦玉匣，如今薦拔幽魂，不若早歸安厝。

終南玉盌出塵沙　千載魂驚塞外笳
爭似鐵腸賢內相　只將青冢托梅花

第四齣應舉登途

【齊天樂】（生上）遠慕功名辭故里、獨攜琴劒驅馳、學海文林花街柳陌、可愛風光如昔、雲霄萬里吐虹霓、穩步雲梯、高攀月桂、芳名應許達京畿。陰極陽生萬里春、東風紫陌動芳塵、玉驄不踏長安道、野外山花也笑人、小生昨日分付琴童、收拾行李、上京取應、不知完備未曾、琴童那裡、

【水底魚兒】（丑上）聽叫琴童、兩脚走如風、慌忙來到、呼原來是家主公、琴童生得清標、每日街上擺擺搖搖、日間跟隨官人出入、夜間與官人撒腰、昨夜與官人同睡、渾身上下把我一澆、我只道葫蘆裡放出的水、官人原來是箇老瓢（見介）官人有何分付、（生）琴劒書箱完備未曾（丑）俱已完備了、就請官人起程、

【步步嬌】（生）打疊行囊登程去、暫且辭鄉里、長亭復短

亭、峻嶺、崇山、半吞雲氣、黃鳥隔林啼、可愛他聲流麗、

【江兒水】（丑）芳草迷行騎、飛花點客衣、禁煙時節多風雨、古木陰中扁舟繫、數聲漁笛悠揚起、勾引離人情緒、遙望皇都、縹緲在五雲深處、（生）迤邐行來、不覺早到城市、琴童尋一箇潔靜客店安下、（丑）前面黑樓子裡、想是一所店房、待我叫店主人出來、叫介（末上）門徑多瀟灑、鋪陳色色新、廣招天下客、遠接四方人、（生末見介）（末）官人到此何幹、（生）特來借宿、（末）若要安歇、請裡面去、（生）琴童、你與店主人講一講、（丑）店官、你這裡那幾等房、（末）有三等房、（丑）那三等房、（末）上中下三等房、（丑）上房要多少錢、中房要多少錢、下房要多少錢、（末）上房一月一兩五錢、中房一兩、下房五錢、（丑）成不得、官人、我前者歇了一夜、只用得三錢銀子、他家下房就要五錢、（末）不是、下等的房、（丑）我只道你家下一箇房、要五錢、（末）官人喫酒飯麼、（生）適纔得過了、（末）這等晚上喫罷、（生）店主人天色尚早、此間可有遊翫去處麼、（末）官人是讀

書君子、料不到花街柳陌中去、(生)然也、(末)此間有一所寺院、乃武則天娘娘香火院、甚好遊翫、(生)怎見得、(末)但見三層經閣、百尺鐘樓、如來殿高聳青雲、舍利塔直侵霄漢、紅椒粉壁、白玉欄杆、砌階石瑪瑙琢成、乘棟柱沉檀刻就、綠楊影裡一座山門、泥金牌上六箇大字、勅賜普救禪寺、本寺一老僧名爲法本、善於詩賦、過往士夫、無不相訪、(生)既如此、且去隨喜一番、(末)他有一徒弟、名爲法聰、一應往來士客、都是他迎接、見他可見法本、(生)琴童在此安頓行李、我去一會就來、

隨喜閒行到上方　紅塵市井覓清凉
若還得遇高僧話　且卸浮生半日忙

第五齣佛殿奇逢

【光光乍】(淨)假持齋、做長老、經卷那曾曉、每日喫葷腥、長醉倒、真箇快活無煩惱、小僧法聰和尚是也、師父赴齋不在、倘有遊客往來、

只得在此等候、

【菊花新】生上 未臨科選暫稽程、旅況凄涼動客情、蕭寺獨遊行、歷遍名山勝境、(相見介)(淨)先生何來、(生)小生西雒至此、久聞上刹清雅、一來瞻仰佛像、二來拜謁長老、(淨)我師父不在、方纔辦了八箇盒子、望丈母去了、(生)出家人那得有丈母、(淨)徒弟家裡去了、(生)這箇纔說得是、(淨)請方丈內獻茶、(生)既是尊師不在、不必賜茶、敢煩首座引領、佛殿上瞻仰一回、(淨)請坐、奉一杯清茶、待小僧叫道人取鑰匙來開門、(坐介)(生)久聞尊師善於詩賦、特來請教、豈知不遇、倘有詩稿、請借一觀、(淨)我師父鎖了書箱去了、小僧記得前者與師父聯得一首詩、念與先生聽、煩乞筆削一筆削、(生)願聞、(淨)我師父說道、獨坐禪房靜、忽然覺動情、我說師父、休得出此語、窗外有人聽、我師父說、出家皆如此、休要假惺惺、開了聰明孔、好念法華經、(生)笑行看介(淨)先生、這是大雄寶殿、

【忒忒令】生 隨喜到僧房古殿、(淨)上寶塔看一看去、(生)不必上去了、只在下面

看一看罷瞻寶塔將廻廊繞遍(淨)這是羅漢堂、(生)參了羅漢拜了

聖賢(貼)旦上(貼)小姐、我與你佛殿上去耍一回、(行)介(貼)這是三世佛、(淨)先生、這是法堂、(生)行過

法堂前見旦介生正撞着五百年風流孽寃(淨)張先生放尊重些、

園林好旦貼同偶喜得片時稍閒且和你尋芳自遣那

鸚鵡在籠中巧囀驀聽得有人言只索要自囘還

前腔(生)首座、我顛不辣見了萬千似這般龐兒罕見只着

人眼花撩亂口難言他掩映並香肩(貼)姐姐、你看好一朶花兒、(旦)眞

箇好朶花兒、(貼)這是(生)鐵梗海棠、止將花枝笑撚

皂羅袍貼旦笑折花枝自撚惹狂蜂浪蝶舞翅翩躚幾

番要撲展齊紈飛向錦香叢裡教我尋不見被燕銜

春去芳心自斂，怕人隨花老，無人見憐，臨風不覺增長歎。（淨）先生，這裡是梵王宮，不是相思堂。

【江兒水】（生）這裡是兜率院，休猜做離恨天。你看他宜嗔宜喜春風面，弓樣眉兒新月偃，未語人前先腼覥，却便似嚦嚦鶯聲花外囀，解舞腰肢似垂柳風前嬌軟，

【皂羅袍】（旦貼）行過碧梧庭院，步蒼苔已久，濕透金蓮，紛紛紅紫鬭爭妍，雙雙瓦雀行書案，燕銜春去，芳心自斂，人隨花老，無人見憐，把輕羅小扇遮羞臉。（貼）小姐，佛殿上有人，和你回去罷。（旦）寂寂僧房人不到，滿階苔襯落花紅。（旦貼下）（生）首座，曾見觀音出現麼。（淨）小僧在此出家多年，不曾見觀音出現。（生）適纔面前走的是觀音，後面跟的不是善才。（淨）先生，你錯認了，那前面走

的是崔相國府中鶯鶯小姐、後面跟隨的是侍妾紅娘、（生）世上怎麼有如此之女、豈非天姿國色乎、休說那模樣、只那一雙小脚兒、值一百兩黃金、（淨）先生、他那雙小脚、值一百兩黃金、我這一隻大的值一千兩、（生）你好不知趣、（淨）先生、那小姐穿着繞地長裙、怎見得他脚兒小、（生）你出家人、那曉其中趣來、（引淨看介）（生）你看這蒼苔上的不是、（淨）還是讀書人聰明、果然一雙脚跡大些、一雙兒小些、只有三寸三分、

【川撥棹】生 若不是襯殘紅芳徑軟、怎顯得步香塵底樣淺、休題他眼角兒留情、只這脚踪兒將心事傳風魔了張解元、似神仙歸洞天、（內云）紅娘、把西廂門關上了、

【前腔】生 門掩梨花深小院、粉牆兒高似青天、（淨）他去遠了、（生）玉珮聲漸漸遠、空教人餓眼望將穿、怎當他臨去秋波那一轉、首座、休說小生、便是鐵石人情意牽、

【尾聲】生　東風搖曳垂楊線、遊絲牽惹桃花片、爭奈玉人不見、將一座梵王宮疑是武陵桃源、十年不識君王面、始信嬋娟解悞人、小生便不去應舉也罷、（轉身介）敢問首座、有空間房屋、乞借半間、早晚溫習經史、房金依例奉上、（淨）先生、空房雖有、貧僧焉敢自專、待老師父回來對他說方可、（生）既如此、小生明日又來、煩首座在尊師處、竭力贊助為幸、（淨）當然當然、

花前邂逅見芳卿　頻送秋波似有情

便欲禪房尋講習　無心獻策上神京

第六齣邂逅邀紅

【翫仙燈】末上　一卷華嚴消盡萬千魔障、貧僧法本是也、乃普救寺住持、此寺是則天娘娘蓋造的香火院、小僧又是崔相國剃度的、殿宇年深、又是崔相國修造的、今老夫人將

帶一行家眷、扶柩回轉博陵、因見四方干戈擾攘、路阻難行、來借寺側西廂、停喪避亂、待路途寧靜、方回安葬、那夫人處事有方、治家嚴肅、是是非非、人莫敢犯、昨日老僧赴齋不在、不知有何訪客、法聰那裡、（淨）上見介（末）昨日曾有客來相訪麽、（淨）昨日有箇先生是西雒人氏、來訪師父、因你不在就去了、說今日還來探望、（末）來時通報、

【前腔】（生上）一見嬌娥、拴不住心猿意馬、小生昨日見了那小姐、教俺坐臥不安、整整想了一夜、若無法聰在旁、那小姐倒有顧盼小生之意、今日去問長老借一間僧房、早晚溫習經史、倘遇小姐出來、飽看一回、多少是好、

【駐馬聽】（生）不做周方、埋怨法聰和尚、借與我半間客舍、與那多情舉止相向、雖不能竊玉與偷香、且將盼行雲雙眼來打當、小生見那小姐之後、迤逗腸荒、斷送得眼花

撩亂引惹心忙（生見淨介生）日昨多擾（淨）有慢有慢
先生好志誠（生）昨煩借重一言未知
會爲導達否（淨）已曾對師長說知了先生請坐待我
請師長出來我師長年紀大了有些重聽稍停相見
須高說些（生）知道了（淨）師父有客（末出見介淨）便是
昨日來訪的先生他有些耳聾的（末）曉得了（生末見
淨諢科末）遠蒙垂顧到禪關一笑相逢邂逅間冷淡
家風殊不厭焚香清語莫空還日昨多蒙下顧有失
迎迓恕罪恕罪（生）久仰慈顏今得拜識
不勝榮幸（末）不敢動問先生仙鄉何處

【四邊靜】生 大師欲問吾名望張珙住雒陽（末）張先生失敬失敬
令尊大人高壽了（生）先人拜尚書不幸五旬喪（末）令尊大人辭世必有所遺（生）
平生正直無偏向四海一空囊何曾有餘藏小生特備
白金一兩聊爲長任一茶之用（末）先生客邊何勞尊
賜多謝多謝敢問先生此來必有所爲（生）小生不揣
有懇爲慊客邸冗雜欲借禪房一間晨
昏可以聽講（末）間房頗有任從選擇

【前腔】末 雲深地僻無人往、何幸君相訪、草木盡增光、傾蓋當瞻仰、欲掃小房晨昏奉養、斗室不堪容、暫住我方丈、（生背云）這和尚好不着人、誰要與你同寢、

【前腔】貼上 夫人使妾來方丈、修齋薦先長、方丈中坐下一位官人、且他舉止更端詳、一貌出天相、玉容烏帽、身披鶴氅、且任、先見那官人、長老怪、先見長老、官人怪、我紅娘自有道理、自古道先敬其賓後敬其主、（貼）上前作見生介 斂衽見官人、見末介 整袂喏和尚、長老、我曉承嚴命出蘭房、齋沐身心到講堂、爲問良因何日好、要修佛事薦先亡、老夫人着我問長老、幾時好與老相公做道場、（末）選定二月十五日好、（貼）敢煩長老同到佛殿、看了道場鋪設、好回老夫人話、（末）張先生少待、我與紅娘姐看了道場、再來陪坐、（生）便挈小生同往、有何不可、（末）如此、先生同行、（生）長老、他是箇女娘家、着他先行、小生隨後、（末）法聽、

這先生是箇誠篤君子、(淨)怎見得、(末)他說那紅娘姐是女娘家、着他先行、小生隨後、(淨)師父、你不識人、他讓紅娘姐在前邊走、一發看得他仔細、(引)看道塲(介)(末)紅娘姐回覆夫人、擇定二月十五日修齋、至期請夫人小姐拈香、(生)爲何小姐也來拈香、(末)這崔相國小姐最孝、爲報生身父母之恩、又是老相公忌日、因此修設齋事、(生哭介)哀哀父母、生我劬勞、欲報深恩昊天罔極、那小姐是箇女流、尚且有報親之意、小生湖海飄零數年、沒一陌紙錢、報俺父母、望長老以慈悲爲念、小生亦備經資、怎生帶得一分兒齋、附薦俺父母、以盡人子之心、便老夫人知道也不妨、(末)先生既有孝心、法聽與他帶一分齋罷、(生)那小姐二月十五准來麼、(末)先生只管問那女子做甚麼、他爲報生身父母之恩、怎麼不來、(生背云)這五百貫鈔使得着了、小生告回、取行李便來、(末)少停拱候、(生下)(末)法聰請小娘子方丈內拜茶、(貼)長老免賜茶罷、恐老夫人怪妾回遲、就此告退、(末下)貼欲下二和尚送人事(介)(生上)小娘子拜揖、(貼)方纔見過了、(生)敢問小娘子、莫非鶯鶯小姐侍妾乎、(貼)便是、何勞先生動問、(生)小生有一句話說、(貼)言出如箭、不可亂發、一入人耳、有力

難拔、你有話就說、不可隱諱、

【鎖南枝】（生）尚書子白面郎（貼）原來是宦家公子、失敬了、（生）姓張名珙任雒陽二十三歲正年芳正月十七子時養（貼）我又不是算命先生、誰問你生辰八字、（生）小生並不曾娶妻、告小娘作主張（貼）敢問小姐嘗出來麽、（貼）出來便怎麽、（生）若是見鶯鶯和他訴衷腸（貼怒介）先生、你是箇讀書人、全不知禮、豈不聞孟子云、男女授受不親、禮也、瓜田不納履李下不整冠、既讀孔聖之書、必達周公之禮、俺老夫人雖是孀居、治家嚴肅、內無應門五尺之童、至十二三者、非呼喚、不敢輒入中堂、向日鶯鶯小姐潛出閨門、老夫人竊知、召至庭下、責之曰、汝為女子、不告而出、倘遇遊僧過客、私相窺覷、豈不自愧、小姐立謝曰今當改過自新、不敢再犯、是他親生之女、尚且如此、何況以下侍妾乎、先生你不干已事、何苦用心、

【前腔】（貼）不度已不忖量溫柔體質情性良尚書相府

舊門牆誰許伊來胡廝講早妾身恕你行若是見夫人決不肯干讓呸、好不識羞的涎臉（下）（生）這相思害殺我也、

【前腔】生聽說罷心悒怏一天愁都撮在眉尖上適間紅娘說、夫人節操凛冰霜小姐不合臨去回頭望花解語玉吐香乍相逢記不眞他俏模樣

【前腔】生夫人忒過慮小生空忘想郎才女貌合相傚小姐休得淡了眉兒那時節思張敞金蓮小玉笋長我待不思量教我怎撇漾

小姐撇下一天丰韻　張珙拚得萬種思量

成就了會溫存嬌壻　怕甚麽能拘管親娘

第七齣琴紅嘲謔

【臨江仙】（丑上）東人自識桃花面、尋消問息胡纏、侯門迢遞隔重簷、要見嬋娟、難見嬋娟、爲憐寺裡傾城色、忘却天邊桂子香、俺官人前日因見崔相國家小姐、就起求配之心、未知他會許人否、着我見機而作、候他家侍妾出來、討箇消息、遠遠望見一箇丫鬟、想是他來了、待我又哭又笑、看他如何、（丑作哭笑介貼上）白雲本是無心物、又被清風引出來、老夫人教我問修齋日期、須索回報、（丑撞貼介）（貼）這廝敢是失心風的、（丑）我不是失心風的、（貼）既不是失心風的、如何又哭又笑、（丑）又哭又笑見你就要、不知我哭、老大一箇家主、走出來不見了、我笑、莫尋他處、（貼）莫不是適纔方丈中見那一箇秀才麼、（丑）好了、你若見他、有下落了、且問你、我官人怎麼模樣、（貼）你官人像一箇青蛙、（丑）怎麼像青蛙、（貼）你官人像青蛙、蛙兒平身站、未跳龍門先跳澗、蛇頭蛇腦得人憎、昨日你官人見俺小姐、光着眼兒看、（丑）果然是你小姐艷色驚人目、我官人像了青蛙、你小姐也

像一件東西、(貼)像一位夫人、(丑)你家小姐像箇蠶蛾
(貼)怎麽像蠶蛾、(丑)那蠶蛾、那蠶蛾、紅紅口、撲着粉兒、
眉畫柳、想他無對、要尋頭、昨日見俺的官人、只把屁
股扭一扭、(貼)果然是俺小姐灑落風流、(末)扮道人上
禪遠紅塵當閉戶、犬穿籬落吠驚人、你兩人在此何
幹、(貼)我問長老修齋日期、(丑)我來尋主人、要問長老
如何不見、(末)悟空入定去了、(丑)如何爲悟空入定、(末)
空卽是色、色卽是空、(丑)怎見得、(末)香消南國美人盡、
此乃色卽是空、恨入東風芳草多、此乃空卽是色、(丑)
俗人之色、與你出家人不同、(末)如何不同、(丑)我俗人
喫些酒肉、風花雪月、耍樂之色、你出家人、豆腐麪觔、
粗茶淡飯、乃閉塞之塞、(末)怎見得耍樂、(丑)白玉盤中
買快、(貼)紫絨氊上鋪牌、(末)何不道明譜氏、(貼)我將鋪
牌名色、說與你聽着、(丑)也罷、我就和你賭一賭、老道
你就做箇中間人、(末)中見人、(丑)他若說得我過、我就
輸與他做老公、若說我不過、他就輸與我做老婆、(貼)
煩老道做箇明甫、他輸與我做兒子、我輸與他做娘、
(丑)我情願與你做兒子、(末)休要取笑、就將骨牌名說
來、(丑)是誰起、(末)還是紅娘姐起、(丑)他若起、是我收、(貼)
賭賽推班出色、鋪牌點數搜求、傾國傾城、一笑千金、

不賣、閒風閒月、多情百計難留、如花開蝶滿枝、春容
濃艷、紫燕穿簾模、體態輕柔、俺小姐一錠墨、光揺兩
鬢、八珠環、巧掛雙鈎錦裙襴束斷幺、一枝花瘦鴛鴦
被鋪疊勝、半撮香浮、桃花柳葉簾籠景、金菊芙蓉枕
簟秋、春分晝夜停、何曾惹恨、落花紅滿地、料不關愁
九溪十八洞、(丑)十九洞、(末)你輸了、十八洞、怎麽說十
九洞、(丑)老道、你好不知趣、這箇丫頭生得好、便多動
了一動、待何如、(貼)誰知擾攘、天圓地方、此處淹留好
似賓鴻中彈、渾如索纜孤舟、天念三間中數算、奪錢
五路上摟搜、老道作成你、(扯末丑科)好似公領孫、(丑)
這等、你是他的孫子媳婦了、(貼)斷送了五星三命、雙
脚撈恨不到頭、正馬軍、拗馬軍、番成禍患、醉楊妃、醉
西施、恨滅風流、三十三天雨散、巫山十二雲收、雙蝶
戲梅梅上月、二龍入海海中求、寒雀爭梅擾亂、羣鴉
噪鳳胡謅、二士入桃源、你官人探花不滿三十、(丑哭
介)我輸了、隨你去做老公罷、(末)却原來你輸了、(丑)我
偏要說過你、相劈誇強、推班出色、你相國一靈悲絶
六、俺家書生三策抱孤紅、二十四氣在乎人和、三斗
混雜、本乎天地、弄得你雪消春水開蘇秦背劍之匣
你小姐五嶽朝天、俺官人顯將軍掛印之雄、失時癸

折脚鴈、鴈銜珠、不若霞天之鴈、得時兮、秃爪龍、雙龍尾、總爲入海之龍、十月應小春、漸近觀燈十五、二郎遊五嶽、肯教老入花叢、佳人有意、合着油瓶蓋做箇魚遊春水、怕紅粉無情、碎米粟把你小姐劈破蓮蓬、櫻桃九熟、狗煉丹、(末)差了、火煉丹、(丑)你這老道、面也不曾見、丫頭也没有見、火煉丹、一時之僥倖、狗煉丹、成日煉了去、(貼)不是火煉丹、(丑)天地交泰、鍾馗抹額八不就楚漢爭鋒、我官人正揎、你小姐拗揎、劒行十道、鞋弓窄窄、分廂合廂、火燒梅、暖氣烘烘、揉碎梅花、帳外踏梯望月、牆東賣俏、斜瞧格子眼、藏羞半掩錦屏風、孩兒十園中作耍、二姑把蠶、你這丫頭忙裡趕纖、(末)你兩人爭豪競貴巧鋪牌、不及禪心一寸灰、雪月風花尋笑耍、兩家休作是非堆、(貼)這廝班門弄斧、誰不知窮件儻、單身一條光棍、(丑)這臭丫頭、嚮嘴兩片精皮、(末)你兩人不必論只、各回去罷、

打點齋筵食物　莫教缺少煎熬

精皮把來包餡　光棍將去擂椒

第八齣紅傳生語

【菊花新】（旦上）描罷鴛鴦離繡牀，不知門外又斜陽，移蓮步出蘭房，情默默，意徉徉。柳依臺榭東風煖，花壓欄杆春晝長、早上老夫人使紅娘問長老修齋日期，如何不見回報。（貼上）方纔回了夫人話、特來見小姐。（見介旦）長老擇定幾時修齋。（貼）已擇二月十五日、請小姐拈香。（貼笑介旦）這妮子爲甚好笑，敢是我戴得花兒不好。（貼）不是。（旦）穿得襖兒不好。（貼）也不是，姐姐，我若說與你、連你也好笑起來。（旦）你且對我說着。（貼）便是前日在佛殿上撞見那箇秀才、今日也在方丈裡、我與他施禮過了、他先到寺門前、等候我出來、深深作箇揖。（揖介旦）這妮子癡了。（貼）我不癡、學與小姐看、他問我、小娘子莫非鶯鶯小姐侍妾乎、我說便是、何勞動問、他又說是、

【鎖南枝】（貼）尚書子，白面郎，（旦）原來也是宦門之子，（貼）姓張名珙任雒陽，（做想介）二十三歲正年芳，正月十七子時養。（旦）誰着你

去問他、(貼)誰去問他、他還說小生並不曾要妻、又問小姐甞出來麽、我說便出來怎麽、**他說告小娘作主張若是見鶯鶯和他訴衷腸**(旦)你怎麽回話他、(貼)當時被我比長就短、搶白了一場、我自來了、不知他想着那朶雲内的雨、世上有這等不識羞的涎臉、(旦)他是讀書人、不要搶白他也罷、此事只可你知我知、不可對老夫人說、(貼)曉得、(旦)天色將晚安排香卓到後花園中燒香去、

若要萱堂增壽考　全憑早晚一爐香

第九齣隔牆酬和

(生上)閒尋丈室高僧話、悶對西廂皓月吟、前日小生與法本借一間空房、巳曾移來住下、打聽得衆和尚們說、鶯鶯小姐每夜在後花園中燒香、小生今夜先去太湖石畔牆角邊立下、待他來時、聽他祝告甚麽、我且攀任柳稍、飽看一回、却不是好、你看月朗風清、是好景致也、

【素帶兒】生 良宵靜、玉宇無塵、月滿庭、閒階上一樹牡丹花影、思省俺可憎、比月殿嫦娥不恁撑廝俵倖、那小姐生得齊齊整整、嬝嬝婷婷、（貼上）香卓已完備了、請小姐去拈香、（旦上）古來好事難成、惟願天從人意、（貼）姐姐、你看月明星朗、其實好景致也、

【昇平樂】旦 分明樓臺掩映、問嫦娥爲何長夜孤另青天碧漢、不知幾許心情、貼 畢竟是誰還向月中行、料應與此心相等、畫欄幽徑、潛潛隱隱悄悄冥冥、（旦）紅娘、將香卓移過太湖石畔去、（貼移卓生窺介）料想春嬌厭拘束、等閒飛出廣寒宮、花生兩臉、體露半襟、垂翠袖以無言、展羅裙而不語、似湘陵仙子、斜倚舜廟珠扉、如月殿嫦娥、半現蟾宮金闕、是好女子也、聽他祝告甚麼、（旦拈香介）此一炷香、願亡過先人早昇仙界、此一炷香、願堂上老母身安無事、此一炷香、但願（做不

語介貼姐姐兩炷香都祝告了，第三炷香如何不祝告，我替姐姐祝告了罷。跪祝介老天，願姐姐早尋一箇姐夫，挈帶紅娘快活一快活。旦拜作長吁介心中無限傷心事，盡在深深兩拜中。

素帶兒 生 娉婷百媚生。比那初見呵，龐兒越整。蒼苔上料應小脚兒難行，盈盈體態輕。羅袂生寒心自驚，空覷定只爲他離多會少，有影無形。小生雖不及司馬相如，那小姐頗有文君之意，我且歌一絕，看他何如。詩月色溶溶夜，花陰寂寂春。如何臨皓魄，不見月中人。旦紅娘，是誰在牆角邊吟詩。貼這聲音，便是二十三歲不曾娶妻的涎臉。旦好清新之詩，我也依韻和他一首。貼你兩下裡正好做一首。旦做一首詩有了。貼面也不曾會，就有了。旦賤人，詩有了。貼我只道那話兒有了。旦吟詩介蘭閨久寂寞，無事度芳春。料得行吟者，應憐長歎人。生是應酬得好快，謝和韻了。

昇平樂 貼 空庭香霧冥冥，向西廂曲欄杆外，閒凭竹

梢月轉早不覺斗柄雲橫（旦）傷情起來花下拜三星

白日裡枉躭愁病（貼）夫人有命及早同去了罷（旦）謹依來命更長漏

永月朗風清正是酒逢知己飲詩向會人吟（貼旦並下）

【一翦梅】生上場　度柳穿花宿鳥驚目斷芳卿只教人盼

不見芳卿畫堂朱戶冷清清病染張生怎發付小生

【簇御林】（生）小姐你的新詩句忒應聲訴衷腸眞可聽一

言一字都相應語句又輕音律又清崔鶯鶯不枉為

名姓他若與小生到天明隔牆酬和惺惺的惜惺惺

【前腔】生　簾垂下戶已扃顫巍巍花弄影落紅如雨埋

芳徑燈兒又不明夢兒又不成房兒中寂寞衾兒冷

淅零零風兒透入窻兒上紙條鳴、

【琥珀貓兒墜】生　隔簾斜月偏炤短檠燈、便是鐵石人心也動情、玉人何事忒聰明、鶯鶯、多應是你無緣小生薄命、

【前腔】生　何時能彀錦片美前程、柳映花遮雲錦屏巫山雲雨夜三更、張生、不知是我無緣那人薄命

【尾聲】一天好事從今定、一首詩分明炤證、有一日華堂春自生、

東風嫋嫋泛崇光　香霧空濛月轉廊

燕子樓頭楊柳月　今宵特地炤更長

第十齣鬧攘齋壇

【光光乍】（末淨丑上）和尚出家，身上掛袈裟，有人請我修功果。眞箇快活光光乍。（末）徒弟，今日乃是十五日，啟建道場，鋪設壇面，揚旛擊磬，設法誦經，等待老夫人小姐拈香，就去請張先生來了。（衆）張先生拈香。（隨意做道場介）

【掛眞兒】（生上）梵王宮殿月輪高，碧琉璃瑞煙籠罩。斷續鐘聲，飄揚旛影，頃刻檀那都到。（法本）長老請小生拈香赴齋，你看衆和尚早以在此做法事了。

【駐馬聽】（生）法鼓金鐃，二月春雷響殿角。鐘聲佛號，如風雨一天，密灑松梢。侯門不許老僧敲，紗窗外定有紅娘到。饞眼難熬，待他來時須看十分飽。（衆）長老拜揖。（衆）張先

生稽首、請先生上香、倘老夫人問及、認了頑徒親、(淨)
認了我妻舅、(末)難道和尚有妻、還是認做母舅、(淨)百
忙裡叫你、你就要答應、不要
待他識破了、(生)正是如此、
【沉醉東風】(生拈香介)惟願在世間的壽高、亡化的天上逍
遙、爲祖考拜三寶、焚香暗中禱告、夫人休拗梅香莫
焦、早成就姻緣事到老、(淨)呀、夫人小姐來了、(生)爲你們志誠、神仙下降也、
【番卜算】(夫旦貼上)結髮做夫妻、不幸輕分散、幾回思憶淚
珠彈、(合)鄉國何時返、月缺花殘事感傷、人間天上兩茫茫、可憐幼子伶仃女、同赴荊
山古道場、(衆)夫人稽首、(末)啟老夫人、貧僧的頑徒有
箇母舅、是箇飽學秀才、父母俱亡、不曾追薦、今欲帶
一分齋、報答父母、貧僧一時應允、恐老夫人見責、(老)
旦長老的親、就是我的親一般、請來相見、(丑)張先生
請相見、(生旦老旦各見)
禮介、(末)請老夫人拈香、

【一封書】老旦拈香介 齋心禮佛寶爐沉檀鼎內燒 哭介 追夫動痛號兵燹何期此地遭母子飄零無以報特仗良因將意表 合 梵音高寶燈搖救拔幽魂離苦惱

【前腔】旦拈香介 移蓮步拜告仰金仙在九霄孤兒女守孝朝夕思歸途路遙不想椿庭傾逝早保祐萱堂增壽考 合前 老旦身已困倦、睡息片時 作睡介

【皂羅袍】生 俺只道玉天仙來到 却原來是可意根苗小生旅況最難熬怎當他傾國傾城貌櫻桃小口楊柳細腰梨花白面麝蘭氣飄輕盈上下都堆俏

【前腔】淨丑 你好没顛没倒 分明是鬧了元宵迷留目亂

癢難撓太師座上空凝眺（末）頭佗懊惱把鐘磬亂敲燒香行者把香煙滅了（丑淨）因貪看小姐如花貌（淨）風滅了燈誰去點（生）小生去點（旦背與紅云）那人兒整整忙了一夜紅娘夫人勞倦打睡和你佛殿上耍一耍去

【前腔】（旦）你看他外像兒風流年少內性兒冠世才學扭揑身軀㤺做作來往人前賣弄俊俏（貼）黃昏這回白日那覺書幃獨睡怎生到曉此情未許人知道（老旦）醒（介）紅娘化了紙錢罷（化紙介）

【傍妝臺】（老旦）殷勤酬奠化金錢上通碧漢下黃泉自從與你分中路孤窮母子有誰憐紙灰飛作白蝴蝶血淚染成紅杜鵑空嗟歎枉淚漣（合）願得亡魂平步上

西天（貼旦）天色將曉，道場已畢，請夫人小姐回去罷，（老旦）正是好回去了。（末）夫人留紅娘姐在此送佛。（老旦）紅娘，你在此送佛回來。（貼）理會得。（老旦）情到不堪回首處，一齊分付與東風。（老旦下）（衆做送佛介）真詮演教人何在，化作巫山一片雲。（衆貼並下）

【駐雲飛】（生弔場）情引眉梢，心事難傳我也知道了。有心爭奈無心好，多情却被無情惱。（嗏）勞攘了這一宵，玉人歸早，佛事都收，何處難兒，叫各自歸家，葫蘆提鬧到曉。

貪看鶯鶯赴道場　一宵辛苦到天光

爲憐客旅傾城色　忘却天邊桂子香

第十一齣　彪賊起兵

賀聖朝（淨扮孫飛虎上）統領強兵爲寇，不圖拜將封侯，殺人放火逞兇謀，肯落他人機後。劍氣腥紅帶血磨，因貪女色逞僂儸。龍珠欲取探龍窟，虎子還求入虎窠。欺白起，笑廉頗，殺人放火妄爲多。營門忽報非常樂，管取春嬌馬上駝。自家姓孫名彪，字飛虎，只因主將丁文雅失政，軍士們不守紀律，只得將本部五千人馬，嘯聚山林，以劫掠爲生。近聞崔相國之女，容貌非常，年方二八，現在河中府守喪。不免整點軍馬，圍住寺門，擄得鶯鶯爲妻，平生之願足矣。頭目那里？（衆）三十年前學六韜，柳梢枝上月兒高。一拳打破天邊月，翻身踢退海中潮。覆將軍有何令旨？（淨）衆頭目們，我聞得河中府普救寺崔相國之女鶯鶯，生得十分美貌，我如今親自提兵，拏他做箇壓寨夫人。頭目們聽吾號令，人盡銜枚，馬皆勒口，各要向前，不可怯後，連夜進兵，獲得多嬌，論功陞賞。（衆）得令。

豹子令（淨）聞說蒲東一寺門，一寺門，崔家少女號鶯

鶯號鶯鶯艷質方纔年二八擄歸山寨做夫人（合）點
精兵安排器械便登程

【前腔】（衆）果有嬌姿美貌人美貌人驀然說起動人心
動人心大王免得蹺脚坐小卒免得曲腰行（合前）

【前腔】（淨）本是朝中一武臣一武臣今來山寨做強人
做強人只為有功無陞賞算來誰肯辦赤心（合前）

鐵騎連營鴈翅排　何須紅葉作良媒
不將艷質軍前獻　管取叢林化作灰

第十二齣急報賊情

【末上】天有不測風雲，人有旦夕禍福。貧僧法本，好靜修行，不管塵事。誰想如今賊兵孫飛虎，領五千人馬圍任寺門、鳴鑼擊鼓、吶喊搖旗、要擄崔小姐爲妻、言稱若不送出、將本寺盡皆燒燬、僧族不留一箇、此事如何是好、不免急急報知夫人小姐、早尋箇計策也、

一心忙似箭　兩脚走如飛

第十三齣　許親救厄

【三台令】旦貼上　自那日忽覩多才、不覺每上心來、春悶好難捱、畢竟情深似海、(旦)奴家自見張生之後、神思飄蕩、茶飯不餐、况値暮春天氣、好傷感人也、正是好句有情聯夜月、落花無語怨東風、

【淘金令】旦　懨懨瘦損、那値春光盡、羅衣寬褪、早是神勞頓、能消得幾箇黃昏、目斷行雲、人遠天涯近、嗏則索自溫存、但出閨門、影兒般不離身、從見了那箇人、

兜的便可親詠月新詩詠月新詩依着前韻（貼）姐姐往常間不曾如此没情没緒自見了那秀才便覺心事不寧姐姐敢是想着那人

（混江龍）（旦）想着風流士擠旋人臉兒清秀身兒俊性兒濫克情兒順不繇人口兒作念心兒應端的是長縈方寸（貼）姐姐聞得他好才學哩（旦）星斗煥文章方顯得平生學問（老旦）忙上正是閉門家裡坐禍從天上來孩兒禍事到了（旦）甚麼禍事來（老旦）孫飛虎領了五千人馬圍了山門道你有傾國傾城之色要擄你爲壓寨夫人怎生是好（旦）作驚跌介貼抱介老旦天那兀的不痛殺我也

（紅衫兒）（旦）聽罷一言心不忍此禍滅身苦着人進退無門把袖梢兒揾不住啼痕喊殺聲怎禁母親休得要

愛惜鶯鶯，我甘心自殞。

〔東甌令〕（老旦）那賊如狼虎，儘胡行。（孩兒）道你蓮臉生春，眉黛顰，更有傾城傾國楊妃貌，多嬌俊，恣情劫擄要成親，教我淚零零。（旦）母親，我做孩兒的拚一死便了。

〔香羅帶〕（旦）不致摧殘老院君，先靈且穩，禪堂免教成灰燼，諸僧無事得安寧也。若是從軍去，羞殺相府門。母親，孩兒有一計了。誰人敢勇立功勳，殺退賊兵也，情願與英雄爲契姻。（老旦）此事倒好，便不是門當戶對，也強似陷於賊人之手。紅娘你快去請長老來商議。（紅請介末上）老夫人叫貧僧有何分付。（老旦）此事已急了，可與寺中兩廊下人說，不問僧俗人等，有能退得賊兵者，願將小姐與他爲妻，決不爽信。（末）夫人既有此言，待小僧拍手高叫。（叫介）兩廊下人等聽着，但有能退賊兵者，夫人有言，願將小姐妻之。（生）急上（介）我有退兵之策，如何不早來尋我。（見介）（老旦）先生計將安出。（生）重賞之下，必有勇夫，賞罰若明，其計必成。（旦與貼云）只願得這秀才退得賊兵便好。（老旦）方纔與長老說過，但退得賊兵者，願將鶯鶯妻之。（生）既然如此，休得驚嚇了我渾家。（貼）晌午喫晚飯早些哩。（生）一交跌在籠糠裡，抱穩了，請入臥房裡去，我有一退兵之策。（老旦）紅娘扶小姐進去罷。（旦貼下）（生）我有一計，用着長老。（末）貧僧不會廝殺，別尋一箇去罷。（生）長老休慌，不用廝殺，只要與賊人打話，說夫人本待就將鶯鶯小姐送出，一者父喪在身，二者于將軍不利，不必鳴鑼擊鼓，驚殺了小姐，可惜了。將軍可按甲休兵，退一箭之地，且容三日之內，功德完滿，除了孝服，換上鮮衣，將小姐送到成親便了。（末依前叫介）（內云）既如此，限你三日後不送出來，放火燒了寺門，殺得你僧俗不留一箇。軍士們退去一箭之地。（衆應介）（末）且喜賊人依我說，退去一箭之地，限三日後，倘此計不成，我等死無噍類。（生）不妨，小生有一故友，姓杜名確，號爲白馬將軍，現統兵鎮守蒲關，此閒相去不遠，小生修書一封，去請他，必然來救我。只是無人敢去。

(末)我寺中有一徒弟、叫做惠明、平昔只愛廝殺、此人可去、須用言語激他便好、(生)待我修書、你去叫他出來、(寫書介)(末)惠明何在、

【粉蝶兒】(丑扮惠明上)聽得傳呼、不覺火頭起火、(見介)長老叫我做甚麼、(末)我寺被孫飛虎圍了、要擄崔小姐、今張先生修書去請杜將軍、無人敢去、(丑)我敢去、(生)你去不得、(丑)我怎麼去不得、(生)看你言不出衆、貌不驚人、只好念經拜懺、有甚本事去得、

【好孩兒】(丑)不念法華經、不禮梁皇懺、丢了僧伽帽、撇了袒褊紅衫、殺人心逗起英雄膽、兩隻手將烏龍棍來撍、直殺入虎窟龍潭、非是我出尖貪婪、(生)你曾喫齋麼、

【福馬郎】(丑)喫菜饅頭委實口淡、五千人不索煎爛腔子裡熱血且權消渴、生心解饞、五千人做一頓饅頭

餡(生)不信你喫得許多、
〖紅芍藥〗丑包殘肉把青鹽蘸(生)你如今敢去麼、(丑)你那裡問俺
敢也不敢、孫飛虎聲名播斗南、能淫慾這般貪濫、(生)你
曉得念經麼、(丑)經文也不會談(生)會坐禪麼、(丑)逃禪也懶去參(生)你是出
家人、如何只要廝殺、(丑)戒刀頭新來鋼蘸、鐵棒上塵土不染(生)你
寺中和尚如何、
〖耍孩兒〗丑他只會喫齋飯在僧房裡、卻不管燒了伽
藍(生)這一封書、徑到蒲關上杜將軍處投下、(丑)多謝得扶危困故友書一
緘、今日裡撞釘子把賊兵探、大踏步非誇侃(生)倘賊兵不放
你過去、如何是好、

倘秀才　丑　着幾箇沙彌拏寶蓋擔排陣勢把他來按
遠的破開步將鐵棒拴近手的將刀來斬小的提起
來將脚尖攛大的扳下來把髑髏鑡

縷縷金　丑　聽一聽海波翻滾一滾索琅琅振山岩打
熬成天生這般劣性人捹捨着命幾曾肯忑忐反怕
的勤馬停驂（生）只怕你到此分際不得

紅繡鞋　丑　平生欺硬怕軟欺硬怕軟喫苦不愛甘非
是你每拈花柳沒掂三休因親事胡泊俺咱非是躲
懶杜將軍不肯把兵戈退張解元干將風月擔

尾聲　丑　威風助我齊吶喊擂鼓搖旗不等閒此去將

半萬賊兵嚇破膽（下）（生）夫人長老放心，此書到了蒲關，杜將軍必定起兵就來、

非是鯫生特顯才　夫人長老且寬懷

此書若到蒲關寨　管取英雄即便來

第十四齣衝圍拚命

（丑上）尺書今日到蒲關，那怕崎嶇道路難，非是小僧誇大膽，管教强寇活應難。夜來長老與張生着我賫書往蒲關見白馬將軍，就此撞將過去，若不放我去，就與他厮殺起來、（淨衆上）拏住介 漁藏大海垂綸釣、獵向山中布網羅、你那秃子那里去、（丑）你不要拏我，且聽我說、

【駐雲飛】丑 衣鉢隨身，抄化不多糧米盡，四下裡兵戈振，各自逃生命。嗏 不意此遭擒，告將軍息怒停嗔，望你相憐憫，佛面須看放我行（合掌科）南無阿彌陀佛（淨）既是抄化的、放他去、

合放手時須放手　得饒人處且饒人

第十五折投書帥府

（末上）幕府英雄勝虎狼，擎天玉柱紫金梁，妖嬌警夜長蛇動，武士春圍細柳香，十六雙牌新駐節，三千里鎮動邊疆，莫言邊鄙專生殺，膺錫殊恩沐寵光，自家杜將軍帳下頭目是也，俺元帥近臨邊境，威鎮疆埸，大振聲權，宏張師旅，指揮則隼鶚飛揚，叱咤則龍蛇警避，運籌于三關之上，決勝于千里之中，推轂登壇弭旌駐節，官授征西大元帥之職，生得熊腰虎背，當懷義膽忠肝，道猶未了，元帥早上，

【菊花新】（衆引外上）一片丹心圖報主，鎮邊陲竹帛生輝，開國承家本仁治義，謾評論孫龐蒯起，（文帝鸞轝勞北征，條侯受鉞整嚴兵，轅門只有將軍令，今日方知細柳營，下官叨蒙聖恩，官拜征西大元帥，奉勅鎮守蒲關，自那日與張君瑞相別，倏經數月，他相約我不久到此，爲何不見來，（末上）有事不敢不報，無事怎敢亂傳，報軍情事的，

遞帖外接看介一爲擾害地方事、近因丁文雅失政軍士不守紀律、因而作亂、擾害鄉民、知道了起去、末下外這廝不守王法、擾害百姓、就欲進兵征討、爭奈未知强徒出没、兵士何在、丑上會傳天外信、善達世間書、衆甚麽人、拏任介禀元帥、一箇和尚闖關、想是奸細、特拏在此、外這秃廝敢是打探軍情事的、拿去砍了、丑容小僧禀知、外也罷、你從實供來、

紅衲襖 丑 問貧僧何處來、外爲甚到此、丑爲寓空門西雒客、外西雒客是何人、丑麾下投書張秀才、外那秀才怎麽、丑近日遭逢飛虎賊、愴惶無佈擺、險把殘生害、外秀才家不過琴劒書箱、那有良金美玉、丑不因韞匱藏珠也、外他爲甚麽、丑只爲崔家少女傾城色、有書在此、衆接書外看介

一封書 外 雒生珙拜兄近日何期遇難中孫飛虎逞

兇劫掠人財強聚衆崔相國家并僕等一旦如魚困釜中破梟獍仗雄風顛沛來緘怨不恭這書果是我兄弟寫的、放了那和尚、與他酒飯壓驚、（衆應介）（外）左右、此去賊營多少路程、（衆）此去普救寺、約有百餘里、（外）救崔張高其義、擒飛虎顯其威、就選精兵、連夜進發、（末）覆元帥、兵書云、五更趨戰、擒上將軍、百里趨戰、蹶上將軍、強寇之來、勢不可測、兵家所忌、未可前進、（外）你曉得甚麽、吾料賊徒、志在酒色、比及五更、一鼓而擒、所謂義兵神策、迅速聞雷、掩耳無及、就此起兵前去、（丑）禀元帥、與張先生甚麽交好、

【排歌】（外）君瑞張生是我膠漆故知同袍怎忍顛危吾令即刻便興師管取強梁翦草除（合）人吶喊馬奔飛半天搖動五方旗功成日奏凱回鞭敲金鐙喜孜孜

【前腔】（丑）上告將軍略聽咨啓（和尚那裡呵、）事急一似燒眉

將軍若肯發慈悲免使諸僧作怨鬼（合前）

要全道義顯軍威　不惜千金怒發機

掃盡蒲關强賊輩　元戎齊唱凱歌回

第十六齣　白馬解圍

【四邊靜】（淨衆上）鶯鶯許我爲姻眷，移兵退一箭，願結百年期，今朝三日滿，衆須吶喊，若不速獻，佛寺便成灰，僧俗盡戮遍。左右的與那和尚打話、三日限滿、如何不獻出鶯鶯、稍有遲延、僧俗不留一箇、殿宇盡皆燒燬、（衆叫介）（內應）待蒲關白馬將軍到了就獻出來、（淨衆驚介）不好了、走漏消息了、

【剔銀燈】（淨衆）三日前許結美緣，誰知他甜言相騙，吾聞白馬眞英漢，他來時吾屬必翦，難言，心驚膽寒，渾身

上淋漓雨汗(衆)你看東南上旌旗蔽日、戈戟參天、打着白馬將軍帥字旗、口稱要拿反賊、不好了、(淨)且不要慌、雖則敵他不過、也要拚死一戰

【粉蝶兒】(外衆上)怒髮衝冠、長江直欲投鞭斷、一鼓下河中、方遂男兒願、(衆)禀元帥、前面就是賊營、(外)衆軍士與我排開陣勢、和他交戰、(交戰拏任飛虎介)(外)快請兄弟出來、

【醉落魄】(生)吾兄一別、期難會、難中感得來相濟、(老旦上)接特蒙神策回生、殊勝嚇蠻書、(衆相見介)(外)老夫人在此受驚、皆是下官不能鎮守之過、(生)若非仁兄見救、幾乎失所、(老旦)老身母子蒙將軍活命之恩、亡夫亦感德於地下、(外)區區職分所當、何足爲謝、左右、抓那賊子過來、(淨見跪介)(外)孫彪有甚申說、從實供來、(淨)小人罪犯難逃、望將軍筆下放生、(外)戳亂禦民者、既有賞而有爵、作亂掠民者、豈無罰而無刑、賞無濫給、法不妄施、孫彪功無汗

馬、選列偏裨、襲世勳而不懷忠義、壞紀律而專務非爲、甘效大鎗銅馬、不師武子攘苴、三綱五常、本彝倫而未達、七封八陣、該機務而何知、慕少艾而猖狂、逼人閨闥、合無籍以擾攘、亂我王師、觸虎威、分當納命、諒鼠輩、何足獻俘、元惡難容、例應裁處、協從堪憫、事屬可矜、王法緣情、肯私於出入、金科定罪、敢失於毫釐、爲從從輕、從流當充於軍卒、爲首從重、誅斬合坐於渠魁、速送所在法司、監候呈詳處決、左右、與我牢固押發前去、（淨）正是臨刑自此方知覺、事到頭來悔却遲、（下）（生）愚弟特備一杯蔬酒、與仁兄酬勞、

【黃鶯學畫眉】（生把盞介）憶昔共分離、歎參商半載餘、青雲事業眞堪愧、茇宇棲遲、遭逢嶮巇、感吾兄迅掃強徒退、（合）細思誰料今朝裡重見漢室官儀、

【前腔】（外）一自着戎衣、念交情會晤稀、誰知此地遭顛沛、驚見弟書、惟恐到遲、（生）只是有勞兄長、（外）兵家勞役何曾慮

（合）細思、誰料今朝裡、重見漢室官儀。

【前腔】（老旦）最苦是娘兒、駕靈輀返故廬、依親暫向叢林寓。逢着亂離、全家痛悲。賴斯文請得恩官至。（合）細思、誰料今朝裡、重向鬼門回歸。（末丑上云）多蒙將軍垂救、衆僧得命、特來叩謝。

【前腔】（衆）持戒守清規、爲紅粧惹是非。堪嗟强賊全無忌、因貪女姿、琳宫被圍、仗先輩邀得天兵至。（合）細思、誰料今朝裡、正中秀才之機。（叩頭介）（外）衆和尚去罷。（衆下）（外）賢弟、如今寇平事妥、就同下官到關上相敘幾時、打點上京取應、何如。（生）感蒙仁兄厚德、只因老夫人有言、已許退兵者將女妻之、待此事一諧、即當叩拜。（外）老夫人既有此言、正所謂淑女配君子、容當慶賀。下官信地難離、就此告別。

欲別臨岐意若何　今生難報此恩多
種成雙玉藍田美　金鐙齊敲唱凱歌

第十七齣排宴喚廚

（丑上）千紅萬紫競芳妍、早赴良辰整玳筵、果列新奇誇洞府、酒傾香美盎壺天、雖無龍鳳烹炮異、勝有珍珠八饌鮮、莫道酬功唯一醉、畫堂深處會神仙自家是蒲東郡第一箇高手段廚子是也、今普救寺中崔相國家、要安排筵席、昨日令人叫我、今去走一遭、此間正是寺裡、不免敲門、開門開門、

【雙勸酒】（貼上）是誰叩門問時不應更不道事因待將輕進看他這般樣油衣必是庖人　你是甚麼人、（丑）小人是有名的顧廚、你府內說要安排茶飯、特來到此、（貼）你既是有名的廚子、你說本事來與我聽、（丑）你聽我說、手段從來無比、隨你喫一看幾、休題北酒南茶、不怕人來嫌比、大則殺牛宰馬、小則雞鵝之類、烹炮隨時看火、香辣全憑五

味、湯水是我先嘗、黑炭是你去洗、(貼)你不說偷湯偷
肉、且在我面前方文尸比、(丑)你倒說方文尸比二字、
你了頭敢是通文(貼)那般文字不曉得、(丑)不要誇口、
且把千字文念一念、你家爲何擺筵席、(貼)你聽道、我
家曾做府羅將相、輔佐有虞陶唐、誰想忠則盡命、撇
得一家老少異糧、雖然遺下些尺壁非寶、那裡去秋
收冬藏、老夫人不能轂畫眠夕寐、不縣人不宇宙洪
荒、俺家有一小姐女慕貞潔、生得如玉出崑岡、眞箇
形端表正、又不四大五長、被人鑑貌辨色、到處就律
呂調陽、被孫飛虎圍住了寺門、如晉楚更霸舉家悚
懼恐惶、他不顧俺世祿侈富、只道寓目囊箱、小姐是
俯仰廊廟、要他侍巾帷房、俺家曾做高冠陪輦、怎肯
與他露結爲霜、(丑)如何下落了、(貼)虧了背邙面雒、(丑)
雒甚麼、(貼)雒陽人、一箇辰宿列張、(丑)張甚麼、(貼)張生、
(丑)如何設法救了、(貼)他有一箇孔懷兄弟、那人用軍
最精、忙寫一封箋牒簡要、着人送到微旦孰營、念他
交友投分、點起家給千兵、來時如雲騰致雨、殺得弁
轉疑星、拏任要誅斬賊盜、(丑)如今那裡去了、(貼)如今
解上東西二京、(丑)那先生怎麼謝他、(貼)爲他肆筵設
席、殺一箇詩讚羔羊、雖則臨深履薄、做幾套周發商

湯、請他須飽飫烹宰、休着你飢厭糟糠、（丑）糠喫不得（貼）也嚥得、（丑）嚥不得、（貼）你偷些汁湯泡喫、（丑）油鬅丫頭、（貼）光邊漢子、

（鏵鍬兒）丑　廚頭食次須週遍、那更遇着賞花天偏稱開芳宴不必叮嚀點撿、合　賓主忻然如何不見須知美景良辰杯傳盞勸、

（前腔）貼　明朝筵宴非閒翫、餚饌更精專南北排茶飯、休得嗔貓叱犬、合前

誰知相府小紅娘　三月全無肉味嘗

不是庖人乾嚥唾　明朝相伴賀新郎

第十八齣遣婢請生

【花心動】（貼上）半萬賊兵、捲浮雲片時掃盡、孤兒幼女死裡逃生、列山靈陳水陸、張君瑞合當欽敬、老夫人着我去請張先生、必是與小姐成親、我想起來、一家若無張先生、這性命其實難保也、

【步步嬌】（貼）憑着他善武能文、書一紙早醫可了相思病、薄衾單枕有人溫、鳳帳鴛幃早則不冷、今日東閣玳筵開、煞强似西廂和月等、道猶未了、早到書院中了、張先生開門開門、

【前腔】（生上）客館蕭條春欲盡、碧草埋芳徑、（貼）咳嗽（介）（生）隔窗兒嗽一聲、是誰、（貼）是我、（生）他啟朱唇急來答應、敢問紅娘姐到此有何話說、（貼）老夫人着我來請先生赴席、（生）如此小生便行、（貼）秀才們聞道請、却便似聽了將軍令、（生）紅娘姐此席爲何而設

宜春令 貼 第一來爲壓驚第二來因謝承(生)擺列甚麼茶飯(貼)
殺羊茶飯(生)敢是未曾完備(貼)來時早已安排定(生)請何人相陪(貼)斷
間人不會親鄰請先生和俺鶯鶯匹聘(生)如此小生謹依嚴命(貼)張
我只見他歡天喜地謹依來命(生)看地顧影介(貼)張先生你爲何看了地
下走來走去(生)小生客邊乏鏡聊借天光以炤吾影耳
五供玉交枝 貼 來回顧影文魔秀士欠酸丁(生)紅娘姐你看
我兩鬢如何(貼)下工夫將頭顱來掙遲和疾擦倒蒼蠅光油
油耀花人眼睛酸溜溜螫得牙根冷天生這箇後生
天生那般俊英(貼)張先生我有一句話要對你說(生)但說不妨
玉嬌鶯兒 貼 今宵歡慶我鶯鶯何曾慣經你須索要

款款輕輕燈兒下共交鴛鴦頸端詳可憎誰無志誠你兩人今夜親折證（生）謝芳卿謝紅娘姐錯愛成就了這姻親（生）敢問紅娘姐那裡有甚麼景致（貼）

【解三醒】（貼）玳筵前香焚寶鼎繡簾外風掃閒庭落紅滿地胭脂冷白玉欄杆花弄影（生）更有甚麼好處（貼）准備着鴛鴦夜月銷金帳孔雀春風軟玉屏（生）有甚麼樂器麼（貼）合歡令有鳳簫象板錦瑟鸞笙

【前腔】（生）可憐我書劍飄零無厚聘感不盡姻親事有成新婚燕爾安排定除非是折桂手報答前盟我如今博得箇跨鳳乘鸞客到晚來臥看牽牛織女星非

僥倖受用的珠圍翠繞結果了黃卷青燈

【前腔】貼 憑着你滅寇功勳舉將能却不道兩字功名未有成爲甚麽鶯鶯心下十分順只爲君瑞胷藏百萬兵專請你有恩有義閒中客廻避了無是無非廊下僧夫人命道足下不須推託和賤妾即便同行

【尾聲】貼 老夫人專意等 生 嘗言道恭敬不如從命 【貼】張先生是必早些來 休使紅娘再來請 張先生如今合當謝我了

纏頭蜀錦謝嬌紅　水溢藍橋路未通

管取門闌多喜氣　定教女壻近乘龍

第十九齣畔盟起怨

鵲橋仙（老旦上）開鐏設宴非閒遣，只爲全家被難。（貼上）調和琴瑟在今宵，消却兩邊愁怨。（老旦）枝頭失翠鶯先覺，葉底消紅蝶未知。前日兵圍寺門，要擄鶯鶯，無奈只得將女孩兒許了張生。幸得事已寧息，爭奈先夫存日，已曾許配姪兒鄭恒，前者寄書去着他來奔喪，此子倘至，如何下落？寧可負妾今日之言，莫違先夫存日之約。我今日設一筵席，去請張先生，一來酬謝活命之恩，二來說斷了這門親事。紅娘，夜來分付你安排筵席，完備未曾？（貼）完備了。（老旦）快請張先生來。（貼）張先生來了。

番筭子（生上）一見便留情，漫想成何益。姻緣天付與，自有團圓日。正是有緣來看雒陽花，無心坐聽笙歌沸。（見介）（老旦）前日兵圍之際，若非先生，焉有今日？一家之命，皆足下之所活也。聊備小酌，非爲報禮，請勿嫌輕。（生）一人有慶，兆民賴之。賊子之敗，皆夫人之福也。萬一杜將軍不至，我輩皆無脫死之計。此皆往事，不足掛齒。（老旦）先生請上坐。（生）小生侍立於旁、尚且不敢、焉敢與夫人對坐、(老旦)恭敬不如從命、(生告側坐介老旦)紅娘把坐兒移正了、(生)不敢、(貼)女壻門中嬌客、便坐何妨、(老旦)休要多說、去請小姐出來、(貼)小姐、夫人有請、(旦內應介)我身子不快、出來不得、(貼)小姐你道請誰、(旦內應)是請誰、(貼)請張先生、(旦內應)既請張先生、只得扶病走一遭、

【前腔】(旦上)簾外喚聲聲、何事相催逼、(貼接上)報道可相見那箇曾相識、(老旦)孩兒、若非張先生活命之恩、今日怎得保全一家性命、孩兒你過來、不須迴避、上前拜了哥哥、(生背云)這聲息來得不好了、(旦背云)母親變了卦了、(老旦)紅娘斟酒過來、

【畫眉序】(老旦把盞介)若不是君瑞識人多、別箇焉能退干戈、排着酒果列着、笙歌花陰細暖日庭階、香篆裊東風簾幕、(合)感伊救我全家禍、欽敬禮正當酬酢、(老旦)孩兒、將酒來遞哥哥一杯、

【前腔】旦把盞介雙眼轉秋波，一點靈心早瞧破着鶯鶯做妹妹拜了，哥哥白茫茫水溢藍橋，撲簌簌把比目魚分破。合奈何愁把眉峯鎖，驀忽地又早張羅。（生）我已醉，喫不得了。

【前腔】生自覺醉顏酡，低首無言自摧挫，手難擡，稱不起這兩肩窩，沒定奪啞謎難猜。天殺的老夫人，說謊話比天來大。合前

【滴溜子】貼謾說道佳人自來，命薄誰承望好事頓成，間阻是他，將半萬賊兵破如何番成做離恨歌，請他來不快活，兀的是江州司馬淚痕多。

【鮑老催】旦 從今恨多玉容寂寞梨花朵胭脂淺淡櫻桃顆相思病料已成何時妥將顫巍巍雙頭花蕊兒輕團搓香馥馥縷帶同心割連理樹都折挫

【雙聲子】旦 貼 今非昨今非昨把青春女成躭閣顛窨却顛窨却將美前程都虛過我共他我共他料想着料想着今朝成敗都是你箇蕭何

【尾聲】旦 一杯悶酒尊前過 貼 訴衷腸爭奈母親側坐 合 把恩義如山成小可

（老旦）紅娘扶小姐進去（旦）萬種情懷無處訴夜深花下告穹蒼（下）（生）小生醉也老夫人跟前有一言告稟（老旦）但說不妨（生）老夫人前者兵圍之際有言但有退得賊兵者願將小姐妻之小生其時懷惻隱之心慨然作書去請杜將軍來庶幾得免夫人之禍今日蒙請

小生赴席，將謂有喜慶而來，不知夫人何故以兄妹相待，小生豈爲餔餟乎，此事若果不諧，即便告退。（老旦）先生誠有活命之恩，奈先夫存日，將小女許嫁舍姪鄭恒，即今寄書去着他來奔喪，此子倘至，將如之何，老身多贈先生金帛，別選豪門貴宅之女，豈不美哉。（生）既然夫人不允親事，小生豈慕金帛而來，却不道書中有女顏如玉，就此告退。（老旦）紅娘，你哥哥醉了，送回書院中去睡，有話明日再說。（老旦下）（生）詐醉介。紅娘姐，扶我一扶。（貼）先生你自走，我倒扶你不成，你少喫些也罷了。（生怒介）紅娘姐，你曾見我喫酒來。有分只熬蕭寺夜，無緣難遇洞房春。小生只爲小姐，忘餐廢寢，夢斷魂勞，常忽忽如有失，隔牆酬和，待月迎風，受無限之苦，今日指望成親，誰想夫人變了卦，使小生志竭思窮，此事何時是了。（生跪介）紅娘姐，可憐見張珙，將此情訴與小姐，就解下腰間所繫之帶，尋箇自盡。可憐刺股懸梁客，今作離鄉背井魂。（自縊介）（貼奪救介）這等死得快，先生且不要慌，妾當與君圖之。（生）既蒙允救，小生當築壇拜將。（貼）妾見先生有囊琴一張，必善撫操，俺小姐深曉琴中意趣，今夜到花園中燒香，但聽我咳嗽，先生動操，看小姐聽得說甚麽話、那時將此情達之、明日却來回報先生、這早晚怕夫人尋我、回去也、（下）（生弔場）方纔紅娘之言、深有意趣、待等天晚月明撫操一曲、或者姻緣輻輳、未可知也、正是

一曲瑶琴試探心　鶯鶯小姐是知音

全憑指下宫商韻　管取文君側耳聽

第二十齣琴心寫恨

【卜筭子】（生）月掛柳梢頭、漏斷人初靜、千古風流指下生、付與知音聽、東邊日出西邊雨、道是無情却有情、日間紅娘所說、相如也曾挑動文君、姻緣輻輳、多應在此、琴童取琴過來、（丑上）夜靜瑶琴三五弄、悲風動處月光寒、知音彈與知音聽、不是知音不與彈、琴在此、（生）琴童、你與我燒下一鑪香、煎下一壺茶、你自廻避、（丑應下）（生）爇下焦桐玉琢成、輕勾緩剔鳳凰鳴、高山流水十年調、白雪陽春萬古情、松籟響、澗泉清、攜來指下韻將成、文君未必能知否、月

滿池塘夜氣清，你這琴呵，小生與足下，湖海相隨數年，今夜這場大功，都在你這金徽玉軫，蛇腹斷紋，嶧陽焦尾冰絃之上，怎生借得那一陣順風，將小生這琴聲吹入俺那小姐玉琢成粉捻就，知音俊俏的耳朶裡，乘此月明不免撫操一曲（操琴介）

【滿江紅】（旦上）拋却金鍼離繡閣，黄昏時節，見碧天如洗。一輪明月（貼上）花影滿階秋露冷，銀河萬里光澄徹。（合）殷勤同到小園中，把名香爇。（旦）水沈未爇黄金鼎，花影重過白玉欄。紅娘，我和你後花園中燒香，不覺又更深了。（行介）（旦）夢斷巫山一片雲，起來移步款紅塵。（貼）山禽莫向空林語，怕有幽人重惜春。（旦）將香卓過來。（拈香不語長歎介）（貼）姐姐，要知心腹事，都在不言中。（旦）事已無成，燒香何用。月兒，你團圓了，呵，喒却是怎生，自來秖恨紅輪促，今夜方知玉漏長。紅娘，你看

【梁州序】（旦）晴空雲斂，冰輪初湧，風掃殘紅無數，香階

堆擁好似悶懷千種那人呵只落得心中作念口内閒題夢兒裡相和哄今日華堂開綺席意朦朧却教我翠袖殷勤捧玉鍾（合）愁似織和誰共雙蛾蹙損春愁重魚得水甚時同（貼）小姐你看這般月暈明日敢有風也（旦）風月天邊有人間好事無（貼）咳嗽介（生）那人來了（彈琴介）（旦）紅娘是甚麼響（貼）小姐你猜一猜

【漁燈兒】（旦）莫不是步搖得寶髻玲瓏（貼）不是（旦）莫不是裙拖得環珮叮咚（貼）不是（旦）莫不是鐵馬在簷前驟風（貼）也不是（旦）莫不是金鈎雙鳳咭叮噹敲響簾櫳（貼）姐姐許多般都猜不着你再猜一猜

【前腔】（旦）莫不是梵王宮夜撞金鐘（貼）不是（旦）莫不是疎竹

蕭蕭曲檻中、(貼)也不是、(旦)莫不是牙尺翦刀聲相送、(貼)也不是、

(旦)莫不是漏聲長滴響壺銅、(貼)一發不是了、你且聽着、(旦)做聽介呀、我只道

甚麽響、却原來近西廂誰理絲桐

【錦漁燈】(旦)其聲壯似鐵騎刀鎗冗冗、其聲幽似落花

流水溶溶、其聲高似風清月朗鶴唳空、其聲低似兒

女語小窗中、(貼)姐姐你聽、越彈得好了、

【錦上花】(旦)他那裡思不窮我這裡意已通嬌鸞雛鳳

失雌雄他那裡曲未終我這裡意轉濃爭奈伯勞飛

燕各西東、(貼)姐姐、滿懷心腹事、(旦)盡在不言中、(旦)我且近書房聽一聽、(貼)姐姐

你在這裡聽、我去瞧老夫人便來、(貼)下(生)窗兒外有

人聲、想是寃家來了、待我改調彈一曲鳳求凰、昔日

司馬相如、得此曲成事、我雖不及相如、那小姐倒有文君之意、（歌）云有美人兮見之不忘、一日不見兮思之如狂、鳳飛翱翔兮四海求凰、無奈佳人兮不在東牆、將琴代語兮聊寫衷腸、何日見許兮慰我徬徨、願言匹配兮攜手相將、不得于飛兮使我淪亡、（旦）是彈得好也、其聲哀、其意切、凄凄然如鶴鳴九皋、使妾聞之不覺淚下、

【錦中拍】（旦）這的是令他人耳聽訴自己情衷、知音者芳心自通、感懷者斷腸悲痛、這一篇與本宮始終不同、一字字更長漏永、一聲聲衣寬帶鬆、別恨離愁番做一弄、張生呵越教人越知重、（生）便是老夫人忘恩負義、不合小姐也失信於我、（旦）你錯埋怨我、（貼上）老夫人睡醒、尋小姐哩

【錦後拍】（旦驚介）只見他走將來氣沖沖怎不教人恨匆

㑳嚇得人怕恐、嚇得人怕恐、早是不曾轉動女孩兒直恁響喉嚨謹、摩弄我欲將他攔縱、只恐夫人行把我來廝葬送、（貼）姐姐、張先生只在這幾日間要回去也、（旦）紅娘、你若見他、千萬再留他住幾日、（貼）留他又没有甚麽好處與他、教我怎麽與他說、

【尾聲】旦只說道夫人時下有些唧噥好共歹不着你脫空、怎肯輕撇下志誠種

花陰隔斷姻緣路　書生枉把幽情訴
相思爭奈粉牆高　狗咬骨頭空嚥吐

（旦貼下）（生弔場介）那壁廂悄然、想是小姐去了、琴童過來、收拾進去、（丑上收介）敢問官人、這件東西、板上有索、零零落落、被人盤問、有口難答、官人若不教我、一似夢中搖鐸、（生）你元來還不曉得、我說與你知道、

這是金嶶、這是玉軫、蛇腹斷紋、龍池鳳沼、仙人背、美女腰、焦尾鴈足、（丑）下面這一塊是甚麽東西、（生）這是琴底板、（丑）上面這幾條是甚麽、（生）是絃、（丑）底板是樹皮鋸的、絃是牛脊觔做的、許多零零碎碎、教我如何記得、（生）你若難記、我編成一首詩、念與你、何如、（丑）這等好記、（生）金徽玉軫件絃調、焦尾低垂鴈足蹺、未向龍池尋變化、且臨鳳沼弄波濤、風流肌骨仙人背、窈窕形軀美女腰、（丑）官人、再没有了、（生）是没有了、琴上的都說盡了、（丑）怎麽只有六句、又不成絶句、又不成律詩、待小人湊上兩句、（生）這等倒好、你說來我聽、（丑）請官人把前六句再念一遍、（生）念前六句（丑）續云

惹動崔家老底板　害斷脊觔空自熬

李日華南西廂記卷下

第二十一齣　錦字傳情

【西地錦】生上愁重日高未起、忘餐失寢因渠、楊花無力隨風、分明自不支持、相如情重琴心苦、沈約愁多帶眼移、知有藍橋消息、好教人無處着相思、自從那夜琴心挑動、鶯鶯、紅娘說道若有消息必來回話、這兩日如何不聞音耗、好悶人呵、正是不教來處還來也、正好來時却不來、小生神思恍惚、少睡片時、又作道理、（作睡介）

【前腔】貼上曉過書齋探視、多應悶掩門兒、金釵敲處輕輕、此情猶恐人知、奉小姐之命、着俺看張生、況前日約他回話、須索走一遭、我想來俺一家兒若無張先生、怎免得賊人之禍、

【降黃龍】貼相國行祠、寄居蕭寺、苦因喪事、孤兒幼女

孤兒幼女將欲從軍而死張生此時伸志遣尺書與師疾至方顯得文章有用天地無私

【前腔】貼 若非是筆尖掃寇險些箇滅門絕戶俺一家兒鶯鶯君瑞在危急許配雄雌夫人背盟推託却以兄妹爲之把婚姻一時打滅頓成拋棄我看張生與俺小姐兩下都害得瘦了

【衮】貼 一箇潘郎鬢有絲杜韋娘非舊時一箇帶圍寬清減了瘦腰肢一箇睡昏昏不待觀經史一箇意懸懸懶去拈鍼黹一箇筆下寫幽情一箇絃上傳心事兩下裡都一樣害相思說話之間早到書院中了且將唾津兒潤破紙窻看他在

裡面做甚麼、

前腔 貼 潤破了紙窗兒潤破了紙窗兒悄聲兒窺視見他和衣初睡起前襟有摺褶孤眠滋味凄涼情緒這瘦臉兒不是悶死是害死

前腔 （貼）我把 金釵敲門扇兒金釵敲門扇兒（生）是誰、（貼）我是散相思氤氳使（生）呀、元來是紅娘姐、紅娘姐拜揖、使我望得你苦、望得你苦、（貼）張先生萬福小姐想着伊使紅娘來探取（生）小姐使你來、必有話說、（貼）道風清月朗聽琴佳趣到如今念千番張殿試（生）既蒙小姐見憐之心、小生有一簡、敢煩紅娘姐達知肺腑、（貼）只恐他番過面皮來、（生）望你好歹與我傳了去、

前腔 貼 他若見了書他若見了書顛倒費神思他拽

扎起面皮憑誰寄言語他道這妮子敢胡行事嗄嗄的扯做了紙條兒(生)紅娘姐、若得此事成就、重重謝你、(貼)把甚麼謝我(生)我打一對金釵與你、(貼)這又道差了、我乃是人家裡小丫頭、得你金釵插在頭上、人却不道我風了、(生)既不要釵、我做一身紗羅衣裳與你、(貼)衣裳小姐自巳做得有了、我也不要(生)你不要衣裳、我繡一雙鞋子與你、(貼)繡鞋紅娘自巳會做、也不要你的、

【前腔】貼饞窮酸餓鬼饞窮酸餓鬼賣弄有家私莫不謂我圖財特來到此怕有情人乖劣性子你只說道可憐見我是孤身巳(生)紅娘說話好蹺蹊、道着頭來尾便知、首飾衣裳繡鞋都不要、一心要與我張珙做夫妻、(貼)這事倒虧你說、我今不要你甚的、只要叫我一聲、(生)叫你有甚難處、紅娘姐、這便是了、(貼)紅娘老夫人和小姐、憑着甚麼人、都是這等叫、(生)不叫紅娘姐、却叫甚麼、(貼)我要除了上面

一箇字，除了下面一箇字，雙膝跪下，叫一聲，(生)除了上下二字，是娘字，我男兒膝下有黃金，終不然跪你小丫頭，叫你做娘不成，(貼)叫不叫，我去了，休怪，(生)紅娘姐且慢去，沒奈何只得叫了，(跪介)娘，(貼笑介)我見起來，要老婆的看樣，你快寫，(丑上)諢叫太婆(介下)(生)寫書介(貼)寫得好呵，讀與我聽，(生讀介)珙百拜芳卿可人妝次，自別顏範，鴻稀鱗絕，悲愴不勝，孰料夫人以恩成怨，變易前盟，使小生目視東牆，恨不得奮翼于妝臺左右，患成思竭，垂命有日，聊奉數字，以表寸心，萬一有見憐之意，伏乞速慰好音，庶救殘喘，造次欠恭，幸惟恕罪，後成五言一首，錄呈見情，相思病轉添，謾把瑤琴弄，樂事又逢春，芳心爾亦動，此情不可違，虛譽何須奉，莫負月華明，且憐花影重，

【一封書】(貼)看他殷勤處可喜，拂花箋打稿兒，先寫下幾句寒溫序，後題着五言八句詩，不移時可知之，疊做同心方勝兒，(張生呵)忒風流忒煞思忒聰明忒浪子

【皂羅袍】(生)紅娘姐、小生呵、顛倒寫鴛鴦兩字、方信道在心爲志 紅娘姐、你去到小姐面前用意些、看喜怒其間覷箇意兒 (貼)我自有道理 放心學士自當處置 (生)紅娘姐、却怎生說、(貼)倘若見時道甚言詞則說道彈琴那人教傳示 (生)紅娘姐、萬望用心、自當重報、(貼)這緘帖兒我與你將去、先生自當以功名爲念、休得要悞了你的志氣、

【南郊醉扶歸】貼 將偷香手、准備着折桂枝、休教淫詞兒汚了龍蛇字、藕絲兒縛定鵾鵬翅、黃鶯兒奪了鴻鵠志、休因翠幃錦帳一佳人、悞了你玉堂金馬三學士 (生)紅娘姐、此事專望回報、

【尾聲】貼 從教宋玉愁無二、瘦損了相思樣子、百歲歡

媒全憑着這張紙正是此去桃源應有路、管敎仙子遇劉晨、(下)(生弔場)紅娘將這緘帖兒送去、不是小生誇口說、就是一道會親符驗、他道明日來囘報、正是

管敎諧比翼　全仗紅娘力
眼望旌捷旗　耳聽好消息

第二十二齣窺簡玉臺

祝英臺近(旦上)託冰絃憑素手、脉脉把情傳、那西廂清露月明閒、怎知道楚館雲寒、秦樓月冷、無人處有人腸斷、自從前夜聽琴之後、不覺神思昏迷、形容憔悴、如今天色已明、不免再睡片時則箇、自是日長鍼線懶、海棠時候睡偏多、(旦睡介貼上)奉小姐命、去看張先生、因伏侍老夫人、不曾囘小姐話、如今不聽得小姐做聲、又敢是睡、

【祝英臺】(貼)啟朱扉、開繡榻、風靜夜、簾間香冷、篆煙燒、燼銀缸、金荷上夜燈猶燦、姐姐還睡哩、慵懶比及將暖帳輕彈、先揭起羅幃偷看、只見玉釵橫日高不理雲鬟、昨日張生着我寄這緘帖兒與俺小姐、我欲待就與他、恐小姐反生嗔怪、我且把來放在妝臺裡面、看他見了說些甚麽、正是風暖鳥聲碎、日高花影重、(下)

【前腔】(旦醒)心亂、曉妝殘、烏雲散、春睡損紅顏、雙眼倦開半餉擡身、行歎介酩子裡一聲長歎、(見書介)這書是那裡來的、敢是紅娘這小妮子、無端不思量刺鳳描鸞、只學去傳書遞緘、意孜孜顛來倒去不害心煩、紅娘那裡、(貼上)小姐有何分付、(旦)小賤人、這書是那裡來的、(貼)我不知道、(旦)你不知誰知、這小賤人快說、(貼)敢是風吹來的、(旦)你還不說、(貼)莫非是貓銜來的、

（旦）我是相國之女，誰敢將緘帖兒來戲弄我，且告過夫人，打你這小賤人。（貼）小姐打誰，（旦）打你，打誰，（貼）禀過夫人，敢怕不打我，倒要打你。（旦）這賤人怎麽倒打我。（貼）小姐，是你着我去看張生，他着我送來，我又不識字，知他寫着甚麽，你休要怪我，先到夫人處首去。（貼）走（旦）扯（介）這丫頭倒會放刁，我假意逗你。（貼）只要你叫我一聲親親姐姐罷了。（旦）親親姐姐，試說與我，張生這兩日如何。（貼）小姐，害得他病越重了。

【前腔】貼 摧殘，那張生呵，害得他白日黃昏寂寞淚闌干，廢寢忘餐，目斷東牆，他只把佳期來盼。（旦）他有病，也不干我事。（貼）其間，送得他直上高竿，你掇了梯兒閒看。（旦）既有病着，他喫些藥便了。（貼）這病若要好時，除非是出幾點風流香汗。

【前腔】旦 遮攔，只教縛住心猿意馬，且牢拴把病體扶持，經史相親，做箇好人家風範。也罷，你取紙筆過來，待我寫幾句在緘尾

南西廂記 李日華 下

上、將去與他、說遞書來不打緊、倘老夫人知道、如何是好、今後再不可如此、這緘、只說道老夫人違背前盟、却把女孩兒拖犯、你說我到如今羞覩鏡裡孤鸞、紅娘、你去就來回我的話、正是

夢因遠別啼難喚　書被摧殘墨未乾

第二十三齣情詩暗許

【粉蝶兒】生上鬱悶滔天、教我如何理料、春蠶作繭絲方盡、蠟燭成灰淚始乾、昨晚紅娘將緘帖兒去了、未有回報、使我千思萬想、料此事定然成也、一自海棠初放後、幽情牽惹到如今、不免閒步一回、散悶則箇、

【泣榴花犯】貼上晚粧樓上杏花殘、猶兀自怯衣單、那一片聽琴心清露月明間、昨日向晚、不怕春寒、幾乎被

賺那其間豈不羞顏，爲你一箇不酸不醋風魔漢，隔牆兒險做了望夫山。因張生昨日寄書與俺小姐，倒受了一場氣，今日須索走一遭。小姐小姐，前日的心，比今日的心不同了。

【漁家燈】（貼）你用心撥雨撩雲，我好意與你傳書遞緘。小姐呵，不肯搜自已狂爲，待要尋人破綻，幾番背地裡，愁眉淚眼，人面前巧語花言。張生呵，非慢，從今後會難，已見箇酒闌人散。（生見貼介）呀，紅娘姐你來了，擎天柱大事如何了。（貼）如何如何，不濟事了，再休胡纏，小姐變了卦兒也。（生）小生這緘帖兒，是一道會親符驗，只是紅娘姐不肯與張珙用心，見得如此。（貼）說那裡話，我若不用心，上有天哩。

【前腔】（貼）這的是先生命慳，須不是紅娘違慢，這緘帖見做了招狀、又是俺的、公案先生受罪、理之當然、賤妾何辜、若不覷面顏險把紅娘來拖犯、休歎、雲斂巫山偷香手段何曾慣、莫把從前風月擔再不必申訴足下的肺腑、怕老夫人尋我、告回去也、(生)紅娘姐、你且少待、今番去了、更有誰與小生做主、必須再尋箇道理、救小生一命、(跪下扯住貼介貼)張先生請起來、你是讀書人、豈不知禮、此事再休題了、(生)若果不能成就、小生其實是死、

【江頭金桂】貼你是秀才家風範休要呆裡撒奸你待要恩情美滿却教我骨肉摧殘老夫人呵手執棍兒摩娑看這粗麻大線怎透鍼關直待拄着楞棒兒閒攢懶縫合着口送暖偷寒兩下裡做人難待去呵、小姐性兒如鹽撒火、消息兒踏着泛(生哭介)小生這條性命、都在紅娘姐身上、乞可憐見、(貼)我待不去呵、怎

禁他甜話趲没來繇分說這一塲、（丢書介）你的書在此、小姐不知寫些甚麽在後面、你自去看、（生）呀、有這塲好事、何不早說、聖旨到了、理當跪接、（貼）小姐寫甚麽在上、你念與我聽、（生念書介）他道忽覩佳音、荷蒙綣戀、既有再生之恩、寧無特地之約、聊奉新詩、伏惟見教、待月西廂下、迎風戶半開、隔牆花影動、疑是玉人來、紅娘姐、此事成了、（貼）買乾魚放生、不知死活、他把我打罵焦躁中寫來的、又說事成了、（生）你若不信我就解說與你聽、（貼）你解與我聽、（生）他說待月西廂下、着我月上時來、迎風戶半開、他開着門見等我、隔牆花影動、着我跳過牆來、疑是玉人來、說我到也、（貼）他着你跳牆、怕無此話、（生）我是猜詩謎杜家、風流隨何、浪子陸賈、那有差的勾當、（貼）連我也瞞了、

【小桃紅】貼 **那曾見寄書的瞞魚鴈、小則小心腸轉關、先寫着西廂待月、等更闌、着你去跳東牆、女字邊干、却原來詩句包籠着、三更棗也、緘帖兒裡埋伏九里**

山他緊處將人慢會雲雨鬧中取靜我寄音書忙裡偷閒

蠻牌令 (生)紅娘姐你看 紙光明玉版字香噴麝蘭 (貼)這紙濕的為何 (生)行見邊濕透非干春汗一緘情淚紅猶濕滿紙春愁墨未乾 貼 從今後休疑難放心學士穩倩取金雀鵶鬟

前腔 貼 他人行別樣親我跟前取次看更做道孟光接了梁鴻案別人行甜言美語三冬暖俺跟前惡語傷人九夏寒回頭看你這離魂倩女怎發付擲果潘安 (生)小生是讀書人怎跳得這牆過去

七

【前腔】（貼）隔牆花，又低，迎風戶，半拴，偷香手段，今番按，（生）小生其實跳這粉牆不過，（貼）怕牆高，怎把龍門跳，（生）這花樹又密，（貼）嫌花密難，將仙桂攀，放心去，休辭憚，你若不去呵，望斷他盈盈秋水，蹙損了淡淡春山，（生）小生去兩遭，不曾見一些好處，（貼）今番不比往日了，

【尾聲】（貼）雖然是去兩遭，倒不如這一番，隔牆酬和都胡侃，證果在今朝這一緘，正是聽琴酬和皆虛哄，證果全憑此一書，（下）（生弔場）萬事有分定，浮生空自忙，誰想小姐有此好處，如何等得到晚也，

讀書繼晷怕黃昏　不覺西沉又掩門

欲赴海棠花下約　太陽何苦強生根

第二十四齣　臨期反約

（貼上）花香繞徑東風細、竹影橫階淡月明、今日小姐着俺送書與張生、當面有許多假意、元來詩內暗約他來相會、小姐也不對我說、我也不說破他、且到其間、看他怎生瞞我、今日晚妝比別日不同了、更加十倍精神、只請他燒香便了、

（叫介）小姐、我和你燒香去、

（菊花新）旦上 東風寒透碧窗紗、控金鈎繡簾不掛、門闌暮靄映殘霞、對菱花、晚妝初罷、紅娘、你看月朗風清、夜深人靜、好景致也、

（駐馬聽）旦 不近諠譁、嫩綠池塘藏睡鴨、自然幽雅、新柳拖黃暗隱棲鴉、金蓮蹴損牡丹芽、玉簪兒抓住荼蘼架、苔徑泥滑、露珠兒濕透綾波襪、（貼背云）我看小姐與那生、巴不到晚、怎麼下落、

（前腔）貼 日落平霞、雨下含情待月華、風光瀟灑、雨約

雲期楚臺巫峽夕陽影裡數歸鴉他兩箇捱一刻似過一夏風送飛花紛紛亂撲香階下

【前腔】（旦）玉兔無瑕悶倚東風只自瑩衷腸難話秋水凝眸雲鬢堆鴉鶯儔燕侶已曾約心猿意馬難拴下對月看花教人到處長縈掛（貼）小姐、你在太湖石畔站着、待我把角門兒開了看一看、怕有人聽我和你說話、（旦）你去就來、（貼看介）這涎臉好來了、

【前腔】（貼）月炤銀紗風動庭槐噪暮鴉影分高下（生上）玉人已許西廂下、待月今宵夜裡逢、不免打角門邊過去、呀、不覺樵樓上發擂了、（貼窺見介）我只道是甚麽東西、却是多才帽側烏紗一箇潛身曲檻未撐達一箇背立湖山下（生赶上抱貼介）小姐、你在此了、（貼）呸、你為何是這等、又不看明白、早是妾身、若

是老夫人你也抱住了（生）小生害得眼睛昏了（貼）休得謊咱多應窮漢餓眼生花（生）小姐在那裡（貼）在太湖石畔我且問你今夜果是着你來麼（生）小生是猜詩謎杜家豈不曉詩中之意（貼）既是這等你若從角門裡來只道我着你進來不好還打從牆上過來張先生你看今夜好月助你兩人之興

【集賢賓】（貼）淡雲縹緲籠月華似紅紙護銀蠟絲絲嫩柳垂簾下綠莎茵鋪着繡榻良宵美約庭院靜花枝低啞張先生他是箇女孩兒家須索要溫存摩弄休猜做敗柳殘花（生）我且偷覷一覷

【畫眉序】（生）看他嬌滴滴玉無瑕粉臉生春羞落花（貼）你不要驚他連累着我（生）紅娘姐你擔驚受怕圖甚麼淚酒閒茶從今

後打疊起嗟呀、畢竟的不把心腸牽掛、（貼）爲你兩下裡情謙洽、（張先生、）將指頭兒告了消乏、（張先生、事不在急待我與他下）棊、將言語探他、看他如何方可過來、（生）我曉得了、乜事全仗你也、（旦）紅娘那裡、（貼）在這裡、（旦）角門上有人麽、（貼）没有人、今夜好明月、與姐姐下局棊、何如、（旦）取棊來、（貼）取棊（介）爛柯仙去遠、誰解坐更長、棊在此、（旦）紅娘、你年未笄、怎曉得其中之義、（貼）妾年幼時嘗有棊客與俺先父契交、指點畧曉一二、（旦）棊有名乎、（貼）棊有名數、有品格、皆本乎動静方員、三百六十、應周天之數、中有一路、黑白相分、乃陰陽博弈之道、（旦）戰鬬之禮如何、（貼）高者藏乎腹、低者揚于言、寧輸數子、勿失一先、若欲戀子以求生、莫若棄子而取勢、勝不言、敗不語、君子也、贏則喜、輸則怒、小人也、（旦）棊有定勢乎、（貼）酒防亂性、隨意飲、棊不求贏、信手排、（旦）棊有益乎、（貼）有甚麽益、遺典而已、貪則損乎精神、怒則不顧長上、（旦）你說得是、棊理還將義理通、未分南北與西東、古人造下今人愛、萬局全無一局同、（生）花園土地保扶我跳過這牆去、大大的許箇願心酬你、也罷、

牡丹花下死、做鬼也風流、（做跳牆潛聽介）

【梁州序】旦 三百六十（貼）甚人留下的（旦）先賢留下（貼）從那裡下起（旦）箇中一路難抹棊逢敵手作者怎施謀略引入門來便與單關却怕他衝開打斷要奪角他路强兮我路弱失行勢怎收縛

【前腔】旦 前言虛諾後謀難託箇中黑子伸脚從他有眼遭我暗中敲打（貼）姐姐還是聽琴有趣下棊有趣（旦）琴裡曾經這寂寞今夜棊邊定教還一着（貼目生揮手介貼）早早斜飛免使受劈綽局面離披估甚着（旦）我輸了、悔這一着罷、（貼）這一着定悔不得（旦）一子誤滿盤錯（貼）每嘗鬪不曾贏我、今日爲何我倒輸了、自古道高棊莫與低棊下、引得低棊

漸漸高、(旦)也非此說、是有密機在裡面、因此輸了、

【玉芙蓉】貼 這棊中有密機、輸了難迴避、緊關防却被那人先覷、只圖兩下相粘住、提起下這幾着、(旦)怎當得他人急處提、貼 休猜忌、待紅娘做眼、引入其中不枉負佳期、

【前腔】旦 雙關話可疑、(貼)棊子沒有雙關把、一敲打做兩斷、(旦)敲斷隨伊意、(旦)前面蜘蛛網上甚麼東西、(貼)待我看、(旦)偷一着介(貼)姐姐爲何瞞了紅娘、下這一着、(旦)我不曾、(貼)此子呵、暗中來可是對奴明語、(旦)待我點瞎了眼、(貼)這眼終不被你點瞎了、一雙好眼長看你、(旦)你看天上星移過了、(貼)看介旦偷一着介(貼)姐姐爲何偷一着、(旦)我不曾、(貼)待我搜一搜、你倒做了偷棊犯着的、(旦)我因下你不過、偷此一着、(貼)

奴非對須尋一箇對手兩下和平不枉負佳期

前腔 旦 無情我詐輸(貼)怎麽說無情、輸去了便是有情的、(旦)你休恁發狂語(貼)姐姐你輸一角了、(旦)待我看果然輸了、待我悔這一着這一着今夜必然番悔(貼)今夜下棊不比往時、今宵下定如何悔(旦)我且問你、你怎麽三隻手、(貼)姐姐、你不曉得、月影下來、故有三隻手、月色偏將手影移(旦)我不下了、收拾去向夫人說你早早囘身莫待悔時遲(貼)收拾轉身生出介

前腔 生 佯羞語可疑(急抱旦介)(旦)你從那裡來、(生)跳牆過來、(旦)紅娘曾見麽、(生)方纔見來、(旦)推開叫(介)紅娘、不好了、快來、有賊、(生)此話難當抵(貼)是誰、(生)是小生、(貼)姐姐不要慌、是熟賊、(旦)這賊人賊有甚生熟、(生)不是賊、有書約我來、小姐你將書暗約我故來此(貼)姐姐、他說你寫書去叫他來、(旦)那有此話、問君我寄書何處生出書介

這不是伊家寄與書（旦）紅娘拿書過來我看（生）不與書介待小姐自拿（旦）奪過來看（貼）奪書與（旦）介須奪取（旦）扯碎生拾介（生）還好湊（旦）明明詐我紅娘這等高牆他怎麼過來得（貼）欲近嫦娥自有上天梯（生）怎麼又變了卦（旦）夜深無故至此老夫人知道是何道理

【皂羅袍】貼為甚麼心無驚怕赤緊的夫妻意不爭差俺這裡躡足潛形悄的聽咱一箇羞慚一箇怒發張生無語姐姐變卦一箇悄悄冥冥一箇絮絮搭搭你看那張生不識羞的涎臉又定着手兒妝聾做啞（旦）紅娘過來貧夜入人家非姦即盜拏他到老夫人那裡去（貼）拏去見老夫人壞了他一生行止不若待我叫他過來跪了發落他一場那時開門放他出去便了（旦）也罷隨你（貼）對生云好猜詩謎杜家不是我怎生開交姐姐如今饒了只要

你跪一跪（生）不要說跪拜也拜了（貼）扯生耳（介）犯人一名當面（生）跪介（旦）張先生你既讀孔聖之書必達周公之禮黃昏夜靜至此何幹

【黃鶯犯桂花】（旦）今日見何差不是我一家喬坐衙對伊說幾句衷腸話我只道你文學海樣深誰知你色膽天來大不想去跳龍門學騙馬（貼）姐姐看我面饒了張生罷（旦）若不看紅娘面拖去見老夫人看你有何面目見江東父老（貼）謝小姐賢達看我面情干罷若到官司詳察張先生你准備着精皮膚喫頓打（旦）張先生你雖有活命之恩恩則當報既爲兄妹何生此心萬一老夫人知之先生何以自安今後再不可如此若更爲之與足下決不干休相國家聲世所誇妾身端比玉無瑕（貼）此情若到官司理應是非姦作盜拏（旦）貼下（生）弔場小姐明明是你寫帖兒着我來如今又變了卦好悶殺我也

【普天樂】生 再休題春宵一刻千金價，准備着寒窗更守十年寡，猜詩謎，羞了杜家；尤雲殢雨，休誇；莫指望西廂月下，山障了，隔牆花枝低啞，偷香手做了話靶，參不透風流調法，淫詞兒早已折罰。

桂子閒中客　槐花病裡看
襄王空有夢　何日到巫山

第二十五齣　書齋問病

【登仙樂】丑扶生上 怨月愁花成病也，仰天天不救。丑 在窮途宜保守，且休得貪花戀柳。生 我命終難久。杏林董奉知何在，橘井蘇耽愧不逢，自家只爲鶯鶯小姐，翻雲覆雨，染成這樣鬼病，教我如何料理，眼見得休也。（丑）官人

離家在外，自宜寬心將息

【步步嬌】(生)只爲崔家娘害得我難醫治，哄將來待月西廂猜詩謎，番思薄倖女悔過了竊玉偷香情緒，空教我淚如雨，只爲愛月貪花辜負了男兒志。

【園林好】(老旦、旦、貼上)可憐都是爲人在客，張君瑞近日身淹病怯，難危中得掌提挈，母子每感恩德特地來問消息。(老旦)早上長老來，說張生病重，我着他請醫人調治，如今特同女孩兒到書院裡來問他湯藥及病勢如何。(丑)傳(介)官人，老夫人小姐俱在此看你。(生)請他進來。(老旦)張衙內病體如何？(生)十分沈重了。

【江見水】(生)感得親來問，多謝伊。(老旦)不知甚麼病，你可喫些藥？(生)不疼不痛在心兒裡，料想難留人世。(旦)近前問(介)哥哥，此病如何？(生)此病

看來皆是爲你

【玉交枝】老旦 看你青春年幾、又何必尤雲殢雨、想藏珍必待沽諸、料雲程萬里終奮、姻緣必諧、連理登榮、就親還有日、何須苦苦相縈繫、我與你求神問卜、且自寬心將息守已、

【賞宮花】旦 一心、愛你、愛你是掌上明珠、萱親忒反覆忘了解兵時、生 你薄情人做作風中絮、咫尺姻緣分做兩下裡、旦 你休錯怪了我也、貼 張先生、

【皂羅袍】貼 看你惺惺伶俐、何必愁雲怨雨、紅娘既託人言、必當盡忠其事、他時紅葉再題詩、御溝不負男

見志（合）功名未遂病淹旅邸姻緣未偶香消玉肌裏王勞夢巫山女

【前腔】（丑）我官人自宜珍重身體棄了玉堂金馬戀着嬌姿不疼不痛害相思無聊無賴難存濟（合前）

【尾聲】（老旦）共伊俱是天涯客相逢更喜又相識（旦）君瑞哥但願你沈疴頓如釋（老旦）衙內我去再來看你（旦）君瑞哥自宜耐心保重（生）小姐病勢淹淹想命不久（旦）你是讀書人不可將已輕棄我子母每與你請醫求卜不須煩惱

伊去畢人不久長　吉人天相料無妨

貧無達士將金贈　病有醫人說藥方

第二十六齣兩地相思

卜算子（旦上）懨懨瘦損，那值殘春時候。事往情難斷，恩深怨亦多。欲堅金石志，畢竟有差訛。昨日同老夫人去看君瑞哥病症，他怨言怨語，句句聲聲，只是恨着奴家。我想起來，是我前番將他奚落那場，因此病越重了。本待輕身救療，只怕遺臭閨門。若有不測，乃我母子害他性命，天理不容。如今暮春天氣，好困人也。

綿搭絮（旦）落紅成陣，萬點正愁人，早是傷情，無語凭欄怯。訴春困騰騰，情思沈吟。我有一腔春病誰與我溫存。（張君瑞呵）想是你分淺緣慳，雨打梨花深閉門。（貼上）姐姐說甚麽雨打梨花深閉門。（旦）紅娘你這等年紀，不去做些女工鍼黹，只管隨着我做甚麽。

前腔（旦）時時刻刻不曾離身。（貼）非干紅娘之事，都是老夫人着我早晚跟隨

（旦）小姐，好笑我的壹親着甚麽來蹊防備人。當日兵圍普救之時，
是你口許爲親，今日身安事妥呵，背義忘恩。母親道你是女中丈夫，倒
做了言而無信悔賴人婚姻。我若不守閨門時節呵，總有鐵壁
銅牆，枉使機關拘禁得緊。（貼）姐姐這兩日形容憔悴，何不把花鈿重整一整。
〔前腔〕（旦）花鈿慵整。（貼）和你佛殿上散悶耍子去。（旦）我也懶去登臨。（貼）姐
姐身子不快，我把被兒薰得香香的，去睡了罷。（旦）總有蘭麝馨香，有甚心情
擁着枕。我這幾日神思昏倦，覺坐不安睡不寧。（貼）姐姐，張生有甚麽好處，只管
想他。（旦）我愛他風流才俊貫世聰明。（貼）既愛他，何不成就了他。（旦）誰
肯向東鄰，把做鍼兒將線引。（貼）姐姐，我看你心事，大不比往時了。
〔前腔〕（旦）沒情沒緒悶倚着圍屏。（貼）姐姐，繡房中做些鍼黹罷。心在

他行交頸鴛鴦繡不成，眼睜睜天也不從人。〔張君瑞〕想是你前生負我，我負你，今生兩下裏影隻形單，羞覩牽牛織女星。〔貼〕姐姐，你這病兒幾時染起的、

〔前腔〕〔旦〕一從兵退心膽虛驚，〔貼〕我曾求一藥方在此、只要取藥了、〔旦〕待我看來、多了知母防風、少了附子檳榔與杏仁。我想來、喫藥也無用、〔貼〕不喫藥、病體如何得好、〔旦〕自支撐，夜重日輕，我也參詳不到鬼病苗根。〔貼〕還用去請太醫來看、〔旦〕總有扁鵲盧醫、難治我懨懨肺腑情。〔貼〕姐姐、也用自家排遣些兒好、

〔前腔〕〔旦〕思思想想念念心心，普天下相思、是我和伊都佔盡。休怪我萱親，自古道好事難成，東君有意花

也留情(貼)老夫人寄書去、請鄭生去了、(旦)我豈肯惹浪蝶狂蜂、止許
銜花美鹿行

【尾聲】旦思思想想心不定、只爲寃家病染成、恨殺萱
親忍背盟、欲向花前尋舊約、雲迷霧鎖不堪行、適聞老夫人說張生病越重了、多是那夜受了
氣來、不免寫箇藥方兒送去與他、這病便好、紅娘將
紙筆過來、(貼)遞介(旦)寫介你將此藥方送去與他、(貼)
我的娘你又惹事我不送去、(旦)爲何不送去、(貼)只怕
像前番哄他、那張生被你哄得十生九死、(旦)今番不
哄他了、救人一命、勝造七級浮屠、須索替我走一遭、
(貼)我也不信你、只要罰一箇誓、(旦)若是哄他、自有天
理作證、(貼)不是這等罰誓、待我替你罰這番說謊姐
姐那東西上面生一箇盆大的疔瘡、(旦)付書紅娘作
難介我不拏去、(旦)我的親親姐姐、沒奈何、(貼)不是這
等叫、待我坐了、深深拜一拜、叫一聲親親姐姐、(旦)依
貼叫介(貼)我的
要老公的妹妹、

此藥妙通仙　依方用意煎
夜深人靜後　一貼始安然

第二十七齣重訂佳期

（丑扶生上）（生）赴約西廂月正明、百花深處見芳卿、紅將書緘分明約、事到臨期又背盟、小生自那晚花園中、受了小姐這場氣、染成此病、一命將危、長老與夫人要請太醫治我、便是孫眞人也醫不得、若得那小姐美甘甘、香噴噴、涼滲滲、甜蜜蜜、嬌滴滴、一點唾津兒嚥下去、管得就好了、（丑）官人官人、你早說一兩日也不見得這等沈重、還有救、還有救、拏鉢頭來、我吐上一鉢頭你喫、（貼上）海上有方醫襍症、人間無藥治相思、張生病體越重了、小姐思量猶恐斷送他性命、着我送藥方去、救人一命、只索去走一遭、

【尾犯序】（貼）鬼病廝相侵、小姐呵、只爲你彩筆題詩、迴文織錦、待月燒香、隔牆聽琴、顛窨、送得人臥牀着枕、送

得人忘餐失寢這是夫人處把恩山義海做了遠水遥岑（見生介生）紅娘姐你來了、（貼）張先生病體如何、（生）我不濟事了、異鄉易得離愁病妙藥難醫腸斷人被小姐害殺我也若死到閻王殿前少不得要你做箇證見（貼）普天下害相思的不似你這般餓鬼

【前腔】貼 心不存學海文林夢不離柳影花陰竊玉偷香何曾得甚難禁只落得愁如宋玉腰如病沈思量起自海棠開後思想到如今老夫人着我來看先生、小姐再三伸敬有一藥方送在此、（生做慌介）在那裡、（貼）須要這幾般製度方好你聽我說、

【前腔】貼 桂花摇影夜深沈酸醋當歸蜂蜜來浸面靠湖山背陰强飲須審（生）要忌甚麼（貼）忌的是知母未寢怕的是紅娘撒心穩情取使君子一星在人參（貼遞書介）這藥方是

小姐親手寫的。(生)笑起(介)早知恩詔到來，禮合遠接。(貼)書上如何說來，你念與我聽。(生)念(介)休將閒事苦縈懷，取次摧殘天賦才。不意當時完妾行，豈防今日作君災。仰圖厚德難從禮，謹奉新詩可當媒。寄與高唐休賦夢，今宵端的雨雲來。這詩果是小姐寫的，不似前番哄我麼。(貼)今番一定不哄你了。(生)讀罷此詩，不覺病症減去一半，就精神起來了。倘若又像前番，這條性命着他手了。(貼)端的不哄你了。(生)此詩非前日之比，我那好姐姐怎生放得你下。

【前腔】(生)你是閨中女翰林，俊的是龐兒，俏的是寸心，體態溫存性格，幽沈如今這詩呵，須不是從前將人調引，須不是將人廝禁，端的是知音君子詩向會人吟。

【錦腰兒】(貼)小姐來時，身蓋着一條布衾，頭枕着三尺瑤琴。他來時怎生和你一處寢，凍得人戰戰兢兢說甚麼。

南西廂記　李日華　下

知音

【前腔】生 果若是他有心、我有心、花有清香月有陰、春宵一刻值千金、端的是張君瑞大來福廕、（生）只恐老夫人拘緊、不能彀出來、（貼）不愁夫人拘緊、只怕小姐不肯來、他若果是有心、你可放心、

【普天樂】貼 雖然是老夫人曉夜將門禁、好共歹須教你稱心、（生）休似前晚不肯、（貼）肯不肯怎繇他、親不親盡在您、（生）今晚千萬同小姐早些來、正是

好事完成全仗你　今宵管取諧連理

晴乾挈傘着油衣　一心只待雲和雨

第二十八齣　潛出閨房

【臨江仙】（旦）鍼線無心倚繡牀，那人悶在書房，封書曾約赴高唐。紅輪西墜也，不覺又昏黃。小庭春寂寂，涼月夜懨懨。早上着紅娘送緘帖兒約張生今夜相會，待紅娘來與他做箇商量。（貼上）着意求不得，有時還自來。小姐着我送緘帖與張生，許他今晚相會，我只怕小姐又有變更，斷送人性命，非當耍處。如今是時節了，且看他怎麽說。（貼見介）（旦）紅娘，收拾臥房，我要去睡也。（貼）姐姐，你睡了不打緊，怎麽發付那生？（旦）甚麽那生？（貼）姐姐，你又來了，送了人性命非當耍。你若又番更，我去出首與老夫人，你着我將緘帖兒約下他來。（旦）這小賤人倒會放刁，羞人搭搭的，叫我怎麽去？（貼）小姐，有甚羞處，到那分際時，只把眼兒閉了便罷，看你

【祝英臺】（貼）玉精神，花模樣，看他無倒斷思量，一片志誠，今日方知兩下裡赴約高唐。只爲他竊玉偷香，勾引得春心飄蕩，料襄王先在陽臺之上。（旦作難介）紅娘，雖然如此，實是懶去。

(貼推旦介)待我攜了衾枕去、去、去、老夫人睡了也、(旦走介貼)俺姐姐

語言雖是強　脚步早先行

第二十九齣　良宵雲雨

【供養引】生上　竚立閒階、夜深香靄橫金界、瀟灑書齋、悶殺讀書客、書當快意讀易盡、客有可人期不來、小姐着紅娘送來緘帖兒、約今晚成事、這時候不見來、敢又是說謊了、正是人閒良夜靜復靜、天上美人來不來、

【臨鏡序】生　彩雲開、月明如水浸樓臺、風弄竹聲、只道是金珮響、月疑花影、疑是玉人來、意孜孜雙業眼、急攘攘那情懷、倚定門兒待、只索要呆打孩、青鸞黃犬信音乖、小生一日十二箇時辰、無一刻放下小姐、你那裡知道呵、

【前腔】生 昏昏情思眼慵開，夢魂飛入楚陽臺，早知道無明無夜因他害，想當初不如不遇傾城色。小姐這早晚還不見來、夫人行料應難離側，是寃家有些不自在。小姐若這一遭不來呵，安排害，准備擡，異鄉身強把茶湯捱。（貼抱衾枕同旦上）姐姐、你在這裡站着、待我敲門、開門開門、（生）是誰、（貼）是你前世的娘、（生）小姐來了麽、（貼）又不得來、（生）若不來、你就替替、（貼）張先生放尊重些、休得驚了小姐、且接了衾枕進去、（生接介）是不敢、（貼）張先生、看你如何謝我、（生）小生一言難盡、惟天可表、當效犬馬之報、（生見旦跪接介）張珙有何德能、敢勞神仙下降、（旦）請起來

【羅香令】生 先前見責誰承望，今宵歡愛着小姐這般留心、我張珙合當跪拜，小生又無潘安貌，子建才，覷

西廂記　二十

着可憎模樣不勝感戴（小姐）只是可憐見我是孤身客
【前腔】（旦）我見你多愁多害其實難捱只因你廢寢忘餐可
憐到十分不快（貼）虧你真心耐志誠捱的（小姐）心廻意
轉（張先生你）否極泰來這其間留得形骸在（旦）妾千金之軀一旦棄之
此身託於君子勿以他日見棄使妾有白頭之歎（生）
小生焉敢如此（貼）你兩人進去睡罷我去看老夫人
醒也未醒（生旦攜手介）雙雙攜素手欵欵入書齋（下）
（貼）弔白你看張生好歹他兩箇公然進去了徑不理
着紅娘教我獨自在此好悶人也
【十二紅】（貼）小姐小姐多丰采君瑞君瑞濟川才一雙
才貌世無賽堪愛愛他每兩意和諧花心採柳腰擺
露滴牡丹開香恣蝶蜂採一箇半推半就一箇又驚

又愛一箇嬌羞滿面一箇春意滿懷好似襄王神女會陽臺一箇斜欹雲鬢也不管墮折寶釵一箇掀番錦被也不管凍却瘦骸今宵勾却相思債（張生當初許說事成之後築壇拜將謝我如今兩箇擕着手兒竟自去了）更不管紅娘在門兒外待敎我無端春興倩誰排只得咬定羅衫耐（咬衣並猶耐足介）恐夫人睡覺來將好事番成害將門扣叫秀才莫躭餘樂惹非災輕輕叫叫小姐忙披衣袂把門開看看月上粉牆來莫怪我再三催

【節節高】（生旦披衣上）便春生敝齋暢奇哉渾身上下都通泰無聊賴難擺劃憑誰解魂靈飛遶青霄外只疑還

是夢中來愁無奈合今宵同會碧紗廚何時重解香羅帶

前腔合花陰下蘚階楚陽臺襄王雲雨今何在重歡愛歸去來何時再乍時相見教人愛霎時不見教人怪合前

尾聲風流不用千金買賤却人間玉與帛生小姐若不棄小生、跪介是必破工夫明夜早些來旦紅娘、我和你回去罷怕夫人醒來尋我、貼張先生且喜且喜、你如今病醫好了麼、生謝紅娘姐、我病已去九分了、還有一分未去、貼這一分如何不去、生這一分還在你身上、紅娘姐不棄、一發救了小生這一分何如、貼呸、扶旦下

末了相思聽曉雞　匆匆小玉又催歸

西廂早是東君耍　共樹桃花各自飛

第三十齣堂前巧辯

【調金門】（老旦上）淒涼蕭寺空迤逗、故國不堪回首、爭奈孩兒胡廝耨、想必是紅娘引誘、雕籠不解藏鸚鵡、繡幕何須護海棠、這幾日竊見鶯鶯、語言恍惚、神思倍加、腰肢體態、比舊日不同、莫不做下些事來、待我叫歡郎來問他、歡郎那裡、（淨上）妳妳叫我怎麼、（老旦）我見過來、我問你、你這兩日見你姐姐和紅娘那裡去麼、老實說與我知道、與你菓子喫、

【風入松】（淨）鞦韆庭院夜遲遲、見紅娘小姐、相攜燒香只說花園去多時、不見他回、我潦倒先來睡也、不知他幾時歸、（老旦）我知道了、你去罷、（淨）閉口深藏舌、安身處處牢、（下）（老旦）紅娘那裡、

【謁金門】貼上若不是紅娘引誘、怎能彀兩邊成就、裙帶腰兒掩過紐扣比着舊時越瘦、此事想必發了、(見介)不知老夫人叫紅娘有何分付、(老旦)小賤人還不跪着、(跪介)你每日引小姐去花園中燒香、做下些好事出來、還不對我從實供說、(貼)我不曉得、不知有甚麼好事、(老旦)小賤人你還口强哩、若實說呵饒你、若不實說呵、我直打死你這賤人、(打介)還不說、

【桂枝香】(老旦)我着你行監坐守、誰許你胡行亂走、一任的握雨攜雲、長使我提心在口、(貼)我都不知道、(老旦)你花言巧語、你花言巧語、將没作有、出乖露醜、(打介)你這打小丫頭不說與我始末根繇事如何索罷休、(老旦又打介貼)老夫人聽我說、

【前腔】貼那日因停鍼繡、漫把閒情窮究、道張生病染

沈痾到書齋聊申問候那張生天殺的呵、着紅娘暫回着紅娘暫回(老旦)那時小姐在那裡(貼)教小姐權時落後(老旦)罷了、落後却怎麽樣(貼)兩下裡呵、做了鸞交鳳友(老旦擲杖介)氣死我也、(貼)老夫人休打紅娘、莫追求說與你始末根繇事到頭索罷休(老旦扯貼介)都是你這丫頭送你到官去、(貼)非干張生小姐與紅娘之事、都是老夫人之過也、(老旦)這賤人如何倒扯在我身上來、(貼)老夫人信乃人之本、人而無信、不知其可也、大車無輗、小車無軏、其何以行之哉、當初兵圍普救之際、老夫人親許、退得賊兵者以女妻之、張生非慕小姐姿容、豈肯區區建退兵之策、今日兵退身安、悔言失信、既不成其親事、只合酬之金帛、令張生捨此而去、不合留書院中、使怨女曠夫、早晚窺覷、所以老夫人有此一端差處、目下老夫人若不息此事、一來辱了相國家聲、二來張生名望非輕、既以施恩於人、忍令反受其辱、若到官司、老夫人亦有治家不嚴之罪、官司若推其詳、亦是老夫人忘恩負義、反爲不賢、紅娘不敢擅專

望老夫人恕其小過、成其大信、豈不爲長便乎、(老旦)那酸子有甚好處、把女兒配與他、(貼)老夫人聽我說、

(月上桂花)那張生呵、他聰明俊秀我小姐呵、珍瓏剔透、一箇是仕女班頭、一箇是文章魁首、今經月久、今經月久相廝守、兩意相投、一心如舊、休近日轉風流、別摞精神把春光洩漏(老旦)若依你這小賤人說、一些事也沒有、

(前腔)貼當初叛軍作寇、請到蒲關故友張解元、起死回生、老夫人番言變口、你名門閥閱、名門閥閱家聲舊、終不然背義忘恩出乖露醜、休、何必苦追求、嘗言道女大難留、苗而不秀(老旦)這小賤人也倒說得是、我不合養下這不肖之女、待經官呵、玷辱家門、罷罷、俺家無犯法之男、再婚之女、與了這廝罷、紅娘、與我喚那不才的賤人出來、(貼)小

姐有請。(旦)暗上立。(貼)小姐，且喜且喜，那梶兒在我身上滴溜溜滾，被我說得一些事也沒有了。老夫人如今喚你與張生成親。(旦)羞人答答的，怎麽去。(貼)娘跟前有甚羞處，焰依前日見張生一般，把兩隻眼閉了便罷。(老旦)紅娘，一發書院裡叫那禽獸過來。(貼)張先生有請。(生上一邊立。貼)張先生賀喜，我爲你打得十生九死，被我把你退兵之事，一一說起，如今着你二人成親哩。(生)多謝親親的紅娘姐，張生死於地下，不敢忘你，只是惶恐，怎生見老夫人。(貼)你休假意，你的面皮少也有一尺二寸厚，過去罷。(推介)

【臨江仙】(生)**自古來沈舟可補，如今覆水難收。**(貼)**得干休處且干休。**(旦)**見人猶靦覥，不敢強擡頭。**(生)老夫人拜揖。(老旦)張生，我怎生相敬你來，如何做出這般勾當。(生)只這一遭，今後再不敢了。(老旦)罷罷，今日把女孩兒就與你成親，只一件，我家三代無白衣女壻，今晚成親，明日就要上京取應，求得一官半職，是我老身之幸也。叫紅娘一邊整理筵席，就叫儐相贊禮成親。(貼)叫介。儐相有請。(淨上)隨意念介。(老旦)你二人拜了天地，然

後拜我生遞酒介

【錦堂月】生 再整鸞儔，重諧伉儷，心猿意馬收留。且把從前往事一筆都勾。再休題緘帖傳情，惟願取功名成就。合 從今後，看萬里青雲，早當馳驟。

【前腔】旦遞酒介 綢繆月滿秦樓，珠還合浦，陽臺雨散雲收。春意徘徊，今朝自覺嬌羞。再休題夜去明來，惟願取天長地久。合前

【嬌嬌令】貼 春山眉轉皺，秋水慢凝眸，看鏡裏雙鸞相回顧，一似得水魚兒逐水流。

【尾聲】生旦 華堂簫鼓鳴春晝，擺一對鸞交鳳友。生旦謝貼介

纔受媒紅謝親酒(老旦)紅娘快收拾行李，明日送倚內赴選，就排酒果餞行。(貼)理會得。

一雙鸞鳳兩相親　始信三生石上因
寄與河橋西畔柳　安排青眼送行人

第三十一齣　長亭別恨

【臨江仙】(生上)得效于飛樂未闌，誰知事有間關。(旦上)人生自古別離難，可憐含淚眼，一步一回看。(生)水晶如意玉連環，着意收藏自古難。(旦)紅綻櫻桃含白雪，斷腸聲裡唱陽關。(生)小生自與小姐一見之後，受無限之苦，今日得效于飛，豈非天幸。不想老夫人催促，就要起程。我此一去，功名唾手，即便回來。小姐自宜保重，休爲小生煩惱。(旦)官人此去，得官不得官，早早回來，休使妾倚門而望。(生)小姐，你看這秋天，好傷感也。

【普天樂】(生)碧雲天，黃花地，西風緊，北雁南飛。曉來時

誰染霜林多管是別離人淚恨相見得遲怨疾歸去
柳絲長情縈繫倩疎林掛住斜暉去匆匆程途怎隨
念恩情使人心下悲悽

【鴈聲犯】旦 思之不忍分離見車兒馬兒不繇人熬煎
氣（生）小姐今日如何不打扮（旦）有甚心情打扮得嬌嬌媚准備着
衾兒枕兒則索要沈沈睡從今後衫兒袖兒都濕透
相思淚

【傾杯序】生 棲遲頃刻間冷翠幃寂寞添十倍想前暮
恩情昨夜成親今日別離唯我知之把腿兒相壓臉
兒相偎手兒相攜不繇人猛然思省淚雙垂

【山桃犯】（旦）搵錦袖啼紅淚湛秋水顰眉翠執手未登程先問歸期別酒將傾未飲心先醉魚來鴈去書頻寄免使人心下成灰

【尾聲】（合）蝸角名蠅頭利拆散鴛鴦兩下裡話別臨岐恁慘悽（生）遠遠望見老夫人來了、

【賀聖朝】（老旦）祖送賢良取應馳驅早到長亭眼前秋色總關情

【貼上】願攀仙桂去雲路快先登（衆見介老旦）張生、今日乃是吉日、特地安排酒餚、與你送行、若到京師、掙揣一箇狀元回來、休要辱没了我女孩兒、（生）小生託老夫人福蔭、憑着胸中之才、取青紫如拾芥耳、不勞掛心、呀、長老也來了、

【菊花新】（末上）雨歇新涼報早秋山僧送客上皇州但期

一舉登龍榜、瓊林宴罷早歸舟。（衆見介）（末）老僧聞張先生赴京取應，特辦酒果送行，夫人、小姐、紅娘早已在此了。（老旦）紅娘將酒過來。（把盞介）

（摧拍）（老旦）到京師水土自宜，趂程途當節飲食，慎時保體，慎時保體。野店風霜早，起眠遲，鞁馬秋風最要扶持。（合）功名遂身掛荷衣，攀月桂步雲梯。

（前腔）（旦）我但願你文齊福齊，只怕你停妻取妻。愁恨自知，愁恨自知。此去迢遥，黃犬青鸞有書頻寄。花草他鄉，休似此處棲遲。（合前）（生）再有誰似小姐的，敢生此念。小姐放心，小生也回小姐一杯。

（前腔）（生）笑吟吟一同到此，哭啼啼獨自散歸。你歸到

羅幃歸到羅幃翠被生寒此恨誰知無計留連鬧不住淚眼愁眉（合前）（末）貧僧奉張先生一杯、

（前腔）（末）下西風黃葉亂飛染寒煙衰草路迷看杯盤狼籍杯盤狼籍車兒投東馬兒向西（張先生、）金榜題名及早須歸（合前）（貼）我也敬姐夫一杯、

（前腔）（貼遞酒介）這憂愁欲訴與誰這相思惟我最知你前程萬里前程萬里一躍龍門奪錦榮歸休戀紅妝使故人憔悴（合前）

（一撮棹）（生）山光暮連古道接長堤催行色人影亂夕陽低（旦）人去也鬆金釧減玉肌（合）但願你封妻子耀

門鬬

生 攜手欲分難 旦 離愁兩地關

合 丈夫非無淚 不灑別離間

第三十二齣驚夢草橋

【掛眞兒】生上 望蒲東蕭寺暮雲遮慘離情半林黃葉馬遲人意懶風急鴈行斜愁恨重疊愁恨重疊破題兒第一夜 小生與小姐分手行來、又早二十里之外、前面就是草橋客店、不免安歇一宵、明日早行、正是行色一鞭催去馬、離愁萬斛引新詩、

【步步嬌】生 昨日翠被香濃薰蘭麝欹珊枕把身軀趄臉兒廝揾者仔細端詳可憎的別鋪雲鬢玉梳斜恰

似半吐初生月早來到店中了、店主人何在、(淨上)官人就此裡面安歇、官人喫酒飯麽、(生)酒飯俱不要喫了、琴童你喫飯、(丑)我也不喫了、睡了罷、(淨下)(生)我想昨夜受用、今夜凄涼、甚睡魔到得我眼兒裡來也、

【江兒水】生旅館支單枕、秋蛩鳴四野、助人愁、紙窗外風兒冽、這孤眠被兒薄衾又怯、冷清清幾時溫得熱、有限姻緣方寧貼、無奈功名、何苦使人離別、

【清河水】生呆打孩店房中、沒話說、悶對如年夜、暮雨灑、空階曉風吹殘月、今宵酒醒來、玉人兒他在何處也、不覺困倦上來、且睡一會、(睡介)

【玩仙燈】旦上別卻情人、頓覺香消玉減、奴家在十里長亭別了張生、好

生放他不下、今喜得老夫人睡了不免私奔出門、趕上他一同去、

【香柳娘】旦 走荒郊曠野、走荒郊曠野、把不住心嬌怯喘吁吁難將兩氣接、瞞過了能拘管夫人、穩住廝齊攢的侍妾、疾忙趕上者、爲恩情怎捨、爲恩情怎捨、因此不憚路途賒、誰經這磨滅

【前腔】旦 想臨岐上馬、想臨岐上馬、其實痛嗟哭得我似痴呆瘦得我甚、啤嚥別離剛半餉、却早掩過繡裙兒寬褪、三四摺、看清霜滿路、看清霜滿路、高下路廻折、我這裡奔馳他在何處困歇、前面想是草橋客店、他必然在此安歇、待我敲門則箇、(生起介)是誰、(旦)是奴家、開門開門、(生)是箇婦人聲音、這早晚到此何幹、

【前腔】（生）是人可分說是人可分說是鬼速疾滅（旦）是我老夫人睡了想你此去幾時得見特地趕上來與你同去（生）聽罷語言兒將香羅袖兒拽且定睛看者且定睛看者原來是小姐你爲人能爲徹將衣袂不藉將衣袂不藉繡鞋兒都被露泥惹腳心兒敢踏破也（旦）我爲你顧不得許多迢遞

【前腔】（旦）想着你忘餐廢寢想着你忘餐廢寢放不下些到如今香消玉減花開花謝你衾寒枕冷你衾寒枕冷鳳分與鸞拆月圓被雲遮這牽腸割肚這牽腸割肚只怕伊義斷與恩絕尋思來怎不傷嗟

【前腔】（生）想人生在世想人生在世最苦是離別關山

萬里獨自跋涉（小姐）休道一時花殘與月缺瓶墜寶簪折總春嬌怎惹總春嬌怎惹生則願同衾死則願同穴（內鳴鑼旦下）（生抱丑介生）小姐你在這裡（丑）呸你好見鬼了倒把我抱住了叫小姐（生）呀原來是一場夢開門看時但見一天露色滿地霜華曉星初上殘月猶明正是無端鳥雀高枝鬧一枕鴛鴦夢不成好凄慘人也琴童收拾行李起程

【傍妝臺】（生）絳河斜綠依依牆高柳半遮靜悄悄門掩清秋夜昏慘慘雲霽穿窗月驚覺的顫巍巍竹影走龍蛇虛飄飄莊周夢蝴蝶砧聲響不斷絕急煎煎好夢兒應難捨

【尾聲】（生）柳絲長情牽惹冷清清獨自嗟嬌滴滴玉人

兒何處也

草橋客店夢鶯鶯　攜手交歡敘舊情
驚覺玉人空一歎　可憐殘月照窗櫺

第三十三齣　選士春闈

考試隨意照常做

第三十四齣　京都寄緘

【似娘兒】（生上）天府快先登，題金榜，名冠羣英，風流人物才堪稱，宫袍試着，瓊林宴罷，遊遍京城。遠挾琴書上帝畿，姓名今喜達彤闈，鰲頭獨占詞鋒捷，聽罷傳臚日未西。小生自去秋與小姐相别，倏經半載，幸賴先人福廕，一舉得中探花，即今在招賢館，聽御筆親除官職，只怕俺小姐掛念，特地修書一封，着琴童賫去。琴童何在？（丑

（上）堂上呼名字、階前聽使令、覆相公、有何分付、（生）我這一封書、着你星夜賫到河中府去、

一封書（生）初相見俊才紅雨紛紛點綠苔別離後悶懷黄葉蕭蕭凝暮靄又見梅花剛半吐幸喜文場得中魁寄鸞箋到妝臺管取多情笑滿懷（琴童）你到蒲東見小姐時則說官人怕娘子憂慮、特地先着小人將書來報知、急忙取回書來也、（丑）小人曉得了、

封書遠寄到蒲東　管取多情喜氣濃

一葉浮萍歸大海　人生何處不相逢

第三十五齣泥金報捷

折梧桐（旦上）裙染榴花睡損胭脂皺紐結丁香掩過芙蓉扣（貼上）線脫珍珠淚濕香羅袖楊柳眉顰人比黄花

瘦（旦）紅娘、張生去後、不覺半載、音書杳然、這幾日神思困倦、好悶人也、（貼）姐姐、雖然姐夫別去、終有再會之日、請自寬懷、不必掛念、

【集賢賓】旦　眼前悶懷濃似酒、一半在眉頭、離了眉頭又在心上、有惡思量無了無休、腰肢似柳、怎當他又添消瘦、新愁舊愁、廝混了難分新舊、（貼）姐姐往常也會不快、將息便可、不似這一場清減得十分利害、

【前腔】旦　曾經憔悴、擔此憂、奈每徧還猶、不似今番情最陡、悶來時獨倚危樓、簾垂玉鉤、空目斷山明水秀、謾凝眸、見衰草連天、野渡橫舟、

【大聖樂】旦　風流惹下相思、爭奈相思無了期、西廂月

下聽琴後離恨譜斷腸詩只爲你文章魁首靑雲客休把我桃李春風牆外枝合悶倚欄杆望也空教人幾目斷天涯（貼）小姐這幾日香消玉減腰不勝衣越清瘦了

【前腔】旦自從那日分離廢寢忘餐減玉肌（貼）請箇問卦先生占卜姐夫幾時回來（旦）金錢暗卜全無准（貼）如今去了半年想歸期不遠了（旦）空屈指數歸期（貼）他若中了必定先寄書來（旦）不愁他靑鸞有信頻頻寄（貼）只爲甚麼來（旦）只怕金榜無名誓不歸（合前）（旦）紅娘我想起舊日之事呵

【不是路】旦暗想當時將欲從軍憔悴死一封書半萬賊兵剪草除（貼）那時是老夫人背盟（旦）負佳期悶得恩情兩下離（貼）如今又是老夫人逼他應舉去了（旦）只爲蟾宮折桂枝這相思天涯

海角心相似、此情、難寄

【皂角兒】旦 帶圍寬瘦減腰肢、（貼）姐姐、做些鍼黹消遣（旦）意懸懸懶拈鍼黹、這相思病染懨懨淋漓袖萬千紅淚（貼）姐姐、我曉得你了莫不是怕黃昏挨白晝象牀閒鴛被冷這般滋味

合 寃家一去歸無定期歎分離天邊月缺也有圓時

【前腔】旦 去時節黃葉亂飛到如今落紅堆砌要相逢千難萬難、不似俺別時容易、莫不是醉銀箏歌綵袖戀秦樓迷楚館把奴拋棄 合前

【尾聲】旦 離愁萬種千言語（貼）姐姐、待姐夫回來時節、可備細對他說（旦）准備歸來訴與、只恐相逢無一句（丑上）一心忙似箭、兩脚走如飛、奉相公命

賫書報與小姐，恰纔前廳上見了老夫人，好生歡喜，着我來見小姐，早至後堂。（嗽介貼）誰在外面？（見介貼）琴童你回了。（丑）我相公中了，着我寄書來。（貼）可知道昨夜燈花報，今朝喜鵲噪。姐姐正煩惱哩，你在這裡等着，我對姐姐說了，你入來。（貼見旦笑介旦）這小妮子怎麼？（貼）姐姐大喜大喜，姐夫得了官也。（旦）這妮子見我愁悶，故來哄我。（貼）琴童在門首，見過老夫人了，使他進來見姐姐，姐夫有書。（旦）慚愧，謝天地，我也有盼着他的日子。喚他進來。（丑見介旦）你幾時離京師？（丑）離京一月多也。我來時相公去喫遊街棍子去了。（旦）你不省得，狀元喚做跨馬遊街三日。（丑）夫人說得是，有書在此。（接書介貼）姐姐，姐夫書上寫着甚麼？可曾念着紅娘哩。

【鎖寒窻】（旦）因他去減我風流，寄書來更添證候。我和他別時節桂子新秋，到如今又早梅花開後。悶來無語強擡頭，書在手淚盈眸。（看書介）

〔醉扶歸〕（旦）我這裡開時和淚沾紅袖他那裡修時未寫淚先流悶時開拆悶時修淚痕兒都把書濕透正是一重愁番做兩重愁寄來書淚點從來有（念介）張珙百拜書奉芳卿可人妝次、自暮秋拜違、倏爾半載、上賴祖宗之蔭、下託賢妻之福、叨中甲第、即日於招賢館寄跡、以俟朝廷除授、惟恐老夫人與賢妻憂念、特令琴童馳報、庶幾免慮、小生身雖遙而心長邇、恨不得鶼鶼比翼、邛邛並驅、爲功名而薄恩愛、誠有淺恩貪饕之罪、他日面會、自當請謝、後成一絕、以奉清照、詩云、玉京仙府探花郎、寄與蒲東窈窕娘、指日拜恩歸錦晝、定須休作倚門妝、慚愧、探花郎乃第三名也、（貼）他中了探花、不日衣錦歸來、妾與姐姐賀喜、

〔前腔〕（旦）當日西廂月底曾相守今日瓊林宴上慾遨遊跳東牆卻去占鰲頭惜花心養成折桂手到如今晚妝

樓改做志公樓，朝陽鳥便是鸞鳳友。紅娘取紙筆過來，寫書回他去。

（寫介）書已寫完，無可表意，聊奉汗衫一領，裹肚一條，綿襪一雙，瑤琴一張，玉簪一枝，斑管一枚，分付琴童，教他好好收拾。（貼）姐姐，姐夫如今做了官，豈無這幾件東西，將去何用。（旦）你不知道，

【紅衲襖】（旦）這汗衫兒和他一處宿，想着我體溫存貼着他皮肉。（貼）這裹肚何用。（旦）長不離了前後，緊守着他左右。

（貼）這瑤琴何用。（旦）當初五言詩謹趁逐，後來七弦琴成配偶。

（貼）這玉簪呵。（旦）到如今功名成就也，只怕撇人在腦背後。（貼）這班管怎麽說。

【前腔】（旦）湘江兩岸秋，當日娥皇因虞舜愁，西廂兩淚流，今日鶯鶯爲君瑞憂。琴童，你逐宵旅店房中宿，休將

包袱兒做枕頭水侵雨濕休教扭乾來時熨不開摺皺一椿椿與我仔細收留也（再與相公說）是必休忘舊（丑）小人領命、

書封鴈足此時修　情繫人心早晚休
此去長安千萬里　悔教夫壻覓封侯

第三十六齣囘音喜慰

【風馬兒】（生上）遠別多情赴帝畿懷念夢長歸關山縹緲人何處甚日共枕鴛幃（下官名登虎榜身列鴛班奉聖旨着俺在翰林院編修國史未嘗除授因此多任兩月前者着琴童寄書囘去又不見到來這幾日神思不寧飲食無味暫給假在館驛中將息早間太醫院着醫人來看俺下了一帖藥我想這症候便是盧醫扁鵲也醫不好除非我那

小姐一見，自然便好也。

【惜奴嬌】生 從到京師，這相思心下旦夕，如是心頭橫倘有鶯兒，隨侍請得良醫來診視，一心說本意待推辭他察虛實論來怎生，廻避

【錦衣香】生 他道醫雜症有方術，治相思無藥餌鶯鶯知我爲他，我也甘心兒死飄零四海愧無居一身客寄半年將至怪簷前靈鵲垂簾幕報喜蛛兒昨夜燈結蘂有何吉事莫非他處有書來至

【尾聲】丑上 關山豈敢辭迢遞離，卻蒲東崔小姐，討得箇音書來報喜（見介生）琴童你來了，（丑）小人到蒲東，見了小姐，爲思想相公，一發瘦了，見了書，

好不喜歡、就寫回書、打發我來了、只道官人除授上任、不想有病在此、(生)小姐書在那裡、(丑)書在此、又有許多寄來東西、一發收了、(生接書介)薄命妾崔氏鶯鶯拜奉才郎君瑞文几、自別音容、不覺許久、正思念間、忽見華翰飛墜、始知文場高中、使妾喜之欲狂、今承使便、聊奉瑤琴一張、汗衫一領、玉簪一隻、斑管一枝、裹肚一條、綿襪一雙、表妾眞誠、伏惟笑納、賡韻遂成一絶、以寄遠懷、闌杆倚遍盼才郎、莫戀神京黃四娘、病裡得書知中選、窗前覽鏡試新妝、我那風流小姐、我張珙便死也死得瞑目了、

【桂枝香】(生)堪爲字史、當從欵識、端的有柳骨顏觔、恁般樣佳人才思、千般用心、千般用心、怎不教張生愛你世間無二、細尋思、寄物知情厚、一樁樁謾看取、(看介)休說他文章翰墨、只這女工鍼黹、世間罕有、(丑)小姐寄來這些東西、要他何用、(生)你不知道、一件件都有緣故、我都猜着了、

前腔 生 瑤琴意趣教我閉門禁指調養聖賢之心洗蕩
巢由之耳（丑）這玉簪斑管何用（生）玉簪巧細玉簪巧細全無瑕
疵霜毫健美細思之今日淑女思君子好似娥皇憶
舜帝（丑）這裏肚汗衫兒怎麽說
前腔 生 裏肚精製汗衫貼體見他不離我身邊識盡
心中之事（丑）這錦襪呵（生）這襪兒樣新襪兒樣新線如蟣子
當遵道理莫胡爲願足下長如此行時可三思 琴童小姐
曾分付你甚麽來（丑）小姐上覆相公休得別結良姻（生）那小姐還不知我心中之事哩
前腔 生 與你新婚燕爾只爲功名到此昨宵愛桃李
春風今日愁梧桐秋雨我是箇風流狀元風流狀元

豈肯折殘花敗蘂（小姐）你不須憂慮暗尋思、我夢到蒲東寺歸心十二時（琴童、你將這衣服東西、與我好生收拾着、）

病中喜得寄來書　慰我心間不盡思
和淚眼觀和淚眼　斷腸人誦斷腸詩

第三十七齣設詭求親

【梨花兒】（淨上）我家累代是公卿、自我生來欠老成、終日奔波不暫停、也麽㗭、風流態度人皆敬、（小子鄭恒是也、前者姑娘崔老夫人附書來、着我到京搬喪、還河中去、誰想到得遲、又起程去了、不得相會、一向在京院子裡嫖耍、整整任了一年已上、今打聽得老夫人見在蒲東普救寺守喪、又聞得孫飛虎領兵圍了寺、要擄鶯鶯為妻、當時有雒陽人張珙、退了賊兵、夫人將小姐與他為妻、我今到此、若無這箇消息、自去見了姑娘不妨、既有這件事、我去也沒意思、想起來這事都在紅娘身上、已曾令人去喚紅娘、到下處說話、只說纔在京囘不敢造次相見姑娘、且在此等候着、紅娘敢就來也、(貼上)初離閨閣內、又向市廛行、鄭恒哥哥着人來喚我說話、老夫人着我去走一遭、(見介)(淨)紅娘姐來了、(貼)哥哥萬福、老夫人說、旣到此間、爲何不到我家來、(淨)我有甚麼嘴臉見姑娘、先請你來說話、姑夫存日、將小姐許我爲妻、今已服滿、特來央你與老夫人說、擇箇好日成親、好與小姐一同扶喪囘去還葬、不然、一路上與小姐不穩便、若說得成就了、重重謝你(貼)這一節再休提了、小姐已嫁與別人去了、(淨)道不得一馬不跨雙鞍、父在日許我親事、今日父死便要悔親、那裡有此道理、(貼)當日孫飛虎領兵來時、哥哥你在那裡、若不是張生、俺一家性命不保、今日太平了、你却來爭親、那時被賊擄去了、哥哥如何去爭、(淨)我是富家子弟、却不挫了、倒與窮酸餓鬼、我偏不如他、仁者能仁、身裡出身根脚、又是親上做親、況是父命、(貼)你且禁聲、他那些兒不如你、聽我道來、

【風入松】貼 你賣弄仁者能仁、倚仗身裡出身、到如今

官上加官，不教你親上做親，你又不曾通媒問，如何的便結婚姻。（淨）賊兵來時，他一箇人怎生退得，都是說謊。

【前腔】（貼）河橋飛虎那將軍，叛蒲東，刼掠人民，統賊兵半萬來侵境，要鶯鶯做壓寨夫人。那時慌遽之際，夫人和長老商議，拍手高叫，兩廊不問僧俗，有能退得賊兵的，便將鶯鶯妻之。忽有遊客張生，應聲而出：我有退兵之策。夫人大喜，請問其策安在。張生云：我有一故人白馬將軍，現統十萬之衆，鎭守蒲關，我修書一封，着人報去，必來救我。果然書至兵來，其困即解。若不是那張生善修書，誰請得白馬將軍。

【急三鎗】（貼）他書到施號令，精兵至，掃滅盡那煙塵。老夫人將小姐甘心許，言而有信，因此上不敢慢於人。

淨我素不聞他名，你這小妮子賣弄他許多，我有甚麼不如他處？貼你又便罵我 你一分他值百餘分，這螢火怎比月輪，高低遠近都休論，我拆白道字與你辨清渾。淨這小妮子曉得甚麼拆白道字，你說與我聽。貼 張君瑞肖字邊着箇立人，你是箇木寸馬戸尸巾。淨這小妮子罵我是村驢屌，我祖代是相國之子，倒不如箇窮秀才，窮的只是窮，做官到底做官。貼 他憑着師友務本，你倚着父勢欺人，這廝喬立議論，官人的只合做官人，窮民到底是窮民，却不道將相出寒門。淨這都是姑夫的遺囑，我明日牽羊擔酒上門去，要他成親，看姑娘怎麼樣發付我。貼 如何硬做眷姻，不親的強諧秦晉。淨我不怕他不肯。貼 訕勳發村使狠，甚的箇會溫存。淨姑娘若堅執不肯，我着二三十人上門，強搶上轎，扛到下處，脫了衣裳，過了一宿，恁明日急趕將來，還你一箇婆娘便了。（貼）**你須是鄭相國親舍人，須不是孫飛虎莽軍喬嘴臉，腌臢身分，少不得有家難奔。**（淨）這小妮子，眼見得受了招安也。我也不對你說，明日定要娶，定要娶。（貼）不嫁你，不嫁你。（淨）**正是郎君俏佳人有心。**你喝一聲我聽。（貼笑介）看你這般頑嘴臉呵，**不喝采怎生忍。**正是閉門推出窗前月，堪笑梅花空自香。（下）（淨弔塲）這妮子擬定都和那酸丁演撒了，我明日自上門去，見俺姑娘，說箇大謊，只說張生中了狀元，贅在衛尚書家，做了女壻。俺姑娘最聽是非，他自小又愛我，必有話說。休說別的，則俺這一套衣服也衝動他。他若不肯，我便放起刁來，且看鶯鶯那裡去。終不然到官司斷與張生做了夫妻不成。

且將壓善欺良意　權作尤雲殢雨心

第三十八齣　衣錦榮歸

【金雞叫】（老旦上）聽得人傳語，今科狀元少年君瑞。（貼）蒼天不負男兒志。（合）身着宮袍，手攀仙桂。（老旦）本待將心託明月，誰知明月炤溝渠。昨日鄭恒來說，張生中了狀元，入贅衛尚書府中，做了女壻。我依前將女兒嫁與鄭恒罷，着他擇箇好日成親。（貼）昨日鄭哥哥之言，未可便信。老夫人三思而行。倘張生無有此事，榮耀回來，兩邊怎生發付。

【似娘兒】（生衆上）玉鞭驄馬出皇都，暢風流人物。今朝三品貴，昨日一寒儒。御筆親僉，除任河中府。一旦風雷動，成名天下知。如今將近普救寺了，左右疾忙與我趲上前去。

【駐馬聽】（生）張珙如愚，酬志三尺龍泉萬卷書。鶯鶯有福，請了五花官誥七級香車。身榮難忘借僧居，愁來猶記題詩處，取應分離，夢魂兒不離了蒲東寺。下官蒙聖恩除授河中府尹，衣錦還鄉，小姐鳳冠霞帔，都請在此，若見俺小姐，雙手捧將過去，迤邐行來，此間已是普救寺門首，不免徑入，左右們回去罷。（衆應下）（老旦）紅娘，去看外面甚麼人嚷。（貼出見生介）（貼）呀，原來是姐夫榮回了，且喜且喜。（生）是小生回來了，與我報夫人知道。（貼進報介）老夫人，張先生做官了回在外面。（老旦）請進相見。

【刮鼓令】（生相見介）重相見，可喜，謹躬身問起居。（拜介）（老旦）休拜休拜，你是奉聖旨的女壻，我消受你拜不起。（生）慈顏怒，未知因甚了，鬢各廝覷。莫不是怨別離，有人架起是和非，致令今日意參差。呀，怎生不見我玉人兒。

【前腔】（老旦）張生，兵圍困，感伊。（生）此乃往事，不必提起。（老旦）不許孩兒成伉儷誰想你一朝折桂又贅尚書衛相女(生)那裡生出這話來(老旦)把恩義徑抛離我女孩兒雖是殘妝醜貌未必辱你敎人空自長吁氣(生)那有此事(老旦)你如何今日假躊躕(老旦)紅娘你去問他

【前腔】(貼)含容去拜啟望慈顏免怒起(生)紅娘姐敎我如何不惱(貼)試問你京中緣故轉敎人輕賤伊從別後喜無虞新夫人姿容必麗美比咱小姐料清奇繡毬兒打着做夫妻(生)紅娘姐連你也葫蘆提了小生爲小姐忘餐失寢受無限之苦別人不知道你須曉得

【前腔】(生)絲鞭那仕女滿章臺覓眷敘我懷着那時恩愛肯憐新棄舊妻豈不聞君子斷其初是那箇畜生行妬嫉走將來說閒阻致令今日意生疎(老旦)當日兵圍普救

時感君一諾獻神機，蒲關故友解重圍，酬恩諧淑女，送別赴春闈，一旦從新忘舊念，衛尚書府別娶嬌姿，今朝表出是和非，胡欲斷絃再娶，（生）小生既入贅衛尚書府中做了女婿，如何又請小姐鳳冠霞帔誥命在此，（貼）却原來，老夫人，我道張生不是這等人，則索請小姐出來自問他，（老旦）你去請，（貼）小姐，張姐夫做官回來了，請你出來相見，

【哭相思】（旦上）衣錦還鄉事雖美，誰知道喜成悲，別後教人每憶你，因甚故變為非，（生旦相見介）（生）小姐，且喜別來無恙麼，（旦作不語介）（貼）小姐有甚麼言語，對他說破了罷，

【啄木趕黃鶯】（旦）不見時准備着千言萬語，（貼）今日小姐見了他，却又如何不說，（旦）得相逢變作長吁氣，他急攘攘却纔歸來，我羞答答怎生相覷，欲將愁恨來伸訴，及至相逢無

一語歎別離、今朝會你須辨出是和非。(旦)張生、我有何負于足下、却見棄妾身、贅在衛尚書府中爲壻、于理何堪。(生)你聽那箇人說。(旦)鄭恒在夫人行說來。(生)小姐如何信那廝、張珙之心惟天可表。

(前腔)生 從離了蒲東路、早來到京兆府、見箇佳人不敢覷、硬扯箇衛尚書家孩兒爲眷屬。小姐、我若曾見他影、見滅一戶。是何人嫉妒、剗地裡把人妝誣。(貼)張姐夫、你若果沒有此情、待鄭恒來、與他面證便了。(老旦)呀、杜將軍來了、紅娘扶小姐進去。(旦下)

(仙燈近)外上 離却蒲東、幸喜故人相見。(外生見介)何勞仁兄光降、愚弟有失迎接。(外)且喜賢弟高擢巍科、官封府尹、愚兄特備薄禮、前來恭賀。(生)愚弟託賴仁兄福廕、謬登甲第、今已回來、不料夫人聽信鄭恒誹謗、道愚弟入贅衛尚書府中、欲將小姐改嫁鄭恒、望仁兄張主。(外)老夫人差矣、君瑞一者有退兵之功、二者是尚書之子、況今現任河中府尹、老夫人有言三代不招白衣女壻、今日番悔親事、於理有礙、（老旦）先夫存日果將小女許下舍姪鄭恒、不料遭此大變、虧張先生請將軍殺退賊兵、老身不負初言、以成其事、忽然鄭恒來說、因此欲悔其親、（外）老夫人焉可聽誹謗之言、有傷風化、況且鄭恒與小姐是姑舅之親、豈可配爲夫婦、決行不得、（老旦）且待鄭恒來、當將軍面前明白此事、

【前腔】（淨上）喜氣匆匆、今做了東牀嬌客、今日是箇良辰吉日、姑娘許我成親、請這兩位官陪我、做了親、待張生回來時着他一箇忽地笑、這是姑娘家裡、不免進去、（見老旦介）姑娘拜揖、請問這位尊親大人上姓、好稱呼、（老旦）是鎮守蒲關杜將軍大人、（淨）此一位尊親、（老旦）是新府尹張大人、衛尚書的女壻、（淨）決撒了、張大人在此、有何尊幹、（生）你便是鄭恒、到此何幹、（淨）這是我姑娘家裡、小姐是我的妻子、倒問我何幹、（外）老夫人、這便是鄭恒麽、左右拿下、你不仁不義、誆騙人妻、奏過官裡、明正其罪、（淨）老大人、是我菇夫在日、前許下我爲妻、如何我倒是誆騙人妻、（外）既與崔小姐姑舅之親、律有

明條、豈做得夫妻、左右、與我押送官司、問罪不輕、（淨）
大人不必發怒、小人情愿退親便了、只是怎生回去
見人、罷罷、妻子空爭不到頭、風流自古惜風流、假饒
掬盡湘江水、難洗今朝一面羞、（下）（老旦）多謝大人張
主、親事料無差矣、紅娘請小姐出來、帶了鳳冠霞帔
先謝了恩、然後拜謝杜大人、（貼）小姐有請、（旦上）華堂
珠翠、向日閣沈檀裊、（生）三星在户會藍橋、（外）神女仙
郎、才調人間少、（合）香籠寶鼎綺筵開、堪羡洞天春曉、
（生旦謝恩
拜外介）
【大環着】（生旦）謝恩人相助、謝恩人相助力解兵圍、成就
今生一對、夫妻得意也當時題柱、不負了少年豪氣、
門闌喜迎駟馬高車、新狀元花生滿路、（合）今日裡逢
聖治四海無虞皆稱臣庶、
【前腔】（老旦謝介）痛先夫亡世、痛先夫亡世、蕭寺孀居、忽遇

強梁困逼無計謝張生特施奇策請將軍大興師旅退賊兵救寡婦孤兒把前盟怎肯拋棄（合前）

【前腔】（外）念平生交誼念平生交誼親同骨肉間別經年顏範不覩喜兄弟官封文武食天祿慚無報補絕狼煙威震三邊登廟廊政誇五袴（合前）

【前腔】（貼）想花前奇遇想花前奇遇兩意躊躇待月迎風書傳東遞還得遂並頭連理美恩情團圓到底又叨賜夫人封號五花誥鳳冠霞帔（合前）

【越恁好】（衆）永承宗嗣永承宗嗣治中堂人怎比風流才思容嬌媚舉世應稀（合）開筵慶賞春風裡笙歌滿

耳廝鬧香靄圍珠翠春風秋月長如此

【前腔】合夫榮妻貴夫榮妻貴辦行程臨府治黃堂善政傳千里撫安黎庶合前

【尾聲】合西廂待月成佳配金榜題名衣錦歸留與人閒作話兒

謝得將軍成始終　多承老母意從容

夫妻榮貴今朝足　願得鴛幃百世同

梁伯龍謂此崔時佩筆日華特較增耳間有換韻幾調疑李增也崔割王腴李攘崔有俱堪冷齒

李日華西廂記竟

陆天池南西厢记

［明］陆采　撰

南西廂記

唐元相微之。蘊抱情癖。假張生以自宣。宋王性之辨之詳矣。自侯鯖錄記時賢所著詞曲。而優戲之源始開。逮金董解元。演爲西廂記。元初盛行。顧當時專尚小令。率一二闋。卽改別宮。至都事王實甫。易爲套數。本朝周憲王。又加賞花時於首。可謂盡善盡美。眞能道人意中事者。固非後世學士所敢輕議。而可改作爲哉。迨後李日華。取實甫之語。翻爲南曲。而措詞命意之妙。幾失之矣。予自退休之日。始綴此編。固不敢媲美前哲。然較之生吞活剝者。自謂差見一班。若夫正人君子。責我以桑間濮上之音。燕女溺志者。予則不敢辭。雖然。予倦遊矣。老且無用。不籍是以陶寫凡慮。何由遣日。況嘲風弄月。又吾儕常事哉。微之唐名士也。首惡之名。彼且蒙之。予亦薄乎云爾。書此不覺一笑。呼童子歌吾曲以進酒。清癡叟陸采天池自序

陸西廂目次

上本

下本

陸天池南西廂記上

第一折提綱

【南鄉子】（末上云）吳苑秀山川，孕出詞人自不凡。把筆戲書雲錦爛，堪觀。光熖空濛五色間。○天意困儒冠，且捲經綸卧碧山。那箇榮華傳萬載，徒然。做隻詞兒儘意頑。

【臨江仙】千古西廂推實甫，煙花隊裡神仙。是誰翻改汚瑤編。詞源全剽竊，氣脉欠相連。○試看吳機新織錦，別生花樣天然。從今南北並流傳。引他嬌女蕩，惹得老夫顛。

燭影搖紅　年少張郎。梵宮曾見嬌鶯面。隔牆聯句送春心。佛會情撩亂。強寇無端廝犯。請雄師剪除危難。東君負約。兄妹通稱。不諧繾綣◯兩地癡迷。琴邊月下牽愁怨。紅娘遞簡暗成交。結遂鸞鳳願。老母知情婚絆。別多嬌。春闈高選。讒人巧計。假信生疑。故人方便

賴婚姻夫人生出是非場

說風情紅娘引得燕鶯狂

聽幽琴崔氏兩寄有情詩

結佳期張生一舉探花郎

第二折別杜

破陣子 生上唱 虎帳乍談兵畧。文場又促金羈。霜到蒹葭添愁思。鴈和清猿動別悲。徘徊不忍離

朝中措 簪纓世業愧無承。半世困遺經。雄賦未投明主。新詩浪得浮名。獨攜焦尾。聊停畫轂。彈鋏故人庭。何日鸞凰叶慶。九霄得意和鳴。張珙表字君瑞。本貫西雒人氏。先君官拜禮部尚書。不幸父母雙亡。飄零數載。今遇故人杜確元帥。鎮守蒲關。乃幼年八拜之交。小生西上長安赴試。順便相訪。欵留數月。不覺科場近也。昨日分付琴童收拾行李。完備了麼

西江月 淨上云 三晉雲山北向。二陵風雨東來。深秋景物最堪哀。況是客鄉悲慨。生云 閒把琴書整理。便將車馬安排。合 笑辭故友上秦臺。一躍龍門情快 淨云 告官人。行李完備了 生云 請元帥拜辭 淨云 元帥來也

齊天樂 外上唱 昨來把劒辭明主。佩虎符作鎮蒲畿。玉

帳霜清。牙旗風勁。又動平生壯氣。擬踏破賀蘭。生縛名王。方酬素志 生接 暫向黃花。浩歌尊酒話心知 (生揎) 鷓鴣天 (生云) 留滯周南春復秋。西風霜滿黑貂裘 (外云) 功名未上凌煙閣。志氣平吞瀚海頭 (生云) 山淡淡。水悠悠。客鄉風物動離愁 (合) 相逢正是茱萸節。且折寒花醉玉樓 (外云) 賢弟。今日重陽佳節。正好登高。怎生說出離愁兩字。莫非管待不周。故有去意 (生云) 小生感哥哥厚意。實欲久留。爭奈來春貞元皇帝大比之年。須赴科場。不得不去 (外云) 賢弟功名之事。下官不敢曲留。再住幾日如何 (生云) 行裝已備。今晚就行 (外云) 左右將酒過來 (淨末云) 勸君更盡一杯酒。西出陽關無故人。酒在此 (生云) 小生借尊酒。先奉哥哥一杯 (外云) 有勞賢弟

玉芙蓉 生唱 飄零湖海姿。蹭蹬雲霓志。見窮途伯樂。怎不悲嘶。正待聯牀細話平生事。却又彈鋏重歌行路

詞（合）休怨憶管來春重會看男兒笑驅駟馬下皇畿
（外回酒）

（二）（外唱）十年筆硯情萬里追尋意向天涯邂逅握手談詩（你）獨攜玉劒輕拋去（我）醉折黃花不忍辭（合）休怨憶管來春重會看男兒笑驅駟馬下皇畿

（三）（末唱）金戈閃日明鐵馬嘶風急看轅門景物事事淒其（先生）關河此去須珍重（相公）書札頻傳莫放稀（合）休怨憶管來春重會看男兒笑驅駟馬下皇畿

（四）（淨唱）疎林日漸低遠道人休滯論人生會合怎無離異（官人）早攜長策干明主（元帥）好放離鶴別故知（合）休怨

憶管來春重會。看男兒笑驅駟馬下皇畿

【朱奴兒】（生唱）歎雲霄。未堪准擬。怕風塵。蹉跎遊子（外唱）萬里前程自奮飛。努力奪錦榮歸（合）蒲關青草。十里綵旗。共接取探花使

長安此去欲何依　回首川長共落暉
盡說陳琳工奏記　不妨從此躡丹梯

第三折遣鄭

【東風第一枝】（老旦上唱）遠水雲埋。遙山霧阻。傷心客路艱難（淨唱）禪林旅況蕭條。西風車馬平安（貼唱）幽棲未穩。還憶着金谷清閒（合）莫提他舊日繁華。教人轉覺心酸

（老旦云）金屋銀屏又隔年。亂蛩衰草掩禪關（貼云）殯宮寂寂空蛛綰。古木深深哭斷蟬（淨云）樂事已將哀事變。去程應倍過程難（合）家山回首雲千里。倚遍朱欄淚不乾（老旦云）老身相國崔珏之妻。曾受越國夫人之號。不幸相國棄世。與姪兒鄭恒扶柩歸葬。奈路途艱阻。權任普救寺西廂下。鄭恒。你在此沒事。先回看了家。當待明年春半。我和小姐自奉靈柩回來（淨苦云）姑娘。我三千里路。來接姑夫靈柩。指望與鶯鶯做親。你爲何先敎俺回去（老旦云）這畜生。你姑夫服制未滿。佳城未卜。你且回去。再待三年（淨云）皇天。便上了手鈕脚鐐。長解短遞。我也不回去。務要老婆（貼云）老夫人鈞旨。怎的不依（淨云）姑娘若不捨得鶯鶯。先把這丫頭送我。一路上救急（老旦云）胡說。快回去（淨哭科）我的鶯鶯心肝呵。苦也苦。幾時得到博陵府。三千里路急饑人。一箇老婆不到我

【摧拍】老旦唱　論婚姻早諧是便。奈服制敎人怎謾。此行知伊不滿。此行知伊不滿。客路風霜。早晚加餐。故里

田園好爲周全（合）辭別去遥往鄉關松月冷谷風寒

（二）（淨唱）奉靈輦艱辛萬千想佳期心腸掛牽此行指望結歡此行指望結歡（姑娘呵）平地無風生出波瀾（鶯鶯）羅帳間眠（我又）鞁馬孤單（合）辭別去遥往鄉關松月冷谷風寒

（三）（貼唱）論丈夫功名志堅爲妻房何必痛酸（哥哥）你途中心放寬你途中心放寬不怕無柴留得青山莫怪花遲有日春還（合）辭別去遥往鄉關松月冷谷風寒

（四）（淨唱）我從來知他貌妍一路中熬得腿酸今朝又枉然今朝又枉然（姑娘）不與我鶯鶯敗盡你的田園（紅娘）不

相伴哥哥。我賣你在西番（合）辭別去。逕往鄉關。松月冷。谷風寒

【一撮掉】（老旦怒唱）安心去。休得恃頑。你不依。我與他門結姻聯（淨拜唱）駭殺俺。今番不敢胡言（合）但只願家緣好。程途又平善。同扶柩。歸葬得牛眠

身愧衰顏對玉難　碧霄無路却泥蟠

洞庭春色思公子　鄉國遙臨白日邊

第四折　秋閨

【逍遙樂】（旦上唱）獨宿招提景。月滿疎簾散清影。羇人懷土夢難成。蛩吟恨砌。露滴哀桐。秋老愁城（霜風摧古松。女蘿失

其主。老鳳去丹山。孤雛不能舉。物類有所憑。況彼閨中女。妾本五侯家。少小長羅綺。一旦失慈父。漂泊河之滸。朽骨縈綱絲。玄旐掩秋雨。哀哀餘寡親。力弱值途阻。回首昔年榮。雲天渺何許。獨把瑤琵彈。冷冷泛宮羽。請爲思歸吟。幽咽不成語。欲因晨風翔。送我返鄉宇。妾乃崔相之女。小字鶯鶯。因路途兵阻。停柩在寺。今日暮秋天氣。好生傷感人也

【十二時】（貼上唱）月轉梧桐井。想斗帳佳人未醒呀。姐姐兀坐殘燈。獨倚繡屏。此際不眠。爲誰思省（旦唱）我有滿懷悲耿（貼云）姐姐。爲甚惹早晚不睡。獨坐含顰。想是爲鄭官兒去了（旦云）紅娘。說那裡話。骨肉傷心。干戈滿眼。父親靈柩不得回葬。寓居蕭寺。何日是了。因此嗟歎不已（貼云）姐姐。休要煩惱。想不久便回

【黄鶯兒】（旦唱）落葉滿寒城。掩香閨細雨零。等閒醞釀出悲秋病。骨肉如曉星。身世似水萍。路迷何處尋鄉井。

合 淚偷傾。叵思富貴。迢遞隔宸京

〔二〕貼唱 往事恨難平。展眉尖莫愴情。怕花嬌不耐西風勁。北堂又鬢星。無事也病增。怎禁伊把閒愁引動他思歸興。合 淚偷傾。叵思富貴。迢遞隔宸京

〔簇御林〕旦唱 花纔放。鴈又鳴。寓禪房。月屢更。時乖不見兵戈靜。怎能彀遠扶香骨埋靈境。合 告神明。甚時安妥。重整頓舊家聲

〔二〕貼唱 歌鍾地。絃管停。想秋來。碧蘚生。舊家飛燕又向誰門屏。只留得黃花。相伴人孤另。合 告神明。甚時安妥。重整頓舊家聲

念舊獨含情　寬心待世清
興衰有常理　不必問君平

第五折旅晤

（大河蟹）淨上唱　不忍輕拋掌中人。潛自往蒲城。食到口頭難得吃。熬得我眼睛昏沒投奔　小子名爲鄭猴極。愛酒貪花第一。近來丈人身亡。聽得鶯鶯國色。星夜趕到京中。指望乘凶了畢。走得脚板趾頭酸。望得眼睛烏珠出。三百六十根骨節根根盡疼。三萬六千口噭氣。口口吃力。不論拖泥帶水。那管風高月黑。枉自百般受苦。到頭老婆不得。叵耐姑娘作喬。教我先回看宅。昨晚槌胸出門。今朝含淚告佛。牢把山門守定。不許和尚做賊。昨夜得其一夢。夢見鶯鶯如糖似蜜。臨了與我一方綾帕。覺來香氣勃勃。却原來自家的裩襠上面許多屎迹。好悶好悶。老婆不能勾了。且尋箇酒店。買三杯醉他娘。小二哥那里（丑上云）神仙留玉佩。卿相解金貂。

誰叫誰叫（淨云）買酒（丑云）有有。蓮花白。竹葉清。眞珠紅。金盤露（淨云）不要。我是貴公子。稀奇酒便飲（丑云）淪囘酒如何（淨云）好好。將來。有甚下飯（丑云）有有。糟鵝掌。凍鱉裙。黃金虀。水晶膾（淨云）不要。我是貴公子。稀奇的下飯便吃（丑云）黃龍湯如何（淨云）好好。且任。待我唱箇曲兒了吃

【駐雲飛】琥珀浮春。欲飲還停悶殺人。枉受奔波困。不遂于飛分　嗏　含淚別東君。馬遲風緊。囘首粧臺。千里香雲亘（生上合唱）羞聽孤鴻斷旅魂。羞聽孤鴻斷旅魂

【二】（生唱）沁苑花新。半捲珠簾笑語頻。慢把青驄頓。相對紅粧認　嗏　若箇有情人。眼傳芳信。未折宮花。且戰煙花陣（合）怕聽秋蛩斷旅魂。怕聽秋蛩斷旅魂　買酒買酒（淨云）老兄何來（生云）小生西雒至此（淨云）請坐（生云）老兄何來（淨云）小子普救寺來。沒了一箇好老婆（生云）誰

問你（淨云）呸呸。心不在焉。老兄不必買了。我有在此（篩酒科）老兄。請一杯淪回酒（生云）呸。是何言歟（淨云）好意奉酒。爲何發怒（生云）淪回酒是尿。怎麽飲（淨云）阿也。小二哄我。我倒飲了兩杯了。咳。黃龍湯請一筯（生云）又來了。黃龍湯是屎。怎麽吃（淨哇口吐舌科）阿也不好了。拿水來我嗽口。吃了屎了。拿小二打（下）捉（丑上）好無禮。怎麽把尿屎與我吃（丑云）老爺。你先到時。要稀奇酒。稀奇菜蔬。小人没法了。去甏子裡倒得一壺臭尿。坑板上剝得幾塊乾屎。胡亂答應（淨又哇科）老天。老婆没有了罷。又吃人的尿屎。拿水來嗽口（丑云）老爺不要慌。這酒是杜茅柴。這菜是頓鴨蛋。我哄你哩（生云）果是老酒好物（淨云）這畜生要得我好只道眞箇吃了尿屎。放了你。快添酒來（丑云）饒你貴公子志氣。被我小官兒看承（下）（淨云）老兄行其一令（生云）行甚麽令好（淨云）隨分。商謎續麻。頂針拆字。都好（生云）只商謎罷。猜不着者飲一杯。小生先說。道是背如屋大口如杯。高挂離梁巧嚼泥。此去來春還記取。養成兒女傍簷飛（淨做猜科）猜不着。罰一杯（生云）是燕子窠（淨云）好好。今次輪到我。一團茅草亂蓬蓬片瓦中間一線通。鑽去鑽來聲唧啞。大家快活在其中（生云）這物不雅我不猜（淨笑）老兄請罰。老兄你說了燕子窠。小子說箇雀兒窠。何妨（生云）險把你爹葬在窠裡（淨云）爲這窠兒悶殺人也

（生云）老兄何故憂悶（淨云）聽告訴

【三】萬里求親。指望煖帳同歡穩結婚。失意還鄉井。舉目無投奔　嗏　僕馬枉艱辛。去程難進。欲覔佳期直待三秋盡　合　何日金釵壓繡裀。何日金釵壓繡裀（淨云）老兄有尊嫂麼

【四】生唱　海國江津。到處漂流只此身。未遂雲雷震。不惹蜂蝶粉　嗏　一躍試龍門。那時通運驄馬絲鞭。不怕無人問　合　何日鸞箏對舞裀。何日鸞箏對舞裀（淨云）小子告退。別處去嬉他娘。慢慢囘去。未偕相府雙頭約。且醉蒲東軟脚春（下）（生云）店小二在那裡（丑云）有何分付（生

云天色尚早。閒坐不過。那裡好去處耍一耍(丑云)有
有。西院裡好小娘兒(生云)不是。或是僧房道院。散步
一回(丑云)有有。此間有座普救寺。是武則天娘娘蓋
的。除非那裡。可以遊翫(生云)琴童。看下飼午飯。我到
普救寺耍
一回便來

清秋步入招提寺　偷得浮生半日閒

第六折遇艷

(末上云)一入禪林心自清。秋花春草不關情。多時不
到門前地。梧葉滿階蛩亂鳴。小人是普救寺一箇道
人的是也。俺這寺。則天皇后蓋成香火院。崔珏相公
剃度任持僧。規模整肅。法界莊嚴。修成天上。精神寫
出人間妙趣。吳道玄畫千手觀音。分明普陀山湧出。
范長壽塑三世諸佛。端的靈山會飛來。鹿眠草際有
芝之生。鳥語花間無俗擾。貝唄干雲。半空中時流清磬
響。金輪耀日。十里外搖動火珠光。施金帛。鋪天撒地。
都是卿相王公。捨身軀。煉指燒肌。無非善男信女。龐
眉老宿坐蒲龕。定中不聞蟋蟀。飛錫遊僧來挂搭。腳

下只踏煙霞。人人知一乘二諦。心會眞如不讀經。箇箇了三明六通。身無彼我那懷土。繚繚繞繞。靜夜名香。薰開十方穢氣。清清冷冷。楊枝法水。灌醒四海昏迷。坐禪時。五龍供養。何愁外道野狐。說法處。天女降聽。那數點頭頑石。山果經霜落向法壇如獻佛。野猿挂樹。閒窺僧室似參禪。毒龍潛處水偏清。野鶴巢邊松最老。果然青蓮花開成淨土。眞箇閻浮提幻出天宮。凡人沒福難消。夙世有緣方到。道猶未了。法聰師父早來

【光光乍】（淨唱）冷月最難熬。夜眠無大嫂。更苦牀頭蚤亂叫。一夜脚兒蹺到曉。一夜脚兒蹺到曉（末云）夜叩禪扉。憶遠公。這不是敲到曉（淨云）道人。我要箇響到曉（末云）山鐘夜度空江水。這不是響到曉（淨云）我要一箇香到曉（末云）靜夜名香手自焚。這不是香到曉（淨云）我要一箇亮到曉（末云）上方月曉聞僧話。這不是亮到曉（淨云）我要一箇黑到曉（末云）深夜降龍潭水黑。這不是黑到曉（淨云）我要一箇白到曉（末云）東方吐月滿禪宮。

這不是白到曉(淨云)我要一箇簫小笑。敲巧叫。梟曉。孝(末云)這諢不會(淨云)原來被葫蘆纏任了藤。道人。今日師父出去。分付我客知(末云)差了。知客(淨云)管待來人。不是人家客猪一般(末云)休閒說。有客來了(淨云)快去燒茶。多放些葱椒蒜酸在裡頭

【菊花新】(生唱)**新聞名刹壓河橋。金碧巍峩揷紫霄。乘典不辭遙。聊解散旅中愁惱**(相見科)(淨云)官人何來(生云)張珙西雒至此。一來瞻仰佛像。二來拜謁長老(淨云)小僧便是長老(生云)看你的嘴臉(淨云)咦。你道我嘴臉不好。做不得長老。我一生虧了這花臉(生云)怎的(淨云)和尚不仁。見好的便要欺心。小僧若沒這箇花臉。受盡了師父的苦楚(生云)休閒說。請長老參見(淨云)師父少出(生云)那裡去(淨云)婆娘家裡賭銅錢。狗肉店上吃醉眠(生云)委實說(淨云)若是先生要實說。與師姑奸情事露出在當官。師父赴齋去了(生云)敢煩首座將引。遊玩一番(淨云)先生先請(生行科)獨禮空王到上方。晚林凝露濕衣裳(淨云)文殊院古泥金刹。香積廚開法喜芳(生

（云）池湛碧。蘋交蒼。一雙白鶴舞殘陽（合）浮生何戀人間世。甘與維摩共草堂（旦貼上）（旦云）紅娘。今日稍暇。和你佛殿上耍一回（貼云）姐姐請

【皂羅袍】（旦貼唱）試向招提信步。散秋閨閒悶。鍼線慵挑。寒林風細韻松濤。清池水落縈衰藻。魚兒得食。玉尺亂抛。鸛雛辭母。雪翎作翅。等閒粧點風光好

【甘州歌】（生唱）梵宫秋老。見上方燈影。點出松稍。分明仙境。桃源女伴難遭（旦云）紅娘。這是甚麼池（貼云）姐姐。這是放生池（生云）呀。兀的有箇佳人來也只見隔林忽送紅袖影。映水分將粉面嬌。穿蒼柏。透碧桃。嗔人斜把袖兒招。佯不采。故作喬避人羞把髩雲撩

皂羅袍　旦貼唱　更向石橋西渡。上高臺駐望。立近芭蕉。參過禪室貝音高。日斜寶塔燈光少。哀鴻叫暮。尺書尚遥。黄花弄影。故園路迢。無端引出懷鄉惱

甘州歌　生唱　他盈盈渡石橋。把鮫綃戲撚。背立紅蕉。低頭軃袖。知他心爲誰嬌。如含秋怨凝腮粉。似擲春心賣眼梢（旦云）紅娘。你聽那鴈聲好慘人（貼云）數着恰成雙也（生唱）看鴻過。聽鴈號。秋波兩道注雲霄（貼云）姐姐。你看菊花開了（旦云）我折一枝兒戴着（生唱）攀花蕋。揉菊苞。玉尖雙嫩約柔條

皂羅袍　旦貼唱　步入大雄法殿。把香燈剔起。試禮三寶。（旦貼拜科）願北堂春色樂難消。故山靈櫬歸須早。遍參羅

漢金身炫燿還看天女端嚴相好願教此軀無病長瞻禱

【甘州歌】（生唱）書生逸興高對天姿佛艷惹動風騷欲將池水一口把箇人吞了看他一團香怯翡翠體別樣輕盈燕子腰（覷他臉兒呵）腮兒膩笑靨小桃花兩點暈紅潮（旦云）紅娘下殿去罷（生云）聽他話兒呵鸚舌巧鳳語妖月中單奏紫鸞簫（貼云）那壁廂有人廝覷咱家去罷

【皂羅袍】（旦唱）正好行看畫壁忽𥦗前笑語有客偷瞧抽身歸去莫留橈怕教慈母添嗔惱還穿舊徑約掠柳條酧量日影已過竹笆閉門不惹閒花草（旦回頭云）把西廂門

閉了（貼云）閉門不管窻前月。一任梅花自主張（下）

【甘州歌】（生唱）璁琤動步搖。漸回身入戶。鳳返靈巢。林花閣鳥。怎不爲我留將蘇小。臨行巧送芳心妙。偷眼頻將淚子瞧。回頭處。魂半消。可憐對面似天遥。門兒閉。牆又高。要飛爭奈欠翎毛（生云）首座。方纔見神仙現麼（淨云）先生又癡了。是俺的大小房下（生云）果是誰（淨云）是崔相國之女鶯鶯小姐（生云）世上有這般女兒。休說他容貌。只這一雙小脚兒。也直百兩黃金（淨云）先生又來了。這小姐穿着曳地的長裙。你怎見他小脚兒（生云）首座

【醉扶歸】試看試看青莎草。和那和那蘚痕交印下鞋痕未全消。一寸寸。丁香小（淨云）眞箇有脚跡兒印下。我和尚遇婦人。脚湯也把飯來澆。怎不去連泥咬（淨咬地科）小便小。只有些醃臢臭（生云）休囔。小

姐叫我哩（淨云）見了鬼了

【二】（生唱）試聽試聽佳人叫。却是却是塔鈴搖。魂斷西廂怎生招。再不睹如花貌（淨唱）和尚毎色中餓鬼最難熬。也不似這箇酸丁要

【尾聲】（生唱）蕩悠悠彩雲飛去無尋討天那今夜裡怎生到曉。不耐蛩聲枕畔嘈

客房無耐艷姿何　今夜凄涼怎得過

孤孀男子熬不得　不如和尚自有酒老婆

第七折投禪

（丑上云）法朗做事有方。一生戒律精强。吃口粗茶淡飯。也不要虀菜酸湯。昨日經過酒店門首。被店主結

扭成雙。揪住頭毛不放。駭得我魂魄飛揚。道我吃他
半年酒肉。價錢一箇未償。小僧並不肯招認。一打打
到黃堂。相公問和尚如何吃肉。小僧對荅琅琅。自小
吃胎裡長齋。酒肉涓滴也不嘗。這箇主人眼瞎。錯認
小僧難當。官府放我歸去。起來抖擻衣裳。落下一塊
帶汁牛肉。滿堂腥氣非常。相公問甚麼東西（內）是丑
座（丑）不是。是小僧行脚的齋糧。小僧法聰的徒弟。法
本的徒孫。名爲法朗。今日師公叫我打掃。不免用力
掃一掃（淨上云）法聰生來爽利。保養童男元氣。若還
撞着婆娘。便把眼兒緊閉。昨日走過市橋。見一箇婦
人標致。小僧畧張一張。被他老公捉住。你做出家闍
黎。如何把良人調戲。剝得精赤條條。弔在茅廁臭處。
打上有一千箇响栗爆。罵了有三萬聲禿奴隸。那管
你念彼觀音。也不顧如來嘔氣。小僧高叫皇天。我是
眞僧現世。那人放了麻繩。忽然懷裡小香囊兒墜地。
他問我甚麼東西（丑）是布袋和尚（淨）不是。是師姑與
我的表記。徒弟。你在這裡做甚麼（丑云）我掃地（淨云）
徒弟。掃地有箇方（丑云）甚麼方（淨云）別人掃地曲了
腰。和尚掃地直了腰（丑云）爲何（淨云）和尚曲了腰。難
爲小和尚。譬如徒弟曲了腰。教我的小徒孫。在下頭

蕩來蕩去也難熬（丑云）師父。我若直了腰。你又不快活哩（淨云）直說出本相來。師公來了。閉嘴

【四國朝】（外上唱）古刹古刹聞名的。多有人來看。昨日昨日是誰來。須教禮數寬（老僧法本是也。昨日不在家。不知有甚人來。法聰法朗那裡（相見拜外科）有人來麼（淨云）有箇光眼睛會瞧老婆的秀才。今日又來探師父也（外云）法聰山門俟候。法朗看茶（淨丑諾下）

【秋蕋香】（生上唱）一見仙姬。方寸都撩亂。徹夜無眠。聊借僧房息行擔。强捱入脂粉隊邊（外接相見科）（外云）先生何處人氏。高姓尊名。請教

【晝錦堂】（生唱）聽訴衷言。張珙君瑞。家居西雒城邊。世襲簪纓。亡父尚書官顯（外云）令尊相公必有所遺（生唱）清淡。作宦自持

氷一片。傳家只有書千卷（外云）從那裡來（生唱）萍踪轉。寄迹向蒲關故友（外云）今往那裡去（生唱）帝京求選

【二】（外唱）詳觀。體貌天然。言談俊雅。知君抱負非凡。此去春闈。必奪錦標高薦（生云）惶恐。小生欲求上刹一間小房。早晚溫習經史（外云）有。有。儘奉承（生唱）寓館。不要禪堂并塔院。西廂足可停琴劍（外云）就與老僧同榻何如（生云）誰要你花陰畔。若沾些香氣。福緣非淺（生云）白金一兩。權為房價。表意而矣（外云）多謝先生

【紅林檎】（貼上唱）承慈旨。特來問訊維摩院。還洒靦。坐着箇郎君生分。不敢前言（外云）紅娘姐斯文輩。禮法為先。小娘子。不必躲閃（貼拜生揖科）（貼唱）含羞臉。請問着齋事行期。

眞信須傳（外云）只在十月十五日了。請夫人小姐來拈香也

【二】生唱 眞堪羨。音嬌步穩多流盼。敢是留情風月。假聦佯顛（生云）長老。這小娘子問甚麽（外云）他小姐追薦亡父崔相國（生哭科）哀哀父母。生我劬勞。小姐女人。尚有報父之禮。小生湖海飄零。一陌紙錢不曾與父母。長老。五十貫鈔在此。怎生可憐見。搭上一分（外云）紅娘姐。這是老僧的親眷。不知老夫人允否（貼云）既是長老的親。搭一分何妨（生云）敢問長老。至日那小姐可來（外云）追薦父親。他怎不來（生背云）五十貫鈔使得着也 論傾國。要見爲難。借因緣。飽看一遍。錢十貫。倘買得眞仙下降。萬貫無慳 小生更衣便來。紅娘定出來也。等一等（貼云）我囘夫人話。十月十五是必了（外云）准定了。正是藥醫不死病。佛度有緣人（下）（紅出生揖科）小娘子拜揖。莫非鶯鶯小姐的侍兒麽（貼云）我便是。何勞先生動問。（生云）小生西雒人也。姓張名珙字君瑞。年方二十三歲。正月十七日子時建生。並不曾取妻（貼云）我又不

是算命先生。誰問你生辰八字來（生云）小娘子在上。小生有一言敢說麼（貼云）先生言出如箭。不可亂發。言入人耳。有力難拔。有話便說何妨（生云）敢問鶯鶯小姐嘗出來麼（貼云）出來便怎的（生云）小生有句知心話兒和他說（貼怒云）先生既讀孔聖之書。必達周公之禮。男女授受不親。禮有明禁。外言不入于閫。古之格言。俺老夫人身雖孀居。極有家法。世守曲禮三千之訓。內無應門五尺之童。向日妾與小姐閒行。老夫人深加誚責。女子私出閨門。不防窺覷。今番再犯吾法。決不恕饒。再三伸過。方纔意回。親生之女尚然。何況以下侍妾。先生。今後有話。得說便說。不得說休說。只道你是箇有學問的秀才。元來是不識羞的訕臉。呸（下）

【鎖南枝】（生唱）你舌頭巧。我面子慙。胡攙胡攬是我惹禍端（小姐）閨門守訓。豈合到禪關。臨去又流目盼（紅娘）你意忒寒（小姐）情自暖。怎知俏心腸。暗憐念二香爲塊。玉作團。雲蛾雪膚。焰映秋水妍小生呵風流聲價。却也兩堪觀。做一對。誰不羡。春去也。苦無多少年小姐早成雙。免牽絆一席無情話。衝開有意人。芳心應自許。送目向郎親。罷罷書齋裡納悶去也(下)(貼上云)罵了這儍角。回夫人話去(丑云)紅娘姐問訊(貼云)首座萬福(丑云)紅娘姐。我送你出山門。那狗利害(貼云)多謝首座(丑云)紅娘姐。魯見小僧的佛牙麼(貼云)沒有見(丑跪下云)可憐見(貼云)怎的(丑云)可憐見法朗不打緊。小法朗難熬。紅娘姐做箇方便(貼云)胡說。我回去(丑云)紅娘姐。小僧起意久了。今日難遭難遇。我有一柄牙眉掠見。與你掠鬢。可憐見。金剛脚底下最好(貼叫云)師父。你家徒弟無禮(淨上喝云)畜生。好出家人。做這等沒行止(打科)(丑云)師父。你也要的。莫打(淨云)畜生還不走(丑下)(淨云)紅娘姐不要聽他。我自送你趕狗(貼云)多謝首座(淨望不見(丑科)紅娘姐。魯見小僧的善根麼(貼云)沒有見(淨云)紅娘姐可憐見(貼云)又來了(淨云)法聰的頭不打緊。只有下面的頭難熬(貼云)無禮。我去也(淨云)

可憐見小僧。用心多時了。今日有緣有福。我有一面古鏡兒與你炤面。可憐見。伽藍座後最妙（貼云）我自有（淨）頂鏡跪（云）可憐見（丑）潛上取鏡科（丑云）師父。你做甚麽（淨）驚回（云）紅娘姐嘔氣。要去告夫人。我替你陪話（丑云）陪話陪話眞嘔氣。這面鏡兒誰頂替。今番露出馬脚來。虧你不羞管徒弟（淨云）不好了。不好了

只道螳螂來捕蟬　誰知黃雀旁邊覷

自是籬牢犬不入　賊禿何須起狗意

第八折賡句

【高陽臺引】生上唱　舞榭無歡。歌樓沒興。新來要伴僧寮。心思艷質。目睛長注牆坳。維摩未解風情苦。向耳畔貝唱嘈嘈。是何時。罡風吹下。玉女雲璈　偶然爲客落人間。月地雲階拜洞仙。願得化爲松上鶴。乘風同上泬寥天。小生只爲小姐移居寺中。打聽得他每夜與紅娘後花園

燒香。不免先到太湖石畔站住。待他出來。飽看一回。多少是好

【二】展吟箋無緒推敲。把玉杯強飲醒起。還焦脂魔粉瘴。可憐瘠裡肌消。蒼苔白石空人迹。望雙文天摽迢遙。悵紛紛。寒花暮雀。相伴無聊

【二郎神慢】（旦上唱）閨門杳。更傷心不停風雨攪。慰罷寒衣時尚早（貼唱）敗梧池島。倫閒再把香燒。銀蟾郎漸離海嶠。寶地朗光華射罩（合）並宿鳥。你雙雙棲止。無端兀自噍嘵（旦云）紅娘。你看今夜好月明也（貼云）風月天邊有。佳期世上無（旦云）滿懷幽怨事。都付一金爐

【二】（生唱）皎皎碧天如洗。平分毫杪。一處清光雙懊惱。星

蛾在眼。何繇飛上青霄。只怕你霧隔雲包語話小那壁
廂人聲。雙文來也珮珊珊。隔壁知有多嬌且聽他說甚麼（貼云）姐姐。香卓已完。
請上香（旦云）此一炷香。願亡過先公。早升天界。此一
炷香。願在堂老母。福壽康寧。此一炷香（貼云）姐姐。此
一炷香怎不開口。我替姐姐說了罷。此一炷香。願姐
姐尋箇知心姐夫。拖帶紅娘風光（生云）是好知心的
姐兒
也呵

【轉林鶯】（旦唱）飛飛白鴈雲外嘹。同羣何處相拋。遠書肯
爲奴傳道。寒蛩何苦不停呶（貼唱）驚心織婦。停梭幾問
征夫耗（合）風色老。正失路閨人。百般觸目心焦

【二】（生唱）停睛細覰天女嬌。分明妙手難描。粉兒捏就香
兒造。深深拜罷倚欄瞧。似楊妃醉後。侍兒扶起還欲

倒他步將來也來得妙。綽起絳裙。𧛾兒底㨾高高果然好女子也呵。但見花含百媚。玉蘊千輝。脂粉汚天眞。雲霞開佛艷。料想蓮臺動念。頓令明月無輝。星眸剪兩道秋波。檀口噴一林香氣。蜀錦袴。微露金蓮。一勾怯怯。鳳仙花。染成玉笋。十點猩猩。額黃忘貼。晚粧未畢侍兒催。耳墜猶偏。午睡初回慈母喚。女兒眉。雙彎貼貼。學畫未成。孩子性。半髮垂垂。向人貪耍。青梅彈鵲尨尨墮。鸚鵡知名字字呼。嬌羞細語。向沉煙。謾祝心詞。婀娜纖腰。步蒼蘚。生防足滑。似嫦娥竊藥奔蟾宮。斜臨寶鏡。如二女含顰望巡狩。倚遍危欄。不從師授。自知筆墨生涯。未慣風情。已卜春心可動。不竦不垂肩帔穩。半愁半笑玉腮搵。花枝顫顫怯風寒。孤鶴翩翩乘月舞。果然是好女子也。未知他才學如何。待小生吟一首詩。看他怎的。月色溶溶夜。花陰寂寂春。如何臨皓魄。不見月中人。(旦云)紅娘。有人在牆角邊吟詩。(貼云)姐姐。你道是誰。便是昨日二十三歲那箇儍角。(旦云)好清新詩。待我和他一首。(貼云)你兩箇是好做一首(旦云)蘭閨久寂寞。無事度芳春。料得行吟者。應憐長歎人。(生云)好酬應得快呵

西廂記 陸天池 上

(集賢賓)新詩和出音格好。逼人清氣飄飄。不枉天生無價寶。頓交我魂飛魄掉。花妖月耗。等閒閒把人迷了。何日到珊枕畔。唱酬詩調(貼云)姐姐。夜深了。回房去罷(旦云)且慢着

(二)留連北斗已轉杓風清月白難遭況遇知音吟詠好。怎捨得洞房歸早貼唱且莫留撓。雲帳內有人欲覺

旦唱回步小。斜趓却朱扉聲悄(旦云)枉自有心憐宋玉。只應無奈楚襄何(下)(生云)門見啞的响。小姐去了。我想今夜一會。亦是奇逢。小姐芳心如有所訴。被那紅娘不做美。催了去。正是

有心欲訴鶯花怨。無奈旁邊燕雀窺

(黃鶯學畫眉)密意漸相交。怪丫鬟故做喬。等閒打散蠅兒鬧。仙姿去遙。蘭香尚飄。只見松陰露濕寒塘草。

可憐我紙帳舍愁臥。如何得到明朝

【二】妙語合風騷。賽班姬團扇謠。女流合喚都師表。徵詞乍挑。芳心頓搖。更酬一首。你的身難保。可憐他錦帳舍嬌臥。如何得免心焦

隔牆遙見俏嬌娃　酬詠留連月色賒
寂寞夜歸何處在　只應和恨對燈花

第九折附齋

【絳都春】（生上唱）前冤業障。惹饞夫口涎。孤男心癢。坐不安身。行難舉足。眠還想。巴巴得見香姬面。怕的是魚龍混擾。怎麼得僻靜一刻。留情半日。交言片晌（小生巴了）

數日。甫能到十月十五日也。不免先到齋堂。候候小姐則箇

【出隊子慢】（淨丑打鈸上唱）連日持齋。連日持齋。奈口䕑。怕黃虀思白鮝。魚鰕陣陣鼻邊香。舌頭拖腳根畔長。且把齋饅頭胡亂噇（相見科）（淨云）先生忒志誠。我們未梳頭。又到了（生云）小生追薦亡靈。怎的不早來（丑云）先生。那小姐昨夜小腸氣倒了（淨云）老夫人上覆。小姐本待親來。因爲長老搭了先生一分。不來了（生云）這話實麼（淨云）怎敢說慌（生云）小生告退（丑云）休慌。那小姐必來。又帶兩箇好妹子（生云）只聞有鶯鶯一女（丑云）先生欺心。你便對子鶯鶯。這兩箇妹子。是俺師徒兩箇的

【鬧樊樓】（外上唱）虔誠擺列諸天像。潔淨齋壇。更爇名香。貝唱聲嘹喨。樂器音森爽。老衲也。謹看經。宣疏章（合）是何人。是何人。喉嚨兒聲嗽響（相見動樂念經科）

【滴滴金】(老旦上唱)香湯沐罷蘭膏颺。淚痕悄滴鮫鮹絳(旦唱)
郵金釵。洗脫臙脂粉。更添般清淡樣(貼唱)虔誠供養。願
金仙海會從天降(合)從天降。死去生存。得免禍殃(相見
科)(外云)這是老僧的親張秀才。也帶一分(老旦云)長
老的親。便是老身的一般(淨云)老夫人的女兒。便是
我的女兒一般(外云)胡說。聽我開啟。我是閻浮普救
僧。將人普救救災星。迷途倘肯來回向。萬丈靈光徹
底明(丑云)我是梨園有髮僧。戲文科諢盡皆能。酒肉
將來做齋飯。打廂多把襯錢分(淨云)我是閻浮見鬼
僧。勾批在手不留停。願得亡人歸地獄。挫燒舂磨變
衆生(淨云)大衆任樂。聽我宣疏。伏以阿鼻存鳩姦之
律。刀劍雖排。叨利設報善之緣。金輪長轉。若非慈悲
以拯溺。安得罪業以潛消。伏惟三世諸菩薩。安居鹿
苑。惻隱下逮于衆生。穩坐蓮臺。靈光普照乎下土。是
以途開懺悔。法有皈依。過去現在。憑金手以超凡。六
道四生。熔玉毫而得度。聊陳香火之儀。敢露血誠之
請。伏願亡過相國崔公。早升天界。見在夫人鄭氏。永

脫迷途。鶯鶯小姐。早諧慾界姻緣。紅娘丫頭。囘作僧家布施（貼云）胡說（淨云）其有秀才張珙。附薦亡靈。仗此良緣。普同供養。死者受快樂于天堂。逍遙自在。生者享榮華于浮世。福壽綿長。恒蔭菩提之樹。不沉覺海之舟。鑒此微誠。吉祥如意。嗚呼哀哉。我的爺和娘（丑云）哭誰（淨云）我俗家父母也帶一分（外云）請夫人小姐拈香（老旦云）張先生先請（生云）小生怎敢（外云）夫人齋主。請先拈香

【畫眉序】（老旦唱）長跪爇名香。遙禮毫光合雙掌。歎窮途骨肉。未返家鄉。脫苦海。早赴佳城。仗金手。超升天壤。（合）此行步步蓮花地。大家同上慈航

【二】（生唱）漂泊澹行囊。一陌金錢望垂享。願陰靈默相。早遂名場。賴佛力買轉春心。就法界便成婚講（合）此行步步蓮花地。大家同上慈航

【三】貼旦唱 扣齒禱空王。法雨飛空洗災障。把幽魂拔向。淨土徜徉。保慈母。歲晚身安。復故苑。舊時家當 合 此行步步蓮花地。大家同上慈航

【四】外唱 老衲謹宣揚。崔氏孤嫠苦難狀。共薦亡祈福。更有張郎。願過去罪業潛消。祈未到福緣無量 合 此行步步蓮花地。大家同上慈航

【鬬雙雞】生唱 看艷質。看艷質。天然別様。看舉止。看舉止。百般停當。可憐可憐。輕盈腰膀。一如掌上人無十兩。怎繇我抱持來。安他膝上

【下小樓】旦貼唱 那人那人。容溫情爽。賣風流。偷眼張文

談詩語笑琅琅。轉轉教人悒怏。對面如隔蕭牆

耍鮑老 生唱 鞋兒瘦怯行不上。似風裡海棠狂。怕飛去隨風舞。倩若箇牽衣幌 旦唱 睛搖目蕩。膽麤心浪。捱脂近粉。不怕旁人講 生唱 香風蕩漾。回顧處。目流光。有意還相傍。今夜隨郎往書齋內。堪密藏 合 慢行休亂攘。直弄到曉天蒼

鮑老催 丑淨唱 法壇淨變。翻成極樂西天上。僧童五戒魂都喪。把鼓落槌。笛無腔。螺停響。無情長老神惚恍。彌陀伸手摸觀音像。怎怪訝書生蕩

滴溜子 老旦旦貼唱 功果滿。功果滿。佛燈尚亮。歸去也。歸

去也。鄰雞又唱（外丑淨唱）怪煞鐘兒聲撞（生唱）步隨落月光。
素衣蕩漾（合）猶帶諸天清淨寶香（老旦旦貼云）法壇燈影曉星微（生云）
何處無情報亂雞（合）恰似蟠桃歸宴早。遙聆仙樂想依稀（下）
【尾聲】（生吊場唱）良宵飽看天人相。白日裡花遮柳障。則索
冷笑微吟獨自想（好悶人也）

佛會歸來曉氣清　恰如一夢恍然惺

天公倘可將錢買　買住金烏不放明

第十折　嘯聚

【薔薇花引】（丑上唱）心膽麤。沒人收錄。轅門自宿。孤獨債
兒纏。甚日還足（小子名喚孫飛虎。一生上陣多威武。主將無端奪戰功。不待陞官最是苦。）

官卑祿薄也休提。夜閒一苦最是苦。沒箇老婆相伴眠。醒眼看燈聽更鼓。兩脚伸去冷似冰。雙手抱來只有我。這家妻小十二三。那家婢妾十四五。一般頭面一般人。偏俺生身是泥土。因此心中抱不平。貪夜商量做賊虜。聞知普救有鶯鶯。一貌如花善歌舞。便領半萬把都兒。圍住寺門恣劫虜。馱歸馬上入轅門。獨馬單鎗戰一火。好似梢公打老婆。鶯鶯心肝呵。怕你走去柁上躱。柁上躱。把都兒毎那裡（淨末云）將軍有何分付（丑云）把都兒每聽着。俺孫彪兒爲河中牙將。監軍丁文雅無道。俺和你乗時劫虜爲非。昨聞崔相國之女鶯鶯。寓居普救寺。不免把半萬兵圍了寺門。索他爲妻（淨云）將軍取鶯鶯與誰（丑云）與我做壓寨夫人（淨云）倒乖。我毎出力。倒與你受用。不去不去（丑云）來來。我與你分了罷（淨云）怎麼分（丑云）大家割了一塊肉。分做五千塊（淨云）這使不得。大家分一夜。五千夜再轉（丑云）胡說。快點人馬。就此起程

【四邊靜】禪關幼女顏如玉。堪將伴幽獨。駿馬擁金釵。轅門列花燭（合）刀鎗亂簇。人馬去速。得勝早歸來。齊

歌合歡曲

〔二〕淨唱 孤窮寨主貪淫慾。鮮花掌中掬。强把破旗旛。改作舞裙綠 合 刀鎗亂簇。人馬去速。得勝早歸來。齊歌合歡曲

〔三〕末唱 將軍最恨孤單宿。鐵衣不曾燠。今日得妖嬈。方纔寸心足 合 刀鎗亂簇。人馬去速。得勝早歸來。齊歌合歡曲

不須月老說千回　自有刀鎗與做媒

倘若鶯鶯不肯獻　燒他古寺化成灰

第十一折閨情

行香子 旦上唱 佛會歸來神似癡蕩春心渾欠支持韶
華一去怎留伊怕蹉跎芙容面柳芽眉與君相見即相親辜負穠
華過此身莫怪楊花太無賴此心元自不繇人奴家自從那日佛會見了張生不覺神思飛揚無心做針
指我想光陰如箭年少無多終日守定繡牀何日是了
祝英臺守愁閨攻悶繡何日是完期花老錦堂月滿
芳亭並不許我閒嬉還被他花月相磨只怕玉顏難
任這幾日芳心渾無拘繫

二 貼上唱 嬌癡嚲香肩停繡帔手托粉腮低姐姐萬福你爲何愁
歎莫不是望遠病多去國愁深你的心爲誰迷（旦云）我沒
有甚麼煩惱（貼云）姐姐你休瞞我纔已聽得了情知法界上曾見多才惹動

你艷想芳思。這風味。便教佛也眉兒還聚

【三】（旦唱）思之。惜花人。攀桂客。清潤玉爲姿。想那日徹骨俊。奇。透髓才華。長疑他伴我在深閨（貼云）只被老夫人拘管得緊（旦唱）空費。卓王孫枉有錢山。怎買得文君心任娘呵不如放雙燕。休把珠簾空閉

【四】（貼唱）還悲。萬花圍。千錦隔。兩下費神思。他繡口噴珠。你妙手裁鸞。恰是天生一對（旦云）你休胡說（貼唱）人世。易求無價名珍。難得有心才子。試看嫦娥。偏憐秋桂

莫以貞留妾　從他理管絃

容華難久駐　知得幾多年

南西廂記

第十二折遘難

【醉中天】（老旦上唱）一枝新破臘。爭羨林梅晚景香。全勝我客路凄涼（旦唱）六花蕭颯。透入寒閨幌（貼唱）登樓望望故鄉萬里。雲迷山川障（合）還憶着舊日羊羔圍錦帳（相見科）（老旦云）孩兒。爲何垂鬟接黛。雙臉斷紅（集句）（旦云）閉門僵臥雪漫漫。雙袖龍鍾淚不乾。旅櫬歸程傷道路。兵戈阻絶老江邊。（老旦貼云）山城盡日空花落。塞馬無聲蔓草寒（合）四尺孤墳何處是。西樓望月幾回圓（旦云）母親。不知何日得歸（老旦云）孩兒不須煩惱（貼云）長老來也（老旦云）孩兒退後些

【麻婆子】（外慌上唱）半萬半萬孫飛虎。賊兵圍寺廊。說道說道。崔鶯女。嬌容世少雙。若還獻出免災殃。搖旗擂鼓軍威壯（老旦旦貼合唱）這禍從天降。教我怎支當（旦倒科）（老旦云）孩兒

甦醒（貼云）小姐請起

【泣顏回】旦起唱 衰運合遭殃。正窮途又值豺狼。雲鬟雪項。一朝命薄秋霜。不如殉親同葬。也圖千古孝名香。可憐身出侯門。無端骨委沙場孩兒一死有三便。一則免焚靈柩。二則免害禪堂。三則全了家眷。孩兒死休（貼唱）小姐休慌。何須頸血汚禪房。還當忍耐。有箇商量（旦云）紅娘。有何計策（貼唱）將奴替死。獻出屍喪。數年長養。報主須當老旦唱事匆匆。心無主仗。忍伊獻與強徒等閒閥閱無光（旦云）孩兒死休

【古輪臺】自思量。譬如妃子馬嵬旁。綠珠樓下都成骯髒。他是金屋紅粧。也作馬蹄塵颺。念兒孤窮弱體。何

須悒怏瞋目甘心向泉壤（外云）老夫人快計較連珠砲響聽聲
聲要燬禪堂快請商量有便從長（旦云）孩兒有一計不拘僧
匠多謀退猖狂煙塵蕩反陪貲嫁與成雙（老旦云）此計最妙長
老你去叫兩廊下不拘僧俗能退得賊兵者反陪貲粧把鶯鶯配他為妻（外叫科）（生上云）有計有計（外云）
元來是張先生
【賺】（生唱）且莫張皇我有奇謀怎不央（老旦云）張先生你怎生退賊兵（生唱）
休輕覷唯消筆仗退強梁（老旦唱）多誇獎軍旅事書生
未講（生云）你怎知我兵甲胸中抱負強（旦云）天那只願這秀才退得賊兵者願
伊退賊成姻況（生唱）長老煩君去告狐狗黨（外云）我不去出家人不會
廝殺教人魂喪教人魂喪（生云）長老不用你廝殺只去和賊子說本欲獻出鶯鶯奈

父喪未除。鳴鑼擊鼓。驚死了可惜。且退一箭之地。限三日之內。法事完滿。換了衣服。方纔送出（外叫科）（內云）左右的。把軍馬且退一箭之地。若不送出來。化爲白地。上覆老丈母。招了這好性兒的女婿者（外云）賊兵巳退了一箭之地。三日不送出來。我等都死哩（老旦云）先生計將安出（生云）夫人。重賞之下。必有勇夫。賞罰若明。其計必成（老旦云）剛纔說了。退得賊兵。以鶯鶯妻之。決不負約（生云）既如此。請俺渾家入內。休驚了他（老旦云）孩兒和紅娘入房去（旦貼云）只願筆尖横掃五千軍。刀下招成一對子（下）（生云）小生有一故人。姓杜名確。號爲白馬將軍。鎭守蒲關。此去五十里之地。脩一封書請他。比及三日之內。賊兵可破。只要一箇人送去（外云）我寺中一箇和尚惠明。專好廝殺。除非此人去得（生云）喚他來（外喚云）惠明那裏（淨云）來了來了（外云）惠明。先生着你寄書請杜將軍。你去得麽（淨云）去得去得去得（生云）你敢去不得（淨云）說那裡話。惠明從來有福。專吃猪肉狗肉。我佛賜得一臂神力。眞箇高强脫俗。二十年梨花鎗。沒箇敵手。十八般少林棍。使得慣熟。四大金剛見我低頭。八部龍王就地拜伏。半口氣。吸乾了恒河沙水。一隻脚。踢倒了須彌山谷。會智深叫俺爲師爹孫行者喚我做師叔聞得先生叫我傳書。捹一命去如風速（外云）你怎麼出得山門（淨云）我扮箇行脚僧人。假意啼啼哭哭。放我出去求齋。我兩箇兒女要吃粥（生云）兒女那裡（淨云）老夫人是我的長女。張秀才是我的眷屬（生云）胡說。不放你時（淨云）他若不放俺行。一交跌他一箇骨碌（外云）甚氣力跌得他（淨云）眼在山門地下。絆倒他馬蹄人足（外云）倘或拿住你時（淨云）倘或拿住我時。便告大王息怒。我與你名字連屬。和你同功一體。不須翻轉面目（外云）怎麼說（淨云）常言道禿賊禿賊。又道是賊禿賊禿（生云）休說出本相來。你拿這封書去仔細（淨云）先生放心（生云）殷勤尺素書。寄與蒲關友。（老旦云）但願早興師。一鼓清狐狗（下）（淨云）此間山門前了。不免直撞出去（丑末外云）拿住拿住。這禿子那裡去

【撲燈蛾】（淨唱）五臺行脚到。恰好雄兵撞。三朝不餐齋。眼花身弱也（大王）望放出求糧。肯忍一命喪（丑云）你敢透漏消息（淨唱）

怎敢去說短論長（丑云）左右。既是行脚僧人。放他去 聽伊言。其情不謊。放伊行。休教透漏我關防

暫放行脚僧去 以後不爲常例

若還回見大王 送箇白馬兒表意

第十三折請援

（末上云）鷫鸘新淬劍光寒。丈八虵矛左右盤。爲問麒麟高閣上。誰家父子勒燕然。自家乃是杜元帥府中一箇牙將的是也。俺元帥眞箇資兼文武。名震羌胡。作萬里長城。分九重憂念。十二銅符高挂時。夾河演武。三千金甲密圍處。虎帳談兵。獨當一面。有八面威風。拱衛一人。過萬人膽略。不讓他關雲長。威震華夏。肯學那孟明視。濟河焚舟。劍沉黑水。曾斬秋潭雙角蛟。箭劈黃雲。要射南山白額虎。嗚嗚的鼓角吟風。飄一天朔氣。獵獵的旌旗映水。發萬里秋光。冬深西瀆廟。雪花開。旗節爛如銀。冷入望川亭。江梅發。馬蹄香

似玉。夜捲牙旗千帳雪。朝飛羽騎一河氷。道猶未了。將軍早上

北正宮端正好 外上唱 展龍韜。看星劒。辨赤意。鎖鑰蒲關。凊時間却將軍算。肯把蕭牆患 將士每那裡 衆云 將軍有何指麾 外云 左右。俺奉皇命。鎮守蒲關。近日監軍丁文雅無道。以致部下將卒乘時劫掠。昨聞孫彪一軍。潛出爲非。不知虛實。你可仔細打聽。有細作拿來 淨云 心慌來路遠。事急出門遲。此間是杜將軍轅門外了。不免撞入去 丑末云 拿住拿住。告將軍。有箇禿子做細作。砍了罷 外云 且住。帶上前來。你這禿厮那裡 淨云 我的頭在那裡。還了我 丑云 呸。在裩襠裡 淨云 告。告。告將軍。小僧是普救寺尼姑 外云 尼姑這般模樣 淨云 差了。差了。是和尚 外云 怎的說 淨云 待我說

滚繡毬 轅門猛虎飛。野寺流鶯怨。五千人夜渡黃河岸。把山門鐵桶攢圍堅。金盔熖雪明。鐵甲耀霜寒。聲

聲說鶯鶯美艷。硬風流要結姻緣從他呵馱歸山寨雲和雨不從呵搶入禪房化作煙。戰鼓喧天〔外云〕你那裡寺中人如何

〔叨叨令〕淨唱驚得生太君。繡裙邊淚痕斑。死相國旅櫬內魂魄散。險將那嬌娥。血濺慈悲院。兀的不敬世尊也麼歌。兀的不念觀音也麼歌。世尊眉皺觀音歎〔外云〕他軍馬強壯麼

〔倘秀才〕淨唱使長刀。嚇得他金剛軟。放冷箭。驚得他力士戰。響喤喤鳴鑼月下喧。紅獵獵彩旗見風中颭。吽殺連天〔外云〕誰着你來

〔滾繡毬〕淨唱多謀翰墨才。有義文章漢。謝張生挺身救

援他說我生死交杜公官顯修封魚鴈書賺出虎狠關待請你除殘去患休得要託故遷延（你不去呵）害他孤寡威名損貟却交情義勇慳早早加鞭（外云元來恁的只怕天寒難以進兵）

【白鶴子】（淨唱）久慕你一劍飛霜曾縛虎百發穿楊解哭猿似恁的人馬肥怕甚麼冰霜患

【煞尾】哀聲活佛憐怨氣蓮燈暗似魚兒在釜內難施展將軍連夜長驅莫辭遠（外云君瑞書何在）（淨云有書在此）

【駐馬聽】（外唱）珙拜兄前近荷相留感不淺偶爾薄遊數日與崔相孤孀旅櫬禪關那無端飛虎索花顏鶯教

賊子遭危難。望賜周全。早除強暴全交願既君瑞有難。不可不去。頭目每。此去普救寺多、少路（末云）敵將軍。只五十里之地（外云）星夜點兵前進。比及到時。飛虎措手不及。聽我號令

【二】快整戎鞭。冒雪長驅不久延。刀都出鞘。人要銜枚。馬不離鞍（末丑唱）掃清狐鼠黨方還。保全鶯燕巢無患（外淨唱）友道貞堅。提孤拔寡平生願（外云）左右的就此起程

雄師一萬要兼行　管到蒲關天未明

一舉掃清烏合黨　諸君何以答昇平

第十四折解圍

【桃李爭放】（丑上唱）三日限滿。穩做新郎。這場樂事怎當

帽兒光光。定做新郎。今日且喜三日限滿了。左右的叫快送出鶯鶯來。如不送出。燒燬禪房。僧俗不留一箇(末)叫科(內云)待等白馬將軍來。送出來也(丑云)胡說。白馬將軍自在蒲關。休聽他。搶入去(末云)將軍休去。是前日秃子走了消息也(丑云)休聽他。搶入去(搶入科)(外上云)咄。那裡去

【鏟鍬兒】無名小卒輕爲亂。姦人子女太兇頑。不將伊斬千段。誓不便還 合 馬蹄並旋。各呈手段。狹路廝逢。怎得脫免

【二】(丑唱)破人親事心不善。與伊平昔又無寃。容人做方便。佳期眼前 合 馬蹄並旋。各呈手段。狹路廝逢。怎得脫免(做敗科)(外云)且喜拿住賊子了。左右的押過來。(丑云)告將軍。小卒怎敢作亂。只因丁文雅失政。胡亂搶物充飢(外云)姦人子女。豈得抵諱(丑云)將軍。一物不成。兩物現在。小人原是童男子。鶯鶯不動半

毫分。看佛面上。放了我罷(外云)俺手裡放誰(丑云)將軍放了小人。尋三般好東西謝你(淨云)胡說。甚麼謝將軍(丑云)小人尋七領布衲。七隻碗。七條竹竿謝你(淨云)這是怎的(丑云)破人親。七代貧。與你布衲碗竹。留七代子孫叫化(外云)胡說。快押入河中府監候。奏聞區處(丑云)枉自勞心做一場。老婆不得又遭殃。始知蠢漢圍蕭寺。似送書生入洞房(外云)請君瑞夫人廝見

【霜蕉葉】老旦生唱 狂徒退了。答謝將軍惠(相見科)(老旦云)將軍起死。無可相酬(外云)下官來遲。有累驚恐(生云)哥哥。尊顏久別。丰采凜然(外云)兄弟。何不赴京。淹留在此(生云)夫人許我婚事。了畢便辭(老旦云)將軍少解戎衣。且吃筵席。院子將酒過來

【鏟鍬兒】老旦生唱 孤孀舉眼無門盼。得君提撮是前緣。全家脫災患。恩如泰山 合 刀兵寂然。壺觴笑喧。依舊梵宮。一塵不染

二外唱看來吾弟文星現。陰中相國助威權。老夫用力淺何勞盛筵合刀兵寂然。壺觴笑喧。依舊梵宮。一塵不染

鏵鍬兒生唱書生福淺。醉夢裡憑君喚轉。不枉了救人患難。方見交全外唱異體同胞合救援。何須掛言合交誼顯。仁德傳。佛前都祝願。自此平登玉殿外云告退了。待賢弟成親。再當趨賀

客中無物謝全生　方信當年結友情

試看鳳樓先赴約　直教麟閣後標名

第十五折邀謝

【黄梅雨】（生上唱）戰鼓纔空。又聽笙歌聲哄。佳期近。此處猾儂把頭顱修攏。准備赴桃源仙洞勝裡金花巧耐寒。女牆無樹不棲鸞。蓬山此去無多路。青鳥殷勤爲探看。老夫人許將小姐配我。早上皂角打了兩尤靴襪刷了幾度。准備做新郎也。如何此時不見邀來

【金雞叫】（貼上唱）排列神仙。從看翠車。已驂雙鳳。爲報東君須歡擁。打疊黄虀。把綉幙香醪送（相見科）（生云）小娘子來也。有甚見諭（貼云）我不說。先生先許賞賜（生云）小生客中没甚送你（貼云）表意而已（生云）細網巾一百頂（貼云）要他何用（生云）怕你孤老多。要做表記（貼云）呸。我不說。回去也（生云）小娘子。小生異日滿頭花。拖地錦（貼云）老夫人着我來請你畢姻（生云）快活。請俺做親。我去也。小娘子。敢問那裡怎生景致

【望吾鄉】（貼唱）雪霽殘冬。晴梅點嫩叢。錦裀綺席金爐擁。

沉香火。龍笙奏。葡萄酒。佳人奉 合 誠心美。報禮重。匹
配上鸞和鳳
傍粧臺犯 生唱 歎飄蓬。客囊無物辦茶紅。仗一點溫柔
性。去偎傍粉嬌容。倘聽着風約湘裙珮。勝捱過月底
梵林鍾 合 芳緣美花福重。穩輳合丹山鳳
解三醒犯 貼唱 看蘭堂。月華初湧。小梅舒。玉圍香擁。錦
天繡地神仙洞。料詩魄也飛沖。看你語意溫恭容態
雅。怎教有意鶯娘不順從 合 嬌音美。嫩意重。好不了
雙飛鳳
皂角兒犯 小書生。胡言有功。這喧爭。翻成笑哄。一封

書便爲定紅。做冰人。感謝賊人兵動。今日後。醉瑤琴。
吟素月。步蟾宮。封花誥一門榮寵（合）前程美佳名重。
不枉了雲霄鳳（貼云）張先生。聽我分付（生云）小娘子。有何見教
羅袍歌（貼唱）纔是腰身兒怯小。勸君家寧耐。凡百輕鬆。
休猜敗柳任東風。調雛手段今番用。燈前熟話。心同
意同。枕邊徹摟情濃愛濃。休教亂番紅浪鶯嬌哢（生唱）
承教導。敢不從。渾身珠翠謝輕紅
二 濩落在江湖沒倚。似月明烏鵲繞樹無從。今日裡
侯門坦腹喜相逢。他日箇雲程進步行當用。雪窻螢
酒。酬同勸同蘭衾麝席。歡濃愛濃。只愁夜短晨雞送

（貼唱）鵲橋駕。鳳蠟紅。請君急去莫從容（貼云）先生請行（生云）小生隨後便來也

喜筵已辦請先生　不用催批卽便行

諸佛聞知也應喜　爭敎兒女不留情

第十六折負盟

【臨江梅】（老旦上唱）最苦孤婺生禍梗。多君救我殘生（旦唱）華筵高列理相應（貼唱）人值歡情。景值春晴（老旦云）飛花消盡漸東風。（旦云）景入新年暖氣融（貼云）試看江梅如有意枝枝雙蔕笑春紅（老旦云）紅娘。張生怎不見來（貼云）張生來了

【生查子】（生上唱）客路乏茶紅。黽勉成交慶。滿眼物華新

助我于飛輿（老旦接科）先生恩德如山。無可報答。請
敢（老旦云）孤兒旅櫬逢奇禍。謝得飛書延舊故。雄兵
平賊保全家。此德分明難負荷（生云）小生卑幼。怎
親。不必重提怨與恩（旦云）才郎性意何太急。老母心
賜未卜眞（貼云）先生不用辭此酒。知恩報恩古今有
（生云）試看殘雪壓春枝。願得白
頭鎮相守（老旦云）先生請酒了
【大聖樂】閨門荷你全生。磬家酬。還是輕西廂下。移住
相鄰並。早晚裡。妾看承（生跪云）小生搬來（老旦云）鶯鶯向前來　前來拜
了哥哥也。兄妹從今結義稱（旦云）俺娘變了卦也（生云）夫人何出此言（生旦
合唱）不堪聽。十分順事。平地生硬（生歎坐科）
【二】（生唱）眞心爲慕鶯鶯。冒刀頭請退兵。當時事急親曾
定太平日。却翻騰（夫人呵）分開並蒂枯還併。揑做連枝

活不成（貼唱）莫急性。人前息怒。有負尊命（老旦云）紅娘再勸一杯（生云）我不要吃了也

【奈子花】（旦唱）恨奴命薄。似春冰。纔脫難。又陷入是非坑。當時死却翻乾淨。免今日負人薄倖（老旦云）鶯鶯。你休生分。哥哥是一家親。義好頻相敬

【二】（貼唱）自古道好事難成。請君瑞且自慢心情。三杯更盡尊前興。待異日。宛轉說明（貼云）先生再請一杯（生唱）喉嚨鯁這愁漿怨液。吃還成病（生跪科）（老旦云）鶯鶯且入內去（旦云）有分只熬蕭寺夜。無緣難遇洞房春（下）（生云）夫人衍有一句話。敢說麼（老旦云）先生有何言（生云）昔日夫人爲兵戈勢急。許愛女。不揀僧俗成親。小生惻隱心慈。請故交。郎把强徒退滅。今日事寧。乃敎愛女爲妹。他日女嫁。更與何宅爲婚。

要盟之語尚存香火之情安在（老旦云）聽先生之言豈不有理奈小女之配定于少時既許老身姪兒鄭恒爲妻難負先夫相國存日之約先生才貌超羣豈無高門締好老身金帛頗厚願助行橐貲糧非負深恩實存先誓（生云）出萬死得一生實慕鶯鶯才色縱黃金與白璧豈是區區素心只此告辭不必再說（老旦云）紅娘哥哥醉也扶去書院明日再講（老旦云）先生息怒且安身（生云）賴我婚姻豈是人（合）惟有感恩并積恨萬年千載不成塵（老旦下）（生弔場云）紅娘姐千巴萬巴巴到今日怎知老不賢背恩如此借你白絹帕兒結死了罷

【三學士】盼到佳期成畫餅教我怎度餘生不如花柳叢中死脂粉埋身䰟也清薄義太君心鐵硬全不記佛前盟

【二】（貼唱）年少狂生休急性聽妾有箇商評聞君妙得焦

桐趣小姐呵自小知音寄此情。今夜月明同一聽。看他

意肯不肯（生云）如此多謝小娘子。只怕小姐不出（貼云）管你出來

試鼓求凰對明月　引將青鳥下瑤池

第十七折　衍譚

（丑上云）老身姓張名盼盼。自小風塵吃衣飯。而今年老當家。端的勞心營辦。柴米油鹽醬醋茶。那件事不是自身當。秦楚燕齊韓趙魏。甚處人不曾接遍。王巴每只管吃酒賭錢。小娘兒又要濃粧艷扮。官司門戶緊急。人情分子不斷。因此上要賺些錢錢鈔鈔。眞箇也哄了千千萬萬。做就下地網天羅。那管你石人鐵漢。看經念佛。是俺迷人魂的說語。濃茶好酒。是俺剜腦髓的刀劒。冷落時。與你一把火。緊要中。放他一步慢。誰說你無濫驢鄧綿鬮的人。才。怎當我有虛騎蓋漏走的手段。焰騰騰平地風波。明晃晃無雷閃電。假饒你伶俐惺惺。弄得他肉飛片片。饒君識盡箇中機。怎忍一時心火亂。老身這幾日沒客來。不免喚女兒

門首站站。
二姐那裡
【梨花兒】貼上唱 生長章臺嬌又癡。朝朝門首和姊妹嬉。兩日無人娘聒絮 嗏 怎生不見情人至。怎生不見情人至 媽。拜了（丑云）我兒。你心上人怎不來（貼云）昨日差後生請去。今日來也（丑云）門首望望
【禿廝兒】淨上唱 失却鸞雛不顧歸。蕩無拘顧他家破并人死。青樓美女隨心意。雖沒鈔。且閒嬉。雖沒鈔。且閒嬉 小子鄭恒。失了老婆。一向流落長安。眠花醉柳。此處是張二姐家。二姐有麼（丑云）鄭相公多時不見了。（淨云）一向攻書無暇（丑云）聞得你在李大姐家嫖了。怎麼又到此（淨云）休管。教女兒出來（丑云）相公有鈔取來辦酒（淨云）我忘記帶來（丑云）呸。有心要嫖院。不帶鈔（淨云）你省得麼。嫖不帶鈔。是古語（丑云）女兒客邀了去了（淨云）我進去看。呀。在這裡。二姐拜揖（丑云）二姐有人約下了（淨云）臭歪辣。直恁無禮（貼云）好子

弟罵我。我雖是衒衒人家。一生志氣無比。枉你做箇相國舍人。元來不知理體。有甚軟欵溫存。那些風流詩禮。眼中不識一丁。肚裡全欠墨水。借得幾件舊衣。也來這裡誇美。誰不知賣了爹娘田產。來歌這幾日子。瘦驢兒。跳了多少槽。木刀兒。哄得誰人死。東家許了釵釧。似海底撈針。西家說送衣服。如白日見鬼。到處捱宿強風情。並沒箇粉頭愛你。你不是鄭元和。來俺這裡沿門叫化。又不是韓熈載。來俺這裡油頭油嘴。本待罵上你幾句。只說俺做小娘兒的無禮。老娘眼空四海的花魁。那希罕你這不着人的狗腿（淨云）你本是烏焦柴段。假粧上臙脂粉黛。頭毛稀。虧了髭子幇扶。脚兒大。苦了裙兒低蓋。人面前茶也不沾。背地裡黃米飯生捱。一年四箇生日。三年當一歲。不知受了多少大劈柴。學得幾句歪曲兒。會見人時百撲情濃。過去後分毫不在。二十年前拿班兒做喬。三十歲後挑上門兒難賣。誰不知道你是討得的奴才。也向我行口快。你說是有名的猱兒。俺看你不值一根青菜。小蘇卿也上了茶船。李師師也賣在湖外。你道媽是你的親娘。不知你娘那裡做乞丐。本待摔下你的髩毛。又恐誤了你酒樓上的買賣。少不得下梢頭。

一把火燒開。待來生做驢馬。人間償債（貼云）鄭恒好無禮（淨云）罷罷。你不合先罵我子弟尅膝軟如綿。罷一錠銀子在這裡。辦酒來（丑云）我說鄭官人大財大用。呵呵。是請客。是獨飲（淨云）休管。好東好西。只顧拿來（貼云）媽叫隔壁杜常娘。對門董妖嬈。前面黃四娘後首蘇五奴。陪酒（丑云）我兒他有客。只交妹子稱心兒唱罷。稱心兒那裡（旦抱琵琶上）（丑云）鄭官兒請坐。我拿酒來了（下）（淨云）好天生一對姐妹。願聞妙音

【北沽美酒】（旦貼唱）早辰時你去離。到日落不見歸。倚着門兒盼殺伊。月漸過杏花西。莫不是蕩心無繫。別覓箇有情佳麗。不記那月底言詞。冷落了綉幃春意。清淡了鴛衾香細。短命的在那裡鬧花中醉迷。等得咱夜闌無寐（淨云）唱得好。我也唱一箇曲兒

【清江引】謾說虔婆毒。毒似虎。也被吾瞞過。封將一塊

鉛。吃得脚兒趖。這情緣弄出來。急早趕姐姐。你看梁上一箇白老鼠(旦)貼仰面科淨走下(旦云)媽。鄭官兒走了(丑云)怎的(貼云)那賊走了。你瞧瞧留下的銀子(丑看銀科)呀(貼云)媽那裡是銀子。一箇鉛錠。干吃他哄了酒食吃(貼云)媽趕上拿住。送到禮部去(丑云)罷罷。我兒他又不曾欠俺家歇錢。緣他去罷

喬敗落假鈔虛賠奉　獃頂老眞情空還送

强中的更有强中手　弄猢猻反被猢猻弄

第十八折寫怨

一枝花 生上唱 黃粱猶在案。一夢難追挽。自憐憔悴質。怎排遣。顧影回頭。似有人呼喚。恍然神思倦。欲覓僧關。又怕暮景凄涼難看(如夢令)早約雙成同駕。阿母不忻嗔罵。失脚落塵凡。又是

三生舊話。千罷千罷。悶坐簾兒底下。曉上紅娘着我月下彈琴。以觀小姐心事。天色昏也。不免取琴和一和。琴童。將琴過來。(淨云)無心看書卷。有意鼓瑤琴。官人。琴在此。(生和絃科)琴呵。小生湖海漂零。相隨數載。今日大事。都在你身上。天那。怎生借得一陣順風。吹入小姐粉粧成玉捻就俊俏知音的耳朵裡去

【梁州序】霜凝悽恨。梅含酸怨。郎漸春宵月半。心埋慾火。那知十指清寒。慢自邀求素軫。買託冰絃。怎見得知音面。辛勤孤鳳曲。有誰傳。願借天風送耳邊。合殘畫蠟。冷香篆。蕭牆對面千山限。何日裡得相見。(旦上云)颯颯春風細。瀼瀼玉露寒。(貼云)月華應自笑。空炤綺羅筵。(旦云)我想今日枉勞了這一席酒

【二】同心孤綰。歡杯單勸。總是釣愁鈎線。歸來無語。含情彳亍庭前。是甚麼响。(貼云)姐姐。猜着。(旦唱)敢是僧翻貝葉。(貼云)不是。(旦唱)

鶴唳庭皐（貼云）不是（旦云）何處聲蔥蒨（貼云）姐姐。向前再聽（旦唱）傍花還側耳。韻悠然我理會得了誰把絲桐月下彈合殘畫蠟。冷香篆。蕭糦對面千山限何日裡得相見（生云）那壁廂有人聲。想是雙文來也。再鼓一曲

三乍偷彈。落葉哀蟬。雉朝飛。沒妻愁戀。有當年卓女。寸心撩亂我小生呵只怕今人有恨。舊譜無心。難把芳情變（旦云）呀。彈亂了也（生云）是彈亂了宮商紛不整。托勾偏小姐趣在知音不在絃合殘畫蠟。冷香篆。蕭糦對面千山限何日裡得相見（貼云）姐姐。你道是誰。是張生（旦云）其聲凄。其曲幽。凄凄然如泣如訴。如怨如慕。使我聞之。不覺淚下

四 聽泠泠似夜月孤猿，更溶溶如落花春澗，使傷心人聽淚痕雙濺。只怕萬絲纏結，兩足牽留，空腹無腸斷。（生云）夫人雖則薄倖，小姐豈宜無情背義忘恩，前言安在？（旦云）張先生錯埋冤了人。勸君休恨我怎周全。天那，我一身呵，俯仰繇人實可憐。（合）殘畫蠟冷香篆蕭牆，對面千山限，何日裡得相見。

節節高（生唱）西風把袂掀，韻翩翩，黃雲白鴈如疑怨。憑離檻，獨自妍，難廝見。願魂化作琴聲遠，飛飛悄向佳人畔。（合）無奈銅壺遞曉籌，東君欲醒須歸院。

二（旦貼唱）清音洒碧天，恍通仙，高山流水人爭羨。空江湛，好月圓，知心伴。此時此景真難判，明明朝明夜誰能管（合）無奈銅壺遞曉籌。東君欲醒須歸院（貼云）姐姐歸去罷。老夫人醒也。

【尾聲】（旦唱）人逢月滿琴如願。奈更闌各抱悶還（合）依舊青燈對掩關（旦貼云）彈到月明齊拍手。不知原是斷腸聲（下）（生云）那壁廂悄然。想是小姐去也。琴童。收拾了琴（淨上云）忽地叫琴童。琴童在夢中。夜深不肯睡。惱亂粉牆東。官人。這時候不睡。只管弄那棺材蓋何用（生云）鼓琴（淨云）衣服未脫。先尋布裩這一塊底板。上面許多脊筋。下面兩箇窟窿。是甚麼東西（生云）這是龍池鳳沼。玉軫金徽。上有七絃。准宮商七音。下有鴈足。按兩儀妙用（淨云）我那裡記得許多說話（生云）也罷。我做一首詩。與你念着。好記（淨云）念來（生吟云）爨下生材蓋世清。良工斵就擅玄精。龍池變化通天妙。鳳沼玲瓏徹地明。玉軫巧含蠶縷細。金徽嬌放好音輕。宮商盡付諸絃上。彈到唐虞世道亨（淨云）做得好。小人和韻一首（生云）你那裡省得（淨云）我念。一捻腰兒骨格清。向人膝上逞妖精。下頭底

板天生孔。上面星眸分外明。雅稱石牀眠得穩。可憐雙手抱來輕。官人你若還撥動鶯鶯琴絃趣。百樣嬌聲一味亨（淨做亨科）

第十九折傳書

【山坡羊】（貼上唱）命懸懸。不尷不尬的子母亂紛紛。無拘無管的豺虎。意藹藹。有信有行的秀才。氣昂昂。多勇多智的將軍杜。把賊徒似西風掃落梧。全家喚醒出黃泉路。恩德如山。婚盟怎負。難孤。對雙雙天生夫與婦。如何。虛飄飄撚做妹與哥（兩隻天邊鴈。飛飛被網羅。籠中怨相失。哀叫隔煙蘿。）我想全家兒起死回生。皆張解元之力。老夫人無故賴他親事。豈能服人。昨夜姐姐聽琴。已有微意。今日不免到書房報知張生。只說小姐使我相探。此處是西廂下了。開門開門

【二】（生上唱）黑沉沉不明不白的肺腑。蕩悠悠。難收難放的肢股。溫暾暾。半冷半熱的布衾。叫嗚嗚。似泣似訴的琴調楚（貼相見科）張先生爲何愁歎（生揖科）肉巳無。莖莖骨可數。此來望把殘生度（貼云）我不是太醫。怎生醫你（生云）小生得小姐一點美甘甘。香噴噴。涼滲滲。唾津見嚥下。便好了也倘得一飲天漿。免歸地府

【三】（貼唱）姐姐呵昨宵中。玉琴邊聞調撫。歎一聲。心口兒相答互（生云）小姐之意若何（貼唱）他道老夫人將義海扉乾。累却我把盟山化土。郎恨奴。怎生繇得我離籠。怨盡紅鸎鵡。倘得高飛。一雙鳴舞（生云）既如此。小姐必有美意。小生修書一封送去如何（貼云）雖然如此。只怕小姐做假。不肯受（生云）事未可知。琴童取文房四寶來（淨云）欲求洞房。且用文房。惹了尊堂。

打出禪堂。筆硯在此（生寫科）

【四】生唱 塞胸堂。一萬重愁和苦。滿乾坤。三千界寬和負。說來時。吸乾了滄海波。寫出去。禿盡了中山兔。忍淚書十分無四五。玉人倘降星眸覷。筆底收功。琴邊通路

【西河柳】貼唱 意態多。文學古。花牋恍見蛇龍舞。香墨全無一字塗可知君子儒。引動閨閣姝。三載牆頭窺宋。不枉東家女 這封書呵 不信嬌鶯翻嫉妒 合 果然是引魂符。鐵石心腸也自磨（生云）書已完了。一雙柬兒。煩小娘子送去（貼云）柬兒何用（生云）教他早早成雙（貼云）我不去。叫我一聲娘是（生云）我的親親（貼云）無禮。我不去

【二】（生唱）雙膝跪滿口呼親親的娘（貼云）我的乖乖的兒（生唱）微詞好把衷腸訴珍重能言張與蘇（貼云）卻怎麼說（生唱）辛勤萬里途羈留爲那箇縱是高堂攖截你心肯誰能阻這雙棗兒呵敎他早早成雙休自苦（合）果然是引魂符鐵石心腸也自磨

一封心事托香囊　此去佳音料必還

倘得橘皮一片吃　此生不忘洞庭山

陸天池南西廂記下

第二十折省簡

【破掛眞】（旦上唱）聽罷瑤琴音在耳。心如風裡遊絲。鳳帳深深。鴛衾欵欵。春困又添嬌睡（風光好）睡來遲。起來遲。春困淹淹入四肢。對花枝。雙蛾鏁盡人間怨。有誰知。窻外流鶯風外絲捲簾時。母親處問安起早了。不覺神思困倦。再睡些兒（做睡科）

【金錢花】（貼上唱）十分春意濃時。一庭花色如脂。日高閨裡悄無誰。猫引子。臥氍毹。蝸出殼。上垣依。你看俺姐姐臥房中好景致。但見景物清奇。安排濟楚。四壁圖書可愛。一庭花木生香。清風動鐵馬叮噹。白日映珠簾瑣碎。低低銀架。鎖得紅鸚鵡。小小盆池。養着綠毛龜。一枝紅杏馥郁含嬌。幾片錦川玲瓏欲舞。柹漆鈿奩藏印色。

紅泥粉壁挂瑤琴。茶爐細碾鳳團。香串半含瑪瑙。烏皮几擺列的。是陳玄毛穎楮先生。和那子墨客卿。寫成柳絮因風句。沉香閣鋪陳的。是周敦商鼎鍾王字。和那隋唐名畫。做就西垣翰墨林。葵花盒。盛着孫仙少女膏。鯉魚盆。安着唐宮迎蝶粉。錦帳挂雙鈎。重重煖氣。象牀嵌七寶。片片真花。西洋被不整。微露兩隻鳳頭鞋。蘇州席平鋪。高擁一團氷雪體。斜裩寶釵酥臂曲。半開檀口玉腮溫。不知清夢歸何處。應在蕋宮仙會中。小姐惹早晚兀自睡哩。昨夜張生敎我送柬帖。只怕他有些喬撇清。只好放在粧盒兒裡。待他自取看

【白練序】紅輪起。錦帳貪眠蝶夢迷。只疑是未醒卯酒嬌吁。輕啟寶鏡幃。悄放鸞緘伴不知旦動身科貼唱扶不起。渾一似海棠着雨。裊娜低垂牽情只在兩行字。見意應知一片心(下)

(二)旦起唱驚回。把錦被推。强整搔頭力尚微。破好夢。怪

煞花底鶯啼。琳西小步遲。行傍粧臺拂柳眉（開盒兒書科）呀只見封題字。更加雙棗。此意何如元來是一封柬帖兩枚棗兒。是那裡來的

【繡帶兒】張珙拜。芳卿粧次。雙棗聊表微意。恨書幃寂寞無聊。相如傳借讀還伊。休遲。此生不得文君會。也觚他卷中風味。若得琴上收功。果然不枉佳人才子這是紅娘起的。紅娘那裡（貼云）怎的（旦云）兀自不跪哩。怎麼將這封柬帖來謅弄我（貼云）甚麼柬帖兒。我不知（旦云）這一封書一雙棗。那裡來的（貼云）昨日老夫人着我看張生。他與我的。我又不識字。知他寫甚麼（旦云）送去老夫人處。打這小賤人下截（貼云）姐姐可憐見。我的不是了

【二】旦清絕地玉潔冰奇。不許一點紅塵輕黳。現放着

相國家風。是甚麼聖善嚴威（貼云）姐姐。不干我事（旦唱）休推。是伊
勾引鬧花柳。怎賴得蝶使蜂媒張生呵胡亂覷這雙棗兒。他要
早早成雙。催花結果。我的赤心難繫（貼云）姐姐息怒妾身再不敢了
（旦云）起來。只饒這一遭。下次不許（貼云）多謝姐姐。不敢了（旦云）聞得張生有病。是何症候（貼云）張生近來
害得重也（旦云）怎不服藥
醉太平（貼唱）他因伊星眸淚漬。文心病攪。仙方難治。東
廂立盡桃花月。朝夕裡盼煞佳期（旦云）何須恁的（貼唱）堪悲。天
來大恩澤。化成灰。怎消得不平間氣。得箇蘭消蕙息。
其間病勢。洒然離體
二（旦唱）休迷。男兒志氣。書中有女。怕無佳配。若看輕薄

楣如傳。怎不學他獻賦丹墀。應知博陵清白舊家規。
怎輕發。不根狂語。今後調心養性。淫詞艷句。枉勞神
思。(旦云)紅娘你將我一封書與他。下次不可如此。(貼云)理會得。

【浣溪啄木兒】他饑懶食。寒不絮。朝怕坐。夜無眠。時孤燈對影暗魂飛。蓬花聽鶯都慘悽。淚灑殘書。搥屏拍案。一日幾回。傳魚送鴈嗟無計。撩雲撥雨知無地。只把筆尖舍褪芒兒。叫不應聲聲淑女。

【二】(旦唱)恩本重。心自知。奈卑幼怎逆親慈。三春正是暢懷時。那杜鵑啼血空滿枝。何不高飛。與良朋宴飲。好客論詩。從今要把猿心繫。再來休遣魚音遞。只向三

經七畧研幾怕不到高飛遠舉
殷勤傳語與狂夫　莫把汚泥染玉壺
好鳥應知籠不住　請君別處去張羅
第二十一折初期
香歸羅袖 生上唱 春光難買少年不再看蜻蜓也兩兩雕梁怎教咱孤棲金界把雲山看來如眉黛桃花醉折恍疑香腮鶯兒飛過只道是他來恍惚半癡呆吟詩走韻寫書半歪悶似芊芊草芟除又滿階 小生自聽琴以後日增困病紅娘賫書去又不見回音怎生是好我想日子好難過
二 黃昏難耐百愁都會當初望花燭交輝今日箇寒

燈無彩。聽殘漏聲朦朧睡。依依似到笑容盈腮。猥香抱玉。多少恩和愛。覺後更傷懷。天明靈鵲喳喳綠槐。敢是佳音到。緣何喜信偺

【繞紅樓】貼上唱 着意栽花未許開。一場悶自取將來生唱 有甚回音。怎生看待貼唱 險去惹場災（生云）小娘子這書去。小姐如何（貼云）小姐見了大怒。要打我來（生云）恁的無情

【桂枝香】（貼唱）他道你 風流無賴。簡帖意歹。不說起烈女門庭。却要學相如科泒。奈文君性別。險些事敗。花言勸解。告多才。斂却彈琴手。留將折桂開（生云）小姐你忒薄情也

（二）百年婚債。一朝翻賴。指望你密意相憐。你却又撇

人不采。論退兵厚惠。交言何害。枉勞執監。告裙釵。若得花星炤。何須桂子開（貼云）我說也不信。小姐有回書罵你（生云）有這場喜事。怎不早說（開書科）呵呵。一首小詩。待月西廂下。迎風戶半開。隔牆花影動。疑是玉人來。呀。元來小姐罵你都是假。這詩約下我了（貼云）他怎便約下你來（生云）待月西廂下迎風戶半開。今夜小姐待月。開門等我。隔牆花影動疑是玉人來。着俺跳牆進去相會（貼云）胡說。沒有這話（生云）小生是猜詩謎的狀元。那裡錯也（貼云）你看俺姐姐弄乖。連我也被他哄了

【三】佳人堪怪。計深如海。向我處假藥胡推。對別箇眞方自賣。情詩藏謎。勾將心愛。踰牆廝會隔花來。不是韓生手。難將賈壁排

【四】（生唱）清詞無賽。芳心相對。試教我展步雲梯。恰一似

飛騰天外。向曲房香靄。萬花深隊。素娥幽會。暢心懷。月底攜纖手。燈前貼粉腮。（貼云）這喬才。你早則喜也。聽我分付你

【羽調排歌】靠着高槐。紅欄半歪。攀花直上牆隈。休傷碧苑被人猜。鐵馬簷前悄莫篩（合）低聲喚。緩步來。靴尖休印在蒼苔。欵欵抱。慢慢挨。女兒情性不禁排

【二】（生唱）月印雲堦。人眠小齋。側身繡戶輕推。相逢先訴悶情懷。猥熱方將鳳結開。香傳唾。汗沁眉。一團兒擁任不教開。說起處。骨都解。此時相見想癡呆

【喜還京】（貼唱）一自花開。他對花兒日長悲愾。誰道花是良媒。牆外寧來並蒂栽（合）這的是花福浩大

（二）生唱心膽猶孩。軟懵騰倒入懷來。玉股枕他金釵。那一弄兒風流透腦袋 合 這的是花福浩大

題詩暗約有情郎　却向人前假着忙
今夜月明伊少待　隔牆催喚共商量

第二十二折踰垣

（風入松）旦上唱 綉閨風雨又春還。小盆蕾蓓初綻。牡丹依舊芳心展。怎教人心長卷 貼上唱 最可憐。孔雀繡屏孤掩。空辜負賞花天 （菩薩蠻）（旦云）韶華似酒薰羅幕 支頤倦倚沉香閣（貼云）强起自梳頭。對花仍帶羞（旦云）恰直心無主。么鳳雙雙語（合）柳影送殘陽。重添寶鴨香（旦云）紅娘。你看春色漸濃好傷情天氣（貼云）姐姐。天色晚也。安排香卓園中燒香

【步步嬌】（旦唱）乍漸韶光侵柳葉。學畫眉兒淺。又惹起含嚬眼。碧𥟖空。明月滿。步下蒼苔自爇沉煙（貼唱）不見可人來。空把珠簾捲

【園林好】（生上唱）離牆峻。高侵碧天。鞦韆架。沒梯怎挽。無奈股搖心戰。心似火。足如綿。欲按捺。又盤桓（貼云）勤兒來也待我看。姐姐。我去拴了門兒來（開門科）呀。你來了。我只怕他不肯。休從門兒裡進去

【二】鶯兒小。紅藏綠掩。野禽猾。未容窺覷。怕惹得嬌啼宛轉（生唱）望蝶使。好周全。望蝶使。好相憐

【江兒水】秀句藏情遠。文箋賣俏奸。休教錯認同心伴（生云）小生猜詩謎的狀元禪機啞謎曾猜慣。些兒詩句何難見。管

你穩諧繾綣（貼唱）風月前程。請君自管（生云）門兒開了。只得跳過去。點額龍門未脫塵踰牆聊試小經綸。倘諧魚水成龍去。何必鼇頭可立身

【二】小閤藏春富。嬌姿映日妍。教人覷着魂靈散（抱貼科）（貼罵云）禽獸。是我（生云）小娘子。休怪小生 眼花錯抱嬌紅體。心慌迷却春鶯面。猛見天仙。怎繇施展（旦云）有賊（生云）是小生（旦云）紅娘有賊（生云）小姐。是你許下我來。變了卦也

【五供養】（旦唱）侯家風範。不比青樓。買笑追歡。也須循禮法。莫太恣狂顛（生上前旦退唱）我芳心一點。便遇東風不展（生云）小姐。是你把詩約下我來（旦云）紅娘有賊 饒伊鶯舌巧。桃李自無言（合）莫將嫩葉強來攀

【二】（生唱）春宵月半。花下相逢。天賜團圓便成。今夕約。也是往時言。望伊可憐。年少去人如箭（小姐）相逢不成事。相別要逢難。千金一刻怎拋閃（旦云）紅娘有賊。快來拿住（生云）小姐低聲是你約下我來（貼上云）我只道是那箇。元來張生（旦云）拖在老夫人處去（貼扯生耳科）過來跪了姐姐

【玉交枝】（旦唱張生）承伊相援。這深恩心銘肺鐫。新詩聊敘連枝願。豈是撩鶯綴燕。深閨不比青鎖闥。粉牆錯認桃源澗。到高堂有何面顏（生唱）到高堂有何面顏（貼云）姐姐休拖去老夫人那裡去

【二】狂生輕犯。醉模糊誤入禁園。包荒且看恩勞面。容奴將禮法相勸（張生謝罪（生云）不曉得謝（貼云）你說一時不是了。望娘饒恕（生依謝貼唱）

你男女不親古有言。相窺穴隙人都賤（生唱）自今來。斷然不敢。自今來。斷然不敢（旦云）張生。生死之恩。我豈不記。男女之道。你亦當遵既爲兄妹以連枝。豈可穿窬而入室。牆非賈公閭之居。何勞尊跳。地實聖藥王之院。豈可狂爲。我既知恩而報恩。兄乃以亂而易亂。本擬聲之于慈母。則發人之奸不忠。欲待告之于有司。則辜人之德不義。姑恕爾罪。後當改之（生云）小生下次不敢（旦云）我若不看紅娘面。教你那不識羞的傻子。精身吃頓打。羞臉揭無皮（下）（生云）氣殺小生也（貼云）好猜詩謎的狀元

【玉抱肚】（生唱）嬌詞熱面。翻變做冷臉惡言。頓教我氣沖碧漢。依舊守今夜孤單。枉教相如彈斷素琴絃。不見文君出相伴

【二】（貼唱）猜詩風漢。錯認了秤星定盤。飛簷走壁手。這回

不慣。空惹得犬吠雞喧（合）枉教多情韓椽把牆緣。賈午無心回顧盼（生云）小生死也。願借裙帶兒一用（貼云）要怎的（生云）要解來自縊（貼云）呸。哄我脫了裙兒耍我裡（生云）不敢。煩小娘子送我書房中去（貼云）禽獸。姐姐不肯。倒要我替（生云）小娘子休兒棄。片時而已（貼云）先生先請（生云）休要走了。拴着你衣裳（貼云）三十六計。走爲上計（下）（生云）紅娘也薄情起來。罷罷

【尾聲】一封胡謊將人賺。平白地風波生變（扯碎科）扯作條兒不再看

襄王空自上巫山　日炤山頭没雲雨

第二十三折寄方

【卜算子】（旦上唱）春色自無情。却惹鵑啼血。不如倩蝶再

尋芳勾引鶯花月早上老夫人來說張生病重。想是箇帖兒。約下今夜去會。只說藥方。叫紅娘送去救他。不免寫一多少是好。紅娘那裡(貼上云)本是牆頭花。變作海底月。不見同心人。柳自飄輕雪。姐姐喚妾怎的(旦云)這箇藥方。你送去張生(貼云)藥方藥方。害得郎當。今番又送。定見閻王。我不去(旦云)好姐救人一命。去一去(貼云)不濟事。姐姐下箇禮兒(旦云)小妮子無禮。怎下你的禮(貼云)書在手裡。老夫人處出首去(旦云)這妮子放刁。罷罷(拜科)我的姐姐休推(貼云)妹子免禮了。我去我去

若要好　大做小　做夫妻　直到老

第二十四折饒舌

(淨上云)山險不曾離馬後。酒醒常見在牀前。俺琴童伏事官人多年。一向得寵。今日遇着鶯鶯。想出病來。羹裡飯裡。伏事不中。叵耐紅娘這廝。翻唇弄舌。不免在此伺候。搶白他一場。多少是好。見一箇道人來也

(末上云)曲徑通幽處。禪房花木深。今日無事。殿上閒步一回。呀。小哥。你往那裡去(淨云)紅娘無禮。我要尋他。道人。你做見證(末云)且住。紅娘姐來也(淨云)待我撞上去(貼上云)小姐教送藥方去張生。不免走一遭。呀。是誰(西江月)分付謹防賊盜。誰教引入奴才。搖搖擺擺鐸將來。不怕老太君嗔怪。穿一領新漿褶子。着一雙破底皮鞋。雙眉肐皺口難開。想是被官人打壞○(淨云)本是村中蠻女。胡搽上粉黛胭脂。尺三大脚蓋裙兒。一味油鹽醬氣。賣俏斜偷花眼。見人扭着腰肢。我官人未得小姐做夫妻。先把你這丫頭試試(臨江仙)(貼云)怪你爹娘愛錢鈔。賣你貴客身邊。頑皮賊骨耐飢寒。飯遲屙糞快。睡重着衣難。請客慣能偷酒吃。買東西會落銅錢。昨朝使你出去慢遲延。店家當布襖。沿路博魚鮮○(淨云)笑你衣衫不曾整。百般懶惰堪憎。些些鼓樂便去後門聽。夫人叫得緊。只說洗尿瓶。煮飯何曾淘播米。燒茶那洗銅鐺。今朝切羊肉。偷了兩三星。若還不肯招。便把嘴兒聞(聞嘴科)(末云)你兩人不應亂講。須教按法開科。倘能精透梨園。便把牌名廝罵(貼云)說得有理。我先把牌兒名罵他(淨云)道人。你做證見。我輸了。我與他睡。他輸了。他與我睡(末云)不虧你。輪者只罰油十斤。與我佛點燈(貼云)說得有理。我說春景好(末云)春景有甚麼好(貼云)富貴上林春。逍遙普天樂。章臺柳搖金落索。錦堂月上海棠紅。金衣公子。睍睍睆睆。啼破沁園春光。琥珀猫兒。舒舒暢暢。臥畫一盆花影。桃李爭放。簇御林千紅萬紫。渾如一機錦。燈月交輝。夜遊湖人山人海。鬧似浪淘沙。女冠子斜插一枝花。最高樓雜奏三登樂。青玉案側擺排歌。多應風流子沉醉東風酒。珍珠簾下斜疎影。正是香柳娘初試天淨沙。絮婆婆啾啾唧唧。

十二時。長禱大和佛。願似娘兒得永團圓。好姐姐慇慇勤勤。五供養。又去燒夜香。保長壽仙無愁可解。時靠針線箱。耳朶內那喜遷鶯出谷。未步園林好。眼睛中怎覩雙燕歸梁。肯尋芳草驀山溪。愁鬭雙雞錦纏道。誰似你風撿才。打毬塲。不讀一封書。笑殺醜奴兒。博頭錢。專唱六幺令。有朝一日一煞二煞。管教俏秀才。橫死西江月。那時臥路攔街。中衮溜衮。誰人念佛子。看誦金字經。嘆撇他妻子孤寡時。吃衣飯。鴛鴦煞營生。留下奴才到處裡。川大黃。後庭花度嘴(淨云)罵得我好。我說秋景好(末云)秋景有甚好(淨云)時遇楚天秋。眞箇風光好。桂枝香瑣寒窗月。菊花新綻滿庭芳。玉井蓮霜葉飛殘。梧桐樹鳳鸞吟切。嘹嘹嚦嚦鴈過南樓。不寄他牧羊關信息。朦朦朧朧月上葡萄引起咱步蟾宮心懷。滿江紅蓼夜行船。一撮棹歌回繞地遊人離亭宴。三棒鼓聲响。恨更長。啾啾唧唧涼草蟲吟。長命女人思薄倖。歸國遙。切切悽悽。霜天曉月。少年游子望吾鄉。番女怨。亂攪箏琶。悽悽慘慘哭相思。淚濕皂羅袍。丞相賢。正傾杯樂蕭蕭散散醉中天。筵開鳳凰閣。你這香柳娘。懶傍粧臺畫眉序。我和耍孩兒。騎番竹馬鬬紅樓。是恁念奴嬌。長作孤飛鴈。不如花心動。早做並頭蓮。怎禁簷前馬叮叮噹噹。鼓殘刮地風聲。那堪搗練子悠悠颺颺。打碎秦樓月色。結識幾箇七弟兄。同咱們脫布衫。醉扶歸。唱出聲聲慢待尋一枚呆古朶。紅娘子。快活三。銷金帳。做箇節節高(貼云)潑皮賊(淨云)禿廝兒(貼云)休胡說(淨云)永團圓(貼云)打這醜奴兒出去(淨出小木僧科)送箇耍和尚進來(貼云)誰不知奴才妄論青黃。出言不分黑白(淨云)元來姐姐兼行南北。只要和尚東西(末云)紅娘姐且回步步嬌(淨云)他老公便是光光作

第二十五折重訂

一剪梅（生上唱）巴到西廂赴旦盟。一事無成。一病添成。
欲向東風訴薄情。没箇人聽。此恨難聽（減字木蘭花）春光漸改。落
紅萬點愁如海。心事飄流。風裡楊花不自繇。佳期天
外。人面秖今何處在。病入孤危。簾捲西風燭半枝。小
生從前夜受氣。轉覺病重。夫人説今日來問。天那。問
俺怎的。只把鶯鶯今日配俺。明日便好了。琴童烹茶
（淨云）官人。不要他來罷。見了其病越重（生云）是老夫
人（淨云）若是他。連琴童也病起來了（生云）怎的（淨云）
見了老婆子。惡心頭痛
（生云）胡説。老夫人來也
小女冠（老旦上唱）客鄉才子傷春病。因箇甚。試探情（生唱）釀
人愁鬼毋。眼中釘。何須假做惺惺（老旦云）張生。你兩日病勢若何（生云）
只如此（老旦云）你病從何
而起（生云）連我也不知道
紅衲襖（老旦唱）莫不是爲功名心未平（生云）不是（老旦唱）莫不

是爲桑梓添歸輿（生云）不是（老旦唱）莫不是客中久任財帛罄（生云）我少甚麼（老旦唱）莫不是書史勤攻勞倦形（生云）自到此。何曾看一句（老旦唱）莫不是使數每伏事欠志誠（生云）琴童也小心（老旦唱）莫不是僧戒流相遇無禮敬（生云）和尚忒有禮（老旦云）我猜着了時正清明也。欲把椒漿奠故塋（生云）越猜越謅了

〔二〕自小兒賦質頗重凝。走霜天。不犯寒熱症。自從一入禪林靜。鬼病淹淹寬帶鞓。眼見得孤寡宿。作祟相逼淩。鬼子毋。翻唇言不定。若要這病痊也。除非是活觀音。相憐救此生

〔三〕（老旦唱）你去家鄉千里程。沒親戚。孤隻影。不爭伊山

高水低難支撑。枉負了海濶天高學業精。扶筇杖。散心閒起行。强茶飯。自把口腹鬧。且寬心散意也。養取精神赴帝京

【四】生怒唱 趕退了虎口中半萬兵。生全了刀頭上百口命。甜甜的許下俺鶯燕信。苦苦的分開了鸞鳳盟。病根脚何必問。都由你巧舌頭醞釀成。今日更要哄誰也。枉自慈悲假志誠（老旦云）我好意來問。你却埋怨我。張生。凡事皆看佛面上。請君不必多惆悵（生指云）過江許下千聲佛。到岸煮吃了和尚（老旦下）（貼上云）世上眞成長會合。何如交頸兩鴛鴦。開門開門（淨云）是誰（貼云）是你前世的娘（淨云）老夫人又轉來也（生云）只說睡了（淨云）是紅娘（生云）開了門（淨云）忒炎涼。老夫人便推睡。紅娘便開了門不開不開（生云）畜生。快開門。紅娘姐。爲你册子斷送

十二

人也。俺到閻羅王那裡。也扳下你做證見(貼云)枉死城中。不着你風流鬼。先生休慌。小姐又有一封藥方在此(生云)快活。取過來。排香案跪讀(貼云)你看(遞簡科)(生念云)何事惱詩懷。眉頭且暫開。自期完妾行。豈料作君災。舊曲休彈怨。新詩可當媒。高唐須靜待。今夜雨雲來。慚愧。此非藥方。今夜小姐准定來也(貼云)沈良論又來(生云)此簡不比前番。白銀十兩。敢問小娘子有鋪蓋貨一副(貼云)有有。一條蓋屁被。兩箇纖腰枕。我自送來也

【五更轉】(生唱)這方兒真對症。比前番實有情。强如海上神仙定。迅掃書齋。拂乾花徑。今宵月滿月滿人聲靜。管取嫦娥降凡境(合)喜極身輕。頓忘心病

【二】(貼唱)前番句猜不定。這回詩須細評。文君未必心腸肯。冷徹寒深。酒乾香冷。佳人若到若到難交頸(生唱)自

備金貲鸞衾賃領

這回詩意實多情　莫似前番錯認星

管取象牀今夜裡　一雙羅帶結歡盟

第二十六折赴約

【懶畫眉】（旦上唱）一時兒女意相投。悄似風花不自繇。陽臺欲赴半含羞。坐待更深後。頻捲朱簾望女牛（貼上云）眞心雖未卜。假意且相探。姐姐許下張生赴約。不知果否。待我問他（問云）姐姐。今晚事如何（旦云）收拾香閤。我睡去也（貼云）你睡了。怎麼發付那人（旦云）甚麼那人。俺不知道（貼云）姐姐許下張生。又生一變。氣出人命。不是耍處（旦云）羞人荅荅。教俺怎麼去（貼云）姐姐只閉了眼。我扶你去（旦不肯去科）

【二】（貼唱）他爲伊憔悴命將休。一脉縣縣氣暫留。儘他血誠徹骨力相求。這番不把勸兒救。首出新詩。和你做敵頭（旦云）這小賤人放刁。我不去待看你首（貼云）小姐去罷。休拿班（旦行科）

夜赴書齋約　穿花踏月明

（姐姐）語言雖是强　脚步早先行

第二十七折就歡

【中呂調粉蝶兒】（生上唱）約錦盟箋。艮宵擬來貞媛。怪銀蟾不上窻前。托腮兒聽脚跡。轉轉。不見寃業伴。早將夜香燒遍（陽春忽布網羅除。銜得雲中尺素書。料是有心憐宋玉。從風縱體上鸞車。早晚小姐不見到來。莫非又說謊麽。你看今夜好景呵）

【尾犯序】山月淨瑤天。素娥鈌圓。出自天然。偏我孤單。

要輳合勞心千萬堪憐甫盼得雙魚信到怕中流蛟龍截斷何時到聽香風珮響側耳立東軒小生一日十二時那一刻不想小姐

【二】嬋娟盼得眼兒穿茶嫌酒怪夢斷神牽萬疊鸞箋不盡相思哀怨庭前聽一泒嬌音近也却元來宿禽弄囀門開看人行彷彿風約海棠眠（貼上）云秉月步廻廊背人離綉閣却恐宿禽猜羅袖掩眉角張生收了鋪蓋小姐來也（生）跪下接科

【永團圓】生唱裴郎謭劣才能淺敢勞得雲英現旦唱憐伊玉杵求意堅背王母偷相見生唱貧居小院無延欵香燭冷望周全旦唱夜深人靜心神戰低聲莫攪人眠（生）云

小生身遊南國。命寄東牆。臨洛浦以魂消。望陽臺而夢斷。密密楚雲。青鳥不傳芳信。悠悠秦月。玉簫空咽愁聲。(旦云)下妾唯閒膝下教難輕。不解人間情最重。目窺韓椽。心蕩文君。奔青瑣而無繇。託名香以寄意(生云)背日月盟。恨無情之老鴇。懷雨雲念。幸有意之驚鴻。宵離鳳閣。駕翠輦以翩翩。春到茅齋。散蘭膏而馥馥。莫淹鵲立。早就鷗眠。(旦云)千金瑩潔。不惜託體于楚襄王。一旦輕浮。竊恐移情于茂陵女。唯堪紉針刺鸞鳳。未解交頸效鴛鴦。欲移玉步。仍恰統尖。却背銀釭。未舒黛鎖(貼云)良宵眞值千金。不宜輕擲。明月正當五夜。及此早諧。春花未折。分付狂蜂慢採香。雛鴨乍眠。莫教公子輕拋彈。便請解玉衣而就寢。不須軃翠袖以含顰。姐姐。早赴佳期。休生羞態(合)百歡千愛行將到。九死三生換得來(貼下)

【鮑老催換頭】(生唱)東牆受寃。這場病。險歸九泉。謝得玉人眞愛憐。拋朱院。移翠蓮。行蒼蘚(旦唱)心驚未吐洛浦言。時來了却長門怨(生唱)花正開。月又圓。

喬合笙這恨似龍泉攪春心。上下疼百遍。更重重慾火朝夜煎。便教病消渴馬卿未慣（旦唱）雲房斗帳孤自卷。宵宵夢見。夢回時。只有燈燼伴。兩行清淚。流向被池蒨花紅點點（合）誰料雨瘴雲魔。一時都散。巴到蓬山畔

大環着（生唱）幸纏綿百結。兩情相絆。總似春蠶。時到方成繭。微笑把同心綰。只愁阿毋旁嗔。好事難瞞。一朝掩犯（旦唱）但君心堅牢似鐵。異日誰怕紅爐銷煅（合）鴛鴦會。山海願願白首相攜。綠髮難變（生云）小姐睡去休（旦云）張生再遲一會兒麼

撲燈蛾　股搖心自顫。低頭怎告免。欲翹羅襪上牙牀。又還退怯也（生持燈唱）細認花容。比那前夜時嬌軟。請解却金縷珠冠（旦回身唱）望從容。不須催限（生唱）莫作難。斜舒玉臂抱花眠（生抱旦下）

好事近（貼上唱）含蕋牡丹鮮。喜遇東風施展。近人明月。比前宵圓得好看。癡心愛俏。爲他人捱盡更籌轉。試窺時。兩箇相偎絆。只聽枕邊微喘

千秋歲　脫花鈿。解下羅襟窄袖。一陣陣蘭麝飛遠。嚼齒含顰。小語低聲欵欵（張生呵）狂心性。無拘撿。展羅襪。橫施肩畔。兩兩流酥戰。把鮫綃試看。細染紅鉛

【越恁好】少年心性。忍不住口角流涎。把羅襟緊嚙。頻噤唾。足自軟。漸聲聲笑喧。漸聲聲笑喧。想應他吃橄欖纔知口甜（呀天色明也）看冉冉良宵半。河橫斗光移。催動漏傳（小姐呵）歸庭院。剩些情下次重相見（張生呵）病軍疲將。莫太貪戰（生云）小姐天色漸明。請去罷（生手攜裩帶旦結裙上唱）

【大環着】把春愁都撇在浮雲畔。似清泉垢汚湔浣。可惜良宵又短。怪煞曉雞聲喧。莫是金仙。妳人歡宴（旦唱）千金身體。一夕斷送。莫忘盟言（生唱）天有盡。石有穿。此心無遷（小生若有他意呵）碧天爲鑒

【紅繡鞋】（合唱）寒泉慢濯春纖。春纖。牙梳更撩香鬟。香鬟。

珠汗濕透春衫。燈燼滅。曉雞喧。東君早歸還

【尾聲】旦唱今宵准赴瑤池宴生唱只向窻前打指尖合兩口兒長如此際歡不斷

荳蔻當年猶抱心　等閒開折任蜂侵
桃花亂落如紅雨　明日池塘是綠陰

第二十八折說合

【西地錦】老旦上唱痛惜夫門家法。都緣辱女荒蕪。踰牆私事難遮護。閨閤有鎖如無好事不出門。惡事傳千里。俺的女孩兒鶯鶯不秀氣近日神思恍惚。閨門不守。想是與張生做下來也。此事多是紅娘做脚。喚他出來打招情繇。再做區處。紅娘那裡

傳言玉女前（貼上唱）何事頻呼想是春情蘿漏（老夫人喚妾怎的）（老旦云）你兀自不跪（貼云）有何罪過（老旦打貼跪）

師子序（老旦唱）先世家教多女孩兒一朶含花還未敷是你呵引誘出夜爇金爐（貼云）不曾出去（老旦唱）兀自不知他的情露（貼云）怎的情露（老旦唱）看他裝胸乳美精神言差誤分明身破（打科）牽情送意是你箇狂徒（貼云）夫人不須打

二夫人且息怒那一日月滿西廂春氣和與姐姐同去問張生抱病因何他便留住教紅娘你且回步（老旦云）女孩兒家留任怎的（貼唱）誰知他掩繡戶除花朶做了鑰匙開鎖（老旦云）幾日了（貼唱）朝還夜往兩月還多（老旦云）既然成了事你是證見俺則

把你送官。不怕張生不服强姦之罪（貼云）夫人差矣此非張生小姐之罪。乃夫人之過也（老旦云）小賤人怎麽倒是俺罪過（貼云）昔日兵圍普救。夫人曾許愛女爲婚。張生請到故交。即把强徒破滅。夫人不諧繾綣之約。反作兄妹之交。既不能以信待人。便秉時以禮遣客。却不當請張生移住西廂。因此畜怨藏春在書院。以致勾鶯引燕入蘭房。此事若到官司。一則夫人治家不嚴。二則夫人背恩不義。枉挫了相國五十載清白名望。辱莫了博陵三百年詩禮家聲。竊恐有玷綱常。反羞門戶（老旦云）既如此。你意欲何如（貼云）白羅染皂難重洗。覆水當庭不可收。他既兩心爲一心。夫人何不將錯而就錯。大開筵宴。使惡姻緣作好姻緣。早配鸞凰。教舊女壻爲新女壻。親族聞知。也顯前言不負。鄭恒若到。只以退賊爲辭。汲將淨水驀頭淋。做牀錦被漫天蓋。鄙心如此。尊意若何（老旦云）這措大有甚能。俺把女兒與他

〔降黃龍〕（貼唱）張生呵。出自名家。學貫天人。譽滿皇都。姐姐才清貌嬌。彤史堪題。妙手難圖（老旦云）俺花枝也似女兒。怎嫁這窮

鬼（貼唱）知麼。龍姿鳳質。怎忍分開。別配凡雛。他目下飄流。有時發迹。榮登要路。（老旦云）罷罷。俺不合生這不肖之女。你去叫他出來。成就了罷（貼云）張先生有請

（二）（生上唱）自悔情多。惹草拈花。刮起風波。（旦唱）求天告神。願得消災。兩口無他。（生云）紅娘姐。那事怎的了。（貼云）知麼。送伊官府。只得替伊家擔刑受禍。（生旦唱）娘。這官司。千金擔子。伏伊庇護。（貼云）哄你哩。那根棍子則在俺頭上滴溜溜轉。吃俺直說過了。喚你兩箇成親。（生云）且喜且喜。（旦云）羞人荅荅。怎生見俺娘。（貼云）休拿班。令着眼者。（相見跪下）（老旦云）兩箇禽獸。我怎生看待你來。做得好事。（貼云）老夫人休提罷。（老旦云）本待告官明斷。又辱了俺家聲。張生。今夜把鶯鶯配與你。只是咱家三代無白衣女壻。明早便要收拾起程。赴京求試。得官呵早回。不得官呵休想見俺

十七

【寶鼎兒】暫陳花燭。權列杯斝。共成歡慶。（生旦唱）心恰也難移。愧步。目又低。愁回嬌瞬。（貼唱）喜得禍中回作福。守徹孤辰單運。（合）但願他年。花誥章服。褒封鄉郡

【錦堂月】（老旦唱）家世朱輪。門楣紫誥。並無白衣佳倩。棄怨成親。只爲愛郎才俊。自今夜雙結紅絲。要異日獨攜金印。（合）前程準看駟馬歸來。再諧秦晉

【二】（生唱）思忖。月底情眞。天邊覆蓋。努力敢忘明訓。曾折春花。肯放桂花無分。展鳳札便作雄文。獻玉策勝拈紅粉。（合）前程準看駟馬歸來。再諧秦晉

【三】（旦唱）含顰。對燭羞人。低頭自笑。誰料果然通運。今夜

相逢始覺膽麤心穩把私意轉作新歡脫驚恐又生離恨（合）前程準看駟馬歸來再諧秦晉

【四】（貼唱）佳姻暗裡傳情明中說合都是我始終將引犯月凌霜到底爲人擔困羨伊行情有千般却自笑身無分寸（合）前程準看駟馬歸來再諧秦晉

【醉翁子】（生唱）休悶論人須知恩報恩得飽餐玉粒怎忘農勤（貼唱）東君看朱擁翠圍怎生消福分（合）休笑哂不得冬寒怎換春溫

【僥僥令】禽調絃管韻花散綺羅芬但願年年春日開芳席玉女共仙郎倒碧樽

尾聲 今宵剩把歡娛整。明日天涯各斷魂。好向明時早進身

忍疼吃炙結佳姻　因苦回甘謝女君
不是將機來就計　險爲露醜出乖人

第二十九折 傷離

杏花天 老旦貼上唱 昨宵花底成芳宴。到今來重開別筵。生唱 滿懷心事難提遍。含淚眼。停驂道邊。(老旦云)萬竹青青熠客杯。瀟湘何事等閒回(合)桃花流水杳然去。不爲愁人住少時。此處蒲州旗亭了。將酒排下(貼云)酒已完備了(老旦云)張生(鷓鴣天)此去殷勤折桂枝。佇看五馬耀門楣(生云)彤庭獻賦時應到。綉閣看花日未期(貼云)心戚戚。淚依依。臨岐不忍奉離卮(小外上云)何須更學兒曹態。壯士長征仗劍辭。老夫人。小僧也有一杯

酒（生云）定害長老

【小桃紅】（老旦把酒唱）柳風吹雨濕征鞍。共絡銀瓶酒也。駐馬銜杯。片晌留連。小女辱高賢。終身望攀援。你去取科名。廕妻兒。歸庭院也。相國陰靈也喜歡

【下山虎】（小外唱）禪房花木。曾伴青氈。今日文星去也。猿鶴慘然（佛囉。只要早登科第）佛祖相扶。管教榮顯。帶挈山門作話傳。粉牆題詠遍。碧紗籠。待你看（外上唱）急離轅門。送別道邊。暫向垂楊掛馬鞭（相見科）遠勞哥哥送行（外云）院子。將酒過來

【二犯排歌】蛟龍久蟄。風雷上天。論故友心增怵。但只恨武人麤。無物相餞。聊解吳鈎贈呂虔。一扶青霄吐

萬言（合）步金殿。榮祖先。佳音應託便鴻傳（貼云）奴家也奉一杯

【五般宜】聽奴言。心放寬。休得要戀閒花。使閒錢。深閨女。相陪奉。休掛牽。早歸與重諧故歡（合）今日去。何時重見。忍聽枝頭哭杜鵑（外云）忍聽枝頭哭杜鵑（老旦云）人生最有別離難（合）願君此去登科轉。一路啼鶯送玉鞍（下）（生吊場）

【賺】（旦上唱）折却鳳釵。開他魚鎖。離箏鴈。雙頭好花生扯做片片。舞絮含春怨（生唱）空零亂。却逐東風上別筵（旦唱）沾衣落酒無拘管。難生判。頃刻間鳥啼人散（合）怎生留戀。怎生留戀（古詩）（旦云）行行送遠人。登彼河陽橋。落日炤平林。依依散紅桃（生云）與君本吳越。一旦成密交。豈意席不暖。浮名兩飄颻（生云）有懷未易吐。把袂斟酒餚。氣結不能咽。涕泗沾征袍

（旦云）望望雲旌遠。馬塵揚風燄。安得作馬塵。隨郎上青霄

【鬬蝦蟇犯】（旦唱）寵愛事。分離苦。世有萬千。我和你比恒情偏倍幾件。慢說素月幽琴底。受多少悽惶。風清露寒（生唱）巴得完。空枉然。昨夜蘭堂。今日海天

【五韻美】（旦唱）早念家。莫長遠。紅樓粉面休淚看。奮前程。九萬鵬騫（生唱）管得青雲志展。只願你有福多緣。五花誥中。把鴛鴦名字填（合）那時美滿于飛。婦榮夫顯

【羅帳裡坐】（生唱）你把琴銷綠悶。詩開翠怨。休長倚碧欄損玉顏（旦唱）只恐崔徽心在郎邊。花容不及卷中妍（生唱）怎教人不掛牽

江頭送別 旦唱張生 乘車騎登臨須小心自全風霜苦謹節宜此行難挽化作王孫草隨郎馬蹄不返 貼上云 姐姐老夫人轉了請回去張先生早行罷

蠻牌令 朱桃弄愁艷碧水瀉悲泉乍聞啼血鳥更聽斷腸猿 生唱 頓教我平添戀戀想人生幾許青年逐浮名天涯遠遷髓繫肝聯怎上征驂

二 旦唱 牽衣留不住拭淚忍廝看僕夫何事促白日肯相寬 淨扯生云 官人趕路快走快走 生唱 怎繇我片時遲晏 下 旦唱 望征塵一道青煙急回頭車音杳然兩地相思一樣愁煩

尾聲 合唱 盈盈和淚歸庭院恨煞那斜陽在眼忍熖鴛

鴦兩處單

忍㷊鴛鴦兩處單　歸來霜月入門寒
孤燈似伴閨人醒　滴盡銅龍卒未殘

第三十折入夢

(破掛真)生上唱强上征鞍言不了。回頭幾遍偷瞧。景物凄涼。情懷潦倒淨唱此夜怎生到曉(浣溪沙)(生云)竹裡行廚洗玉盤。斷腸分手各風煙(淨云)刺桐花發共誰看。秦地故人成遠夢。春城雨色動微寒(生云)對君衫袖淚痕斑。琴童。不覺十里草橋店也。天色晚來。就此安下。明日早行(淨云)此處客店了。小二哥那裡(丑上云)來了來了。一條破藁薦。兩箇杉木椿。官人睡一夜。强似象牙牀官人安歇。吃飯麼(生云)飯不要吃了。打掃房兒。琴童。你就在我脚後睡(淨云)官人欺心。今夜没了小姐。着俺替。俺還不曾梳櫳。不替不替(丑云)官人不棄。老漢有毋

親八十九歲。出來奉陪（生云）胡說。快收拾睡罷（丑下）

【香羅帶】（生唱）淚眸辭阿嬌。囘首路遙。行行叵耐驄馬驕。想着輕軀細腰。廝摟抱也。昨夜事。隔青霄。碧車一去何處招。不知他是眠是坐是無聊也。恍惚還疑對面瞧（淨云）官人。睡了罷（生云）怎生睡得着

【二】嶺猿和月號。角音更高。孤眠怎生睡得牢。放下紅衾翠枕。把客窻靠也。空辜負可憐宵。那人此時燈自挑。只怕有淚空灑鮫綃也。不上書齋舊錦袍（生睡着科）

【梅花塘】（旦上唱）撇不下。撇不下。撇不下玉郎情分好。瞞却東君。悄地登長道。只恐花迷柳暗。何處覓得你行輙。但願

得趂春風。相見早情隨流水去。心逐馬蹄遙。奴家纔别張生。心上放他不下。老夫人與紅娘睡了。不免趕到十里長亭同去。多少是好

【香柳娘】論恩情萬疊。論恩情萬疊。枕邊難告。臨岐執手那能了論夫妻呵這苦樂共擔。這苦樂共擔。不如同上玉京。朝。風霜共相保。聽松號水泣。聽松號水泣。嗚咽乍高。似爲奴煩惱這是草橋店張生歇處了

【二】見柴門駐馬。見柴門駐馬。想伊此處睡覺。向前咠恥低低叫張生。開門開門（生驚科唱）是誰人夜驚。是誰人夜驚。敢是月明僧暗敲。又不是雪天寒女告（旦云）是我。開了門是偷走下玉霄（生云）原來是小姐。呀（旦唱）是偷走下玉霄（生唱）小姐沒有鳳

駕霓旌。誰將引出三島

【三】正惜花心撩亂。正惜花心撩亂。向花邊縈繞。花枝移向長安道。小姐撇羅幃繡牀。撇羅幃繡牀。踏月渡溪橋。凌霜出長道。您輕勞玉體。您輕勞玉體。小生形化骨銷。怎生酬報

【四】旦唱 想百年事情。想百年事情。膠粘漆牢。天涯海角還尋討。這亭皐十里。這亭皐十里。便做月冷柳堤遥。怎辭羅襪小。歎連枝並蒂。歎連枝並蒂。揉碎兩邊拋也須捏合到老

【五】生唱 想相思淚痕。想相思淚痕。腮邊不少。纔乾又被

離情攬。猛愁增悶添。猛愁增悶添。一似苦筍錦綳痾。重重苦怎了。喜今夜廝逢。喜今夜廝逢。賽却橄欖味回。苦中甜好（外引末丑上云）誰家女子。貪夜渡河。拿住拿住（擁旦下）（生覺云）小·姐小姐（抱淨科）（淨云）我說官人欺心。倒把我叫小姐。雌雄也不分了（生云）呀。元來却是一夢（淨云）怎的（生云）方纔見小姐扣門到此。訴說別情。忽然覺來。乃是南柯一夢。開門看時。一天月色。滿地花陰。遠迢迢望不見粧臺。靜悄悄只伴着琴劒。想昨日歡情。似風中捕影。惹今宵愁怨。如火上添油。正是人生盡戀人間樂。只有襄王憶夢中。好悶人也

【一江風】俏花妖。惹得人魂掉。不夢也翻無惱。聽春雞又催起征人。愁着冷綈袍。足軟難登轎。陽臺樂事消。便做宋玉多才。怎賦嘲。雲雨散。空乾燥

雲薄雨難成　空上陽臺去

今番極起來　自把別人替

第三十一折擢第

【水底魚兒】（丑上唱）學欠精深。風流老翰林。胡塗鶻突選才空費心（我做試官兜搭。主意一生拘煞。記得幾句惡爛前場。也要顛倒豪傑。合俺意。撞入青雲。不合者。縱高也須抹刷。由你學過蘇東坡。也要受些郁捺。賣字眼。出京便有人尋。受東西。暗裏自打關節。只要家中豪富。那管肚裏空乏。名雖五百名英雄。到有一半兒眼瞎。左右。非是我試官沒主見。暗中兒神明察。命中合中高科。自有人來提掇。不信老夫本是箇白丁。如何也登黃甲。左右的。喚舉子進）（末叫科）

【二】（外生小生）美玉精金。何勞沙裏尋。當場一奮。便見升與沉（淨唱）海裏撈針。大家和哄尋。今番不中。鬢邊白髮侵

（相見科）（丑云）各道脚色經書來（生云）小生清河張琪。
治春秋（外云）小生太原白居易。治毛詩（小生云）小生
弘農楊巨源。治尚書（淨云）小子本是鄭恒。累科不第。
今番不要說眞名姓。正云滎陽盛桓。治太陽經太陰
經（丑云）這是醫家之說（淨云）易以道陰陽（丑云）是周
易了。只今聖天子急于求士。不必做三場。各人將本
經見成語句。做一首七言詩，吟得出者。高官得做。駿
馬揀騎（生云）張琪有了。六鷁退飛過宋都。夫人姜氏
遜于邾。蔡仲自陳歸于蔡。王使家父來求車（丑云）好
好。第三名探花郎（外云）白居易有了。我生之初尚無
爲。吁嗟乎不乘權輿。今也日促國百里。尚之以瓊華
乎而（丑云）好好。第二名榜眼（小生）楊巨源有了。曁稷
播奏庶艱食。往省括于度則式。天之歷數在爾躬。學
于古訓乃有獲（丑云）好好。第一名狀元（淨云）盛桓也
有了。只有些不雅相（丑云）念來（淨云）陽貨饋孔子豚。
孔子曰。吾老矣不能用也。不日白乎。日猶白雪之白
也。使子路共之。三臭而作。請何向。曰苟錯諸地而可
矣。始作翕如也。縱之純如也。不能退。不能遂。突如其
來如。子曰。于我如浮雲。吾不知其乘風雲而上天也。
子樂（丑云）畜生。侮聖言該死，皂隸與我亂棍打出去

（淨云）不要打。不要打。三場文字誰曾做。六箇饅頭我吃來（下）（丑云）狀元榜眼探花郎換冠服（小外云）冠服俱在此了

【道和】（丑唱）帝德無涯浸。傾意儒林。喜今朝選得五百名。多才多藝沙底金。試官翻覺叨榮蔭（外唱）不才學欠宏深。荷公超美任。脫却青衿。一時平步歸中禁。金華秉筆清高甚。笑吐清吟。遙追謝沈（小生生唱）微生自分非川錦。怎生補衮侍當今。願竭愚迷稟。粉身圖報播芳音。拾遺補過盡恭欽。今日後都把私情寢。須記取雪案費勞忱

【豹子令】（合唱）今日峩冠穿繡袵。穿繡袵。明朝金勤馬駿

尋。馬騣尋。飛。騰已兆家園識。紫泥飛慰白頭心。白頭心（合）杏花十里叫幽禽。叫幽禽

喜見羣駒出渥洼　遭逢伯樂實堪誇

春風得意馬蹄疾　一日看遍長安花

第三十二折報捷

【淘金令】（旦上唱）西廂舊歡。剛被春催散。東京舊人。又被春牽挽。紅樓捲碧簾。粉面夾道看。怕他誤逐桃花迷在天台澗猛可裡望着許關山。知他在那箇洞房中遊宴（集句）翡翠橫釵舞作愁。悔教夫壻覓封侯。花邊馬嚼金銜去。妾處苔生紅粉樓。青鳥不傳雲外信。水聲空傍漢宮流。恩勞未盡情先盡。青瑣西南月自鈎。奴家自從丈夫去後。音信迢遙。春芳爛熳。對景

觸物。離情慘然。怎生不見一封書信回來（貼上云）喜從天降。笑逐顏開。姐姐且喜。張生高中了（旦云）了頭胡說（貼云）恰纔長老來報老夫人。說張生中了第三名探花郎也（旦云）未可全信

【鴈兒舞】（淨上唱）客路風霜。自來不慣。喜到了蒲東。門欄改換。一朝榮耀氣非凡。怎不教紅娘出迎俺（扣門科）（貼云）是誰。元來是怎不教紅娘出迎俺（貼云）呸。誰迎你（淨云）琴童（淨唱）小夫人。琴童磕頭（旦云）琴童生受。相公中了麼（淨云）相公風癱。四肢不舉（貼云）胡說（淨云）我道相公中了風。是中了探花郎。現除翰林院學士之職。教小人回報二位夫人。稍寄一本丁婆屁在此（旦云）畜生。這是登科記。謝天地。不枉了十年辛苦。琴童吃飯不曾。紅娘看飯與他吃（淨云）不要。紅娘和我合飲一杯酒罷。正是飢時一口。勝似一斗（下）（旦拆書看云）元來是一首詩。道是扳花入九重。却看飛絮戀春紅。深閨倘念長宵苦。頻遣芳華入夢中。好好。謝得天地祖宗庇祐

〔二〕風雲會高步入麒麟殿煙花債深心掛芙蓉館你更近得龍鳳顔怎放下桃李面風月西廂絶勝似東壁圖書院你待要帶得霞帔鳳冠還我道不如燕鶯帳早遂雙棲願

〔三〕貼唱 情中志高喜得他身兒顯愁邊笑回纔見你眉兒展一箇貌稱玉鳳冠一箇才稱金馬官想雙雙駿騎雕車那箇人不羨姐姐早晚請加餐整理鉛華等待檀郎看（淨上云）琴童謝夫人賜飯討回書（旦云）琴童小詩一首玉簪斑管瑤琴汗衫四件寄與相公（貼云）姐姐四件東西必有緣故那瑤琴如何

〔四〕旦唱 良宵送心謝得瑤音便清朝進身休遣朱絃斷

（貼云）這汗衫（旦）唱貼體軟如綿。須尋枕臂言（貼云）這玉簪（旦）云長伴朝簪。緊插烏紗畔（貼云）這斑管（旦）唱試看淚斑斑。都是流出虛心。一點點傷春怨（淨云）夫人更有甚言語（旦云）琴童上覆相公

【嬌鶯兒】長安仙景。春遊莫恣看。蕭寺有人寒。日夜盼青絲騎。莫把歸鞭慢。初來腰帶緩。近添金釧緩。所事見無意緒。更不忻茶飯（合）莫留連。歡情休記。只記別時難

【二】（淨唱）詞林多事。仙郎未便還。期集會同年。更待三年官滿。方許歸庭院（貼唱）休將言語緩。莫將人意緩。寬俺夫人的意。則說在時間轉（合）告蒼天。何時重會。歌舞

弄春姸

海燕東來寄得愁　浮雲踪跡又他州
爭如化作波心鳥　入藻穿蓮日日遊

第三十三折設詭

【新荷葉】（生上唱）官拜詞林顯要司。男兒志今朝纔遂。思歸怎得便言歸。淸宵夢落蒲東寺。盼回書未見雙魚。漸景入黃梅時序。舉頭不見玉人兒。空步繞碧桃樹底　綠鬢傷春又一年。閒將心事卜金錢。長吟不見魚書至。草綠湖南萬里天。小生蒙恩官拜翰林學士。昨日上表告歸。未得聖旨。琴童又不見回。好悶人也

【醉太平令】（淨上唱）春闈不第。羞慚怎歸。故人得意在雲

覓不免探他一會（相見科）（淨云）且喜老兄高中。盛桓特來拜賀。更有一事相求（生云）有何見諭（淨云）小子不中。棄文就武。欲投充一名軍。聞知老兄與杜將軍至交。求書薦達（生云）老兄差矣。這軍機事。不是要處。我寫封書。薦你在河中太守處。做箇吏典（淨云）好好。做外郎有錢趂。快寫快寫（生）修書科）此一封書。與河中知府薦足下。此一封書。寄與小生岳母（淨云）令岳母何人（生云）崔相國夫人鄭氏（淨驚退背云）作怪。崔相國夫人鄭氏。是我的姑娘。女兒是我的老婆。怎麼倒是他的岳母。待我問他。敢問老兄之妻何人也（生云）鶯鶯小姐（淨背云）苦也苦也。我的老婆倒是他的作怪。必有緣故。敢問老兄。小子聞知鶯鶯小姐。自幼許下鄭尚書之子狀元大人做夫人。你怎的目認（生云）孫飛虎起兵要奪鶯鶯。小生請杜將軍退了。因此配我（淨云）好好。正是佳人才子

【陽關三疊】（生唱）此去蒲東到古寺。停驂爲我傳心事。本期星夜參庭宇。奈皇恩怎便辭。告歸娶。須傳勑旨。牽

情在淑女。想升堂相見無多日。正園林暑溽百菓肥。

〔么〕（淨唱）愁中釀愁。淚邊着淚。豈知流落無依倚。恰花開。無福看。又被人偷折玉蕋。一路中。愁看燕子雙雙戲舞珠簾內。怎不教人心似癡（生云）征馬去頻嘶（淨云）蒲關柳葉齊（合）夢魂不怕險。飛過大江西（生下）（淨吊場云）夜眠清曉起。更有早行人。有這場寃屈事。俺科場不中。指望回去與鶯鶯做親。誰知被酸丁得了。且任有書在此。改寫了幾句只說張生入贅衞尚書府中為壻。退了鶯鶯還我姑娘平昔相愛。必然見教。待我拆開書看

〔鴈來紅〕壻張郎百拜書。荷恩庇。叨登上第。封妻子。一門榮貴。冠鳳穿霞帔。未得九重親賜歸。保玉體。休得念思。料相逢不久矣好也好也。你回去封葢老婆。我却受孤孀。行囊中有筆硯就取

出來改了

【二】探花郎特寄書。幸榮達。未諧歸計。吾王賜。尚書嬌女。近日親招贅。令愛前姻必告離。尋舊配。休想再提。料今生永訣矣書寫了。把他封皮粘上。一直見姑娘去

計就月中擒玉兔　謀成海底斬金龍

第三十四折緘回

【香遍滿】生上唱雙魚沉沓。單鶯隻燕。怎地熬。覺得龐兒新來瘦了。可憐萬種嬌。隔絕十二橋。何日裡乘風到

連寄兩封書去。沒箇平安信。琴童又不回。兩日思想出病來。院子去喚太醫。怎不見到。【末云】來了來了。【丑上云】挑船郎中領袖。賣老鼠藥班頭。若還遭了我手。管你一命當休。相公。太醫作揖。【生云】你省得醫道麼

(丑云)說那裡話。我做醫人能事。危症十人九治。也不
問表裡陰陽。也不問君臣佐使。頭痛的便是傷風。肚
疼的必然瀉痢。請我時。做出千難萬難。討藥處算來
利上起利。駭得你滿口兒招成。要得你一家子失智。
東村相請。纔合棺材。西市相招。又尋墳地。叵耐太醫
院官無禮。教我辨藥性同異。將桔梗喚做人參。黑乾
菜便叫熟地。蜜陀僧全不像箇和尚。紅娘子到有些
兒脚氣。被他嗔俺不才。打得皮開肉碎。小子高叫冤
屈。俺並不是郎中。也不是醫士(末云)是誰(丑云)我是
劊子手發掌的本司。閻羅王勾人的皂隸(生云)休胡
說。且看脉(丑云)相公扛起脚來(生云)無禮(丑云)我猜
你手裡三箇(末云)怎的(丑云)那箇醫人不是猜(生云)
是甚麼症候(丑云)驚風發熱。要出疹子(末云)不是小
孩子(丑云)差了。再猜一猜。是了。胎前產後。惡路不消
(末云)不是女人(丑云)呸呸。你早說便好。是思慮過度。
心疼發熱(生云)着了。用何藥(丑云)只消三味。水銀一
兩。砒霜八錢。梨盧九分(末云)水銀若與砒霜用。逢着
梨盧不順情。這是殺人藥(丑云)這箇貪花漢。不藥殺
了。要他何用。和中益氣湯一帖。便好(生云)正是。取鈔
賞他(丑云)我不要。會棺材店上支了罷。醫傳三四代。

藥殺萬千人（下）（淨上云）一路十分豪興。今日到京復命。相公若問小夫人，近來熬得成病。相公磕頭（生云）琴童來了。二位夫人好麼（淨云）兩位都好，只是紅娘有些病（生云）何症（淨云）爲我琴童來了，相思病。小夫人寄書在此（生念科）狂遊恣宴錦重重。想見青驄踏軟紅。莫被凡英迷醉眼。可憐人在小樓中。苦呵

【金索掛梧桐】他心爲我焦。我心爲你躁。萬轉千回，我也只是和衣倒。愁中忽覩賡吟稿。似你這樣才華，騷人墨客也讓一着。高行行淚花沾聖草。爲你相思成病症。不枉了（淨云）小夫人又寄許多東西在此（生云）却是玉簪斑管汗衫瑤琴（淨云）這漆板寄來何用（生云）這瑤琴呵

【二】曾將月底挑。春心寄綠謠（小姐）自比湘靈。教我更莫鼓求凰調（淨云）這領獅猻皮（生唱）這汗衫。粘皮貼肉溫存好（淨云）

這箇石錐子(生唱)這玉簪。一似潔白佳人。分明教我長戴頭上梢(淨云)這斑竹火筒(生唱)這斑管。秦女曾吹招鳳鳥。唇齒相猥。怎不記撫弄嬌(生云)小夫人一向安樂麼

【東甌令】(淨唱)小夫人龐兒瘦。口中嘈巴巴的只罵無情沒下梢(生云)我豈不要回。怎繇得我(淨唱)貪歡自去樊樓鬧。舊恩愛。都丟掉(生云)你便說我不曾去(淨唱)教伊早泛曲河橈。說罷淚珠拋(生云)苦呵。小姐這般想我(做俺面哭淨做哭科)我的紅娘。這般想我(伸手笑科)我哄你哩。小夫人一些兒也不想你

【浣溪沙】(生唱)少甚麼豪家貌。相招贅。鬮差媒保。排陣兒都推郄無心要。那些箇楚館秦樓露水交。心還曉想

起那月邊愁。調中情。忍把他枕畔的盟拋

【東甌令】（淨唱）紅娘姐。貌妖嬈。一見琴童暗裡瞧。道我情兒溫熱身兒俏。要與我成婚好。相公怎生方便配成交。免得兩邊熬（生云）胡說

【浣溪沙】慢說道京娥妙。訕一火鬼頭猴貌。那性格兒得似你聰明少。怎下得撇却真珠覓假鈔（小姐）相逢早。你兀自莽猜疑。亂叮嚀。把我做沒行的兒曹

【餘文】無音信。盼望遙。比及書來又添煩惱。淚眼空眠睫不交

窨似蠅頭細寫心　行人于此謾沉吟

孤身去國六千里——一紙家書抵萬金

第三十五折再負

（淨上云）不施萬丈深潭計。怎得驪龍頷下珠。且喜到了姑娘下處。這事要與紅娘說過。纔好下書。咳。有人在此麼（貼上云）侯門深似海。不許外人敲。是誰。呀。原來是鄭恒哥哥。一向不見。小姐已嫁了張探花了。你來怎的（淨云）咦。那有此理。一鞍一馬。我父存日定下。誰敢別嫁（貼云）閉嘴

【羅江怨】當初寇逞威。全家沒計。張生呵一封鸞信請義師。事平如約。成却夫妻也。此際孤危。怎不見郎君至（淨云）我那裡知道（貼唱）爭妻也是遲。多言也是遲。別選箇風流

壻

【二】（淨唱）髫年訂密期。神天設誓。親亡翻賴心意虧。一言

爲定怎敢相欺也。相府名閨忍做得違條事。官休也不罷伊。私休也不罷伊。偏要做風流壻

【三】（貼唱）伊家中表私。怎成匹配。多才淑女世罕稀。俏如司馬。方許于飛也。村糙皮膚。怎近得天仙體（淨云）不信我村他便俏（貼唱）門風也勝伊。文才也勝伊。真箇好風流壻

【四】（淨唱）金貂累代遺。豪華素著。强如暴貴貧薄子。幼年相許。六禮成婚也。又不比私姦意（貼云）不嫁你（淨唱）嫌吾也是癡。稱他也是癡。穩做去風流壻

【小冠子】（老旦上唱）孤婺幸喜天憐濟。見玉潤步雲梯。想靈輩得遂歸山計。是誰到。猧兒吠（相見科）（老旦云）姪兒那裡來（淨哭科）姑娘

我今春赴試不中。小姐孝滿。特來畢姻（老旦云）鶯鶯因張生退兵之恩。嫁了他也（淨云）我知道。姑娘聽我說。張生探花我不第。心中悶悶。閒行至。衞尚書女招少年。恰好張生騎牛去（貼云）官府偏沒馬（淨云）朝廷出征去邊城。太僕寺中無馬停。那小姐絲毬拋處從天下。我怕打着負鶯鶯。急忙躲過不擡頭。一頭正打張生毬。三十來箇養娘都扯定。叫狀元小姐愛你忒風流。霎時拖入畫堂前。小姐一貌生得姸。高鼻頭兒深眼睛。落腮鬍子髮連蜷（貼云）到是箇囘囘（淨云）謊說不熟又差了。是星眼細腰眞裊裊。我叫張兄且同來。他一似餓狗見糠入去了。第二早辰我告辭。張生嬉嬉言語低。聞知鶯鶯定足下。我已別贅衞尚書。依舊還歸足下門。不要這等沒爺叫的小鬼精。像了老婆子。一定不賢哲（老旦云）他罵我（淨云）又說道先姦後娶。不好做夫人。他便拿六七十斤一管斑竹筆。展開三二千尺一幅花箋紙。寫丈二三長幾箇字（貼云）不信這般大東西（淨云）呸。富貴之家人怎比。張生寫罷歎口氣。一似狠烟與驢屁。掉一點淚落下來。錚錚一聲响在地。拾來看時却是鐵屑丸（貼云）作怪。怎麽是鐵屑（淨云）不是鐵心肝的。怎下得鐵眼淚（貼云）滿眼珠瓌（淨云）送出府門又叮嚀。鶯鶯性急好看承。紅娘原封不曾動。依舊還歸你受用（貼云）胡說（淨云）姑娘。我別了皇帝出京邸。朝臣作餞傾城市。有翰林院官送行文。兩句道得眞箇美（老旦云）怎麽道（淨云）張探花停妻娶妻。做相府新郎。子未可以去乎。鄭公子得樂且樂。尋西廂舊物。取其殘而已矣（老旦云）既然這畜生休我女兒。還把來與你（淨云）可知好哩。親上成親。又是舊約（貼云）老夫人。鄭哥哥一訕胡說。不要聽他（淨云）休慌。張生有親筆書在此（老旦云）拆來看（丑出書呈上科）

【鴈來紅】（老旦唱）探花郎特寄書。幸榮達。未諧歸計。吾皇賜。尚書嬌女。近日親招贅。令愛前姻必告離。尋舊配。休想再提。料今生永訣矣 元來這廝忘恩背義。眞箇休了鶯鶯（淨云）便是。那箇摘舌頭地獄的寫這封書（老旦云）孩兒揀箇吉日。過門成親（淨云）小子告退了。只消三寸舌。做出萬般聲（下）（老旦貼弔場針線廂（老旦唱）張珙那廝 你一身流落無依。似孤禽向我棲。饑時啄我倉中粒。羽翼就。便高飛。不想西廂出醜權遮庇。別締高門信義虧（合）無情漢也。佳人何事。忍便拋棄

二（貼唱）夫人慢自思惟。料書生情可推。花前月下多勞悴。無別故。忍拋離。近日情書遠寄殷勤語。只恐就裡奸謀未可知（合）無情漢也。佳人何事。忍便拋棄

棄舊憐新薄倖郎　一封書到惱人腸
大鵬飛上梧桐樹　自有旁人說短長

第三十六折榮歸

【鵲橋仙】（生上唱）前訶任步後車停驟。繫馬門前弱柳風。沙自拂五雲裘。入禪宮試將門扣（左右的。此間是普救寺了。遲到西廂下去（淨云）開門開門（貼云）是誰（淨云）相公回來了（貼云）在那裡。相公萬福（生云）紅娘姐。丰采如舊（貼云）爭奈人心不如舊（生云）爲何出此言（貼云）呸）

【月兒高】慢弄無憑。只真情已洩漏。不記當時苦。百攛相掴就（淨云）有這等怕老婆的。連丫頭也怕他（貼云）一旦身榮。忘了那神明呪（生云）小生一心想小姐（貼唱）呸 辜恩負義。辜恩負義天難祐。棄了鸞儔。倒尋鳳偶（生云）那裡說起來（貼云）鄭恒說你休了姐姐。別娶了衛尚書之女 新人。忒煞風流。比俺鶯娘。肥也還嬌瘦

【上馬踢】（生唱）賁將翠羽冠。帶得緋霞袖。殷勤爲玉人。日

夜歸心陡。那箇胡謅。生出無中有。横死頑囚。有理官
司。要與你明結奏（貼云）我也不管。請姐姐出來。與你對證（叫科）姐姐。薄情人囘也（内應
云）羞人荅荅。見他怎的（貼云）姐姐。有無未可必。請出一見

【蠻江令】（旦上唱）離懷與别怨。容光漸消瘦。千回更萬轉。
牀兒懶下走（生揖科）小姐怎不出迎（旦回面科）指望伊歸。對面將心
剖。萬種悲歡。翻做羞開口

【涼草蟲】（生唱）向前低借問。新來强飯否。爲甚的花枝瘦。
胡言語。休教耳朶收。佛囉。諸天在上頭。便覓將來得
如你玉脆香柔

【臘梅花】（旦唱）尚書貴女。高樓絲毯。花容比妾妾真醜。前

日難入頭。今朝輕罷手。枉了月邊琴底苦相求

【美中美】（生唱）話怎投。寃怎負。客鄉孤。幾番淚珠兒流。巴不得縮地脉。飛到蒲州（旦云）鄭恒有休書。是你親筆（生唱）怎生聽他調鬬。全不想海誓山盟無住頭（貼唱）娘行休氣嘔。昔日司馬身榮也茂陵女。覊見求（老旦上唱）窻前聞閙。步出簾鈎薄倖郎生受（生拜跪科）拜禮相酬（老旦云）起來。你是奉勅的女壻。不須拜新探花忒忠厚

【油核桃】（生唱）夫人且莫煩憂。怎不將情細求。短命胡言成釁咎。昧心事也。海靈神不罷休（老旦唱）是伊鐵畫銀鈎。蘭亭的本吾收。君家親手製。推誰其（生唱）讒人賊首。

拆去原封重寫就（生看書科）這封皮是眞。那書不是我筆跡。分明是他收換（貼云）先生休慌。且到書院中歇下。明早鄭恒來。面對（老旦云）也說得是。若果是你寫的。休想鶯鶯與你完聚（老旦云）一封書到惹人嗔（生云）誰料姦謀假作眞（旦云）錯把黃金買詞賦。相如元是薄情人（生云）好悶人也

【木丫叉】一紙龍蛇譏誚。分明平地風波乍吼。自恨我誤託書郵。料天公難將詐覆。萬種相思巴入手。到頭來生出節外憂。算艱苦風流偏受。明日陰晴未可求

當時只道錦添花　誰料翻成手捻沙

水到蘭亭轉嗚咽　不知眞帖落誰家

第三十七折完聚

【金菊對芙蓉】（外上唱）名震龍沙。功銘鳳閣。當今誰是英

雄。正太平無事。閒却元戎。忽聞天上傳嘉報。書生志。今日登庸。擎花荷錦。鳴金擊玉。往賀乘龍忽報連枝樹。花開古寺陰。便須鞭玉馬。共醉碧梧潯。聞知君瑞兄弟得中探花。前日已回。特地到寺中相賀。左右。去請張相公出來（末云）相公來也（相見科）（生云）無端正被狂詞惱。有福還交故友逢。遠勞哥哥光賀。小弟一件不明之事。正欲求救（外云）兄弟有何事（生云）崔氏已配弟爲妻。被伊表兄鄭恒讒言。說我入贅衛尚書府。老夫人要改配與他（外云）那有此理。請老夫人出來。下官面說（末云）夫人有請（老旦上云）莫信直中直。須防仁不仁。將軍萬福（外云）夫人緣何欲將愛女配與鄭恒（老旦云）張生有書。休了小女。故有此舉（外云）夫人差矣。君瑞千辛萬苦。要得愛女。無故豈輕棄。此書必是小人假作。況中表的親。豈可爲婚（老旦云）老妾亦不欲如此。待鄭恒來。取書對証便了

【粉蝶兒】（淨上唱）喜地歡天。眼見嬌娃入手（末云）那裡去（淨云）我姑娘

弌鄭重。直請許多官客在此(外出迎相見云)你是何人(淨云)俺是新郎鄭公子(外云)鶯鶯自有夫。誰許你來(淨云)姑娘自許下。與你何干(生云)你這廝。我那裡與你休書來(淨云)阿也。阿也。不好了。是你叫俺寄回(生云)我的原書何在。改作休書(淨云)你的休書。親手寫的。干我甚事(外云)書在那裡(老旦云)書在此(生云)此書封皮雖是。其中不是我筆跡。千里寄信。豈可沒有圖書印記(外云)這廝平白強占人妻。左右拏下(淨云)苦惱可憐見。昨日裝作孫汝權。今日又弄這場。便與我紅娘去罷(外云)還要胡說。快拏下(淨云)不須拏。不須拏。用盡機謀妻不遂。羞容怎回故鄉去。不如淺入碧波中。自與龍王做女婿(下)(末云)告相公。鄭恒跳入放生池死了(外云)擡尸燒化。請夫人出來完聚了

【滿庭芳】(旦貼上唱)倦體憎炎。愁心病暑。何方忽送荷風(生唱)今朝明白。依舊見輕紅(貼唱)倘使元戎垂顧。早這狂生淚說難容(老旦唱)多僥倖。衝開悶陣。再擺喜筵濃(相見科)(玉

不知是誰奸謀[redacted]董狐可評

樓春（生云）清風仁雨天邊烈。頓令暑退涼生。（小外上云）偶然赴應到鄰家。不得山門頂香接。（外云）勞伊厚禮休驚懾。君瑞相留多攪聒。（合）明朝便泛雒陽船。夫貴妻榮壯鄉國。（外云）取酒過來。先敬探花一杯。（生云）小生合先拜謝

【山花子】（外唱）三生籍注雙飛鳳。從教阻截還逢。羨騎鯨高飛碧空。今朝又見乘龍。（合）歎狂徒姦謀逞兇。誰知失足荷沼中。眼前並蒂依舊紅。始信高高自有天公

【二】（生旦唱）長懷舊德如山重。今番又沐仁風。這交情。世難繼蹤。粉身欲報無從。（合）歎狂徒奸謀逞兇。誰知失足荷沼中。眼前並蒂依舊紅。始信高高自有天公

【三】（老旦唱）衰年悖聾。誤聽狂詞弄。無端打鴨驚鴛。荷尊

官成全始終。拈膠再續絲桐（合）歎狂徒。奸謀逞兇。誰知失足荷沼中。眼前並蒂依舊紅。始信高高自有天公

（四）（貼唱）郎西女東。無俺空何用。宵音晝約誰通。喜牙牀今宵再同。未沾伊。釃酒酬功（合）歎狂徒。奸謀逞兇。誰知失足荷沼中。眼前並蒂依舊紅。始信高高自有天公

（大和佛）（生唱）曾聽闍黎飯後鐘。謝分榻好看供。非伊把春色藏深洞。今日裡。怎和同（淨唱）茶遲酒晏休言重。望君袖裡曲包籠（生云）左右。取金一笏謝長老（小外唱）長留玉帶鎮藍宮。

惟願取佛天相送（老旦唱）片帆安穩出蒲東

【舞霓裳】（合唱）簷葡流香弄。夕風。暑氣融。雙雙海燕出簾籠。喜相逢。明朝又聽歸舟哄。泛長河。歸去故園中。宜宜相國妥靈蹤。早就牛眠故壠。多榮寵。問舍求田珠翠擁

【十二時】清詞詠罷還重諷。透心髓。一團嬌哢。萬載騷壇說士龍

曾詠明珠掌上輕　又將文思寫鶯鶯
都緣天與丹青手　畫出人心萬種情

陸天池南西廂記竟

園林午夢

輪轉心長不動　爭長競短何用
撥開塵世閒愁　試聽園林午夢

【清江引】（末扮漁翁上）漁磯有錢難去買。漁父休輕賣。漁舟柳內橫漁網江邊曬。漁村不容名利客。

【前腔】長江夜來風浪起。驚醒漁翁睡。釣臺也不安。仕路當知退。牀前幾聲長歎息。垂綸誓不聽絲綸。湖海飄飄寄此身。吞吐魚龍全不訝。浮沈鷗鷺自相親。吾乃江上一箇漁父。鄰人不識名姓。甲子原無歲年。只靠打魚作生涯。讀書閒過遣。適纔因見案上有崔鶯鶯李亞仙二傳。仔細看來。他兩箇也差不多。難分貴賤。怎定低昂。一箇致得鄭元和高歌市上蓮花落。不把天邊桂樹攀。一箇致得張君瑞寄簡傳書期雅會。提牀倒枕害相思。時當

正午。我將困倦起來。不免就在園林中馳睡片時。多少是好。(做睡科)(旦夢扮鶯鶯上)

〔寄生草〕有意迎仙客。無心點絳唇。刮地風刮得春花褪。凭欄人凭的春光盡。剔銀燈剔得春纖困。粉蝶兒空自爲春忙。黃鶯兒不解傳書信。(吾乃博陵人氏崔相國之女崔鶯鶯的是也。這漁父說我和李亞仙一般。特來與他折辯者。慈母僑居蕭寺中。嚴親旅櫬西廂下。且看眼底一枝栖。休說當年萬間廈。道猶未了。李亞仙早到。不免在此等着他折辯者。(貼夢扮李亞仙上)

〔鴈兒落帶過得勝令〕好穿着做羽毛。巧言語。爲圈套。陷人坑。怎得知。漫天綱。眞難料。(呀。)出落在下風橋觸抹着犯天條。情薄起風中絮。機深藏笑裡刀。衡一味虛囂。填不滿相思窖。假意兒悲嚎。拆不開生死交。(吾乃長安人氏李排長之女李亞仙是也。漁父說我與崔鶯鶯一般。特來與他折辯者。舞腰軟如楊柳枝。舞衣輕似蜘蛛絲。夜月管絃歌舞地。春風桃李曲江池。呀。却元來鶯鶯早巳在此等候。我不免見他。且看他說甚麽。(鶯)你有甚麽强似我。(仙)我有甚麽不如你。(鶯)你在曲江池上。過客留情。(仙)你在普救寺中。遊僧掛目。(鶯)你在洞房前。眼挫裡把情郎抹。(仙)你在廻廊下。脚踪兒將心事傳。(鶯)你哄鄭元和馬上投策。(仙)你引張君瑞月下彈琴。(鶯)你爲衣食。迎新棄舊。(仙)你害相思。廢寢忘餐。(鶯)你請那幇閒的燎花頭。喫了些許多酒肉。(仙)你央那撮合的俏紅娘。許了些無數釵環。(鶯)鄭元和長街上打蓮花落。死聲淘氣。(仙)張君瑞書房內害淹纏病。尋死覓活。(鶯)俺張君瑞也曾探花及第。(仙)俺鄭元和也曾金榜題名。(鶯)你怎比我受過五花官誥。(仙)俺也曾累封爲一品夫人。(鶯)你買良爲賤。倒當離異。(仙)你先姦後娶。理合杖開。(鶯)老鴇兒見鄭元和没了錢。往蝦蟇巷裡只一躲。(仙)你請張君瑞破了賊向鄭恒身上只一推。(鶯)悲天院見放着鄭元和睡卧的基址。(仙)西廂下也有張君瑞扮下的形踪。(鶯)你與劉員外轉眼無點水之恩。(仙)你哄鄭衙內低頭有千條之計。（鶯）你一家兒祖輩來踅門掠戶。（仙）你三口兒天生的穿寺尋僧。（鶯）我不與你折辯。喚出紅娘來助陣。（仙）我不與你分說。叫將秋桂來爭強。（並下）（小旦夢扮紅娘秋桂上）（紅）好一箇端馬桶的賤人。這等無禮。（桂）好一箇看門子的丫頭。恁般欺心。（紅）你改不了討酒尋錢。做重臺的嘴臉。（桂）你變不了傳書寄柬。叫姐夫的心腸。（紅）你轂了一世爛鞋。（桂）你穿了半生破襖。（紅）你是鄭元和貼戶。（桂）你是張君瑞的幫丁。（紅）你傍聞些臟粉胭脂氣。（桂）你渾身是油鹽醬醋香。（紅）你是那風月場中架兒。（桂）你是那皮肉行裡經紀。（紅）若不是鄭元和做了官。李亞仙還是娼婦。你還是小娼妓。（桂）若不是杜將軍退了賊。崔鶯鶯便是賊妻。你便是賊奴才。（二人作打下）（漁父醒白）奇怪奇怪。園林中方纔合眼。夢見兩箇女仙。各逞其能。兩箇女奴。各爲其主。多因我機心尚在。致使夢境不安。從今後早斷俗緣。務造到至人無夢。黃粱久炊猶未熟。社鼓一聲驚覺來。萬事到頭俱是夢。浮名何用惱吟懷。